D0997606

# LE PORTRAIT DE DORIAN GRAY

Collection dirigée par Michel Zink et Michel Jarrety

OSCAR WILDE

# *Le Portrait de Dorian Gray*

TRADUCTION NOUVELLE DE VLADIMIR VOLKOFF
INTRODUCTION ET NOTES DE JEAN-PIERRE NAUGRETTE

LE LIVRE DE POCHE
*classique*

Oscar Wilde en 1889.

# INTRODUCTION

Durant l'été 1889, l'Américain J. M. Stoddart, directeur du *Lippincott's Monthly Magazine*, parcourait l'Angleterre à la recherche d'écrivains susceptibles de collaborer à son périodique. C'est autour d'un dîner qu'il parvint à réunir Oscar Wilde, alors âgé de trente-cinq ans, et Arthur Conan Doyle, le créateur du célèbre détective Sherlock Holmes, qui devait déclarer par la suite : « Le résultat de la soirée fut que Wilde et moi promîmes d'écrire des livres pour le *Lippincott's Magazine* : Wilde y collabora par *Le Portrait de Dorian Gray*, livre qui est sûrement sur un haut plan moral, tandis que j'écrivis *Le Signe des Quatre*, où Sherlock Holmes fit sa seconde apparition [1]. »

*Le Signe des Quatre* parut dans le *Lippincott's Magazine* en février 1890, puis en volume chez Blackett la même année. *Le Portrait de Dorian Gray* fut publié quant à lui le 20 juin 1890 puis en volume, chez Ward, Lock & Co, en avril 1891.

## Une composition en deux temps

Entre-temps, de profondes modifications avaient été apportées. Une préface sous forme d'aphorismes, véritable manifeste de la conception de l'art wildien, d'abord parue dans le numéro de mars 1891 de la *Fortnightly Review*, avait été incluse. Six chapitres avaient été ajoutés au canevas initial : III, V, XV, XVI, XVII et XVIII. Cette

---

**1.** Sir Arthur Conan Doyle, *Mémoires et aventures* (1924), cité dans les *Lettres* d'Oscar Wilde, Paris, Gallimard, 1994, p. 161, note 1.

composition en deux temps montre déjà un certain embarras de Wilde, pour ce qui devait constituer son premier et unique roman.

Si l'on examine la teneur des chapitres rajoutés à ce qui était plutôt à l'origine une longue nouvelle, on voit que le centre initial se trouve quelque peu déplacé [1]. Les deux chapitres d'ouverture introduisent, chez le jeune et beau Dorian Gray, le motif majeur du pacte fantastique avec le double, en l'occurrence son portrait peint par Basil Hallward. Sous l'influence pernicieuse de Lord Henry Wotton, l'ami du peintre, Dorian souhaite tout haut voir son portrait se dégrader alors que lui resterait éternellement jeune. Le culte de l'Art et du plaisir prôné par Lord Henry va pousser Dorian à commettre un double crime : d'abord en provoquant la mort de l'actrice Sibyl Vane, puis, ayant constaté que son souhait s'exauçait, que seul le tableau portait la marque de son infamie, en tuant le peintre qui exigeait de revoir son œuvre.

À partir de ce motif central, Wilde a entrelacé, dans la version finale, plusieurs types de formes et de genres littéraires apparemment contradictoires. Les chapitres III et XV brillent ainsi de tous les feux de la conversation de salon si chère à Wilde, où s'illustre notamment Lord Henry Wotton, devenu bientôt l'ami de Dorian, dans une esthétique très proche du théâtre : l'action romanesque marque le pas au profit de dialogues souvent frappés au sceau d'aphorismes ou de paradoxes brillants qui émanent aussi bien du romancier débutant que du futur auteur dramatique qui connaîtra bientôt le succès avec *L'Éventail de Lady Windermere* (1892) ou *L'Importance d'être constant* (1895). Que *Dorian Gray*, dans ces chapitres de conversation mondaine, puisse servir de moule préparatoire, de machine à écrire non point tant romanesque que théâtrale, voilà qui constitue l'un des paradoxes de sa composition : certains dialogues furent même repris tels quels dans la première pièce. En 1890, Wilde était sans le savoir au tournant de sa carrière : l'auteur de contes

---

**1.** Voir Jean Gattégno, Notice au *Portrait de Dorian Gray*, in Oscar Wilde, *Œuvres*, Paris, Bibliothèque de la Pléiade, Gallimard, 1996, pp. 1654-1655.

comme *Le Prince heureux* (1888) ou *Le Portrait de Mr W. H.* (1889) s'essayait enfin au roman, sans savoir que cette tentative serait la dernière, et que ce roman aux dialogues de théâtre amorçait une nouvelle carrière.

En comparaison, les chapitres XVI, XVII et XVIII renouent les fils de l'intrigue réaliste et sordide autour du suicide de la jeune Sibyl Vane, victime de la froideur d'un Dorian qui n'était tombé amoureux que de sa seule image d'actrice shakespearienne et non de sa personne — autre variation sur l'inversion entre Vie et Art si chère à l'esthétisme partagé par Lord Henry Wotton et Oscar Wilde. La menace de son frère James, le marin qui a juré de venger sa sœur en traquant ce malfaisant « Prince Charmant » est bien une forme d'hommage à Dickens dans ce tableau d'un Londres lugubre et louche, noyé dans le brouillard. À la comédie de salon qui se joue dans les beaux quartiers font alors écho les accents plaintifs du mélodrame sentimental inauguré au chapitre V avec la famille Vane. Comme dit Jean Gattégno, « cette intrigue secondaire ramène le récit dans un cadre réaliste — du réalisme le plus plat, aurait pu dire Wilde — qui a l'avantage pour lui de détourner un instant l'attention de l'intrigue principale et de l'atmosphère — délétère ? — dans laquelle elle se déroule. Et sans doute est-ce dans la même intention "sociale" chère aux romanciers victoriens traditionnels que Wilde prolonge sa description des quartiers sordides de l'East End londonien, où demeure la famille Vane, par la peinture d'une fumerie d'opium sur les bords de la Tamise ».

Depuis le Dickens du *Mystère d'Edwin Drood* (1870), la fumerie d'opium est bien l'un des clichés de l'époque victorienne, « celui de la dégradation physique et morale de l'opiomane », que Wilde a pu introduire « par souci d'atténuer l'impact de la philosophie hédoniste, prêchée par Lord Henry, et pour suggérer qu'en fin de compte le méchant ne sera peut-être pas récompensé[1] ».

On peut cependant douter de l'intention sociale de Wilde. Il y a en effet beaucoup d'ironie à introduire le bel et mystérieux Dorian Gray, à la fin du chapitre I, à

---

1. J. Gattégno, *op. cit.*, p. 1655.

travers la tante de Lord Henry, Lady Agatha, en liaison avec l'East End et les quartiers mal famés de Londres. Cette peinture des classes sociales laborieuses et dangereuses pourrait bien n'être qu'un fantasme, l'envers des beaux quartiers, un coup de projecteur expressionniste sur un visage qui n'aurait pas vieilli au milieu d'une rue sans joie. Fantasme homosexuel aussi, tant il est difficile de démêler, dans l'errance de Dorian Gray au cours de ces trois chapitres, ce qui relève de la dérive sociale ou sexuelle, « selon un mécanisme psychologique fort connu, qui pousse ceux des homosexuels qui se sentent coupables à chercher leurs plaisirs dans un milieu social inférieur, pour se punir en quelque sorte de leur "perversion" par des fréquentations qu'ils jugent indignes d'eux [1] ».

C'est bien le mécanisme autodestructeur de la culpabilité qui va pousser peu à peu le beau Dorian Gray au suicide. Le roman de Wilde apparaît ici en droite ligne des grands contes fantastiques du XIXᵉ siècle, de E.T.A. Hoffmann à Maupassant, de Hawthorne à Gogol, d'Edgar Allan Poe à Robert Louis Stevenson, pour qui le portrait est un « objet miroir de l'âme [2] » : au beau milieu de la société, le héros rongé de remords, hanté par la mort vivante de son âme (chap. XX), par l'appréhension intime de son double ou de son *Doppelgänger* [3], se recroqueville de plus en plus dans la citadelle de son moi assiégé de toutes parts, avant d'être envahi par le fantôme de ses crimes.

Esthétisme fin-de-siècle, réalisme urbain, veine fantastique : sans que les deux écrivains aient écrit à quatre mains, les passerelles entre Wilde et Doyle sont plus nombreuses qu'il n'y paraît. Le motif du beau visage

---

**1.** Dominique Fernandez, Préface au *Portrait de Dorian Gray*, Paris, Le Livre de Poche, 1983, p. 10.    **2.** Pascal Aquien, « La problématique du portrait chez Oscar Wilde », in *Le Portrait*, textes réunis par P. Arnaud, Presses de l'Université de Paris-Sorbonne, 1999, p. 129.    **3.** Ici figé dans le portrait, ce qui montre l'esthétisme de Wilde par rapport à la tradition romantique allemande. Voir aussi « Le Portrait » (1837) de Gogol (*Contes de Saint-Pétersbourg*, 1839), à qui Wilde reprend probablement le motif du tableau poignardé à la fin du roman.

détruit pour cause de péchés apparaîtra plus tard dans la nouvelle de Doyle intitulée « L'Illustre Client » (1924), où le Baron Gruner se fait défigurer au vitriol par l'une des anciennes victimes, comme le portrait de Dorian Gray, peint par Basil Hallward, se défigure en secret alors que le modèle, lui, reste à jamais jeune — du moins jusqu'au renversement final. Celui de la fumerie d'opium est utilisé par Doyle dans « L'Homme à la lèvre tordue » (1891), où Sherlock Holmes hante les bouges enfumés qui longent la Tamise, à la recherche d'un homme respectable mystérieusement disparu de son domicile : « Sur tout le bord de ce fleuve, c'est la machine à crimes la plus abominable... [1] » dit-il au Dr Watson depuis la fumerie où il s'est lui-même déguisé pour son enquête. On pense au discours de reproche fait par le peintre Basil Hallward à son ancien modèle, au chapitre XII : « On t'aurait vu, à l'aube, sortir furtivement de mauvais lieux, et te glisser, déguisé, dans les bouges les plus répugnants de Londres... » Tout n'est ici que suggestion, images de froissements furtifs, de vie secrète discrètement escamotée, de vêtements prestement repliés, tel ce « manteau doublé de soie » dont se débarrasse Dorian au chapitre VII, ou les habits d'un Basil Hallward assassiné que Dorian range, au chapitre XIII, dans « un placard dissimulé dans le lambris : il y gardait ses étranges déguisements ». Les déguisements en question ne sont jamais décrits, et les fantasmes du lecteur peuvent alors s'exercer sans contrainte : « Quels sont les péchés de Dorian Gray, nul ne le sait. Celui qui les décèle, c'est qu'il les a commis [2]. »

Comme chez Wilde, *Le Signe des Quatre*, où le détective est présenté comme se droguant à la cocaïne pour échapper à « la morne routine de l'existence [3] », joue sur le contraste entre intérieur sophistiqué et environnement

---

**1.** « L'homme à la lèvre tordue », Paris, Le Livre de Poche policier-Robert Laffont, trad. B. Tourville, 1956, p. 188.    **2.** Oscar Wilde, lettre du 9 juillet 1890 au directeur du *Scots Observer*, in *Lettres*, p. 143.    **3.** Sir Arthur Conan Doyle, *Le Signe des Quatre*, Paris, Le Livre de Poche policier-Robert Laffont, trad. M. Landa, 1956, p. 228.

urbain sordide. Au chapitre IV, le salon de Thaddeus Sholto contraste de manière spectaculaire avec le quartier ambiant : « Nous fûmes tous abasourdis par l'aspect de la pièce dans laquelle il nous conviait. Elle paraissait aussi déplacée dans cette triste maison qu'un diamant de l'eau la plus pure sur une monture de cuivre. Les murs étaient ornés de tapisseries et de rideaux d'un coloris et d'un travail incomparables [1]. »

Le projet décoratif de Thaddeus Sholto est wildien par excellence : vouloir créer « une oasis de beauté dans le criant désert du Sud de Londres ». Le roman de Wilde s'ouvre sur la description du studio de Basil Hallward, lieu voué à l'Art, décoré dans le style japonisant si prisé à l'époque, autre oasis où les bruits confus de Londres sont transfigurés en « bourdon d'un orgue éloigné ». Selon Wilde lui-même : « Mon livre est un essai sur l'art décoratif. Il réagit contre la brutalité primaire du plat réalisme. Il est vénéneux si vous voulez, mais vous ne pouvez nier qu'il soit également parfait — et la perfection est le but auquel nous visons, nous, artistes [2]. »

Un fil policier parcourt également *Dorian Gray*. Il est d'abord tissé par Lord Henry au chapitre VIII, lorsqu'il annonce à Dorian le suicide de Sibyl Vane : « Il y aura une enquête, bien sûr, et il ne faut pas que tu y sois mêlé. (...) Je suppose qu'on ne connaît pas ton nom au théâtre. Si c'est le cas, tant mieux. Quelqu'un t'a-t-il vu aller chez elle ? C'est un point important. »

Dès le chapitre IV, Lord Henry affirme en commun avec le détective de Doyle une froide passion pour la science, un goût pour l'étude [3] de la nature humaine à travers l'amour de Dorian pour la jeune actrice : « ... il s'était mis à pratiquer la vivisection sur lui-même, et avait fini par la pratiquer sur autrui. La vie humaine, voilà le seul sujet qui lui semblait digne d'enquête. »

De même que Sherlock Holmes est présenté comme hantant les salles de dissection où il bat les cadavres à

---

1. *Op. cit.*, pp. 261-262.   2. Lettre au *Daily Chronicle* du 30 juin 1890, citée par J. Gattégno, *op. cit.*, p. 1654.   3. La première histoire de Sherlock Holmes s'intitule *Une étude en rouge* (1887), qui pourrait être un titre de tableau. *Le Crime de Lord Arthur Savile* est sous-titré « Étude sur le devoir ».

coups de canne, de même Lord Henry pratiquera la vivi-section métaphorique, disséquant les replis de l'âme humaine[1]. Au début d'*Une étude en rouge*, Holmes est décrit comme capable d'administrer « à un ami une petite pincée d'alcaloïde le plus récent, non pas, bien entendu, par malveillance, mais simplement par esprit scientifique, pour connaître exactement les effets du poison[2] ! ».

Lord Henry utilisera des poisons, mais ils seront littéraires : ainsi le fameux livre à couverture jaune qu'il mettra entre les mains de Dorian, ou le poison de son discours qu'il distillera dans l'oreille du jeune et beau modèle. Derrière le masque de sa mondanité, il faut le concevoir comme une sorte de Sherlock Holmes esthète ayant rivé son regard convoiteur sur ce bel éphèbe qu'il s'est donné pour objet d'étude. Le Portrait de Dorian Gray sera pour lui une étude en rouge, rouge comme les longues lettres vermillon qui marquent la signature du peintre dans le coin gauche du tableau, ou comme le sang versé.

## La morale et le livre

La parution du *Portrait de Dorian Gray* en revue déchaîna les passions, au point qu'une véritable campagne anti-*Dorian Gray* fit rage en Angleterre dès la fin juin 1890. Trois journaux se distinguèrent alors : *The Daily Chronicle* et *The St James's Gazette* à Londres, *The Scots Observer* en Écosse. Selon ce dernier, « *Le Portrait de Dorian Gray* (...) est du faux art — car il est d'intérêt médico-légal ; il est faux pour la nature humaine — car son héros est un monstre ; (...) Mr Wilde a de l'esprit, de l'art, du style ; mais, s'il ne peut écrire que pour les nobles hors-la-loi et les petits télégraphistes pervertis, plus tôt il prendra le métier de tailleur (...) mieux cela

---

**1.** Dans son roman *Journal d'un cœur sec* (Phébus, 1999), Mathieu Terence fait parler Lord Henry en l'an 1899, des années après la mort de Dorian Gray : il avoue avoir été étudiant en méde-cine à Oxford, et pratiqué la vivisection (p. 32).  **2.** *Une étude en rouge*, Paris, Le Livre de Poche policier-Robert Laffont, trad. P. Baillargeon, 1956, p. 23.

vaudra pour sa réputation personnelle et la moralité publique[1] ».

Cette attaque est à la fois intéressante et injuste. Intéressante, car le qualificatif « d'intérêt médico-légal » n'est pas celui qu'on serait tenté de retenir à propos de ce *Portrait* nimbé dans l'esthétisme et le culte de la Beauté. Wilde se situe plutôt dans la mouvance du critique John Ruskin (lequel inspira en partie le personnage du peintre Basil Hallward), auteur des *Pierres de Venise* (1851-1853), et de l'historien d'art et romancier Walter Pater, dont les *Études sur l'Histoire de la Renaissance* (1873) et les *Portraits imaginaires* (1887) sont présents dans le texte de *Dorian Gray* : y compris jusque dans le choix du prénom « Dorian », car c'est au dernier chapitre de *La Renaissance*, dans l'essai sur Winckelmann, qu'apparaît l'adjectif « Dorien » en association à Apollon et la lumière[2]. La critique du *Scots Observer* évacue donc tout l'apparat esthétique et théorique, tous les longs discours de Lord Henry, souvent directement inspirés de Pater, pour ne retenir que l'affaire policière sordide : c'est tirer Wilde vers Conan Doyle. On a vu que l'attitude de Lord Henry, ce froid logicien de la passion humaine, n'excluait pas une telle lecture, aux implications nécessairement morales. Si l'on considère *Le Portrait de Dorian Gray* comme une étude médico-légale vue à travers le regard scientifique et cynique de Lord Henry, alors le dédoublement de Dorian, qui de modèle parfait se transforme peu à peu en meurtrier, fait partie de la « morale » proposée par Wilde, tout comme Robert Louis Stevenson, dans *L'Étrange Cas du Dr Jekyll et de Mr Hyde* (1886), dénonçait à sa manière les dangers d'une recherche scientifique outrepassant les règles élémentaires de la création humaine. Cette alternance du mondain et du Beau d'un côté, du criminel et du sordide de l'autre, fait partie intégrante du texte et des genres entrelacés, comme dans la

---

**1.** Article anonyme du 5 juillet 1890, cité dans les *Lettres* de Wilde, p. 141, note 2.    **2.** Voir P. Aquien, Introduction au *Portrait de Dorian Gray*, Paris, GF-Flammarion, 1995, pp. 13-14.

personne ou le nom même du héros : Dorian si beau, si antique, si apollinien, et Gray si « gris » en anglais [1].

Paradoxalement, cette attaque se retourne donc contre elle-même, et fait affleurer la question, si épineuse dans cette société victorienne, de la moralité, sinon des mœurs. C'est là qu'elle se révèle la plus injuste. Envers l'homme, tout d'abord. L'allusion au scandale des nobles et des petits télégraphistes homosexuels qui avait éclaté l'année précédente est diffamatoire vis-à-vis de Wilde, qui n'y fut aucunement impliqué. C'est seulement après la publication du *Portrait de Dorian Gray* en volume qu'il rencontra Lord Alfred Douglas, avec lequel il eut cette longue relation qui défraya la chronique : elle provoqua l'ire du père du jeune homme, le Marquis de Queensberry, qui traita Wilde de sodomite et le poussa à ce procès catastrophique qui, en 1895, envoya l'auteur en prison pour deux ans. C'est l'œuvre qui précède donc le scandale. Il faudrait plutôt la lire comme prémonitoire, dénonçant les hypocrisies de la société victorienne dont devait souffrir si cruellement l'écrivain emprisonné, comme à travers la voix de Lord Henry, au chapitre VIII : « ... à Londres, les gens ont tant de préjugés... Ici, pas moyen de faire ses débuts par un scandale. Il faut garder cela en réserve pour donner de l'intérêt à sa vieillesse ».

Wilde ne cessera de revendiquer l'autonomie de l'œuvre d'art par rapport à la biographie et aux conventions morales. Ainsi, dans une lettre à Conan Doyle d'avril 1891, en écho à ses propos louangeurs : « ... je vise à faire une œuvre d'art et je suis vraiment ravi de savoir que vous trouvez mon interprétation subtile et bonne au point de vue artistique. Les journaux me semblent rédigés par les prudes, à l'usage des Philistins. Je ne parviens pas à comprendre comment ils peuvent traiter *Dorian Gray* d'immoral. Ma difficulté fut de garder subordonnée à l'effet artistique et dramatique la morale

---

**1.** Wilde s'était lié avec un dénommé John Gray, probablement en 1889. Une fois le roman publié, il devait signer ses lettres à Wilde sous le pseudonyme de « Dorian ». Dans sa lettre à Leonard Smithers du 19 novembre 1897, il joue de l'homophonie entre *Gray* et *grey*, tandis qu'il confirme l'origine « classique » du nom *Dorian* (*Lettres*, p. 472).

inhérente à l'histoire et il me semble encore que cette morale est trop évidente[1] ».

S'il faut absolument trouver une morale au conte, elle saute tellement aux yeux que plus personne ne la voit, semble dire Wilde. *Le Portrait de Dorian Gray* est bien une variante du mythe de Faust : en échange de son âme, Dorian acquiert une éternelle jeunesse, pacte narcissique qu'il sera amené à regretter amèrement. Dans la dernière séquence des chapitres XVI à XX, la voix narrative n'épouse la conscience de son héros malheureux que pour s'en démarquer. À aucun moment Wilde artiste ne fait l'apologie du meurtre, ni ne s'identifie à un personnage plutôt qu'à un autre. À ceux qui le virent derrière Lord Henry Wotton, il répondit : « ce roman d'étrange apparence (...) contient beaucoup de moi-même. Basil Hallward est ce que je crois être ; Lord Henry, ce que le monde me croit ; Dorian, ce que je voudrais être — en d'autres temps, peut-être[2] ».

Si le livre contient beaucoup de lui-même, c'est dans la réverbération, dirait Henry James, d'images et de reflets modulés sur des personnages complexes et multiples. Il s'agit bien de « projections identificatoires[3] » sur des décors (la maison de Lord Henry comme image de celle de Wilde à Londres, dans Tite Street) ou des personnages scindés ironiquement en images distinctes. Lord Henry tient de Wilde mais aussi de Walter Pater, jusqu'à la caricature[4]. Basil Hallward tient de Wilde mais aussi de Ruskin, et du peintre James McNeill Whistler, dont il a été l'ami, puis avec lequel il s'est brouillé en 1885. Si roman à clefs il y a, chaque personnage ouvre non pas sur un seul nom, mais sur plusieurs tiroirs secrets.

« Révéler l'art et dissimuler l'artiste », dit un aphorisme de la Préface. Wilde tient cette position de Gautier

---

**1.** *Lettres*, p. 161.     **2.** Lettre à Ralph Payne du 12 février 1894, in *Lettres*, p. 190.     **3.** P. Aquien, Introduction au *Portrait de Dorian Gray, op. cit.*, p. 16.     **4.** Si Pater, à la demande de Wilde, fit un compte rendu élogieux du roman dans *The Bookman* de novembre 1891, il refusa de souscrire à l'hédonisme de Dorian et de Lord Henry, en regrettant cette perte du « sens moral » qui les caractérise, ainsi que « l'abaissement des aspirations » qui est contraire selon lui au « véritable épicurisme ».

dans sa préface à *Mademoiselle de Maupin* (1835) : pour lui comme pour Gautier, l'artiste n'a pas de comptes à rendre avec la société. Comme il l'exprimait en juillet 1889 dans l'essai « Le déclin du mensonge », « l'art a une vie indépendante comme la pensée et se développe uniquement selon ses propres lois. Il n'est pas fatalement réaliste dans une époque de réalisme, ou spiritualiste dans un siècle de foi [1] ».

Dans sa réponse au *Scots Observer*, Wilde précise encore la position de l'artiste face à son œuvre : « Un artiste, Monsieur, n'a pas de sympathies éthiques. Le vice et la vertu sont, pour le peintre, les couleurs qu'il voit sur sa palette : rien de plus et rien de moins [2]. »

Cette mise à distance de l'artiste face à son sujet s'accompagne donc d'une mise en abyme : de même que Basil Hallward est décrit face au Portrait de Dorian Gray, de même Wilde se voit tel un peintre face au *Portrait de Dorian Gray*. Si le roman n'est qu'une toile où les valeurs ne sont plus éthiques, mais chromatiques, le bien et le mal remplacés par le bon et le mauvais goût, alors les procès en moralité tombent d'eux-mêmes.

Décidément peu à l'aise dans l'Angleterre victorienne, c'est en France que Wilde reçut un accueil chaleureux, et qu'il devint très vite « l'auteur du *Portrait de Dorian Gray* ». *The Daily Chronicle* et la *St James's Gazette* avaient fustigé l'influence pernicieuse des Décadents français, notamment *À Rebours* de Joris-Karl Huysmans (1884), auquel le mystérieux « livre à couverture jaune », qui influence tant Dorian aux chapitres X et XI, est souvent identifié. Wilde, qui séjournait à Paris en 1883, fut profondément influencé par l'atmosphère littéraire française de l'époque : il admirait Baudelaire, Verlaine et Gautier, il côtoyait les Symbolistes et les Décadents. La Préface de *Dorian Gray* est écrite en 1891 depuis Paris, où il fréquente les fameux mardis de Mallarmé. C'est dans sa lettre à Wilde fin 1891, que Mallarmé achèvera de dégager le Portrait de Dorian Gray pour le tirer vers

**1.** Cité dans *Les Ailes du paradoxe*, Paris, Le Livre de Poche, « Classiques de Poche », 1996, pp. 86-87.   **2.** *Lettres*, pp. 142-143.

*Le Portrait de Dorian Gray*, le roman vers le livre :
« J'achève le livre, un des seuls qui puissent émouvoir,
vu que d'une rêverie essentielle et des parfums d'âmes
les plus étranges s'est fait son orage. Redevenir poi-
gnant à travers l'inouï raffinement d'intellect, et humain,
en une pareille perverse atmosphère de beauté, est un
miracle que vous accomplissez et selon quel emploi de
tous les arts de l'écrivain ! — *"It was the portrait that
had done everything."* Ce portrait en pied, inquiétant,
d'un Dorian Gray, hantera, mais écrit, étant devenu livre
lui-même [1]. »

### Le tableau de Dorian Gray

Depuis 1895 avec Albert Savine, l'habitude a toujours
été de traduire *The Picture of Dorian Gray* par *Le Portrait de Dorian Gray*. Littéralement, pourtant, il s'agit
d'un tableau, *picture*. Dans les deux premiers chapitres
du roman, les mots *picture* et *portrait* sont utilisés de
manière extrêmement précise par Wilde, comme s'ils ne
désignaient pas tout à fait la même chose.

Le mot *portrait* (et non *picture*) apparaît d'entrée pour
désigner le portrait en pied de ce jeune homme d'une si
extraordinaire beauté. Wilde se situe ici dans la lignée du
conte gothique d'Edgar Allan Poe, *Le Portrait ovale* (The
Oval Portrait, 1842), où le portrait d'une jeune femme,
accroché aux murs d'une chambre, frappe le narrateur par
son expression extraordinairement « vivante ». Le récit
rétrospectif de sa composition est une parabole sur l'inversion entre l'Art et la Vie. Lorsque le peintre, qui avait
représenté sa femme, achève le tableau en s'exclamant
« C'est la Vie même ! », il se retourne vers sa bien-
aimée : « Elle était morte ! » Après avoir rompu avec
Sibyl Vane, Dorian se saisit d'une glace ovale pour ausculter son propre visage : le miroir est un tableau qui lui
renvoie sa propre image éternellement jeune, alors que le
tableau vient déjà de prendre une ride. Plus tard, il affir-

---

**1.** S. Mallarmé, *Correspondance*, éd. de Lloyd James Austin,
Paris, Gallimard, tome IV, 1973, p. 327.

mera, à la fin du chapitre IX : « Il y a quelque chose de
fatal dans un portrait *(portrait)*. Il a sa propre vie. »

Par opposition, le mot *picture* signifie l'envers du
« portrait » gothique, c'est-à-dire le tableau qu'on peut
voir dans les galeries. Le tableau, c'est le vernis sage de
l'exhibition mondaine : l'une des pommes de discorde
entre Basil Hallward et Lord Henry n'est autre que le
refus du peintre de montrer « le portrait de Dorian Gray »,
littéralement « le *tableau* de Dorian Gray », pour la raison
qu'il exprime trop « le *portrait* de l'artiste ». Sans doute
parce que la passion de Basil pour Dorian, sa fascination
pour son modèle, seraient trop explicitement homosexuelles[1]. Par une inversion qu'entretient le génitif, le portrait
pourrait être *de* Dorian, comme si Dorian en était l'auteur,
tandis que Basil, qui en est l'auteur, aurait réalisé un auto-
portrait. Au chapitre II, sous l'influence du discours et du
regard de Lord Henry, le clivage va s'opérer de manière
inverse : même s'il semble le rejeter, Dorian va parler de
son portrait grandeur nature en utilisant le mot *portrait*,
tandis que Basil Hallward va se résigner à parler de son
tableau *(picture)*, consacrant bientôt l'abandon de son
œuvre comme on cède une possession. Bientôt, Dorian et
Lord Henry vont partir ensemble, dans une connivence
quasi amoureuse qui laisse le peintre seul, tandis que la
souffrance se peint sur son visage comme sur une toile.

Des deux trahisons, on ne sait quelle est la pire pour
lui. Celle du jeu amoureux en triangle, ou du jeu narcissique, également en triangle (mais avec le portrait/tableau
comme troisième terme), lorsque le narcissisme de
Dorian l'emporte sur le sien propre : « Que je l'apprécie ?
Mais j'en suis amoureux, Basil. C'est une part de moi-
même. »

À ce deuxième stade, la mutation fantastique est achevée. Lorsque Basil menace d'éventrer la toile, Dorian
s'exclame de manière prémonitoire qu'il s'agirait d'un
meurtre, comme si « le vrai Dorian » se trouvait sur le

---

**1.** Dans la seconde version, cet aspect-là du caractère de Basil
Hallward fut atténué par Wilde.

tableau et non dans la réalité. Le dépit du peintre apparaît dans sa réplique, qui consacre la (con)fusion entre le Dorian de chair, et celui qui est peint : « Eh bien, dès que tu auras séché, on te vernira, on t'encadrera, on te renverra chez toi. Alors tu pourras faire de toi-même ce que tu voudras. »

L'indécision propre au fantastique joue à plein dans les dernières pages du chapitre. Comme chez Poe, où le modèle, à force d'être peint sur la toile, n'a plus qu'à mourir devant son image si « vivante », comme chez Balzac, dans *Le Chef-d'œuvre inconnu* (1832), où le vieux maître Frenhofer répugne à exhiber sa « créature », cette « épouse » qu'est la *Belle Noiseuse*[1], le portrait diabolique finira par être doté d'une vie propre. Le portrait, ce plus magique des miroirs (chap. VIII), devient ce reflet inversé dans les profondeurs duquel Narcisse médusé n'ose plus se mirer : qu'il s'agisse de Dorian contemplant son rictus hideux ou de Basil contemplant son tableau qu'il ne reconnaît plus, ce spectre maudit leur renvoie, dans ce funeste chapitre XIII, une image déformée, inacceptable d'eux-mêmes.

Lord Henry Wotton, lui, tire comme toujours son épingle du jeu. À son propos, Wilde utilise à la fin du chapitre I le verbe *picture to himself*, comme faculté de se « figurer » intérieurement un tableau, une image. Ainsi Dorian tel que l'a dépeint Lady Agatha, comme prêtant son concours aux bonnes œuvres de l'East End : « Je me suis immédiatement figuré un personnage à lunettes, le cheveu rare, criblé de taches de rousseur et déambulant sur des pieds énormes. Je regrette de n'avoir pas su que c'était ton ami. »

À cet instant, Lord Henry n'a pas encore vu Dorian. Mais tel un peintre, il a produit une image de créature difforme, aux taches de rousseur horribles, une sorte de Mr Hyde. La médiation de Lord Henry, toute mentale, accouche d'un tableau prophétique. Wilde se situe ici dans la lignée de Hawthorne et de son conte « Les Pein-

---

1. « Ce n'est pas une toile, c'est une femme ! » À la fin de la nouvelle, ce chef-d'œuvre n'apparaîtra que comme un confus amas de couleurs.

tures prophétiques », où un peintre talentueux a le don, sur la toile, de prédire le destin de ses modèles, tel ce couple de fiancés, Walter et Elinor. Pendant qu'elle pose, il avertit Elinor du danger qu'elle aurait à rester auprès de Walter. Quand le double portrait est dévoilé à la fin, l'expression de menace qui se lit sur le portrait de Walter est confirmée dans la réalité lorsqu'il se tourne vers la jeune femme, ressemblant trait pour trait à son expression sur le tableau, et qu'il sort un poignard pour la tuer : « Le tableau, dans toute sa splendeur terrifiante, était achevé [1]. »

Remarquons que Wilde, dans le roman, cite très peu de peintres. On note ici une démarcation nette par rapport au *Portrait de Mr W.H.*, qui précède d'une année *Dorian Gray* et traite, dans le cadre de l'Angleterre élisabéthaine, du portrait présumé de Willie Hughes, auquel Shakespeare aurait dédié ses *Sonnets* : « Par la facture, et en particulier par la façon dont étaient traitées les mains, cette peinture rappelait la dernière manière de François Clouet. Le pourpoint de velours rouge, aux pointes fantasquement dorées, et le fond bleu paon sur lequel il se détachait si agréablement, et qui lui faisait prendre une valeur de couleur si lumineuse, étaient bien dans le style de Clouet... [2] »

La référence à Clouet n'est qu'un prétexte à la reconstitution factice d'une image ou d'une théorie qui s'avéreront des faux : l'inventeur de la théorie de Willie Hughes, Cyril Graham, est aussi celui qui a fait fabriquer le portrait. Il se suicidera lorsque la supercherie sera découverte, offrant sa vie en sacrifice au secret des *Sonnets*. Un peu de son sang giclera jusque sur le cadre du tableau. Le peintre est vrai [3], mais le portrait est faux. Dans *Dorian Gray*, la démarche de Wilde est inverse. Basil Hallward est un peintre fictif, mais Wilde fait tout pour accréditer

---

**1.** N. Hawthorne, « Les Peintures prophétiques », in *Le Manteau de Lady Éléonore et autres contes*, trad. Ch. Cestre, Paris, GF-Flammarion, 1993, p. 135.  **2.** *Le Portrait de Mr W.H.*, trad. de Jules Castier, Paris, Le Livre de Poche, « Classiques d'aujourd'hui », 1997, p. 37.  **3.** Notons cependant une hésitation en fin de nouvelle sur le nom du peintre Oudry, qu'il faudrait lire plutôt Ouvry (voir P. Aquien, article cité, p. 137).

l'idée que le portrait est vrai, comme par cette référence initiale à l'Académie Royale et à la galerie Grosvenor : Wilde fréquentait ces deux lieux, à qui il consacra plusieurs textes, où il discute les œuvres des peintres de son temps, opposant l'académisme de la première [1] à l'innovation de la deuxième, qui dès 1877 exposait les Burne-Jones, Holman Hunt, Millais et autres préraphaélites [2]. L'hommage appuyé de Lord Henry à cette dernière peut être lu comme une allusion au tableau de William Powell Frith, *A Private View* (1881), où un Wilde jeune visite la galerie aux côtés de Whistler. À plusieurs reprises, Wilde ironise sur Frith « qui a tellement fait pour élever la peinture à la dignité de la photographie [3] ». Ainsi, par une ruse du narcissisme et un effet de réel, Wilde auteur du *Portrait de Dorian Gray* voudrait envoyer le Portrait de Dorian Gray par Basil Hallward dans cette même galerie où Frith, en 1881, l'a peint assistant à un vernissage. Voilà une stratégie qui vise à rendre « naturel » le portrait fictif, celui décrit par la fiction et le discours : « L'image finale fournie par le discours (par le "portrait") est donc celle d'une forme naturelle, imprégnée de sens [4]. »

La stratégie narrative de Wilde consiste pourtant moins à décrire un portrait seulement esquissé en termes vagues qu'à en donner la réverbération verbale sur ceux qui le contemplent. Au chapitre II, l'achèvement par Basil Hallward du portrait n'est rendu qu'à travers le discours de Lord Henry, qui de sa « voix basse et musicale » disserte à l'envi, occupant l'espace de la page tandis que Basil est en train de peindre en silence. L'acte de peindre est ici rendu indirectement par la parole. La musique des mots prend alors le relais de la peinture pour accoucher de la forme : « Ils semblaient capables de donner une forme plastique à des choses informes, et de répandre une

---

**1.** « La déroute de l'Académie Royale », *Court and Society Review*, 27 avril 1887, in *Aristote à l'heure du thé*, Paris, Les Belles Lettres-UGE, coll. 10/18, 1994.    **2.** Voir les deux textes de jeunesse que Wilde consacra à la Grosvenor, repris in *La poésie des socialistes*, Paris, Les Belles Lettres, 1999.    **3.** « La déroute de l'Académie Royale », *op. cit.*, p. 88.    **4.** R. Barthes, *S/Z*, Éd. du Seuil, 1970, « Le portrait », p. 67.

musique à eux, aussi douce que celle de la viole ou du luth. »

Il ne s'agit pas seulement d'opposer la peinture à la musique, l'art figuratif à cet art, qui selon Lord Henry au chapitre XIX, n'est pas imitatif. La musique est certes très présente dans *Dorian Gray* : on va au concert écouter le pianiste Anton Rubinstein ou la cantatrice Patti, on va à l'Opéra écouter *Tannhaüser*, on massacre des morceaux au piano — comme Wilde égratigne au passage *Lohengrin*. Il n'est pas indifférent que Dorian joue *Les Scènes de la Forêt* de Robert Schumann au début du roman (chap. II), mélodies ravissantes [1] qui vont bien au Prince Charmant qu'il est encore, tandis qu'il joue un *Nocturne* de Chopin à la fin (chap. XIX), comme si l'on passait d'un romantisme apparemment intimiste à un romantisme plus tourmenté. La comparaison de Dorian et de Lord Henry au couple Apollon et Marsyas, personnage mythologique qui avait défié le dieu lors d'une joute musicale et qui avait été écorché vivant, a ici fonction d'ironie : un Lord Henry vieillissant ne sait pas, en réalité, que Dorian est Marsyas [2]. Au-delà des allusions culturelles à la musique, on sera frappé par l'utilisation, dans cette scène, d'une technique narrative analogue à celle de l'achèvement du tableau au début du roman. C'est encore par la voix romantique et rêveuse de Lord Henry que la musique en train de se jouer, par définition indescriptible, est rendue : « Joue-moi un nocturne, Dorian, et, tout en jouant, dis-moi tout bas comment tu as fait pour garder ta jeunesse... »

Dans sa réponse à la *St James's Gazette*, qui l'avait accusé d'impropriétés grammaticales, Wilde déclarait : « Pour ce qui est de la grammaire, je considère qu'en prose du moins la correction doit toujours se soumettre à l'effet artistique et à la cadence musicale [3]. »

D'où la présence de la poésie, art par excellence de la

---

**1.** P. Aquien note avec justesse que les *Scènes de la forêt* font cependant voisiner deux pièces, « Lieu maudit » et « Paysage souriant » (Introduction, *op. cit.*, p. 24). **2.** Cette figure était l'une des favorites de Wilde. L'allusion ramène ici à la peinture et au tableau du Titien, *Le Supplice de Marsyas*. **3.** Lettre du 26 juin 1890, citée par P. Aquien, Introduction, *op. cit.*, p. 19.

musique des mots. Celle de Shakespeare, avec *Roméo et Juliette*, dans ce chapitre VII où Sibyl récite son rôle d'une voix exquise, mais avec une intonation déplorable parce que l'artiste qu'elle est, devenue amoureuse, n'est plus en possession de son Art. En contrepoint, on notera, après ce fiasco public, la déclamation privée, par Dorian (chap. XIV), de trois strophes tirées des « Variations sur le carnaval de Venise », dans *Émaux et Camées* de Gautier (1852), qui suffit à transporter Dorian dans Venise elle-même. Les lignes pures de ces vers (l'anglais utilise le même mot pour « vers » et pour « lignes », *lines*) se transmuent alors, par la magie de la poésie, en lignes bleu turquoise, puis en éclairs de vives couleurs. En Angleterre, Wilde a pu être influencé par le poète Robert Browning et sa « Toccata of Galuppi's » (1853), où la Venise d'antan est recréée par la « vieille musique » de Baldassare Galuppi (1706-1785) entendue par la voix du poète[1]. C'est la musicalité du poème, la « musicalisation[2] » d'une écriture souvent répétitive, parfois lancinante, qui fait ici surgir le tableau des eaux de l'Adriatique. Dans la rêverie de Lord Henry, aux tonalités si proustiennes avant la lettre, la gamme des associations soudainement déclenchées par des signifiants chargés de sens réservera à la musique une place de choix. Pour Wilde comme pour Pater, « le grand art aspire à la condition de la musique ».

Tels Schumann et Chopin en musique, deux peintres sont cependant cités par Wilde. L'allusion de Dorian au Tintoret, à propos d'un voyage à Venise où Basil Hallward s'était pris pour le Tintoret d'un enthousiasme éperdu, est révélatrice[3]. Les œuvres de Tintoret (1518-1594) décorent notamment l'imposante Scuola di San Rocco, avec une *Crucifixion* à l'étage supérieur, dont Ruskin disait, dans *Les Pierres de Venise* : « Je laisse ce

---

1. Browning est cité par Lord Henry pendant que Dorian joue du Chopin.　2. Voir Bernard Brugière, « Robert Browning et la musique : variations sur "A Toccata of Galuppi's" », *Tropismes*, « Musique en textes », n° 8, Université Paris X-Nanterre, 1997, p. 96. 3. Wilde avait découvert Venise très tôt, comme en témoigne une lettre à sa mère des 24-25 juin 1875 (*Lettres*, p. 33).

tableau agir lui-même sur le spectateur, car il échappe à toute analyse, étant au-dessus de tout éloge. »

Cette autonomie presque fantastique aurait-elle atteint Basil de plein fouet ? La mise à mort de Basil par Dorian pourrait signer en tout cas « la perte de foi en l'association ruskinienne entre l'art et la morale[1] » : à travers Basil, c'est un peu Ruskin (et Whistler avec) que Wilde assassine. D'où cette description de la mort du peintre sous forme d'un tableau de couleurs criardes et sinistres, autant de tonalités qui renvoient à Dorian une image nocturne de son forfait. Dans *De Profundis*, la longue lettre qu'il écrivit à Lord Alfred Douglas depuis la geôle de Reading, Wilde évoquera « l'accent fatal qui, tel un fil de pourpre, court à travers la trame dorée de *Dorian Gray*[2] ».

Une autre comparaison, cette fois effectuée par Lord Henry (chap. XIX), concerne encore Basil Hallward : « Bien sûr, c'était un génie étonnant de la peinture. Mais on peut peindre comme Vélasquez et être aussi stupide que possible. »

Le peintre espagnol Diego Vélasquez (1599-1660) est notamment l'auteur d'un célèbre portrait, celui du *Pape Innocent X* (1650) qui se trouve à la Galerie d'art du Palais Pamphili Doria, à Rome. Lors d'un voyage à Rome effectué en 1900, l'année même de sa mort, Wilde devait dire de lui : « C'est le portrait le plus magistral qui soit au monde : tout ce que fut ce grand homme s'y retrouve[3]. »

Les différentes versions qu'en donnera le peintre anglais Francis Bacon (1909-1992) feront du Pape Innocent X un vieillard gâteux et grimaçant, poussant un cri inaudible tandis que dégoulinent sur son visage des stries d'or, sur un fond souvent gris et sombre. Aujourd'hui, il est admis que les tableaux en question, aux visages souvent déformés comme des masques, inachevés dans l'espace, éclatés comme par des balles de sang, sont des chefs-d'œuvre. Faudrait-il, dans cette perspective, réhabiliter l'horrible Portrait de Dorian Gray, cette image

---

**1.** P. Aquien, Introduction, *op. cit.*, p. 17.   **2.** *Lettres*, p. 310.
**3.** Lettre du 21 avril 1900 à Robert Ross, *Lettres*, p. 529.

hideuse que les deux Narcisse ont peine à reconnaître et faire leur ?

Et pourtant, c'était bien son tableau, avoue le peintre comme en écho du Dr Jekyll face à Mr Hyde vu pour la première fois dans la glace : « Pourtant, à voir cette affreuse idole dans le miroir, je n'éprouvai pas la moindre répulsion, plutôt l'envie de me précipiter pour lui souhaiter la bienvenue. Car ce reflet, c'était moi, aussi. Il paraissait naturel et humain[1]. »

Ainsi le Dr Jekyll semble plus avancé sur son époque que les héros de Wilde, plus enclin à accepter ce que Freud appellera bientôt « l'étranger dans la maison », qui n'est autre qu'une partie de soi-même rejetée ou refoulée, et qui paraît donc affreuse.

## Le Portrait *à l'épreuve du temps*

Tel un tableau, *Le Portrait de Dorian Gray* a subi les épreuves du temps. Selon Auguste Renoir, « le temps peint lui aussi ». À propos du *Moulin de la Galette* (1876), revu une vingtaine d'années plus tard, il aurait déclaré avoir peint un tableau rose et retrouvé un tableau bleu. Qu'en est-il aujourd'hui du *Portrait*, exactement un siècle après la mort de son auteur ?

Certains reproches, notamment ceux d'immoralité, ont bien sûr fait long feu. D'abord parce que Wilde, on l'a vu, a su y répondre. Quant aux mœurs, il faut paradoxalement, aujourd'hui où les codes ont changé, aller lire entre les lignes pour déceler la nature exacte des relations entre les trois personnages principaux. Il faut humer la lourde odeur de lilas ou l'arôme plus délicat des aubépines rougissants, suivre le vol d'une abeille dans un volubilis tyrien, ou celui de deux papillons vert et blanc voltigeant en couple auprès de Dorian et Lord Henry pour lire, dans ce livre « vénéneux », les premiers signes de la séduction en marche. Ce qui choquait les victoriens devient, comme certaines fleurs chez Proust, si codé aujourd'hui, qu'il

---

**1.** R. L., Stevenson, *L'Étrange cas du Dr Jekyll et de Mr Hyde*, trad. J.-P. Naugrette, Paris, Le Livre de Poche, « Classiques d'aujourd'hui », 1999, p. 72.

devient difficile de lire certains dialogues — ainsi le souhait d'accompagner Lord Henry formulé par Dorian, à la
fin du chapitre III — comme une invite au rapport sexuel,
alors que l'allusion était claire à l'époque. Par une étrange
mutation du temps, ce sont moins les personnages qui
frappent par leur homosexualité, que le texte lui-même,
qu'il faut ausculter, dans ses interstices[1]. C'est moins
l'homosexualité des personnes qui nous intéresse aujour-
d'hui, que « l'homotextualité[2] » du *Portrait de Dorian
Gray*.

L'accusation de décadentisme à la française doit également être relativisée. Wilde a certes prêté le flanc à la
critique en suggérant que le mystérieux livre à couverture
jaune n'était autre qu'*À Rebours* de Huysmans, et que
Dorian ne faisait que revivre les aventures de Des
Esseintes : « Que Wilde ait tenté, au moins quelque
temps, de faire de Dorian Gray un Des Esseintes, voire
une figure satanique, c'est probable ; une trace au moins
en subsiste : le chapitre XIV, où l'on peut dire que Dorian
induit en tentation son ancien ami Campbell[3]. »

Mais il s'agit bien de traces. Une fois l'identification
opérée, Wilde s'est acharné à brouiller les pistes : « Le
livre dont il est question dans *Dorian Gray* est un des
nombreux livres que je n'ai jamais écrits ; mais il s'inspire partiellement d'*À Rebours* de Huysmans. (...) C'est
une variation fantaisiste sur l'étude supra-réaliste
qu'Huysmans a faite du tempérament artistique dans
notre époque inartistique[4]. »

Livre dans le livre, l'ouvrage qui influence tant Dorian
pourrait-il être non pas une œuvre déjà existante, mais
une surface vierge, un livre à venir, un chef-d'œuvre
encore inconnu de Wilde ? « Le livre fatal que Lord
Henry prête à Dorian est l'une de mes œuvres non écrites.
Il faudra qu'un jour je la couche formellement sur le

---

**1.** Que se passe-t-il ainsi entre le chapitre III et le chapitre IV, qui
s'ouvre, un mois plus tard, sur l'image d'un Dorian visiblement installé chez Lord Henry comme s'il était chez lui ?     **2.** Voir Emily
Eells, « Ruskin, Proust et l'homotextualité », *Études anglaises*, 52-1
(1999) : 18-27.     **3.** J. Gattégno, *op. cit.*, p. 1658.     **4.** Lettre du
15 avril 1892 à W.E. Pratt, citée dans *Lettres*, p. 189, note 4.

papier », disait l'auteur de *Dorian Gray*[1]. À moins qu'il ne s'agisse d'un hommage à Pater, dont il décrit *La Renaissance* comme « le livre qui a exercé sur toute ma vie une si étrange influence[2] » ? Sans doute ce mystérieux livre tient-il un peu de Huysmans, de Pater et... de Wilde, sans qu'on puisse l'identifier formellement, pas plus qu'on ne peut mettre un nom sur la sonate de Vinteuil dans *Du côté de chez Swann*.

*À Rebours* est peut-être l'arbre qui cache la forêt littéraire. Parmi les Décadents, il faudrait citer *Le Crépuscule des Dieux*, d'Élémir Bourges, *Monsieur Vénus*, de Rachilde, *Le Vice suprême*, de Joseph Péladan, à la fois dans leur esthétisme fin-de-siècle et dans leur utilisation de la figure de l'Androgyne[3]. La scène de la fumerie d'opium vient peut-être de Dickens et d'*Edwin Drood* ou des *Confessions d'un mangeur d'opium anglais* de Thomas de Quincey (1822), mais aussi bien des *Paradis artificiels* de Baudelaire (1860), ou de « La Pipe d'opium » de Gautier (1838). Littératures française et anglaise s'interpénètrent ici, comme tout au long du XIXᵉ siècle. Le motif du pacte avec le diable et le jeu avec l'âme vient de *La Peau de chagrin* de Balzac (1831), mais aussi du roman gothique anglais *Melmoth l'errant* (1820) de Charles Maturin, dont Wilde était le petit-neveu[4]. Loin de correspondre au seul « livre à couverture jaune » et à l'époque décadentiste des années 1880-1890, la trame de *Dorian Gray* est donc bel et bien tissée de toute la littérature européenne du XIXᵉ siècle. À travers Dorian lecteur apparaît un Wilde qui aurait lu tous les livres, y compris ceux qu'il aurait pillés ou plagiés. D'où peut-être ce renversement, cette pose si typiques : tous ces livres inscrits en creux dans celui que lit Dorian n'appartiennent pas aux autres, car il est de moi — du moins faudra-t-il que je l'écrive. *Dorian Gray* apparaît comme une copie, parfois

---

**1.** Lettre de juillet 1890 citée par J. Gattégno, *op. cit.*, p. 1650, note 3. **2.** Cité par J. Gattégno, *op. cit.*, p. 1652, note 5. **3.** Voir Frédéric Monneyron, *L'Androgyne décadent : mythe, figure, fantasmes*, Grenoble, Ellug, 1996, notamment le chapitre II, « Esthétisme et androgyne ». **4.** Après sa sortie de prison, Wilde utilisa le pseudonyme de « Sébastien Melmoth ».

discrète, souvent servile, de textes antérieurs : roman fabriqué, préfabriqué de toutes ses pièces rapportées.

Une autre critique point alors, plus redoutable et persistante, qui était déjà celle de Gide : « Dorian Gray, tout d'abord, était une admirable histoire, combien supérieure à la *Peau de chagrin* ! combien plus significative ! Hélas, écrit, quel chef-d'œuvre manqué[1] ! »

Selon Dominique Fernandez, « ce roman tout entier dédié au Beau et qui devrait par conséquent, tel *Le Banquet* de Platon ou *Les Filles du feu* de Nerval, planer hors du temps dans une atmosphère incorruptible, est terriblement daté[2] ».

Il est vrai que le mobilier wildien a vieilli, et que *Le Portrait de Dorian Gray* nous apparaît aujourd'hui comme « une sorte de musée fin-de-siècle[3] ». Le projet décoratif de Wilde est suffisamment suranné et maniéré pour obstruer la perception des pigments d'horreur qui font la trame principale du *Portrait*, sans doute parce que son mobilier littéraire est si surchargé qu'on aurait parfois envie de le « dégraisser » telles les descriptions chez Balzac[4]. Comme dit Mario Praz dans *La Chair, la Mort et le Diable* : « Au beau milieu d'une scène qui se veut horrifiante, Wilde est capable de glisser une cigarette opiacée, une paire de gants jaune citron, une boîte d'allumettes laquée, un plateau d'argent Louis XV, ou une lampe sarrasine incrustée de turquoises, et tout l'édifice s'écroule, révélant que le véritable intérêt de l'auteur réside dans le décoratif[5]. »

Les longs monologues de Lord Henry, ces dissertations sur l'Art et la Beauté, ces dialogues de comédie de salon, ces aphorismes si bien frappés qu'on les extrait régulièrement, en florilège, de la matière romanesque, ne font que souligner la difficulté d'un Wilde malhabile romancier : en cela peut-être porte-parole ironique de Wilde, Lord Henry dit bien qu'il aimerait écrire un roman beau comme un tapis persan. La comparaison avec *Le Signe des Quatre* apparaît aujourd'hui défavorable au *Portrait*,

---

1. A. Gide, *Oscar Wilde, In memoriam*, Paris, Mercure de France, 1910 et 1989, p. 32.   2. D. Fernandez, *op. cit.*, p. 11.   3. *Ibid.*, p. 12.   4. Voir J. Gracq, *En lisant en écrivant*, Paris, Corti, 1981, p. 7.   5. Cité par D. Fernandez, *op. cit.*, p. 12.

tant cette « mélancolie *fin-de-siècle* » notée par Graham Greene à propos de Holmes[1] reste discrète chez Doyle, à peine quelques touches, et toujours soumise à l'action et l'intrigue. *Le Portrait de Dorian Gray* souffre même de la comparaison avec *Le Portrait de Mr W.H.*, qui frappe au contraire par sa rigueur interne, et constitue, dans le cadre d'une réflexion sur l'art du faux, une authentique tentative d'enquête littéraire autour de Shakespeare et du théâtre. Tel n'est pas le cas de la séquence théâtrale de *Dorian Gray*, où l'inclusion des pièces de Shakespeare dans le cadre réaliste du drame sentimental sonne comme fausse : on retrouve le reproche initial du « faux art ».

Certaines pages du *Portrait* échappent cependant à la brocante wildienne, ou aux discours interminables. Au chapitre IV, la description par Dorian de son aventure dans les rues de Londres à la recherche de sensations nouvelles, cette déambulation nocturne dans ce Londres gris et monstrueux, constitue un pur joyau de romanesque, une bribe de roman d'aventures urbaines qui contrastent favorablement avec l'insupportable accumulation, au chapitre XI, des parfums, des instruments de musique, des pierres précieuses, etc., et autres morceaux surajoutés. Face à cet empilement qui pourrait être flaubertien — on pense à *Salammbô* (1862) et sa décoration orientaliste surchargée — s'il n'était pas aussi didactique, les quelques lignes où Dorian est décrit hantant le sordide cabinet d'une taverne mal famée du quartier des Docks apparaissent dans tout leur relief, comme si Wilde était paradoxalement plus à l'aise dans la description des bas-fonds que dans celle des salons. Nombreux sont les fragments de *Dorian Gray* où Wilde se révèle aussi bon romancier que Stevenson dans *L'Étrange cas du Dr Jekyll et de Mr Hyde* ou Conan Doyle dans le cycle de Sherlock Holmes. Avec eux, il partage alors « le pouvoir plastique de la littérature : incarner un personnage, une pensée, une émotion, dans une action, ou une attitude qui frappe les esprits, pour s'y imprimer à jamais[2] ».

---

**1.** Introduction à *The Sign of Four*, Londres, Pan Books, 1974, p. 9.
**2.** R. L. Stevenson, « À bâtons rompus sur le roman », in *Essais sur l'art de la fiction*, éd. M. Le Bris, Paris, La Table Ronde, 1988, p. 210.

Lorsque Dorian, au chapitre XI, considère l'homme comme « un être doté de myriades de vies et de myriades de sensations, une créature complexe et multiforme, portant en elle d'étranges héritages de pensée et de passion », on se dit que Wilde partage les vues de Stevenson dans son conte[1]. Lorsqu'il arpente la galerie des portraits de famille dans sa maison de campagne, le cadre aristocratique inquiétant annonce *Le Chien des Baskerville* de Doyle (1902), où c'est un portrait accroché au mur du château qui fournit à Holmes un indice vital pour son enquête[2]. À mesure que Dorian se trouve retranché dans la forteresse de son moi divisé, que la comédie de salon fait place au drame intérieur, que Lord Henry disparaît dans les coulisses, réapparaissent dans la trame dorée du tapis persan les fils pourpres de la fatalité. L'unique fenêtre éclairée au dernier étage, les vieilles serrures des fenêtres qui cèdent, l'examen des bagues pour reconnaître les traits flétris du mort, sont autant de figures de style et d'écriture imprimées à jamais.

Une telle position risque pourtant, en définitive, de desservir *Dorian Gray*. Découper des fragments réussis dans une œuvre imparfaite, n'est-ce pas *dégraisser*, réhabiliter telle couche de texte, privilégier tel pigment plutôt qu'un autre ? À vouloir supprimer le mobilier wildien, autant supprimer les descriptions balzaciennes. À vouloir élaguer les longs discours, autant éliminer toute la perversité de la parole. La trame du texte est précisément faite de cet entrecroisement subtil de fils d'or et de pourpre, de genres littéraires hétérogènes, de pièces rapportées, de longueurs et de fulgurances. L'esthétique postmoderne, à la fin du XXᵉ siècle, n'est-elle pas celle de la réécriture, de la pièce rapportée, du collage, du pillage, voire du plagiat considéré comme un des beaux-arts ? Non plus le faux art, mais l'art du faux. Dans « Le Critique comme

---

**1.** Voir le début de la confession du Dr Jekyll, où il conçoit l'homme non pas comme un, mais deux, et fait d'une « véritable confédération de citoyens bigarrés, hétérogènes et autonomes » (*op. cit.*, p. 69).
**2.** Au chapitre XIII, le visage du coupable est décrit par Watson comme ayant littéralement « bondi » d'un portrait du XVIIᵉ siècle, et dans le dernier chapitre, le détective assure que « le portrait n'a pas menti ».

Artiste », Wilde disait que les grandes œuvres d'art sont
des choses qui vivent. Laissons *Le Portrait de Dorian
Gray* vivre à l'épreuve du temps. Ce roman terriblement
daté, unique en son genre, fait de couches si hétérogènes,
de pigments si divers, si laid par certains côtés, à l'instar
du Portrait nous reflétant notre image, pourrait alors apparaître, tel un tableau de Francis Bacon, et non plus de
Vélasquez, terriblement moderne.

Jean-Pierre NAUGRETTE

# LE PORTRAIT DE DORIAN GRAY

# PRÉFACE

L'artiste est celui qui crée des choses de beauté.

Révéler l'art et dissimuler l'artiste, tel est le but de l'art.

Le critique est celui qui sait traduire d'une autre façon ou avec un autre matériau l'impression que lui font des choses de beauté.

La forme la plus haute, comme la plus basse, de la critique est une manière d'autobiographie.

Ceux qui trouvent des significations laides à des choses belles sont corrompus sans être charmants. C'est regrettable.

Ceux qui trouvent des significations belles à des choses belles sont les gens cultivés, pour lesquels il y a de l'espoir.

Ce sont les élus pour lesquels des choses belles ne signifient rien d'autre que la Beauté.

Il n'existe pas de livres moraux ou immoraux. Les livres sont bien écrits ou mal écrits. C'est tout.

L'antipathie du XIX$^e$ siècle pour le réalisme, c'est la rage de Caliban[1] qui se voit dans son miroir.

L'antipathie du XIX$^e$ siècle pour le romantisme, c'est la rage de Caliban qui ne se voit pas dans son miroir.

La vie morale de l'homme forme une partie du sujet sur lequel travaille l'artiste, mais la moralité de l'art consiste en un usage parfait d'un moyen imparfait. L'artiste ne désire rien prouver. Or, même ce qui est vrai se prouve.

---

**1.** Personnage fruste et monstrueux (dont le nom est l'anagramme probable de « cannibale ») dans *La Tempête* de Shakespeare.

L'artiste n'a pas de préférences morales. Chez l'artiste, une préférence morale trahirait un style impardonnablement maniéré.

L'artiste n'est jamais morbide. L'artiste peut tout exprimer.

La pensée et le langage sont, pour l'artiste, les instruments de son art.

Le vice et la vertu sont, pour l'artiste, le matériau de son art.

Du point de vue de la forme, l'art du musicien est typique de tous les arts. Du point de vue de l'émotion, c'est le métier de comédien qui est typique.

Tout art est à la fois surface et symbole. Ceux qui dépassent la surface le font à leurs propres risques. Ceux qui déchiffrent le symbole le font à leurs propres risques.

C'est en réalité le spectateur et non la vie que reflète l'art.

Des opinions différentes au sujet d'une œuvre d'art montrent que cette œuvre est neuve, complexe, vitale.

Quand les critiques ne sont pas d'accord entre eux, l'artiste est en accord avec lui-même.

On peut pardonner à un homme d'accomplir une œuvre utile à condition qu'il ne l'admire pas. La seule excuse d'une œuvre inutile, c'est qu'on l'admire intensément.

Tout art est complètement inutile.

« C'est ton chef-d'œuvre, Basil, la meilleure chose que tu aies jamais faite »,
dit Lord Henry d'un ton languide.

L'atelier était empli du capiteux parfum des roses, et, lorsque la légère brise d'été frémissait parmi les arbres du parc, la lourde odeur du lilas franchissait la porte ouverte, à moins que ce ne fût la senteur plus délicate de l'églantine aux fleurs rosées.

Du coin du divan fait de sacs de selle persans sur lesquels il reposait en fumant, comme d'habitude, d'innombrables cigarettes, Lord Henry Wotton voyait à peine briller des fleurs sentant le miel dont elles avaient la couleur : c'étaient des cytises dont les branches frissonnantes semblaient avoir du mal à porter le faix d'une beauté aussi flamboyante que la leur.

De temps en temps, des ombres fantastiques d'oiseaux zébraient les longs rideaux de tussor[1] de soie qui masquaient l'immense fenêtre, produisant momentanément une sorte d'effet japonais : Lord Henry songeait à ces peintres de Tokyo[2], au pâle visage de jade, qui, au moyen d'un art fatalement immobile, cherchent à traduire le sens de la rapidité et du mouvement. Le sourd vrombissement des abeilles rampant dans les longues herbes, qu'on n'avait pas fauchées, ou volant en rond, avec une insistance monotone, autour des cornes dorées et poussiéreuses des chèvrefeuilles éparpillés, semblait rendre le silence plus oppressant. Le grondement indistinct de Londres formait comme le bourdon d'un orgue éloigné.

Au centre de la pièce, fixé à un chevalet droit, se dressait le portrait en pied d'un jeune homme d'une extraordinaire beauté physique, devant lequel, à peu de distance, se tenait assis le peintre lui-même, Basil Hallward, celui

---

**1.** Soie sauvage indienne.  **2.** Allusion au japonisme à la mode au XIXe siècle. Voir la « petite table japonaise » au chapitre II.

dont, il y a quelques années, la disparition soudaine a, sur le moment, tant ému le public et donné lieu à tant d'étranges conjectures.

Comme le peintre regardait la forme gracieuse et plaisante que son pinceau avait si bien réussi à rendre, un sourire de plaisir passa sur son visage et sembla s'y attarder. Mais soudain il se redressa et, fermant les yeux, posa les doigts sur ses paupières comme s'il cherchait à emprisonner dans son esprit quelque rêve bizarre dont il craignait de se réveiller.

— C'est ton chef-d'œuvre, Basil, la meilleure chose que tu aies jamais faite, dit Lord Henry, d'un ton languide. Il faut absolument l'exposer à Grosvenor Square l'année prochaine. L'Académie[1], c'est trop couru et trop commun. Chaque fois que j'y suis allé, ou bien il y avait tant de monde que je n'ai pas pu voir les tableaux, ce qui est atroce, ou bien il y avait tant de tableaux que je n'ai pas pu voir les gens, ce qui est pire. Vraiment, la Grosvenor, il n'y a que ça.

— Je n'ai pas l'intention de l'exposer où que ce soit, répondit Basil en rejetant la tête en arrière de cette curieuse façon qui faisait que ses amis riaient de lui à Oxford. Non. Je ne l'exposerai nulle part.

Lord Henry haussa les sourcils et le considéra avec stupéfaction à travers les tourbillons de fumée bleue qui sourdaient en spirales tournées et contournées de sa lourde cigarette couleur d'opium.

— Tu ne l'exposeras nulle part ? Mais, mon cher, pourquoi ? Pour quelle raison ? Quels drôles de corps vous êtes, vous autres peintres ! Vous faites tout au monde pour vous créer une réputation. Dès que vous en avez une, on dirait que vous voulez vous en débarrasser. C'est sot de votre part, parce qu'il n'y a qu'une seule chose plus désagréable que de faire parler de soi : c'est ne pas faire parler de soi. Un portrait comme celui-ci te mettrait bien au-dessus de tous les jeunes peintres d'Angleterre et rendrait les vieux fort jaloux, à supposer que

---

**1.** La *Royal Academy of Painting, Sculpture and Architecture*, aux tendances conservatrices, avait été fondée en 1769 à Haymarket, près de Piccadilly Circus.

les vieux soient encore capables d'éprouver quelque chose.

— Je sais que tu vas te moquer de moi, mais vraiment je ne peux pas l'exposer. J'y ai mis trop de moi-même. (Lord Henry s'étala sur le divan et se mit à rire.) Oui, j'avais prévu ta réaction, mais ce n'en est pas moins vrai.

— Trop de toi-même ! Parole d'honneur, Basil, je ne te savais pas si fat, et, franchement, je ne vois pas en quoi ton visage âpre, énergique, et tes cheveux noirs comme du charbon ressemblent à cet Adonis qui semble fait d'ivoire et de pétales de roses. Voyons, mon cher Basil, lui, c'est un Narcisse [1], tandis que toi... Oh ! je sais bien, tu as l'air intellectuel, et tout cela. Mais la beauté, la vraie beauté, s'achève là où l'air intellectuel commence. L'intellect est en soi une façon d'exagérer et il détruit l'harmonie de n'importe quel visage. Dès qu'on s'assied pour réfléchir, on ne devient plus qu'un nez, ou qu'un front, ou quelque chose d'horrible. Regarde les gens qui ont du succès dans toutes les professions savantes : ils sont tous parfaitement hideux ! Sauf, bien sûr, dans l'Église, mais c'est que, dans l'Église, ils ne réfléchissent pas. Un évêque octogénaire continue à répéter ce qu'on lui a appris quand il était un gamin de dix-huit ans, et il s'ensuit naturellement qu'il garde toujours un physique délicieux. Ton jeune et mystérieux ami, dont tu ne m'as pas donné le nom mais dont le portrait me fascine véritablement, il ne pense jamais. J'en suis persuadé. C'est un être séduisant et sans cervelle qu'il faudrait toujours avoir près de soi en hiver, quand il n'y a pas de fleurs à contempler, et aussi en été, quand on a besoin de se rafraîchir l'intelli-

---

**1.** Figures mythologiques de l'Antiquité. Adonis, célèbre pour sa beauté, fut recueilli par Aphrodite, puis Perséphone. La reine des Enfers s'éprit du jeune garçon et refusa de le rendre, ce qui suscita la jalousie d'Aphrodite, déesse de l'Amour, et d'autres dieux. La fin d'Adonis fut tragique. Narcisse, également d'une grande beauté, fut lui aussi la victime d'une vengeance divine pour avoir rejeté l'amour de la nymphe Écho. Il tomba amoureux de son reflet dans une fontaine, et dépérit. Ces comparaisons expliquent la future description de Dorian comme un « jeune martyr grec » et annoncent déjà sa fin tragique.

gence. Ne te fais pas d'illusions, Basil : tu ne lui ressembles aucunement.

— Tu ne m'as pas compris, Harry, répondit le peintre.
Bien sûr, je ne lui ressemble pas. Je sais cela parfaitement. À vrai dire, je serais navré de lui ressembler. Tu
hausses les épaules ? Je te dis la vérité. Une sorte de fatalité s'attache à toute distinction physique ou intellectuelle,
le genre de fatalité qui, dans l'histoire, semble suivre
comme un chien les pas titubants des rois. Il vaut mieux
n'être pas différent de ses pairs. Les laids et les sots ont
la meilleure part dans ce monde. Ils peuvent s'installer à
l'aise et regarder la pièce de théâtre la bouche ouverte.
S'ils ne connaissent pas la victoire, du moins la connaissance de la défaite leur est-elle épargnée. Ils vivent
comme nous devrions tous vivre, placides, indifférents et
sans soucis. Ils ne détruisent personne et ne sont pas
détruits par autrui. Ton rang et ta fortune, Harry ; ma
cervelle, pour ce qu'elle vaut ; ma peinture, quelle qu'en
soit la qualité ; la beauté de Dorian Gray... Nous allons
tous souffrir en échange de ce que les dieux nous ont
donné. Souffrir terriblement.

— Dorian Gray ? C'est son nom ? demanda Lord
Henry en traversant l'atelier en direction de Basil
Hallward.

— Oui, c'est son nom. Je n'avais pas l'intention de te
le dire.

— Et pourquoi pas ?

— Je ne peux pas te l'expliquer. Quand les gens me
plaisent infiniment, je ne donne jamais leur nom à personne. Ce serait renoncer à eux en partie. J'en suis arrivé
à adorer le secret. C'est, semble-t-il, la seule chose qui
puisse nous rendre la vie moderne mystérieuse ou miracu-
leuse. Ce qu'il y a de plus ordinaire devient exquis si on
le cache. Quand je quitte la ville, je ne dis jamais à ma
famille où je vais. Si je le leur disais, je n'aurais plus
aucun plaisir. C'est une sotte habitude, j'en suis d'accord,
mais, je ne sais pourquoi, elle met beaucoup de romanesque dans la vie. Tu dois me trouver horriblement stupide d'être comme cela.

— Pas du tout, répondit Lord Henry, mais pas du tout,
mon cher Basil. Tu sembles oublier que je suis marié, et

le grand charme du mariage, c'est d'obliger les deux parties à mener une vie de tromperie, sans leur laisser le
choix. Je ne sais jamais où est ma femme et ma femme
ne sait jamais ce que je fais. Quand nous nous rencontrons
— cela arrive de temps en temps, pour dîner en ville ou
aller à la campagne chez le duc — nous nous racontons
les histoires les plus absurdes de l'air le plus sérieux. Ma
femme a beaucoup de talent pour cela, bien plus que moi
d'ailleurs. Elle ne se trompe jamais de date, et moi toujours. Mais quand elle me démasque, elle ne fait pas
d'embarras. Quelquefois, j'aimerais qu'elle en fît, mais
elle se moque de moi et c'est tout.

— Je déteste la façon dont tu parles de ta vie d'homme
marié, Harry, dit Basil Hallward en se dirigeant à pas
lents vers la porte qui conduisait au parc. Je crois qu'en
réalité tu es un très bon mari et que tu as profondément
honte de tes propres vertus. Tu es un garçon extraordinaire. Tu ne dis jamais rien de moral et tu ne fais jamais
rien d'immoral. Ton cynisme est une pose, voilà tout.

— C'est le naturel qui est une pose, et la plus agaçante
que je connaisse, s'écria Lord Henry en riant, et les deux
jeunes hommes passèrent ensemble dans le parc pour s'y
installer sur un long siège de bambou ombragé par un
laurier de bonne taille.

Le soleil patinait sur les feuilles lisses. Dans l'herbe,
des pâquerettes blanches frissonnaient.

Après un moment, Lord Henry tira sa montre.

— Malheureusement, il faut que je parte, Basil, murmura-t-il, mais, avant de m'en aller, je veux que tu
répondes à la question que je t'ai posée il y a quelques
minutes.

— De quoi s'agit-il ? fit le peintre en gardant son
regard fixé à terre.

— Tu le sais très bien.

— Je l'ignore, Harry.

— Eh bien, je vais te le dire. Je veux que tu m'ex-
pliques pourquoi tu n'exposeras pas le portrait de Dorian
Gray. Je veux la vraie raison.

— Je t'ai donné la vraie raison.

— Non, c'est faux. Tu as dit que c'était parce qu'il y
avait trop de toi dedans. Voyons, c'est enfantin.

— Harry, dit Basil Hallward en le regardant droit dans les yeux, tout portrait peint avec sincérité est le portrait de l'artiste et non du modèle. Le modèle n'est que l'accident, l'occasion. Ce n'est pas lui qui est révélé par le peintre ; c'est plutôt le peintre qui, sur la toile peinte, se révèle lui-même. Si je ne veux pas exposer ce portrait, c'est que je crains d'y avoir montré le secret de ma propre âme.

Lord Henry se mit à rire :

— Et quel est-il ? demanda-t-il.

— Je vais te le dire, fit Hallward, mais une expression de perplexité marquait son visage.

— Je suis tout ouïe, Basil, poursuivit son compagnon en lui jetant un regard.

— Oh ! il y a vraiment très peu à dire, Harry, répondit le peintre, et je crains que tu n'y comprennes pas grand-chose. Peut-être ne me croiras-tu pas vraiment.

Lord Henry sourit, et, se penchant, cueillit une pâquerette aux pétales roses pour l'examiner.

— Je suis parfaitement sûr de comprendre, répondit-il en fixant un regard intense sur le petit disque doré à plumes blanches. Quant à y croire, je suis capable de croire n'importe quoi, pourvu que ce soit complètement incroyable.

Le vent fit tomber quelques fleurs des arbres, et les lilas pesants oscillèrent par grappes d'étoiles dans l'air alangui. Une sauterelle se mit à grésiller près du mur et, tel un fil bleu, une libellule longue et mince passa en flottant sur ses ailes de gaze brune. Lord Henry avait l'impression d'entendre battre le cœur de Basil Hallward, et il se demandait ce qui allait venir.

— L'histoire est simple, dit le peintre après un moment. Il y a deux mois, je suis allé à un raout chez Lady Brandon. Tu sais que nous autres, pauvres artistes, devons nous montrer en société de temps en temps pour rappeler au public que nous ne sommes pas des sauvages. En habit de soirée et cravate blanche, tu me l'as dit une fois, n'importe qui, même un agent de change, peut passer pour un être civilisé. Bon, j'y étais depuis dix minutes et je causais avec de vastes douairières trop bien habillées et des raseurs d'académiciens, quand j'ai brusquement senti que quelqu'un me regardait. Je me suis retourné à moitié et j'ai vu Dorian

Gray pour la première fois. Quand nos yeux se rencontrèrent, je me sentis pâlir. Une étrange sensation de terreur m'envahit. Je sus que j'étais en face de quelqu'un dont la seule personnalité était si fascinante que, si je le permettais, elle s'emparerait de toute ma nature, de toute mon âme, de mon art lui-même. Je ne voulais aucune influence extérieure sur ma vie. Tu sais toi-même, Harry, à quel point je suis indépendant de nature. J'ai toujours été mon propre maître ; du moins je l'avais toujours été, jusqu'au jour où j'ai rencontré Dorian Gray. Ensuite... mais je ne sais comment te l'expliquer. Quelque chose semblait me dire que ma vie arrivait au bord d'une crise terrible. Je sentais bizarrement que le destin me réservait des joies exquises et d'exquises afflictions. Je pris peur et je me détournai pour quitter la pièce. Ce ne fut pas ma conscience qui me fit agir ainsi, ce fut une sorte de lâcheté. Je ne me sais aucun gré d'avoir essayé de fuir.

— La conscience et la lâcheté, en réalité, Basil, c'est la même chose. La conscience sert d'enseigne à la firme, c'est tout.

— Je n'en crois rien, Harry, et je ne pense pas que tu le croies non plus. En tout cas, quel qu'ait été mon motif — peut-être fut-ce l'orgueil, car j'étais très orgueilleux dans le temps —, je n'ai pas manqué de faire tous mes efforts pour atteindre la porte. Là, bien entendu, je tombai de nouveau sur Lady Brandon. Elle a hurlé : « Vous n'allez pas vous sauver si vite, monsieur Hallward ! » Tu connais sa voix étrangement perçante ?

— Oui, elle a tout du paon, sauf le plumage, dit Lord Henry en déchirant la pâquerette en morceaux de ses longs doigts nerveux.

— Je n'ai pas pu m'en débarrasser. Elle m'a présenté à des princes du sang et à des gens à plaques et à jarretières et à de vieilles dames avec des tiares gigantesques et des nez de perroquet. Elle parlait de moi comme de son meilleur ami. Je ne l'avais rencontrée qu'une seule fois, mais elle s'était mis en tête de me lancer. Un de mes tableaux avait dû avoir beaucoup de succès à l'époque, ou du moins les feuilles de chou à quatre sous en avaient-elles parlé, ce qui, au XIXᵉ siècle, est la mesure de l'immortalité. Soudain, je me trouvai en face du jeune homme dont la personnalité m'avait si étrangement bouleversé. Nous étions tout près l'un de l'autre, nous nous touchions presque. Nos yeux se rencontrèrent de nouveau. C'était imprudent de ma part, mais je demandai à Lady Brandon de me présenter à lui. Après tout, peut-être n'était-ce pas si imprudent que cela : c'était simplement inévitable. Nous nous serions parlé sans présentations. J'en suis certain. Dorian me l'a dit plus tard. Lui aussi sentait que nous étions destinés à nous connaître.

— Et comment Lady Brandon a-t-elle présenté ce merveilleux jeune homme ? demanda l'ami. Je sais qu'elle a la manie de fournir des biographies succinctes de tous ses invités. Je me rappelle qu'elle m'a traîné devant un féroce vieux monsieur à la face rouge, tout chamarré de rubans et de décorations, et que, dans un chuchotement de tragédie que tous les présents devaient entendre, elle m'a sifflé à l'oreille les détails les plus stupéfiants. Moi, j'ai pris la fuite. J'aime découvrir les gens par moi-même. Mais Lady Brandon traite ses invités exactement comme un commissaire-priseur sa marchandise. Ou elle les réduit à rien à force d'en parler, ou elle vous en dit tout sauf ce que vous voulez savoir.

— Pauvre Lady Brandon ! Comme tu la traites, Harry ! dit Hallward avec nonchalance.

— Mon cher, elle voulait créer un salon et n'a réussi qu'à ouvrir un restaurant. Comment pourrais-je l'admirer ? Mais dis-moi, comment t'a-t-elle présenté M. Dorian Gray ?

— Oh ! elle a dit quelque chose comme : « Charmant garçon, sa pauvre chère mère et moi étions absolument inséparables. J'ai oublié ce qu'il fait. Je crois bien qu'il ne fait rien. Ah ! si, il joue du piano. Ou est-ce du violon, cher monsieur ? » Ni lui ni moi n'avons pu nous empêcher de rire, et nous sommes aussitôt devenus amis.

— Le rire est une bonne introduction à l'amitié et, de loin, la meilleure de ses conclusions, dit le jeune lord en cueillant une autre pâquerette.

Hallward secoua la tête.

— Tu ne comprends pas ce qu'est l'amitié, Harry, murmura-t-il, ni d'ailleurs l'inimitié. Tu aimes bien tout le monde, ce qui signifie que tu es indifférent à tous.

— Quelle horrible injustice ! s'écria Lord Henry, en rejetant son chapeau en arrière et en regardant les petits nuages qui, comme des écheveaux emmêlés de soie blanche et luisante, traversaient en voguant la turquoise creuse du ciel d'été. Oui, tu es horriblement injuste. Je fais de grandes différences entre les gens. Je choisis mes amis pour leur allure, mes connaissances pour leur réputation et mes ennemis pour leur intelligence. On n'est jamais trop soigneux dans le choix de ses ennemis. Je n'en ai pas un seul qui soit un imbécile. Ils ont tous quelques moyens intellectuels et, par conséquent, ils m'apprécient. Est-ce un excès de vanité de ma part ? Je pense que la vanité n'y est pas pour rien.

— J'en suis persuadé, Harry. Mais, d'après tes catégories, je ne dois être pour toi qu'une connaissance.

— Mon cher Basil, tu es bien davantage qu'une connaissance.

— Et bien moins qu'un ami. Une espèce de frère, je suppose ?

— Oh ! les frères ! Je ne tiens pas aux frères. Mon aîné ne veut pas mourir et il me semble que mes cadets le font tout le temps.

— Harry ! fit Hallward, le sourcil froncé.

— Mon cher, je ne suis pas tout à fait sérieux. Mais, je n'y peux rien, je déteste ma parentèle. Je suppose que c'est parce que nous ne supportons en aucun cas que les autres aient les mêmes défauts que nous. Je suis en plein accord avec la rage que les démocrates anglais éprouvent contre ce qu'ils appellent les vices de l'aristocratie. Les masses trouvent que l'ivrognerie, la stupidité et la débauche devraient leur être réservées et que, si l'un d'entre nous se tient mal, il braconne sur leurs terres. Quand le pauvre Southwark a plaidé son divorce [1], ils ont été magnifiques d'indignation. Et pourtant je n'imagine pas que dix pour cent des prolétaires vivent vertueusement.

— Je ne suis pas d'accord avec un seul des mots que

---

1. Le tribunal du *Divorce Court* avait été fondé en 1857 pour simplifier la procédure de divorce.

tu viens de prononcer et, qui plus est, Harry, je suis persuadé que toi non plus.

Lord Henry caressa la pointe de sa barbe châtain et
tapota le bout de sa bottine vernie avec sa canne d'ébène
à gland.

— À quel point tu es anglais, Basil ! C'est la deuxième
fois que tu fais cette remarque. Si l'on présente une idée
à un vrai Anglais, ce qu'il est toujours téméraire de faire,
il ne songe même pas à se demander si elle est vraie ou
fausse. La seule chose qui lui paraisse importante, c'est
si on y croit soi-même. Or, la valeur d'une idée n'a aucun
rapport avec la sincérité de l'homme qui l'exprime. Il est
même probable que, plus l'homme est insincère, plus
l'idée sera intellectuellement pure, puisqu'elle ne sera
marquée ni par ses besoins, ni par ses désirs, ni par ses
préjugés. Cependant, je n'ai pas l'intention de discuter de
politique, de sociologie ou de métaphysique avec toi.
J'aime les gens mieux que les principes et j'aime les gens
sans principes plus que tout. Parle-moi encore de
M. Dorian Gray. Tu le vois souvent ?

— Tous les jours. Je ne saurais être heureux si je ne
le voyais pas tous les jours. Il m'est absolument indispensable.

— C'est extraordinaire ! Je pensais que tu n'aimerais
jamais que ton art.

— Maintenant, c'est lui qui est tout mon art pour moi,
dit gravement le peintre. Il m'arrive de penser, Harry,
qu'il n'existe que deux époques de quelque importance
dans l'histoire du monde. La première correspond à l'apparition d'une nouvelle forme d'art, et la seconde à l'apparition d'une nouvelle personnalité, dans l'art aussi. Ce
que l'invention de la peinture à l'huile fut pour les Véni-
tiens, le visage d'Antinoüs[1] le fut pour la sculpture
grecque tardive, et le visage de Dorian Gray le sera un
jour pour moi. Ce n'est pas seulement que je me serve de

**1.** Jeune homme grec fameux pour sa beauté. Aimé de l'empereur Hadrien, il se noya dans le Nil, près de Besa, en 122 après
J.-C. Hadrien fit dresser un temple et fonda la ville d'Antinoé en
sa mémoire. Wilde le cite dans « Le Jeune Roi », *Le Prince
heureux et autres contes*.

lui pour peindre, pour dessiner, pour faire des croquis. Bien sûr, j'ai fait tout cela. Mais il est beaucoup plus pour moi qu'un sujet ou qu'un modèle. Je ne te dirai pas que je ne suis pas satisfait de ce que j'ai tiré de lui, ni que sa beauté est telle que l'art ne peut pas l'exprimer. Il n'y a rien que l'art ne puisse exprimer, et je sais que le travail que j'ai fait depuis que j'ai rencontré Dorian Gray, c'est du bon travail, le meilleur de ma vie. Mais, d'une curieuse manière — je ne sais pas si tu vas me comprendre —, sa personnalité m'a suggéré une manière de peinture entièrement nouvelle, un genre de style entièrement nouveau. Je vois les choses différemment. J'y pense différemment. Je peux maintenant recréer la vie d'une façon qui m'était cachée jadis. « Un rêve de forme tiré de jours qui songent », je ne sais plus qui a dit cela, mais c'est ce que Dorian Gray a été pour moi. La seule présence visible de ce jouvenceau, car il ne m'apparaît guère plus âgé qu'un jouvenceau, encore qu'il ait, en réalité, plus de vingt ans, sa seule présence visible... Ah ! je me demande si tu peux saisir tout ce que cela signifie. Inconsciemment, il définit pour moi les traits d'une école nouvelle, une école qui contiendra toute la passion de l'esprit romantique et toute la perfection de l'esprit grec. L'harmonie de l'âme et du corps, tout est là ! Dans notre folie, nous avons séparé les deux et inventé un réalisme vulgaire et un idéalisme creux. Harry ! Si seulement tu savais ce que Dorian Gray représente pour moi ! Tu te rappelles ce paysage dont Agnew[1] m'offrait un prix si énorme et dont je n'ai pas voulu me séparer ? C'est un de mes meilleurs tableaux. Et pourquoi ? Parce que, pendant que je le peignais, Dorian Gray était assis auprès de moi. Je ne sais quelle subtile influence passait de lui à moi et, pour la première fois de ma vie, j'ai vu dans un simple terrain boisé le miracle que j'y avais toujours cherché et toujours en vain.

— Basil, c'est extraordinaire ! Il faut que je fasse la connaissance de Dorian Gray.

Hallward se leva de son siège et marcha de long en large dans le parc. Après quelque temps, il revint.

---

**1.** Sir William Agnew (1825-1910), célèbre marchand de tableaux de Bond Street à Londres.

— Harry, dit-il, Dorian Gray n'est pour moi qu'un motif artistique. Peut-être ne verrais-tu rien en lui. Moi, en lui, je vois tout. Il n'est jamais aussi présent dans mon œuvre que lorsque son image en est absente. Il est, comme je l'ai dit, l'ébauche d'une nouvelle manière. Je le retrouve dans les courbes de certaines lignes, dans le charme et les subtilités de certaines couleurs. C'est tout.

— Alors pourquoi ne veux-tu pas exposer son portrait ? demanda Lord Henry.

— Parce que, sans en avoir eu l'intention, j'y ai un peu exprimé toute cette bizarre idolâtrie artistique dont, naturellement, je n'ai jamais voulu lui parler. Il ne la soupçonne pas. Il ne la soupçonnera jamais. Mais le monde pourrait deviner et je refuse de dénuder mon âme devant ses yeux fureteurs et superficiels. On ne mettra pas mon cœur sous un microscope. Il y a là trop de moi, Harry, trop de moi.

— Les poètes n'ont pas tes scrupules. Ils savent à quel point les passions sont bonnes pour la publication. De nos jours, un cœur brisé fait beaucoup d'éditions.

— C'est ce que je hais en eux ! s'écria Hallward. Un artiste doit créer des choses de beauté mais il ne doit rien y mettre de sa propre vie. Nous vivons une époque où les hommes traitent l'art comme s'il devait être une forme d'autobiographie. Nous avons perdu le sens abstrait de la beauté. Un jour je montrerai au monde ce que c'est. Et c'est pour cela que le monde ne verra jamais mon portrait de Dorian Gray.

— Je pense que tu as tort, Basil, mais je ne vais pas discuter avec toi. Il n'y a que les benêts intellectuels qui discutent. Dis-moi : Dorian Gray a-t-il beaucoup d'affection pour toi ?

Le peintre réfléchit quelques instants.

— Il m'aime bien, répondit-il après un silence. Je sais qu'il m'aime bien. Il est vrai que je le flatte à mort. J'éprouve un étrange plaisir à lui dire des choses dont je sais que je regretterai de les lui avoir dites. Généralement, il est charmant avec moi : assis dans l'atelier, nous parlons de mille sujets. De temps en temps, cependant, il manque horriblement de tact et semble se délecter à me faire mal. Alors, Harry, j'ai le sentiment d'avoir donné toute mon âme à un homme qui la traite comme si c'était une fleur à mettre à sa boutonnière, un petit affiquet pour complaire à sa vanité, un ornement pour un jour d'été.

— En été, Basil, les jours ont tendance à s'attarder, murmura Lord Henry. Peut-être te lasseras-tu plus tôt que lui. Il est triste d'y penser, mais, la chose est sûre, le génie dure plus longtemps que la beauté. C'est ce qui justifie les soins que nous prenons tous pour pousser trop loin notre éducation. Au milieu de cette bataille sauvage pour l'existence, nous voulons avoir quelque chose qui dure, si bien que nous nous bourrons la cervelle de sottises et de faits, dans l'espoir naïf de garder notre place. L'homme parfaitement bien informé, voilà l'idéal moderne. Et l'esprit d'un homme parfaitement bien informé, c'est effrayant : c'est comme un bric-à-brac plein de monstres et de poussière, tous les objets y coûtant plus qu'ils ne valent. Pourtant, je pense que tu te lasseras le premier. Un jour, tu regarderas ton ami et il te semblera un peu mal crayonné, ou tu n'aimeras plus le ton de sa coloration, ou autre chose. Tu lui feras d'amers reproches dans ton cœur et tu penseras sérieusement qu'il s'est très mal conduit avec toi. La prochaine fois qu'il te fera une visite, tu seras parfaitement froid et indifférent. Ce sera grand dommage, car tu deviendras autre. Ce que tu m'as raconté, c'est un vrai roman, ce qu'on pourrait appeler un roman artistique, et l'ennui de tous les romans, à quelque espèce qu'ils appartiennent, c'est qu'ils vous ôtent tout goût du romanesque.

— Harry, ne parle pas ainsi. Aussi longtemps que je vivrai, la personnalité de Dorian Gray me dominera. Tu ne peux pas éprouver ce que j'éprouve. Tu changes trop souvent.

— Ah ! mon cher ami, c'est précisément pourquoi je peux l'éprouver. Les fidèles ne connaissent que le côté banal de l'amour : ce sont les volages qui en connaissent les tragédies.

Et Lord Henry fit craquer une allumette sur une mignonne boîte en argent, après quoi il se mit à fumer une cigarette d'un air modeste et satisfait, comme s'il avait résumé le monde en une formule.

On entendait des froissements provenant des moineaux

qui pépiaient dans les feuilles vertes et laquées du lierre, et les ombres bleues des nuages se pourchassaient dans l'herbe comme des hirondelles. Comme on était bien dans le parc ! Et combien délectables sont les émotions d'autrui, bien plus délectables que leurs idées, lui semblait-il. Notre âme et les passions de nos amis, voilà ce qu'il y a de fascinant dans la vie. Il se représenta en silence et avec amusement l'ennuyeux déjeuner qu'il avait manqué en restant si longtemps avec Basil Hallward. S'il était allé chez sa tante, il y aurait sûrement rencontré Lord Hoodbody et la conversation n'aurait cessé de tourner autour de pauvres à nourrir et de logements modèles à construire. Chaque catégorie d'invités aurait prêché l'importance de vertus qu'ils n'avaient pas besoin d'exercer eux-mêmes. Les riches auraient parlé de l'utilité d'être économe et les oisifs auraient loué avec éloquence la dignité du travail. C'était charmant d'avoir échappé à tout cela ! Comme il pensait à sa tante, une idée le frappa. Il se tourna vers Hallward et dit :

— Mon cher, je viens de me rappeler.

— Te rappeler quoi, Harry ?

— Où j'ai entendu le nom de Dorian Gray.

— Où cela ? demanda Hallward en fronçant légèrement le sourcil.

— Ne prends pas cet air furieux, Basil. C'était chez ma tante, Lady Agatha. Elle m'a dit qu'elle avait découvert un merveilleux jeune homme qui allait l'aider dans l'East End[1], et qu'il s'appelait Dorian Gray. Je dois avouer qu'elle ne m'a jamais parlé de sa beauté. Les femmes ne savent pas reconnaître la beauté, du moins les femmes honnêtes. Elle m'a dit qu'il était très sincère et qu'il avait une belle âme. Je me suis immédiatement figuré un personnage à lunettes, le cheveu rare, criblé de taches de rousseur et déambulant sur des pieds énormes. Je regrette de n'avoir pas su que c'était ton ami.

---

1. Partie de Londres, à l'est de la City. Ce quartier commercial et industriel était habité au XIXe siècle par une population généralement pauvre, d'où les œuvres charitables de Lady Agatha. La proximité des docks et du port de Londres en faisait une zone mal famée et dangereuse.

— J'en suis ravi, Harry.

— Pourquoi ?

— Je ne veux pas que tu le connaisses.

— Tu ne veux pas que je le connaisse ?

— Non.

— M. Dorian Gray est dans l'atelier, monsieur, dit le maître d'hôtel paraissant dans le parc.

— Présente-moi tout de suite, fit Lord Henry en riant.

Le peintre se tourna vers son domestique qui se tenait là, clignant des yeux dans le soleil.

— Priez M. Gray d'attendre, Parker. J'y serai dans quelques instants.

L'homme s'inclina et remonta l'allée.

— Dorian Gray est mon ami le plus cher, dit Hallward en regardant Lord Henry. C'est une nature simple et belle. Ta tante t'a dit la vérité à son sujet. Ne le gâte pas. Ne cherche pas à l'influencer. Ton influence serait mauvaise. Le monde est vaste et plein de gens merveilleux. Ne me prends pas le seul être qui donne à mon art tout le charme qu'il peut avoir : ma vie, en tant qu'artiste, dépend de lui. Attention, Harry : j'ai confiance en toi.

Il parlait très lentement, et les mots semblaient lui être arrachés comme malgré lui.

— Quelles sornettes tu racontes ! dit Lord Henry en souriant.

Il prit Hallward par le bras et sembla le guider vers la maison.


2


En entrant, ils virent Dorian Gray. Il était assis au piano, il leur tournait le dos et il feuilletait un volume des *Scènes de la forêt*[1] de Schumann.

_____

**1.** Cette œuvre pour piano de Robert Schumann *(Waldszene)*, op. 82, fut composée en 1849.

— Il faut que tu me les prêtes, Basil, s'écria-t-il. Je veux les apprendre. Ce sont des bijoux.

— Cela dépendra entièrement de ta conduite comme modèle aujourd'hui, Dorian.

— Mais j'en ai assez de poser et je n'ai pas besoin d'un portrait grandeur nature, répondit le jeune homme en pivotant sur son tabouret d'un air capricieux et impatienté.

Quand il aperçut Lord Henry, une légère rougeur colora ses joues un instant et il se leva :

— Je te demande pardon, Basil, je ne savais pas que tu n'étais pas seul.

— Voici Lord Henry Wotton, Dorian, un vieil ami d'Oxford. Je venais juste de lui dire à quel point tu posais bien et voilà que tu as tout gâché.

— Vous n'avez pas gâché le plaisir que j'ai à faire votre connaissance, monsieur, dit Lord Henry en s'avançant, la main tendue. Ma tante m'a souvent parlé de vous. Vous êtes un de ses favoris et aussi, si je comprends bien, une de ses victimes.

— Pour le moment, je ne suis pas dans les petits papiers de Lady Agatha, répondit Dorian, en prenant drôlement un air contrit. J'avais promis de l'accompagner dans un patronage de Whitechapel[1] mardi dernier et j'ai complètement oublié. Nous devions jouer un duo ensemble, trois duos, je crois. Je ne sais pas ce qu'elle va me dire. J'ai bien trop peur pour lui faire une visite.

— Oh ! je vous réconcilierai avec ma tante. Elle vous adore. Et j'imagine que votre absence n'a pas été remarquée. Le public a dû l'entendre, votre duo. Quand Tante Agatha se met au piano, elle fait largement autant de bruit que deux personnes.

— Voilà qui est très méchant pour elle et pas très gentil pour moi, répondit Dorian en riant.

Lord Henry le regarda. Pas de doute, il était merveilleusement beau, avec ses lèvres écarlates à la fine courbure, ses yeux bleus et francs, sa chevelure bouclée et dorée.

---

1. Quartier pauvre de l'East End, où avaient été créés plusieurs clubs philanthropiques. C'est dans ce même quartier qu'éclata, en 1888, l'affaire Jack l'Éventreur.

*« Pas de doute, il était merveilleusement beau...*
*Toute la candeur de la jeunesse était là... »*

Quelque chose dans son visage inspirait une confiance immédiate. Toute la candeur de la jeunesse était là, aussi bien que sa pureté passionnée. On sentait qu'il ne s'était pas laissé maculer par le monde. Rien d'étonnant que Basil Hallward lui vouât de la vénération.

— Vous êtes trop séduisant pour vous adonner à la philanthropie, monsieur, bien trop séduisant !

Et Lord Henry se laissa tomber sur le divan en ouvrant son porte-cigarette.

Le peintre s'était occupé à mélanger ses couleurs et à préparer ses pinceaux. Il paraissait soucieux et, lorsqu'il entendit la dernière remarque de Lord Henry, il le regarda, hésita un instant et finit par dire :

— Harry, je voudrais terminer ce tableau aujourd'hui. Me trouverais-tu très grossier si je te demandais de t'en aller ?

Lord Henry sourit et regarda Dorian Gray :

— Dois-je sortir, monsieur ? demanda-t-il.

— N'en faites rien, Lord Henry, je vous en supplie. Je vois que Basil est dans une de ses humeurs boudeuses et je ne peux pas le supporter quand il boude. En outre, j'aimerais que vous me disiez pourquoi je ne dois pas m'adonner à la philanthropie.

— Cela m'étonnerait que je fisse rien de tel, monsieur. C'est un sujet si ennuyeux qu'on serait obligé d'en parler sérieusement. Mais je ne vais certainement pas m'enfuir puisque vous m'avez demandé de rester. Cela ne t'ennuie pas vraiment, Basil, n'est-ce pas ? Tu m'as souvent dit que tu aimais que tes modèles eussent quelqu'un avec qui bavarder.

Hallward se mordit la lèvre.

— Si Dorian le souhaite, reste, bien sûr. Les caprices de Dorian sont une loi pour tout le monde, sauf pour lui.

Lord Henry prit son chapeau et ses gants.

— Merci d'insister, Basil, mais il faut vraiment que je parte. J'ai rendez-vous à l'Orleans[1]. Au revoir, monsieur. Venez me voir rue Curzon[2] un après-midi. Je suis presque

---

**1.** Petit club du quartier de St. James, que fréquentait Lord Queensberry, père de Lord Alfred Douglas. Il était réputé pour sa cuisine et ses vins.  **2.** Rue élégante située dans Mayfair.

toujours chez moi à cinq heures. Écrivez-moi pour vous annoncer. Je serais désolé de vous manquer.

— Basil, s'écria Dorian Gray, si Lord Henry s'en va, je m'en vais aussi. Tu ne desserres pas les dents quand tu peins, et c'est horriblement ennuyeux de se tenir debout sur une estrade en s'efforçant d'avoir l'air souriant. Demande-lui de rester. J'insiste.

— Reste, Harry, pour faire plaisir à Dorian... et à moi, dit Hallward, le regard intensément fixé sur son tableau. C'est parfaitement vrai : je ne parle jamais en travaillant ; je n'écoute pas non plus, et mes pauvres modèles doivent s'ennuyer à mourir. Je te supplie de rester.

— Et mon rendez-vous à l'Orleans ?

Le peintre se mit à rire :

— Je ne crois pas qu'il y ait de souci à se faire de ce côté. Rassieds-toi, Harry. Et maintenant, Dorian, monte sur l'estrade, ne bouge pas trop et ne fais aucune attention à ce que dira Lord Henry. Il a une très mauvaise influence sur tous ses amis, à une seule exception près : moi.

Dorian Gray posa le pied sur l'estrade, avec l'air d'un jeune martyr grec, en adressant une petite moue d'ennui à Lord Henry, qui lui plaisait assez. Il était si différent de Basil, avec qui il formait un contraste si charmant. Et il avait une si belle voix. Après quelques instants, il lui dit :

— Exercez-vous vraiment une si mauvaise influence, Lord Henry ? Aussi mauvaise que le dit Basil ?

— Les bonnes influences n'existent pas, monsieur. Toute influence est immorale. Immorale du point de vue scientifique.

— Pourquoi ?

— Parce que influencer une personne, c'est lui imposer son âme. Elle ne pense plus ses propres pensées ni ne brûle de ses propres passions. Ses vertus n'ont plus de réalité pour elle. Ses péchés, si la chose existe, sont des péchés d'emprunt. Elle devient l'écho de la musique d'un autre, elle joue un rôle qui n'a pas été écrit pour elle. Le but de la vie, c'est de s'épanouir. Réaliser à la perfection notre propre nature, voilà pourquoi chacun d'entre nous est là. De nos jours, les gens ont peur d'eux-mêmes. Ils oublient le plus important de tous les devoirs : le devoir envers soi. Évidemment, ils sont charitables : ils nourrissent l'affamé, ils habillent le mendiant. Mais leurs propres âmes vont affamées et nues. Notre race a perdu son courage. Peut-être n'en avons-nous jamais vraiment eu. La peur de la société, qui est la base des mœurs, la peur de Dieu, qui est le secret de la religion : voilà les deux éléments qui nous gouvernent. Et pourtant...

— Tu veux bien tourner la tête un peu plus à droite, Dorian, sois gentil, fit le peintre, plongé dans son travail et ne prenant conscience que d'une seule chose : que le visage du garçon s'était enrichi d'une expression qu'il n'y avait jamais vue auparavant.

— Et pourtant, continua Lord Henry de sa voix basse et musicale, en agitant la main avec grâce, dans un geste caractéristique qu'il avait toujours eu, même à Eton[1], je crois que, si un homme devait vivre sa vie pleinement, complètement, s'il devait formuler chacun de ses sentiments, exprimer chacune de ses pensées, réaliser chacun de ses rêves, je crois que le monde y gagnerait une impulsion de joie d'une telle fraîcheur que nous oublierions toutes les aberrations du Moyen Âge et retournerions à l'idéal grec, peut-être même à quelque chose de plus raffiné et de plus riche que l'idéal grec. Mais l'homme le plus brave d'entre nous a peur de lui-même. Les mutilations que s'infligent les sauvages survivent tragiquement dans ce refus de nous-mêmes qui abîme nos vies. Nous sommes punis de nos refus. Toute impulsion que nous cherchons à étouffer fermente dans notre esprit et nous empoisonne. Le corps pèche une fois et c'en est fini de son péché, parce que l'action est un mode de purification. Rien ne demeure alors, que le souvenir d'un plaisir ou le luxe d'un regret. La seule manière de se débarrasser d'une tentation est d'y succomber. Résistez-y, et votre âme tombe malade de la soif des choses qu'elle s'interdit, du désir de ce que ses lois monstrueuses ont rendu monstrueux et illégal. On a dit que les grands événements du monde se produisent dans le cerveau. C'est dans le cerveau, et dans le cerveau seul, que les grands péchés du monde se produisent aussi. Vous, monsieur, oui, vous-

---

1. L'une des plus prestigieuses *public schools* d'Angleterre.

même, avec votre jeunesse rose tirant sur le rouge et votre enfance blanche tirant sur le rose, vous avez eu des passions qui vous ont fait peur, des pensées qui vous ont terrifié, des rêves de jour ou de nuit dont le souvenir pourrait tacher de honte votre joue...

— Cessez ! balbutia Dorian Gray. Cessez ! Vous me stupéfiez. Je ne sais que dire. Il existe une réponse à ce que vous avancez, mais je ne la trouve pas. Ne parlez pas. Laissez-moi réfléchir. Ou plutôt laissez-moi essayer de ne pas réfléchir.

Pendant près de dix minutes, il se tint là, immobile, les lèvres entrouvertes et les yeux luisant étrangement. Il était vaguement conscient des influences toutes nouvelles qui œuvraient en lui. Et pourtant elles semblaient vraiment provenir de lui. Les quelques mots que lui avait dits l'ami de Basil, des mots prononcés au hasard, sans doute, et en cherchant délibérément le paradoxe, avaient effleuré en lui une corde secrète qui n'avait jamais été touchée plus tôt mais qui, il le sentait, vibrait et palpitait maintenant au rythme d'un pouls étrange.

La musique l'avait ému de cette façon, et troublé maintes fois. Mais la musique ne s'exprime pas clairement. Ce n'est pas un nouveau monde mais plutôt un autre chaos qu'elle crée en nous. Les mots ! Rien que des mots ! Mais qu'ils étaient donc redoutables ! Qu'ils étaient clairs, vifs et cruels ! On ne pouvait leur échapper. Et pourtant ils contenaient une magie subtile. Ils semblaient capables de donner une forme plastique à des choses informes et de répandre une musique à eux, aussi douce que celle de la viole ou du luth. Rien que des mots ! Y a-t-il rien de plus réel que les mots ?

Oui, il y avait eu des choses dans son enfance qu'il n'avait pas comprises. Il les comprenait maintenant. La vie soudain se para pour lui de toutes les couleurs du feu. Il lui sembla qu'il avait marché au milieu des flammes. Pourquoi ne s'en était-il pas rendu compte ?

Avec son sourire subtil, Lord Henry l'observait. Il connaissait l'instant psychologique précis où il ne faut plus rien dire. Son intérêt était intensément éveillé. Il était stupéfait de l'impression soudaine que ses paroles avaient produite, et, se rappelant un livre qu'il avait lu quand il avait seize ans, un livre qui lui avait révélé bien des choses qu'il ignorait encore, il se demanda si Dorian Gray était en train de faire la même expérience. Lui avait simplement tiré une flèche en l'air. Se pouvait-il qu'elle eût atteint la cible ? Fascinant, ce gamin, et à quel point !

Hallward peignait toujours avec ce merveilleux toucher plein d'audace qu'il avait, et que distinguaient ce raffinement véritable cette délicatesse parfaite qui, en art du moins, ne repose jamais que sur la force. Il n'avait pas remarqué qu'on se taisait.

— Basil, je suis fatigué d'être debout ! s'écria soudain Dorian Gray. Il faut que j'aille m'asseoir dans le parc. On étouffe ici.

— Mon cher vieux, je suis désolé. Quand je peins, je ne pense à rien d'autre. Mais tu n'as jamais mieux posé. Tu étais parfaitement immobile. Et j'ai saisi l'effet que je voulais : les lèvres entrouvertes, la lumière dans les yeux. Je ne sais pas de quoi Harry t'a parlé, mais il a réussi à te faire prendre une expression idéale. Je suppose qu'il te faisait des compliments. Ne crois pas un mot de ce qu'il dit.

— Il ne m'a fait aucun compliment et c'est peut-être pour cela que je ne crois rien de ce qu'il m'a dit.

— Vous savez bien que vous me croyez entièrement, dit Lord Henry en le regardant de ses yeux songeurs et langoureux. Je vais vous accompagner dans le parc. Il fait terriblement chaud dans cet atelier. Basil, fais-nous donner quelque chose de glacé à boire, avec des fraises dedans.

— Volontiers, Harry. Si tu veux bien sonner, quand Parker viendra, je lui dirai ce que tu souhaites. J'ai du travail à faire sur le fond : je vous rejoindrai plus tard. Ne garde pas Dorian trop longtemps. Je n'ai jamais été en meilleure forme pour peindre. Ce portrait va être mon chef-d'œuvre. C'est déjà mon chef-d'œuvre tel qu'il est.

Lord Henry passa dans le parc et trouva Dorian Gray enfouissant son visage dans la grande et fraîche effloraison du lilas. Il en buvait fébrilement le parfum comme du vin. Lord Henry s'approcha de lui et lui mit la main sur l'épaule :

— Vous avez bien raison de faire cela, murmura-t-il. Rien ne guérit l'âme que les sens, comme rien ne guérit les sens que l'âme.

Le jeune homme sursauta et se recula. Il était tête nue. Les feuilles avaient bouleversé ses boucles rebelles et emmêlé tous leurs fils d'or. Ses yeux exprimaient la peur, comme lorsqu'on est brusquement réveillé. Ses narines finement ciselées palpitaient, et un nerf caché, ayant ému l'écarlate de ses lèvres, les avait laissées toutes frémissantes.

— Oui, continua Lord Henry, c'est là un des grands secrets de la vie : guérir l'âme au moyen des sens, et les sens au moyen de l'âme. Vous êtes un être étonnant. Vous savez moins que vous ne pensez savoir, et moins que vous ne voulez savoir.

Dorian Gray fronça le sourcil et détourna la tête. Il ne pouvait s'empêcher d'avoir de l'inclination pour cet homme jeune, élancé, plein de grâce, qui se tenait près de lui. Ce visage olivâtre, romanesque, cette expression lasse, l'attiraient. Il y avait, dans cette voix basse et languide, quelque chose d'absolument fascinant. Jusqu'aux mains fraîches, blanches, semblables à des fleurs, qui avaient un charme étrange. Tandis qu'ils parlaient, elles se déployaient comme une musique et semblaient posséder un langage bien à elles. Mais Dorian Gray avait peur de Lord Henry et il se sentait honteux d'avoir peur de lui. Pourquoi avait-il fallu que ce fût un étranger qui le révélât à lui-même ? Il y avait des mois qu'il connaissait Basil Hallward, mais leur amitié ne l'avait jamais modifié. Soudain il était venu quelqu'un dans sa vie qui semblait lui en avoir dévoilé le mystère. Et cependant de quoi aurait-il peur ? Il n'était ni un écolier ni une fillette. C'était absurde de trembler.

— Allons nous asseoir à l'ombre, dit Lord Henry. Parker a apporté les rafraîchissements. Si vous restez plus longtemps dans cette lumière, vous enlaidirez beaucoup et Basil ne vous peindra jamais plus. Il ne faut vraiment pas que vous vous laissiez hâler : cela serait inconvenant.

— Quelle importance ? se récria Dorian Gray en riant et en s'asseyant sur le banc du fond du parc.

— C'est de la plus grande importance pour vous, monsieur.

— Pourquoi ?

— Parce que vous jouissez d'une jeunesse des plus merveilleuses et que la jeunesse est tout ce qui compte.

— Je n'en ai pas le sentiment, Lord Henry.

— Non, pas maintenant. Mais un jour, quand vous serez vieux, ridé, laid, quand la pensée aura labouré votre front de ses sillons et que la passion aura brûlé votre bouche de ses flammes hideuses, vous en aurez le sentiment, et il sera terrible. En ce moment, où que vous alliez, le monde succombe à votre charme. En sera-t-il toujours ainsi ?... Vous avez un visage étonnamment beau, monsieur. Ne froncez pas le sourcil. C'est vrai. Or la beauté est une forme de génie ; en fait, elle est supérieure au génie parce qu'elle se passe d'explications. Elle constitue l'une des grandes données du monde, comme la lumière du soleil, ou le printemps, ou le reflet, dans des eaux ténébreuses, de cette coquille d'argent que nous appelons la lune. Elle ne peut être mise en doute. Elle est souveraine de droit divin. Elle fait princes tous ceux qui la possèdent. Vous souriez ? Ah ! quand vous l'aurez perdue, vous ne sourirez plus... Les gens disent quelquefois que la beauté n'est que superficielle. Peut-être. Du moins n'est-elle pas aussi superficielle que la pensée. Pour moi, la beauté est la merveille des merveilles. Seules les personnes qui manquent de profondeur ne jugent pas d'après les apparences. Le vrai mystère du monde, c'est le visible et non l'invisible...

« Oui, monsieur, vous êtes l'enfant chéri des dieux. Mais les dieux reprennent vite leurs cadeaux. Vous n'avez que quelques années à vivre réellement, parfaitement, pleinement. Votre jeunesse partie, votre beauté s'en ira avec elle, et vous découvrirez soudain qu'il ne vous reste plus de victoires à remporter ou qu'il faut vous contenter de victoires mesquines que le souvenir du passé vous rendra plus cruelles que des défaites. Chaque mois qui décline vous rapproche de l'horreur. Le temps est jaloux de vous et guerroie contre vos lis et vos roses. Vous aurez le teint jaune, les joues creuses, les yeux ternes. Vous souffrirez horriblement... Ah ! mettez votre jeunesse à profit tant que vous la possédez ! Ne dilapidez pas l'or de vos jours à écouter les ennuyeux, à essayer d'aider les ratés sans espoir ou à faire don de votre vie aux ignorants, aux ordinaires, aux vulgaires. Ce sont là les buts morbides, les faux idéaux de notre époque. Vivez ! Vivez la vie merveilleuse qui est en vous ! Que rien pour vous ne soit perdu ! Soyez toujours à la recherche de sensations nouvelles. N'ayez peur de rien... Un nouvel hédonisme[1], voilà ce dont notre siècle a besoin. Vous pourriez en être le symbole visible. Avec votre personnalité, il n'y a rien que vous ne puissiez faire. Pour une saison, le monde vous appartient... Dès que je vous ai vu, j'ai su que vous n'étiez pas conscient de ce que vous étiez ni de ce que vous pourriez être. Tant de choses m'ont charmé en vous que j'ai senti que je devais vous parler de vous. J'ai pensé combien il serait tragique que vous restiez inutilisé. Car votre jeunesse durera si peu de temps, si peu de temps ! Les fleurs ordinaires des collines se fanent, mais elles refleurissent. Ce cytise sera aussi jeune en juin prochain qu'aujourd'hui. Dans un mois, il y aura des étoiles pourpres sur cette clématite, et, d'année en année, ces étoiles pourpres se maintiendront dans la nuit verte de son feuillage. Mais notre jeunesse ne nous est jamais rendue. Le pouls de la joie qui bat en nous à vingt ans s'alanguit. Nos membres lâchent, nos sens pourrissent. Nous dégénérons en de hideuses marionnettes, hantées par le souvenir de passions qui nous effrayaient bien trop et de tentations exquises auxquelles nous n'avons pas eu le courage de céder. Jeunesse ! Jeunesse ! Il n'existe absolument rien au monde que la jeunesse !

Dorian Gray écoutait, les yeux écarquillés, perplexe. S'éparpillant, le lilas tombait de sa main sur le gravier. Une abeille velue vint bourdonner alentour un moment. Puis elle déambula dans tous les sens sur le globe étoilé et ovale des petites fleurs. Il l'observait avec cet étrange intérêt pour les choses insignifiantes que nous essayons de créer en nous lorsque des choses importantes nous

---

**1.** Doctrine qui prend pour principe de la morale la recherche du plaisir et de la satisfaction (du grec *hedonê*, plaisir).

effrayent, ou lorsque nous sommes troublés par quelque nouvelle émotion que nous ne savons exprimer, ou lorsqu'une pensée qui nous terrifie assiège soudain notre esprit et réclame notre reddition. Après un temps, l'abeille s'envola. Il la vit se glisser dans la trompe jaspée d'un convolvulus tyrien. La fleur sembla frissonner, puis elle se balança doucement de côté et d'autre.

Soudain le peintre apparut à la porte de l'atelier et, *staccato*, leur adressa des gestes pour les faire revenir. Ils se tournèrent l'un vers l'autre et sourirent.

— J'attends, cria-t-il. Rentrez, voyons. La lumière est parfaite et vous pouvez apporter vos rafraîchissements.

Ils se levèrent et redescendirent l'allée ensemble. Deux papillons vert et blanc les dépassèrent en volant, et, dans le poirier au coin du parc, une grive se mit à chanter.

— Vous êtes content d'avoir fait ma connaissance, monsieur, dit Lord Henry en regardant Dorian Gray.

— Oui, maintenant je suis content. Je me demande si je le serai toujours.

— « Toujours » ! Quel mot affreux ! Il me fait frémir quand je l'entends. Les femmes adorent l'utiliser. Elles abîment tout attachement romanesque en essayant de le faire durer à jamais. D'ailleurs c'est un mot qui ne signifie rien. La seule différence entre un caprice et la passion de toute une vie, c'est que le caprice dure un peu plus longtemps.

En entrant dans l'atelier, Dorian Gray posa la main sur le bras de Lord Henry :

— Dans ce cas, que notre amitié soit un caprice, murmura-t-il, rougissant de sa propre audace, puis il monta sur l'estrade et reprit la pose.

Lord Henry se laissa tomber dans un grand fauteuil d'osier et l'observa. Les allées et venues du pinceau sur la toile faisaient le seul bruit qui rompait le silence, sauf lorsque, de temps en temps, Hallward se reculait pour regarder son œuvre de loin. Dans les rayons obliques qui se déversaient par la porte ouverte, la poussière dansait, toute dorée. Partout flottait le parfum lourd des roses.

Au bout d'un quart d'heure environ, Hallward s'arrêta de peindre, regarda longuement Dorian Gray, et puis lon-

guement le portrait, mordillant la pointe d'un de ses pinceaux et fronçant les sourcils :

— Cette fois, c'est fini ! s'écria-t-il enfin.

Et, se courbant, il mit sa signature au coin gauche de
la toile, en hautes lettres vermillon.

Lord Henry vint examiner le tableau. C'était indéniablement une œuvre d'art magnifique et la ressemblance
était étonnante aussi.

— Mon cher, je te félicite très chaleureusement, dit-il.
C'est le plus beau portrait des temps modernes. Monsieur,
venez donc voir par vous-même.

Le jeune homme sursauta, comme éveillé d'un rêve.

— Est-ce réellement fini ? murmura-t-il en descendant
de l'estrade.

— Tout à fait, dit le peintre. Et tu as très bien posé
aujourd'hui. Je te suis très obligé.

— Il l'a fait entièrement grâce à moi, intervint
Lord Henry. N'est-ce pas exact, monsieur ?

Dorian ne répondit pas. Il passa nonchalamment devant
le tableau, puis se retourna. Quand il le vit, il se rejeta
en arrière et sa joue se colora un instant de plaisir. Une
expression de joie surgit dans ses yeux comme s'il s'était
reconnu pour la première fois. Il se tenait là, immobile,
stupéfait, vaguement conscient que Hallward lui parlait,
mais sans saisir le sens de ses paroles. Le sentiment de
sa propre beauté lui était venu comme une révélation. Il
ne l'avait jamais éprouvé auparavant. Les compliments
de Basil Hallward ne lui avaient semblé être que les exa-
gérations charmantes de l'amitié. Il les avait écoutés, en
avait ri, les avait oubliés. Ils n'avaient pas influencé sa
nature. Et puis était apparu Lord Henry Wotton, avec son
étrange panégyrique [1] de la jeunesse, dont la brièveté lui
inspirait ces terribles avertissements. Cela l'avait ému sur
le moment, et maintenant qu'il contemplait l'ombre de sa
propre beauté, il découvrait en un éclair que la description
en était vraie. Oui, un jour viendrait où son visage serait
ridé et rabougri, ses yeux faibles et décolorés, sa sil-
houette gracieuse cassée et difforme. L'écarlate quitterait
ses lèvres et l'or disparaîtrait de sa chevelure. La vie qui

---

1. Discours louangeur.

forgerait son âme abîmerait son corps. Il deviendrait affreux, hideux, insortable.

Tandis qu'il y pensait, un vif élancement de douleur le transperça comme un couteau et fit vibrer chaque délicate fibre de sa nature. Ses yeux s'approfondirent en améthystes et se couvrirent d'une brume de larmes. Il sentait une main de glace posée sur son cœur.

— Il ne te plaît donc pas ? s'écria enfin Hallward, quelque peu blessé par son silence et ne comprenant pas ce qu'il signifiait.

— Bien sûr qu'il lui plaît, fit Lord Henry. À qui ne plairait-il ? C'est l'un des plus grands chefs-d'œuvre de l'art moderne. Je t'en donnerai tout ce que tu voudras. Il faut qu'il m'appartienne.

— Il n'est pas à moi, Harry.

— À qui est-il ?

— À Dorian, bien sûr, répondit le peintre.

— Il a bien de la chance.

— Comme c'est triste ! murmura Dorian Gray, les yeux toujours fixés sur son propre portrait. Comme c'est triste ! Je deviendrai vieux, horrible, hideux. Mais le portrait restera toujours jeune. Il ne sera jamais plus vieux qu'il ne l'est en ce jour de juin... Si seulement c'était le contraire ! Si c'était moi qui restais toujours jeune et que ce fût le portrait qui vieillît ! Pour cela... Pour cela je donnerais n'importe quoi. Oui, il n'y a rien au monde que je ne donnerais ! Je donnerais mon âme pour cela !

— Voilà qui ne t'arrangerait pas du tout, Basil, s'écria Lord Henry en riant. Cela serait un peu dur pour ton œuvre.

— J'y serais tout à fait opposé, Harry, reconnut Hallward.

Dorian Gray se tourna vers lui et le regarda :

— Je le crois, Basil. Tu préfères ton art à tes amis. Je ne compte pas plus pour toi qu'une figurine de bronze vert. Moins sans doute.

Le peintre ouvrit de grands yeux. Dorian n'avait jamais parlé ainsi. Qu'était-il arrivé ? Il semblait véritablement furieux. Son visage avait rougi, ses joues brûlaient.

— Oui, poursuivit-il. Je compte moins que ton Hermès

d'ivoire ou ton faune[1] d'argent. Ils te plairont toujours. Combien de temps te plairai-je ? Jusqu'à ma première ride, je suppose. Je sais maintenant que, lorsqu'on perd sa beauté, quelle qu'elle soit, on perd tout. Ton tableau m'a appris cela. Lord Henry Wotton a parfaitement raison. La jeunesse est le seul don qu'il vaille la peine d'avoir. Quand je découvrirai que je vieillis, je me tuerai.

Hallward pâlit et lui saisit la main :

— Dorian ! Dorian ! s'écria-t-il. Ne parle pas ainsi. Je n'ai jamais eu un ami comme toi et je n'en aurai jamais un autre. Tu n'es pas jaloux d'objets matériels, n'est-ce pas, toi qui vaux plus qu'eux tous !

— Je suis jaloux de tout ce dont la beauté ne meurt pas. Je suis jaloux du portrait que tu as peint de moi. Pourquoi gardera-t-il ce que je dois perdre ? Chaque instant qui passe me prend quelque chose pour le lui donner. Oh ! si seulement c'était le contraire ! Si le tableau pouvait changer tandis que je resterais ce que je suis ! Pourquoi l'as-tu peint ? Un jour il me ridiculisera, il me ridiculisera horriblement !

Des larmes brûlantes lui emplissaient les yeux. Il arracha sa main et, se jetant sur le divan, il cacha son visage dans les coussins comme s'il priait.

— Tu as bien travaillé, Harry, dit amèrement le peintre.

Lord Henry haussa les épaules.

— Voilà le véritable Dorian Gray. Voilà tout.

— Non, ce n'est pas lui.

— Si ce n'est pas lui, en quoi suis-je coupable ?

— Tu aurais dû partir quand je te l'avais demandé, marmonna Hallward.

— Je suis resté quand tu me l'as demandé, répondit Lord Henry.

— Harry, je ne peux pas me brouiller avec mes deux amis en même temps, mais ensemble vous avez réussi à

---

**1.** Le dieu Hermès était vénéré par les Grecs comme patron des orateurs, comme inventeur de l'alphabet, de la musique, de l'astronomie, des poids et mesures, de la gymnastique. Le Faune était une divinité champêtre associée à la fertilité, plus tard identifiée au dieu Pan. Son corps velu, ses pieds fourchus et ses longues oreilles en pointe lui donnaient un aspect animal.

me faire détester le meilleur tableau que j'aie jamais peint, et je vais le détruire. Qu'est-ce sinon de la toile et de la couleur ? Je ne permettrai pas qu'il vienne gâcher nos trois vies.

Dorian Gray releva sa tête dorée et, la face blême, les yeux maculés de larmes, vit le peintre à la table de bois blanc qui se trouvait au pied d'une haute fenêtre garnie de rideaux et lui servait à peindre. Qu'allait-il y faire ? Ses doigts tâtonnaient dans le fouillis de tubes d'étain et de pinceaux desséchés, cherchant quelque chose. Oui, c'était le long couteau à palette avec sa mince lame d'acier flexible. Enfin il le trouva. Il allait lacérer la toile.

Avec un sanglot étouffé, le jeune homme bondit du divan, et, se précipitant vers Hallward, il lui arracha de la main le couteau qu'il jeta à l'autre bout de l'atelier.

— Ah ! non, Basil, ah ! non, s'écria-t-il. Ce serait un assassinat !

— Je suis heureux de voir qu'enfin tu apprécies mon œuvre, Dorian, dit froidement le peintre, lorsqu'il se fut remis de sa surprise. Je pensais que tu n'y viendrais jamais.

— Que je l'apprécie ? Mais j'en suis amoureux, Basil. C'est une part de moi-même. J'en suis conscient.

— Eh bien, dès que tu auras séché, on te vernira, on t'encadrera et on te renverra chez toi. Alors tu pourras faire de toi-même ce que tu voudras.

Le peintre traversa la pièce et sonna pour demander le thé.

— Tu prendras du thé, Dorian, naturellement ? Et toi aussi, Harry ? Ou ne goûtez-vous pas des plaisirs aussi simples ?

— J'adore les plaisirs simples, dit Lord Henry. Ils forment le dernier refuge des âmes complexes. Mais je n'aime pas les scènes, sauf au théâtre. Quels hurluberlus vous êtes, tous les deux ! Je me demande qui a bien pu définir l'homme comme un animal rationnel. C'est la définition la plus prématurée qui ait jamais été donnée. L'homme est ceci et cela, mais il n'est pas rationnel, et, après tout, je suis ravi qu'il ne le soit pas, mais j'aimerais bien que vous autres cessiez de vous chamailler à propos du tableau. Tu ferais beaucoup mieux de me le donner, Basil. Ce jeune sot n'en veut pas vraiment, et moi, si.

— Si tu le donnes à qui que ce soit d'autre que moi, Basil, je ne te le pardonnerai jamais, s'écria Dorian Gray, et je ne permets à personne de me traiter de jeune sot.

— Tu sais que le tableau est à toi, Dorian. Je te l'ai donné quand il n'existait pas encore.

— Et vous savez bien que vous vous êtes montré un peu sot, monsieur, et que cela ne vous dérange pas vraiment de vous entendre rappeler que vous êtes très jeune.

— Ce matin, cela m'aurait beaucoup dérangé, Lord Henry.

— Mais vous avez beaucoup vécu depuis ce matin.

On frappa à la porte et le maître d'hôtel entra avec le plateau du thé et le déposa sur une petite table japonaise. Les tasses et les soucoupes cliquetèrent, la bouilloire cannelée de style georgien siffla. Un chasseur apporta des plats de porcelaine de forme arrondie. Dorian Gray alla verser le thé. Les deux hommes s'avancèrent nonchalamment jusqu'à la table et examinèrent ce qui se trouvait sous les couvercles.

— Si on allait au théâtre ce soir ? proposa Lord Henry. Il se donne sûrement quelque chose quelque part. J'ai promis de dîner chez White[1], mais c'est avec un vieil ami, rien de plus, si bien que je peux lui envoyer un télégramme pour lui dire que je suis malade ou qu'un engagement postérieur m'empêche de venir. Je trouve que ce serait là une assez jolie excuse, dont la candeur surprendrait.

— C'est si assommant de s'habiller, marmonna Hallward. Et puis, quand on a mis son frac, on est si laid !

— Oui, répondit Lord Henry d'un ton rêveur. Le costume du XIXe siècle est détestable. Il est si sombre, si déprimant. Le péché est le seul élément de couleur qui reste à la vie moderne.

— Tu ne devrais vraiment pas dire ce genre de choses devant Dorian, Harry.

---

**1.** Club fondé en 1693, dans le quartier de St. James. Wilde le fréquentait.

— Devant quel Dorian ? Celui qui nous verse le thé ou celui du tableau ?

— Les deux.

— Moi, j'aimerais aller au théâtre avec vous, Lord Henry, dit le jouvenceau.

— Alors allons-y. Tu viendras aussi, Basil, n'est-ce pas ?

— Je ne peux vraiment pas. Ça ne me fait pas envie. J'ai beaucoup de travail.

— Alors, monsieur, nous irons tous les deux.

— Cela me fera grand plaisir.

Le peintre se mordit la lèvre et, tasse en main, revint au tableau.

— Je resterai avec le vrai Dorian, dit-il tristement.

— Est-ce là le vrai Dorian ? s'écria l'original du portrait en s'approchant. Suis-je vraiment comme cela ?

— Oui, tu es précisément comme cela.

— Mais c'est merveilleux, Basil !

— Au moins es-tu ainsi en apparence. Et celle-ci te restera fidèle. C'est déjà quelque chose, soupira Hallward.

— Comme on s'agite à propos de fidélité ! s'exclama Lord Henry. Et pourtant, même en amour, ce n'est qu'une question de physiologie. Cela n'a rien à voir avec notre volonté. Les jeunes gens voudraient être fidèles et ne le sont pas ; les vieillards voudraient être infidèles et ne le peuvent pas. Voilà tout ce qu'on peut en dire.

— Ne va pas au théâtre, ce soir, Dorian, dit Hallward. Reste dîner avec moi.

— Je ne peux pas, Basil.

— Pourquoi ?

— Parce que j'ai promis à Lord Henry Wotton d'y aller avec lui.

— Il ne t'en aimera pas davantage si tu tiens ta promesse. Il ne tient jamais les siennes. Je te demande de ne pas y aller.

Dorian Gray rit en secouant la tête.

— Je t'en supplie.

Le jouvenceau hésita et regarda Lord Henry qui restait près de la table à thé et les observait avec un sourire d'amusement.

— C'est mon devoir d'y aller, Basil.

— Fort bien, dit Hallward, allant remettre sa tasse en place. Il se fait tard et, comme il faut que vous vous habilliez, vous ne devriez pas perdre de temps. Au revoir, Harry. Au revoir, Dorian. Viens me voir bientôt. Viens demain.

— Mais oui.

— Tu n'oublieras pas ?

— Non, bien sûr que non, s'écria Dorian.

— Et toi, Harry...

— Oui, Basil ?

— Rappelle-toi ce que je t'ai demandé quand nous étions dans le parc ce matin.

— Je l'ai oublié.

— Je te fais confiance.

— J'aimerais pouvoir faire comme toi, dit Lord Henry en riant. Venez, monsieur, mon cabriolet m'attend et je vais pouvoir vous déposer chez vous. Au revoir, Basil. L'après-midi a été fort intéressante.

Comme la porte se refermait sur eux, le peintre se laissa tomber sur un sofa et une expression de douleur passa sur son visage.


3


À midi et demi, le lendemain, Lord Henry Wotton quitta d'un pas de promeneur la rue Curzon pour rendre visite, à l'Albany[1], à son oncle Lord Fermor, vieux célibataire débonnaire encore que rogue, que ceux qui ne le connaissaient pas traitaient d'égoïste parce qu'ils n'en tiraient aucun bénéfice particulier, mais que le monde trouvait généreux parce qu'il nourrissait quiconque l'amusait.

Son père avait été l'ambassadeur de Grande-Bretagne

---

**1.** Immeuble situé près de Piccadilly. Il était habité par de riches célibataires. Byron y vécut.

à Madrid à l'époque où la reine Isabelle était jeune et où on n'avait pas entendu parler de Prim[1], mais il avait pris sa retraite du service diplomatique par caprice, momentanément agacé qu'on ne lui proposât pas l'ambassade de Paris, à laquelle il considérait avoir pleinement droit du fait de sa naissance, de son indolence, de l'excellent anglais de ses rapports et de son extraordinaire passion pour le plaisir. Son fils, qui lui avait servi de secrétaire, avait démissionné en même temps que son chef, un peu sottement, pensa-t-on à l'époque, et, en accédant, quelques mois plus tard, au titre, s'était consacré à l'étude sérieuse du grand art aristocratique de ne faire strictement rien.

Il possédait deux vastes hôtels particuliers, mais il préférait habiter un appartement, ce qui lui causait moins de soucis, et il prenait la plupart de ses repas à son club. Il prêtait quelque attention à la gestion de ses mines de charbon dans les comtés du Midland[2], trouvant une excuse pour cette dérogeance industrielle dans le seul fait que posséder du charbon permettait à un gentilhomme de faire faire des feux de bois dans sa cheminée. En politique, c'était un conservateur, sauf lorsque les conservateurs étaient au pouvoir, période où il les traitait énergiquement de bande de radicaux. Il passait pour un grand homme aux yeux de son valet de chambre, qui le tarabustait, et il terrorisait la plupart de ses parents, qu'il tarabustait à son tour. Seule l'Angleterre avait pu produire un homme comme lui, et il ne cessait de dire que son pays allait à tous les diables. Ses principes étaient démodés, mais ses préjugés à toute épreuve.

Quand Lord Henry entra dans la pièce, il trouva son oncle assis, portant une grosse veste de chasse, fumant un cigare à bouts coupés et grommelant sur le *Times*.

— Eh bien, Harry, dit le vieux monsieur, qu'est-ce donc qui t'amène si tôt ? Je croyais que, vous autres dan-

---

**1.** Juan Prim (1814-1870), général espagnol qui s'était opposé à la tyrannie d'Isabelle II, reine d'Espagne entre 1833 et 1868. Devenu l'homme le plus puissant de son pays en 1868, il mourut assassiné à Madrid.   **2.** Région du centre de l'Angleterre, alors riche en charbon.

dys, vous ne vous leviez jamais avant deux heures et n'étiez pas visibles avant cinq.

— Pure affection familiale, oncle George, je vous assure. Je voudrais tirer quelque chose de vous.

— De l'argent, je suppose, fit Lord Fermor avec une grimace. Eh bien, assieds-toi et raconte-moi de quoi il s'agit. De nos jours, les jeunes gens s'imaginent que l'argent, c'est tout.

— Oui, murmura Lord Henry en rectifiant la position de la fleur à sa boutonnière, et quand ils vieillissent, ils apprennent que c'est vrai. Mais ce n'est pas de l'argent qu'il me faut. Seuls les gens qui règlent leurs factures en ont besoin, oncle George, et je ne règle jamais les miennes. Le crédit, voilà le capital d'un fils puîné et l'on en vit fort bien. En outre, j'ai toujours affaire aux commerçants de Dartmoor, ce qui fait qu'ils ne m'ennuient jamais. Ce qu'il me faut, c'est des renseignements. Pas des renseignements utiles, bien sûr : des renseignements sans aucune utilité.

— Eh bien, je peux te dire ce qu'on trouve dans un registre anglais de correspondances diplomatiques[1], Harry, encore que, de nos jours, ces bonshommes écrivent n'importe quoi. Quand j'étais aux Affaires, les choses allaient beaucoup mieux. Mais je me suis laissé dire que, maintenant, on y entre sur examen. À quoi s'attendre après ça ? Les examens, mon bon monsieur, c'est un pur attrape-nigaud d'un bout à l'autre. Si on est gentilhomme, on en sait bien assez, et, si on n'est pas gentilhomme, tout ce qu'on apprend ne fait que du mal.

— M. Dorian Gray ne fait pas partie des correspondances diplomatiques, oncle George, dit Lord Henry d'un ton languide.

— M. Dorian Gray ? Qui est-ce ? demanda Lord Fermor en fronçant ses sourcils touffus et chenus.

— C'est ce que je suis venu vous demander, oncle George. Ou, plus exactement, je sais qui il est. C'est le dernier petit-fils de Lord Kelso. Sa mère était une Devereux : Lady Margaret Devereux. Je voudrais que vous

---

**1.** Journaux où étaient consignés les débats du Parlement et du Conseil Privé.

me parliez de sa mère. Comment était-elle ? Qui a-t-elle épousé ? Vous avez connu presque tout le monde de votre temps : donc elle aussi peut-être. En ce moment, je m'intéresse beaucoup à M. Gray. Je viens de faire sa connaissance.

— Le petit-fils de Kelso ! répéta le vieux monsieur. Le petit-fils de Kelso !... Bien sûr... J'ai été un intime de sa mère. Je crois bien avoir assisté à son baptême. Margaret Devereux était d'une beauté extraordinaire et elle a fait enrager tous les hommes en s'enfuyant avec un jeune garçon sans le sou ; un moins que rien, mon bon monsieur, un officier subalterne dans un régiment d'infanterie ou quelque chose dans ce genre-là. Mais oui ! Je me rappelle toute l'affaire comme si elle était arrivée hier. Le pauvre homme s'est fait tuer en duel à Spa[1], quelques mois après le mariage. Il y a eu un scandale. On a dit que Kelso avait fait insulter son gendre en public par un coquin d'aventurier, je ne sais quel ruffian belge ; il l'a payé pour le faire, mon bon monsieur, il l'a payé ; et l'individu te vous a embroché son homme comme un dindon. L'affaire a été étouffée, mais, tudieu, au club, pendant quelque temps, Kelso a mangé ses côtelettes tout seul. On m'a dit qu'il avait ramené sa fille chez lui, et qu'elle ne lui avait plus jamais adressé la parole. Oui, oui, une sale affaire. La jeune femme est morte aussi, morte dans l'année. Elle a donc laissé un fils ? Ah ! bon. Je l'avais oublié. Quel genre est-ce ? S'il ressemble à sa mère, il doit être joli garçon.

— Il est très joli garçon, acquiesça Lord Henry.

— J'espère qu'il tombera en de bonnes mains, poursuivit le vieillard. Il doit s'attendre à recevoir un joli pécule, si Kelso s'est bien conduit avec lui. Sa mère avait de quoi aussi. Tout ce qui était aux Selby lui revenait, par son grand-père. Son grand-père haïssait Kelso, il pensait que c'était une sale bête. C'en était une. Il est venu à Madrid quand j'y étais. Tudieu ! J'avais honte de lui. La reine me posait des questions sur cet aristocrate anglais qui se disputait toujours avec les cochers de fiacre à pro-

---

**1.** Station thermale belge alors fréquentée par la haute société européenne.

pos de leurs tarifs. On ne parlait plus que de cela. Pendant un mois, je n'ai plus osé me montrer à la cour. J'espère qu'il a traité son petit-fils mieux que les automédons.

— Je ne sais pas, répondit Lord Henry. J'ai idée que le garçon aura des moyens. Il n'est pas encore majeur. Selby est à lui, je sais. Il me l'a dit. Et... donc sa mère était très belle ?

— Margaret Devereux a été l'une des créatures les plus ravissantes que j'aie jamais vues, Harry. Ce qui l'a amené à se conduire comme elle l'a fait, je n'ai jamais pu le comprendre. Elle aurait pu épouser qui elle aurait voulu. Carlington était fou d'amour pour elle. Mais elle était romanesque. Dans cette famille-là, toutes les femmes l'étaient. Les hommes étaient lamentables, mais, tudieu, les femmes étaient merveilleuses. Carlington s'est mis à genoux devant elle. Il me l'a dit lui-même. Elle lui a ri au nez, alors qu'il n'y avait pas une fille à Londres, à cette époque, à ne pas lui courir après. Et à propos de mariages stupides, Harry, qu'est-ce que ces sornettes que me raconte ton père : Dartmoor voudrait épouser une Américaine ? Les Anglaises ne sont pas assez bonnes pour lui ?

— C'est assez à la mode, en ce moment, d'épouser des Américaines, oncle George.

— Moi, je défendrai les Anglaises contre le monde entier, Harry ! fit Lord Fermor en frappant la table du poing.

— Les parieurs sont pour les Américaines.

— Il paraît qu'elles s'usent vite, marmonna l'oncle.

— De longues fiançailles les épuisent, mais au steeple-chase elles triomphent. Elles prennent les obstacles au grand galop. Je pense que Dartmoor n'a aucune chance.

— De quelle famille sort-elle ? grommela le vieux monsieur. En a-t-elle une ?

Lord Henry secoua la tête.

— Les jeunes filles américaines cachent leur famille aussi soigneusement que les femmes anglaises leur passé, dit-il en se levant pour partir.

— Ils emballent de la viande de porc, je suppose ?

— Je l'espère pour Dartmoor, oncle George. Il paraît

que l'emballage de la viande de porc est le métier le plus lucratif en Amérique, après la politique.

— Elle est jolie ?

— Elle se tient comme si elle était belle. C'est ce que font la plupart des Américaines. C'est le secret de leur charme.

— Pourquoi ces Américaines ne peuvent-elles pas rester chez elles ? Elles ne cessent de raconter que c'est le paradis des femmes.

— Justement. C'est pourquoi, comme Eve, elles sont si pressées d'en sortir, dit Lord Henry. Au revoir, oncle George. Je serai en retard pour déjeuner si je tarde davantage. Merci pour les renseignements dont j'avais besoin. J'aime toujours tout savoir de mes nouveaux amis et rien des vieux.

— Où déjeunes-tu, Harry ?

— Chez tante Agatha. Je nous ai invités, M. Gray et moi. C'est son dernier protégé.

— Ouais ! Dis à ta tante Agatha, Harry, de ne plus m'ennuyer avec ses appels à la charité. J'en ai assez. Enfin ! Cette bonne femme s'imagine que je n'ai rien d'autre à faire qu'à signer des chèques pour ses stupides toquades.

— Bien, oncle George, je le lui dirai, mais cela n'aura aucun effet. Les philanthropes perdent tout sens de l'humain : c'est leur trait distinctif.

Le vieux monsieur grogna son approbation et sonna son domestique, Lord Henry passa l'arcade surbaissée qui donne dans la rue Burlington et dirigea ses pas vers la place Berkeley.

Telle était donc la filiation de Dorian Gray.

Si grossièrement qu'elle lui eût été contée, elle l'avait ému par son côté étrange, romanesque et presque moderne. Une belle jeune fille risquant tout pour une folle passion. Quelques semaines de bonheur effréné tranchées par un crime plein d'horreur et de traîtrise. Des mois d'agonie muette et puis la naissance d'un enfant, dans les douleurs. La mère emportée par la mort, l'enfant abandonné à la solitude et à la tyrannie d'un vieil homme au cœur dur. Oui, l'arrière-plan était intéressant. Il mettait le jouvenceau en scène, il le rendait, pour ainsi dire, encore plus parfait. Derrière chaque chose exquise, il y en a une tragique. Des mondes entiers doivent être en gésine pour que la plus humble fleur puisse éclore... Et quel charme il avait déployé à dîner, la veille ! Les yeux étonnés, les lèvres entrouvertes de crainte et de plaisir, il s'était tenu assis en face de lui au club, les abat-jour rouges colorant d'un rose plus profond l'émerveillement naissant de son visage. Lui parler, c'était jouer d'un exquis violon. Il répondait à chaque effleurement, à chaque palpitation de l'archet... Il y a quelque chose de terriblement captivant à exercer une influence. Aucune autre activité n'offre rien de comparable. Projeter sa propre âme dans quelque forme gracieuse et la laisser s'y attarder un moment ; entendre l'écho de ses opinions intellectuelles enrichies par la musique de la passion et de la jeunesse ; transmettre à autrui son tempérament comme un fluide subtil ou un parfum étrange : il y a là un vrai bonheur, peut-être le bonheur le plus satisfaisant qui nous reste à une époque aussi bornée et vulgaire que la nôtre, une époque grossièrement charnelle dans ses plaisirs et grossièrement commune dans ses objectifs... Il était aussi merveilleusement typé, en outre, ce garçon qu'il avait rencontré par un hasard si singulier dans l'atelier de Basil, ou du moins on pouvait le rendre merveilleusement typé. La grâce lui appartenait, et la blanche pureté de l'enfance, et la beauté que les vieux marbres grecs ont conservée pour nous. On pouvait tout faire de lui. On pouvait en tirer un Titan[1] ou un jouet. Quel dommage qu'une beauté pareille fût destinée à se faner !...

Et Basil ? D'un point de vue psychologique, comme il était intéressant ! Une nouvelle manière en art, une façon originale de considérer la vie, suscitée si étrangement par la seule présence visible d'un être qui en était complètement inconscient ! Cette divinité silencieuse, qui habitait les futaies obscures et traversait, secrètement, les terrains découverts, elle se montrait soudain, semblable à une

---

1. Les Titans étaient des géants de la mythologie grecque.

dryade [1] et ne redoutant rien, parce que, dans son âme en
quête d'elle, s'était éveillée la merveilleuse vision à quoi
seule se révèlent des choses merveilleuses, les formes et
les motifs des choses se raffinant en quelque sorte et attei-
gnant à une façon de valeur symbolique, comme s'ils
n'étaient eux-mêmes que les motifs d'une forme autre et
plus parfaite, dont l'ombre, par eux, serait rendue réelle.
Comme tout cela était étrange ! Lord Henry se rappelait
des événements semblables dans l'histoire. N'est-ce pas
Platon, cet artiste de la pensée, qui a été le premier à
analyser cela ? N'est-ce pas Michel-Ange [2] qui l'a sculpté
dans les marbres bigarrés d'une suite de sonnets ? Mais,
à notre époque, c'était bizarre... Et pourtant il tenterait
d'être pour Dorian Gray ce que, sans le savoir, le gamin
était pour le peintre qui avait façonné ce merveilleux portrait. Il chercherait à le dominer — en fait il y était déjà
parvenu à moitié. Il s'approprierait ce merveilleux esprit.
Il y avait quelque chose de fascinant dans ce fils de
l'Amour et de la Mort.

Soudain il s'arrêta et leva les yeux sur les maisons. Il
constata qu'il avait largement dépassé celle de sa tante,
et, souriant pour lui-même, il fit demi-tour. Quand il entra
dans le hall un peu sombre, le maître d'hôtel lui dit qu'on
s'était mis à table. Il donna son chapeau et sa canne à
l'un des valets et passa dans la salle à manger.

— En retard comme d'habitude, Harry ! lui cria sa
tante en hochant la tête.

Il s'inventa n'importe quelle excuse et, ayant pris le
siège libre à côté d'elle, regarda autour de lui pour voir
qui était là. Dorian le salua timidement du bout de la
table, cependant qu'une rougeur de plaisir colorait furtivement sa joue. En face, se trouvait la duchesse de Har-
ley, une dame d'un excellent naturel et d'un bon caractère
tout à fait admirables, que tous ceux qui la connaissaient
appréciaient, et dont les proportions architecturales

---

**1.** Les Dryades étaient des nymphes peuplant et protégeant les
forêts de chênes, sacrées dans la mythologie grecque.     **2.** Michel-
Ange (Michelangelo Buonarotti, 1475-1564), le sculpteur, peintre et
poète italien, qui était homosexuel. Wilde y fera allusion au chapitre X. L'un des chapitres de *La Renaissance* de Pater est consacré
à la poésie de Michel-Ange.

auraient été qualifiées de volumineuses par les historiens contemporains, dans toute autre personne qu'une duchesse. À côté d'elle, à sa droite, se trouvait Sir Thomas Burdon, membre radical[1] du Parlement, qui suivait son chef dans la vie publique, mais, dans la vie privée, préférait suivre les meilleurs cuisiniers, dînant avec les conservateurs et pensant avec les libéraux, selon une règle sage et bien connue. Le poste de gauche était occupé par M. Erskine[2] de Treadley, un vieux monsieur cultivé et plein de charme, qui, néanmoins, avait contracté la mauvaise habitude de se taire, ayant dit tout ce qu'il avait à dire avant d'avoir atteint l'âge de trente ans, comme il l'avait une fois expliqué à Lady Agatha. La voisine de Lord Henry était Mme Vandeleur, l'une des plus vieilles amies de la tante, irréprochablement sainte, mais si horriblement fagotée qu'elle rappelait un livre de cantiques mal relié. Heureusement pour lui, elle avait, pour autre voisin, Lord Faudel, médiocrité fort intelligente d'âge moyen, aussi dégarni qu'une déclaration ministérielle à la Chambre des Communes ; elle l'entretenait avec cet intense sérieux qui constitue la seule faute impardonnable à laquelle, remarqua Lord Henry, succombent tous les gens vraiment bons et à quoi aucun d'entre eux n'échappe jamais tout à fait.

— Nous parlons du pauvre Dartmoor, Lord Henry, s'écria la duchesse, en lui faisant un signe de tête amical par-dessus la table. Pensez-vous qu'il aille vraiment épouser cette fascinante jeune personne ?

— Je crois qu'elle est décidée à lui demander sa main, madame la duchesse.

— Quelle horreur ! s'exclama Lady Agatha. Il faudrait vraiment que quelqu'un fasse quelque chose.

— Je tiens de bonne source que son père a une boutique de camelote américaine, fit Sir Thomas Burdon, l'air plein de morgue.

— Mon oncle a déjà parlé d'emballage de viande de porc, Sir Thomas.

1. Les radicaux appartenaient à l'aile gauche du parti libéral.
2. Le nom est celui d'un des principaux personnages du *Portrait de Mr. W.H.*

— De la camelote ! Et qu'*est*-ce que la camelote américaine ? demanda la duchesse stupéfaite, en levant ses grandes mains et en soulignant le verbe.

— Les romans américains, répondit Lord Henry en se servant de cailles.

La duchesse parut perplexe.

— Ne faites pas attention à lui, ma chérie, chuchota Lady Agatha. Il ne pense jamais un mot de ce qu'il dit.

— Quand l'Amérique fut découverte..., commença le député radical, et il se mit à énumérer des faits sans intérêt.

Comme toute personne qui essaye d'épuiser un sujet, il épuisa ses auditeurs.

La duchesse soupira et profita du privilège d'interrompre que lui donnait son rang.

— Si seulement on ne l'avait pas découverte du tout ! s'exclama-t-elle. Aujourd'hui, nos jeunes filles à nous n'ont vraiment plus aucune chance. C'est parfaitement injuste.

— Peut-être, après tout, l'Amérique n'a-t-elle jamais été découverte pour de bon, dit M. Erskine. Je dirais, pour ma part, qu'elle n'a été que décelée.

— Oh ! mais j'ai vu des spécimens d'indigènes, répliqua la duchesse d'un air incertain. Je dois reconnaître que la plupart sont très jolies. Et, en plus, elles s'habillent bien. Elles font toutes faire leurs robes à Paris. Je voudrais bien pouvoir me permettre la même chose.

— On dit que les bons Américains vont à Paris, quand ils meurent, gloussa Sir Thomas, qui avait des réserves de plaisanteries usées jusqu'à la corde.

— Vraiment ! Et où vont les mauvais Américains, quand ils meurent ? demanda la duchesse.

— En Amérique, murmura Lord Henry.

Sir Thomas fronça le sourcil.

— Je crains que votre neveu n'ait des préjugés contre ce grand pays, dit-il à Lady Agatha. J'y ai voyagé dans tous les sens, avec des voitures fournies par les guides qui, dans ce genre d'affaires, sont extrêmement courtois. Je vous assure qu'on s'instruit en faisant cette visite.

— Faut-il vraiment voir Chicago pour être instruit ?

demanda M. Erskine d'un ton plaintif. Je ne me sens pas capable de faire un pareil voyage.

Sir Thomas fit un geste de la main.

— M. Erskine de Treadley possède le monde sur ses étagères. Nous autres, hommes pratiques, nous aimons voir les choses de nos yeux et non pas dans les livres. Les Américains sont un peuple extrêmement intéressant. Ils sont parfaitement rationnels. Je crois que c'est la caractéristique qui les distingue. Oui, monsieur Erskine, un peuple absolument rationnel. Je vous assure que les Américains ne font pas dans la coquecigrue.

— Quelle horreur ! s'écria Lord Henry. Déjà, je ne supporte pas la force brute, mais la raison brute est complètement intolérable. Il y a de l'injustice à y recourir. C'est comme si on vous frappait au-dessous de la cervelle.

— Je ne vous comprends pas, dit Sir Thomas, en virant quelque peu à l'incarnat.

— Moi si, Lord Henry, murmura M. Erskine en souriant.

— Je n'ai rien contre les paradoxes..., reprit le baronnet.

— Était-ce un paradoxe ? demanda M. Erskine. Je n'aurais pas cru. Enfin, admettons. Eh bien, les paradoxes mènent à la vérité. Pour voir ce que vaut la réalité, il faut la voir danser sur une corde. Quand les vérités deviennent acrobates, nous pouvons porter un jugement sur elles.

— Mon Dieu ! s'écria Lady Agatha. Ah ! vous autres hommes et vos discussions ! Je vous garantis que je ne comprends jamais tout à fait de quoi vous parlez. Oh ! Harry, je t'en veux beaucoup. Pourquoi as-tu essayé de persuader notre charmant M. Dorian Gray de renoncer à l'East End ? Je t'assure que sa participation aurait été inestimable. On aurait adoré son jeu.

— Je veux qu'il joue pour moi, s'écria Lord Henry avec un sourire.

Il jeta un coup d'œil vers le bas bout de la table et surprit en retour un regard étincelant.

— Mais on est si malheureux à Whitechapel, continuait Lady Agatha.

— Je peux éprouver de la compassion pour n'importe

quoi sauf pour la souffrance, dit Lord Henry en haussant les épaules. Impossible. C'est trop laid, trop horrible, trop désolant. Il y a quelque chose de terriblement morbide dans la sympathie que la douleur inspire à nos contemporains. On devrait sympathiser avec la couleur, la beauté, la joie de la vie. Moins on parle de ses maux, mieux cela vaut.

— L'East End n'en constitue pas moins un problème très important, remarqua Sir Thomas en hochant gravement la tête.

— Exact, répondit le jeune lord. C'est le problème de l'esclavage et nous essayons de le résoudre en amusant les esclaves.

L'homme politique le regarda attentivement :

— Alors quel changement proposez-vous ? demanda-t-il.

Lord Henry se mit à rire.

— Je ne souhaite rien changer à l'Angleterre, sauf le temps qu'il y fait, répondit-il. La contemplation philosophique me suffit abondamment. Mais comme le XIXᵉ siècle a fait banqueroute en dépensant trop de compassion, je suggérerais qu'on fît appel à la science pour redresser la situation. L'avantage des émotions, c'est qu'elles séduisent, et l'avantage de la science, c'est qu'elle n'émeut pas.

— Mais nous avons de si graves responsabilités, avança timidement Mme Vandeleur.

— Terriblement graves, acquiesça Lady Agatha.

Lord Henry regarda M. Erskine :

— L'humanité se prend trop au sérieux. C'est là le péché originel du monde. Si l'homme des cavernes avait su rire, l'Histoire n'aurait pas été la même.

— C'est très réconfortant de vous entendre, gazouilla la duchesse. Je me sens toujours un peu coupable quand je viens voir votre chère tante parce que je ne m'intéresse pas du tout à l'East End. À l'avenir, je pourrai la regarder en face sans rougir.

— Rien n'est plus joli que de rougir, madame la duchesse, remarqua Lord Henry.

— Seulement quand on est jeune, répondit-elle. Quand une vieille bonne femme comme moi commence à rougir, c'est très mauvais signe. Ah ! Lord Henry, je voudrais que vous m'appreniez à redevenir jeune.

Il réfléchit un instant.

— Vous rappelez-vous, madame, quelque grave erreur que vous auriez commise dans votre jeune temps ? lui demanda-t-il en la regardant par-dessus la table.

— Des quantités, je le crains, s'écria-t-elle.

— Eh bien, recommencez, dit-il sérieusement. Pour retrouver sa jeunesse, il suffit de réitérer ses folies.

— Quelle charmante théorie ! Il faut que je la mette en pratique.

— Quelle théorie dangereuse ! fit Sir Thomas, les lèvres serrées.

Lady Agatha secoua la tête mais ne put maîtriser son amusement. M. Erskine écoutait. Lord Henry continua :

— Oui, c'est un des grands secrets de la vie. De nos jours, la plupart des gens meurent d'une espèce de sens commun larvé et découvrent trop tard que la seule chose qu'on ne regrette jamais, ce sont les erreurs qu'on a commises.

On rit autour de la table.

Lord Henry joua avec son idée et la développa. Il la lança en l'air et la transforma. Il la laissa échapper et la captura à nouveau ; il la fit briller de tous les feux de la fantaisie, il lui prêta les ailes du paradoxe. À l'entendre, l'éloge de la folie s'élevait jusqu'à la philosophie, et la philosophie elle-même devenait jeune, prêtait l'oreille à la musique déchaînée du plaisir, revêtait, eût-on dit, une robe tachée de vin et une couronne de lierre, dansait comme une bacchante par les collines de la vie et raillait la sobriété de l'épais Silène. Les faits fuyaient devant elle, telles les bêtes apeurées des bois. Ses pieds blancs foulaient le vaste pressoir où trône le sage Omar Khayyam [1], pour faire monter le jus bouillonnant de la vigne en vagues de bulles violettes autour de ses membres dénudés

---

1. Omar Khayyam, poète persan du XIᵉ siècle, auteur des célèbres *Rubayat*. Edward FitzGerald les fit paraître comme des traductions en 1859, alors qu'il s'agissait en partie d'une habile contrefaçon. Le recueil eut un énorme succès en Angleterre. L'inspiration en est à la fois mystique et hédoniste. Borges y consacre un essai dans *Enquêtes* (1925).

ou le faire ramper en une rouge écume sur le dedans des
flancs obliques et dégoulinants de la cuve. Ce fut une
improvisation extraordinaire. Il sentait les yeux de Dorian
Gray fixés sur lui, et de savoir que, parmi son auditoire,
il y avait un tempérament qu'il voulait fasciner, cela
aiguisait son esprit et colorait son imagination. Il fut brillant, fantasque, évaporé. Il charma ses auditeurs malgré
eux et ils suivirent sa musique en riant. Dorian Gray ne
cessa pas de le regarder : il était assis là comme ensorcelé,
un sourire chassant l'autre sur ses lèvres et l'émerveillement devenant de plus en plus grave dans ses yeux
assombris.

Enfin, portant la livrée de l'époque, le Réel entra sous
la forme d'un domestique venu annoncer à la duchesse
que son carrosse l'attendait. Elle feignit de se tordre les
mains de désespoir.

— Que c'est agaçant ! s'écria-t-elle. Il faut que je
parte. Je dois aller chercher mon mari au club pour l'emmener à je ne sais quelle stupide réunion qu'il doit prési-
der chez Willis[1]. Si je suis en retard, il sera sûrement
furieux et je ne peux pas risquer une scène avec ce cha-
peau-ci : il est bien trop fragile. Un mot de travers le
ravagerait. Non, il faut que je m'en aille, Lady Agatha.
Au revoir, Lord Henry : vous êtes tout à fait charmant et
horriblement démoralisant. Je ne sais vraiment que dire
de vos opinions. Venez dîner un de ces soirs. Mardi ?
Êtes-vous libre mardi ?

— Pour vous, je me débarrasserais de n'importe qui,
madame la duchesse, dit Lord Henry en saluant.

— Ah ! comme c'est gentil et comme c'est méchant
de votre part ! s'écria-t-elle. Nous vous attendrons donc.

Et elle sortit en hâte de la pièce, suivie par Lady Agatha et les autres dames.

Quand Lord Henry se fut rassis, M. Erskine contourna
la table, prit une chaise à côté de lui et lui posa la main
sur le bras.

— Vous parlez mieux qu'un livre, dit-il. Vous devriez
en écrire un.

---

**1.** Restaurant élégant fondé en 1765 dans le quartier St. James,
Wilde le fréquentait. On y donnait des concerts et des bals.

— J'aime trop lire les livres pour vouloir en écrire un, monsieur. Oui, j'aimerais écrire un roman, un roman aussi ravissant qu'un tapis persan et aussi peu réel. Mais il n'y a de lecteurs en Angleterre que pour les journaux, les manuels et les encyclopédies. De toute la population du globe, les Anglais ont le moins le sens de la beauté littéraire.

— Je crains que vous n'ayez raison, répondit M. Erskine. J'ai moi-même eu quelque ambition littéraire, mais j'y ai renoncé depuis longtemps. Et maintenant, cher jeune ami, si vous me permettez de vous appeler ainsi, puis-je vous demander si vous pensiez vraiment tout ce que vous nous avez dit à déjeuner ?

— Je ne me rappelle plus du tout ce que j'ai dit, fit Lord Henry en souriant. Était-ce impertinent de bout en bout ?

— Très impertinent, en effet. Je vous tiens pour très dangereux, et s'il arrive quelque chose à notre chère duchesse, nous vous en tiendrons tous pour le premier responsable. Mais j'aimerais parler de la vie avec vous. Ma génération a été très ennuyeuse. Un jour, quand vous serez fatigué de Londres, venez à Treadley et exposez-moi votre philosophie du plaisir en dégustant un bourgogne admirable dont j'ai la chance d'être le possesseur.

— Très volontiers. Une visite à Treadley, ce serait un grand privilège. Il y a là un admirable maître de maison et une admirable bibliothèque.

— Vous compléterez le tableau, répondit le vieux monsieur, avec une courtoise inclination de la tête. Et maintenant je dois prendre congé de votre excellente tante. Je me dois d'être à l'Athenaeum[1]. C'est l'heure où nous y dormons.

— Tous, monsieur Erskine ?

— Quarante d'entre nous, dans quarante fauteuils. Nous nous entraînons pour créer l'Académie anglaise[2]. Lord Henry se leva en riant :

— Moi, je vais au Parc, fit-il à la cantonade.

---

**1.** Club célèbre du quartier St. James, fréquenté par des personnalités en vue.     **2.** Allusion à l'Académie française des Lettres, fondée en 1629.

Comme il passait la porte, Dorian Gray lui effleura le bras.

— Permettez-moi de venir avec vous, murmura-t-il.

— Mais je croyais que vous aviez promis à Basil Hallward d'aller le voir, répondit Lord Henry.

— Je préférerais venir avec vous. Oui, je sens qu'il le faut. Permettez-moi. Et promettez-moi de me parler tout le temps. Personne ne parle aussi merveilleusement que vous.

— Ah ! j'ai assez parlé pour aujourd'hui, dit Lord Henry en souriant. Je ne veux plus qu'observer la vie. Vous pouvez venir l'observer avec moi, si vous voulez.


4


Un après-midi, un mois plus tard, Dorian Gray reposait au fond d'un somptueux fauteuil, dans la petite bibliothèque de l'hôtel de Lord Henry à Mayfair. C'était, à sa façon, une pièce très charmante, avec ses hauts lambris de chêne olivâtre, sa frise crème, son plafond à moulures et sa moquette couleur brique jonchée de tapis persans en soie, avec de longues franges. Sur un petit guéridon de citronnier se dressait une statuette de Clodion[1], près de quoi gisait un exemplaire des *Cent Nouvelles*[2] relié pour Marguerite de Valois[3] par Clovis Eve[4] et semé de ces marguerites d'or que la reine avait choisies pour emblème. De grands vases bleus en porcelaine et des

---

**1.** Claude Michel, dit Clodion, sculpteur français (1738-1814) principalement associé au mouvement rococo.     **2.** *Les Cent Nouvelles nouvelles* est un recueil de contes faisant l'apologie de l'hédonisme avec des accents licencieux ou libertins. Il fut composé dans l'entourage de Philippe le Bon, duc de Bourgogne, et publié en 1462.     **3.** Reine de Navarre, dite la reine Margot (1553-1615). Épouse de Henri de Navarre et célèbre pour sa beauté, elle est l'héritière du roman *La Reine Margot*, d'Alexandre Dumas.     **4.** Clovis Ève devint relieur officiel de la cour de France en 1584. Il était connu pour ses reliures en maroquin rouge ornées de fleurs de lys.

tulipes perroquets ornaient le dessus de la cheminée. À travers les petits carreaux de la fenêtre, enchâssés dans leurs plombs, coulait la lumière abricot d'un jour d'été à Londres.

Lord Henry n'était pas encore rentré. Il était toujours en retard par principe, son principe étant que la ponctualité vole du temps. Résultat : c'était d'un air plutôt boudeur que le jeune Dorian tournait d'un doigt distrait les pages d'une édition de *Manon Lescaut*[1], surchargée d'illustrations, qu'il avait trouvée dans l'une des bibliothèques. Le tic-tac monotone et majestueux de l'horloge Louis XIV l'agaçait. Une ou deux fois, il songea à s'en aller.

Enfin, il entendit un pas au-dehors et la porte s'ouvrit :

— Comme tu es en retard, Harry ! murmura-t-il.

— Je crains que ce ne soit pas Harry, monsieur, répondit une voix perçante.

Il jeta un regard circulaire en se levant :

— Je vous demande pardon. Je croyais...

— Vous croyiez que c'était mon mari. Ce n'est que sa femme. Permettez-moi de me présenter. Je vous connais très bien par vos photographies. Mon mari doit bien en avoir dix-sept.

— Sûrement pas dix-sept, Lady Henry.

— Dix-huit alors. Et je vous ai vu avec lui l'autre soir, à l'Opéra.

Elle riait nerveusement en parlant et elle l'observait avec ses yeux vagues, couleur de ne-m'oubliez-pas.

C'était une femme bizarre dont les robes avaient toujours l'air d'avoir été dessinées avec rage et enfilées sous la tempête. Elle était généralement amoureuse de quelqu'un et, comme sa passion n'était jamais payée de retour, elle avait gardé toutes ses illusions. Elle cherchait à avoir l'air pittoresque mais ne réussissait qu'à faire négligé. Elle s'appelait Victoria et avait une véritable manie : fréquenter les églises.

— On donnait *Lohengrin*[2], n'est-ce pas, Lady Henry ?

---

**1.** *Histoire du Chevalier des Grieux et de Manon Lescaut*, roman de l'abbé Prévost (1731).   **2.** Cet opéra de Richard Wagner date de 1850.

— Oui, on donnait ce cher *Lohengrin*. Je préfère la musique de Wagner à toutes les autres. Elle est si bruyante qu'on peut parler tout le temps sans que les gens entendent ce qu'on dit. C'est un grand avantage, n'est-ce pas, monsieur ?

Le même rire nerveux sortit *staccato* de ses lèvres minces et ses doigts se mirent à jouer avec un long coupe-papier en écaille de tortue.

Dorian sourit en secouant la tête.

— Je crains de ne pas être d'accord, Lady Henry. Je ne parle jamais quand on joue, en tout cas si c'est de la bonne musique. Si on en entend de la mauvaise, alors c'est un devoir de la noyer dans la conversation.

— Ah ! c'est là ce que pense Harry, monsieur ? Les amis de Harry me disent toujours ce qu'il pense. C'est uniquement par eux que je l'apprends. N'allez pas croire que je n'aime pas la bonne musique. Je l'adore, mais elle me fait peur. Elle me rend trop romanesque. J'ai eu un véritable culte pour des pianistes, deux d'un coup selon Harry. Je ne sais pas ce qu'ils ont. C'est peut-être parce qu'ils sont étrangers. Ils le sont tous, n'est-ce pas ? Même ceux qui sont nés en Angleterre finissent par devenir étrangers, n'est-ce pas ? C'est si intelligent de leur part et cela fait tant de bien à l'art. Cela le rend très cosmopolite, n'est-ce pas ? Vous n'êtes jamais venu à aucune de mes réceptions, n'est-ce pas, monsieur ? Venez. Je ne peux pas me permettre des orchidées mais je m'offre des étrangers sans regarder à la dépense. Ils donnent tant de pittoresque à un chez-soi. Mais voilà Harry ! Harry, je te cherchais pour te demander quelque chose, je ne sais plus ce que c'était, et j'ai trouvé M. Gray ici. Nous avons bavardé musique : c'était charmant. Nous sommes entièrement d'accord. Non, je veux dire que nous ne sommes pas d'accord du tout, mais il a été exquis. Je suis enchantée de l'avoir vu.

— Ravi, mon amour, tout à fait ravi, dit Lord Henry en les regardant tous les deux avec un sourire amusé et en haussant ses sourcils foncés qui avaient la forme de croissants. Désolé d'être en retard, Dorian. J'étais allé rue Wardour chercher une pièce de vieux brocart et j'ai dû la marchander pendant des heures. De nos jours, les gens savent le prix de tout mais ne connaissent la valeur de rien.

— Je regrette, il faut que je m'en aille ! s'exclama Lady Henry en rompant la gêne d'un silence par son rire brusque et stupide. J'ai promis à la duchesse de l'accompagner à la promenade. Au revoir, monsieur. Au revoir, Harry. Vous dînez dehors, je suppose ? Moi aussi. Je vous verrai peut-être chez Lady Thornbury.

— Probablement, ma chérie, dit Lord Henry en refermant la porte derrière elle, tandis que, l'air d'un oiseau de paradis qui aurait passé dehors une nuit pluvieuse, elle s'envolait de la pièce en y laissant une légère odeur de frangipane.

Puis il alluma une cigarette et se laissa tomber sur le sofa.

— N'épouse jamais une femme avec des cheveux couleur de paille, Dorian, dit-il, après avoir tiré quelques bouffées.

— Pourquoi, Harry ?

— Parce qu'elles sont trop sentimentales.

— Mais j'aime les gens sentimentaux.

— Ne te marie pas tout court, Dorian. Les hommes se marient par fatigue ; les femmes par curiosité ; les uns et les autres sont déçus.

— Je ne crois pas avoir beaucoup de chances de me marier, Harry. Je suis trop amoureux. C'est là un de tes aphorismes que je mets en pratique, comme tout ce que tu dis.

— De qui es-tu amoureux ? demanda Lord Henry après un temps.

— D'une actrice, dit Dorian Gray en rougissant.

Lord Henry haussa les épaules.

— Ce sont des débuts assez ordinaires.

— Tu ne le dirais pas si tu la voyais, Harry.

— Qui est-ce ?

— Elle s'appelle Sibyl Vane.

— Jamais entendu parler d'elle.

— Personne n'a entendu parler d'elle. Mais un jour cela arrivera. C'est un génie.

— Mon cher vieux, il n'y a pas de femmes géniales. C'est un sexe décoratif. Les femmes n'ont jamais rien à dire, mais elles le disent de façon charmante. Les femmes figurent le triomphe de la matière sur l'esprit exactement comme les hommes figurent le triomphe de l'esprit sur la morale.

— Harry, comment peux-tu... ?

— Mon cher Dorian, c'est la vérité. Je suis en train d'analyser les femmes en ce moment, donc je sais. Le sujet n'est pas aussi abstrus que je le croyais. Je découvre que, en fin de compte, il n'y a que deux sortes de femmes : les laides et les peintes. Les femmes laides sont fort utiles. Si tu veux passer pour respectable, tu n'as qu'à donner le bras à l'une d'entre elles pour aller souper. Les autres femmes sont très charmantes. Mais elles commettent une erreur. Elles se peignent pour essayer d'avoir l'air jeune. Nos grand-mères se peignaient pour essayer de briller dans la conversation. Le rouge et l'esprit allaient de pair. Maintenant, c'est fini. Tant qu'une femme peut avoir l'air de dix ans plus jeune que sa propre fille, elle est parfaitement contente. Quant à la conversation, il n'y a que cinq femmes à Londres qui valent la peine qu'on leur parle et deux d'entre elles ne sont pas sortables. Mais enfin parle-moi de ton génie. Depuis combien de temps la connais-tu ?

— Ah ! Harry, ta façon de voir les choses m'effraye.

— Aucune importance. Depuis combien de temps la connais-tu ?

— Environ trois semaines.

— Et où l'as-tu dénichée ?

— Je veux bien te le dire, Harry, mais il ne faut pas que tu te montres désagréable à ce sujet. Après tout, cela ne serait pas arrivé si je n'avais pas fait ta connaissance. Tu m'as rempli du désir fou de tout savoir sur la vie. Pendant des jours après notre rencontre, quelque chose semblait vrombir dans mes veines. Je flânais dans le parc ou je descendais Piccadilly, je regardais les passants et je me demandais avec une curiosité insensée quel genre de vie ils menaient. Certains me fascinaient. D'autres me terrorisaient. L'air était plein d'un poison délicieux. Je recherchais les sensations avec passion... Donc, un soir, vers sept heures, je décidai d'aller chercher l'aventure. Je sentais que notre grise et monstrueuse ville de Londres, avec ses myriades d'habitants, ses pécheurs sordides et ses péchés splendides, comme tu l'as formulé un jour, devait avoir quelque chose en réserve pour moi. J'imaginais mille possibilités. L'idée du danger me ravissait. Je me rappelais ce que tu m'avais dit cette merveilleuse première fois où nous avons dîné ensemble : que la recherche de la beauté est le vrai secret de la vie. Je ne savais pas ce que j'attendais, mais je suis sorti et je me suis dirigé vers l'est. Bientôt je me suis perdu dans un labyrinthe de rues crasseuses et de squares sans herbe ni éclairage. Vers huit heures et demie, je passais devant un ridicule petit théâtre, avec des affiches bariolées et de grands becs de gaz brûlant de tous leurs feux. Un Juif hideux, portant le plus incroyable gilet que j'aie jamais vu, se tenait à l'entrée, fumant un cigare puant. Il avait des bouclettes graisseuses et un énorme diamant étincelait au milieu de sa chemise souillée. « Une loge, monseigneur ? » a-t-il dit en me voyant, et il a ôté son chapeau avec un air de sublime servilité. Quelque chose en lui, Harry, m'a amusé. C'était un tel monstre ! Tu vas te moquer de moi, je sais, mais je suis entré et j'ai payé une guinée, rien de moins, pour avoir la baignoire de scène. Aujourd'hui, je ne sais toujours pas pourquoi j'ai fait cela, et pourtant, si je ne l'avais pas fait, Harry, si je ne l'avais pas fait, j'aurais manqué le plus grand amour de ma vie. Je vois que tu ris. Tu es horrible !

— Je ne ris pas, Dorian, ou, du moins, pas de toi. Mais tu ne devrais pas dire « le plus grand amour de ta vie ». Tu devrais dire « le premier amour de ta vie ». Tu seras toujours aimé et tu seras toujours amoureux de l'amour. Les grandes passions sont le privilège des gens qui n'ont rien à faire. C'est là l'utilité des classes oisives de la société. Ne crains rien. Des choses exquises t'attendent. Ceci n'est que le début.

— Tu me crois si creux ? s'écria Dorian Gray en colère.

— Non, je te crois si profond.

— Que veux-tu dire ?

— Mon cher vieux, ce sont les personnes qui n'aiment qu'une fois dans leur vie qui manquent de profondeur. Ce qu'elles appellent leur constance et leur fidélité, je l'appelle, moi, léthargie de l'habitude ou manque d'imagination. La fidélité dans la vie affective correspond à l'esprit de suite dans la vie intellectuelle : c'est simplement un aveu d'échec. La fidélité ! Il faudra que je l'analyse un jour. La passion de la possession s'y retrouve. Il y a tant de choses que nous jetterions si nous ne craignions pas que d'autres les ramassent. Mais je ne veux pas t'interrompre. Continue ton récit.

— Eh bien, je me suis trouvé installé dans une horrible petite loge privée, avec, sous le nez, un rideau de scène de mauvais goût. Caché derrière ma courtine, j'ai examiné la salle. C'était prétentieux, tout en cupidons et en cornes d'abondance, on aurait dit un gâteau de mariage de troisième catégorie. Il y avait pas mal de monde au paradis et au parterre, mais les deux rangées de miteux fauteuils d'orchestre étaient complètement vides et il n'y avait presque personne dans ce qui, je suppose, passe pour la corbeille. Des femmes offraient des oranges et de la bière au gingembre et la consommation de noix battait son plein.

— Bref, la grande époque du drame britannique.

— Tout à fait ça, j'imagine, et déprimant au possible. J'en étais à me demander que faire quand j'ai aperçu l'affiche. Que jouait-on, d'après toi, Harry ?

— *L'Idiot du village* ou *Bête mais Innocent*[1], je suppose. Je crois que nos pères aimaient ce genre de pièce. Plus je vis, Dorian, plus je me persuade que ce qui était bon pour nos pères n'est pas assez beau pour nous. En art, comme en politique, les grands-pères ont toujours tort.

— La pièce était assez belle pour nous, Harry. C'était *Roméo et Juliette*. Je dois reconnaître que cela m'ennuyait assez de voir du Shakespeare dans un trou aussi misérable. Et pourtant, d'une certaine manière, cela m'intéressait. En tout cas, j'ai décidé de rester pendant le premier

---

**1.** Le titre est inventé par Wilde, mais s'inspire des mélodrames donnés alors à Londres.

acte. Il y avait un orchestre horrible présidé par un jeune Hébreu qui manipulait un piano fêlé et qui faillit me faire fuir, mais, pour finir, on remonta le rideau de scène, et la pièce commença. Roméo était un gros monsieur d'un certain âge avec des sourcils au charbon, une voix enrouée de tragédien, et le volume d'un tonneau à bière. Mercutio n'allait guère mieux. Il était joué par le turlupin de service qui avait ajouté des blagues de son cru et entretenait les meilleures relations avec le parterre. Ils étaient aussi grotesques que le décor et avaient l'air de sortir d'une cabane de foire. Mais Juliette !...

« Harry, imagine une jeune fille d'à peine dix-sept ans, avec un petit visage en forme de fleur, une mince tête grecque avec des rouleaux tressés de cheveux châtain foncé, des yeux violets, profonds comme des puits pleins de passion, des lèvres ressemblant à des pétales de rose. C'était ce que j'avais vu de plus ravissant de toute ma vie. Tu m'as dit un jour que le pathétique ne t'émouvait pas, mais que la beauté, la simple beauté, pouvait t'emplir les yeux de larmes. Je te le dis, Harry, je ne pouvais presque plus voir cette enfant à travers le brouillard des miennes. Et sa voix ! Jamais je n'avais entendu une telle voix. Elle avait commencé très bas, avec des notes profondes, fondantes, qui semblaient vous tomber une à une dans l'oreille. Puis, elle haussa un peu la voix : on eût cru une flûte ou un hautbois, au loin. Dans la scène du jardin, elle s'emplit de cette extase palpitante qu'on entend juste avant l'aube, quand les rossignols chantent. Plus tard, à certains moments, ce fut de la folle passion des violettes. Tu sais à quel point une voix peut émouvoir. Ta voix et la voix de Sibyl Vane, je ne les oublierai jamais. Quand je ferme les yeux, je les entends et elles me disent des choses différentes. Je ne sais pas laquelle suivre. Pourquoi ne l'aimerais-je pas ? Harry, je l'aime ! Elle représente toute la vie pour moi. Soir après soir, je vais la voir jouer. Un soir elle est Rosalinde, le lendemain elle est Imogène [1]. Je l'ai vue gisante dans les ténèbres

---

**1.** Rosalinde est l'héroïne de *Comme il vous plaira*, Imogène, celle de *Cymbeline*. Il ne faut pas oublier qu'à l'époque élisabéthaine, les rôles féminins étaient tenus par de jeunes hommes, ce qui replace la passion de Dorian pour Sibyl dans le cadre ici masqué du

d'un tombeau italien, suçant le poison sur les lèvres de son amant. Je l'ai observée qui errait par la forêt d'Arden, déguisée en joli garçon avec hauts-de-chausses, pourpoint et chaperon coquet. Elle a été folle et a comparu devant un roi criminel et lui a donné des fleurs de galéga à porter et des herbes amères à goûter. Elle a été l'innocente dont les mains noires de la jalousie ont broyé le cou semblable à un roseau[1]. Je l'ai vue à toutes les époques et avec tous les costumes. Les femmes ordinaires ne suggèrent jamais rien à notre imagination. Elles sont limitées à leur époque. Aucun éclat ne les transfigure. On sait ce qu'elles pensent aussi facilement que ce qu'elles portent sur la tête. On les retrouve toujours. Aucune n'a de mystère. Elles montent à cheval au Parc le matin et bavardent à des thés l'après-midi. Elles ont leur sourire stéréotypé et leur attitude fashionable. Elles sont si évidentes. Mais une actrice ! Quelle différence, Harry, une actrice ! Pourquoi ne m'as-tu pas dit que les actrices étaient seules dignes d'être aimées ?

— Parce que j'en ai aimé beaucoup, Dorian.

— Ah ! oui, des horreurs avec les cheveux teints et le visage peint.

— Ne dis pas de mal des cheveux teints et des visages peints. Ils ont quelquefois un charme extraordinaire, dit Lord Henry.

— Je regrette maintenant de t'avoir parlé de Sibyl Vane.

— Tu n'aurais pas pu t'empêcher de m'en parler, Dorian. Pendant toute ta vie tu me diras tout ce que tu feras.

— Oui, Harry, je crois que c'est vrai. Je ne peux pas m'empêcher de te dire les choses. Tu as une curieuse influence sur moi. Si jamais je commettais un crime, je viendrais te le confesser. Tu me comprendrais.

---

travestissement et de l'homosexualité : voir la première partie du *Portrait de Mr. W.H.*, où ces rôles sont attribués à Willie Hughes.
    **1.** Trois nouvelles allusions à Shakespeare dans ces trois phrases : Rosalinde est déguisée en jeune homme dans la forêt d'Arden, Ophélie, dans *Hamlet*, devient folle et s'associe aux plantes. Desdémone, dans *Othello*, est victime de la jalousie morbide de son époux, le Maure Othello.

— Les gens comme toi, ces rayons obstinés du soleil, ne commettent pas de crimes, Dorian. Mais je te sais néanmoins beaucoup de gré du compliment. Et maintenant dis-moi — sois gentil, passe-moi les allumettes — où en sont précisément tes relations avec Sibyl Vane ?

Dorian Gray bondit, les joues cramoisies, les yeux en feu :

— Harry ! Sibyl Vane est sacrée !

— Seul ce qui est sacré vaut qu'on y touche, Dorian, dit Lord Henry d'une voix où passa une note étrange et pathétique. Mais pourquoi te froisser ? Je suppose qu'un jour ou l'autre elle t'appartiendra. Quand on est amoureux, on commence par se tromper soi-même et on finit par tromper l'autre. C'est ce que le monde appelle une relation romanesque. Au moins tu la connais, je suppose ?

— Bien sûr que je la connais. Le premier soir où j'étais dans ce théâtre, l'horrible vieux Juif est venu dans ma loge après la fin de la représentation et m'a proposé de m'emmener dans les coulisses et de me présenter à elle. Je me suis mis en colère contre lui et je lui ai dit que Juliette était morte depuis des centaines d'années et que son corps reposait dans un tombeau de marbre à Vérone. D'après son air stupéfait et déconcerté, je pense qu'il s'imaginait que j'avais bu trop de champagne, ou quelque chose de ce genre.

— Cela ne m'étonne pas.

— Puis il m'a demandé si j'écrivais dans les journaux. Je lui ai dit que je ne les lisais même pas. Il en parut très déçu et me confia que tous les critiques dramatiques conspiraient contre lui et que chacun d'entre eux était à vendre.

— Cela ne me surprendrait pas si, sur ce point-là, il avait raison. Mais, d'autre part, rien qu'à les voir, on se dit qu'ils ne peuvent pas coûter très cher.

— Eh bien, lui avait l'air de croire qu'ils étaient au-dessus de ses moyens, dit Dorian en riant. Mais on éteignait déjà le théâtre et je devais m'en aller. Il voulait me faire essayer des cigares dont il me disait beaucoup de bien. J'ai refusé. Le lendemain soir, bien sûr, j'y suis retourné. Quand il m'a vu, il m'a adressé un profond salut et m'a assuré que j'étais un munificent mécène. C'est

décidément une sale bête, mais il a une passion extraordinaire pour Shakespeare. Une fois il m'a dit avec jactance
que ses cinq faillites étaient dues entièrement au « Bar-
de », comme il tient à l'appeler. Il semble voir là une
raison de se glorifier.

— C'en était une, mon cher Dorian, et de se glorifier
beaucoup. La plupart des gens font faillite parce qu'ils
ont trop investi dans la prose de la vie. Se ruiner en poésie
est un honneur. Mais quand as-tu parlé pour la première
fois à Mlle Sibyl Vane ?

— Le troisième soir. Elle jouait Rosalinde. Je n'ai pas
pu m'empêcher d'y aller. Je lui avais jeté quelques fleurs
et elle m'avait regardé, ou du moins je me l'imaginais.
Le vieux Juif insistait. Il paraissait résolu à m'emmener
dans les coulisses et j'ai accepté. C'est curieux que je
n'aie pas eu envie de faire sa connaissance, n'est-ce pas ?

— Non, je ne trouve pas.

— Pourquoi donc, mon cher Harry ?

— Je te dirai cela un autre jour. Maintenant parle-moi
de la jeune femme.

— Sibyl ? Oh ! elle était timide et si douce ! Elle est
un peu comme un enfant. Elle a ouvert ses yeux tout
grands, avec une exquise perplexité, quand je lui ai dit ce
que je pensais de son jeu. Elle semblait complètement
inconsciente de son pouvoir. Je pense que nous étions
assez nerveux tous les deux. Le vieux Juif se tenait sur le
seuil du foyer poussiéreux, il grimaçait et il faisait des
discours alambiqués sur notre compte, tandis que nous
étions là, debout, à nous regarder comme des enfants. Il
tenait à m'appeler « monseigneur », si bien que j'ai dû
assurer à Sibyl que je n'étais pas lord du tout. Elle me dit
très simplement : « Vous avez plutôt l'air d'un prince. Je
vais vous appeler Prince Charmant. »

— Parole d'honneur, Dorian, Mlle Sibyl est une flat-
teuse accomplie.

— Tu ne la comprends pas, Harry. Elle me considérait
simplement comme un personnage dans une pièce. Elle
ne sait rien de la vie. Elle vit avec sa mère, une femme
fanée et lasse qui, le premier soir, a joué Lady Capulet[1]

---

1. Mère de Juliette dans *Roméo et Juliette*.

avec une espèce de peignoir magenta[1], et qui semble avoir connu des jours meilleurs.

— Je connais cet air-là : il me déprime, murmura Lord Henry en examinant ses bagues.

— Le Juif a voulu me raconter l'histoire de cette femme, mais je lui ai dit qu'elle ne m'intéressait pas.

— Tu as eu parfaitement raison. Il y a toujours quelque chose d'infiniment mesquin dans les tragédies des autres.

— C'est à Sibyl seule que je m'intéresse. Que m'importe d'où elle vient ? De sa petite tête à ses petits pieds elle est absolument et totalement divine. Tous les soirs de ma vie, je vais la voir jouer, et, tous les soirs, elle est plus merveilleuse.

— Je suppose que c'est pour cela que tu ne dînes plus jamais avec moi. Je pensais bien que tu avais quelque bizarre intrigue en train. C'est le cas, mais ce n'est pas tout à fait ce à quoi je m'attendais.

— Mon cher Harry, nous déjeunons ou nous soupons ensemble tous les jours et je suis allé plusieurs fois avec toi à l'Opéra.

— Tu es toujours arrivé horriblement tard.

— Eh bien oui, je ne peux pas m'empêcher d'aller voir Sibyl jouer, s'écria Dorian, ne fût-ce que pour un seul acte. J'ai faim de sa présence, et quand je pense à l'âme merveilleuse qui se cache dans ce petit corps d'ivoire, je m'emplis d'une crainte religieuse.

— Tu peux dîner avec moi ce soir, Dorian, n'est-ce pas ?

Dorian secoua la tête.

— Ce soir, elle est Imogène, répondit-il, et demain soir elle sera Juliette.

— Quand est-elle Sibyl Vane ?

— Jamais.

— Félicitations.

— Tu es horrible ! Elle est toutes les grandes héroïnes du monde en une seule. Elle est davantage qu'une personne individuelle. Tu as beau rire, je te dis qu'elle a du génie. Je l'aime, et je dois me faire aimer d'elle. Toi,

---

1. C'est-à-dire rouge foncé.

qui connais tous les secrets de la vie, dis-moi comment ensorceler Sibyl Vane de manière qu'elle m'aime. Je veux rendre Roméo jaloux. Je veux que tous les amants défunts nous entendent rire et s'attristent. *Je veux qu'un souffle de notre passion rende la conscience à leur poussière, la souffrance à leurs cendres. Mon Dieu, Harry, quel culte j'ai pour elle !*

Il marchait de long en large en parlant. Des taches rouges, fiévreuses, lui brûlaient les joues. Il était terriblement ému.

Lord Henry l'observait avec une subtile délectation. Quelle différence avec le jouvenceau timide, apeuré, dont il avait fait la connaissance dans l'atelier de Basil Hallward ! Sa nature s'était épanouie comme une fleur, en pétales rouges comme des flammes. Son âme était sortie de sa cachette secrète et le désir était venu à sa rencontre.

— Et qu'as-tu l'intention de faire ? demanda enfin Lord Henry.

— Je veux que Basil et toi veniez un soir avec moi pour la voir jouer. Je ne crains nullement le résultat. Vous reconnaîtrez certainement son génie. Alors il faudra l'arracher au Juif. Elle est liée à lui pour trois ans, ou plutôt pour deux ans et huit mois à partir d'aujourd'hui. Il faudra que je le paye, bien sûr. Quand tout cela sera en ordre, je louerai un théâtre du West End [1] et je la mettrai en valeur comme il faut. Elle rendra le monde entier aussi fou que moi.

— Voilà qui serait impossible, mon cher vieux.

— Si, elle le fera. Elle n'a pas seulement la technique, un instinct consommé de l'art, mais aussi de la personnalité, et tu m'as souvent dit que c'était la personnalité et non les principes qui faisait avancer l'époque.

— Bon. Quel soir veux-tu y aller ?

— Attends. Nous sommes mardi. Disons demain. Demain elle joue Juliette.

— D'accord. Au Bristol, à huit heures. Je me charge de faire venir Basil.

— Non, Harry, pas huit heures : six heures et demie.

---

**1.** À l'opposé de l'East End, quartier élégant de Londres où se trouvent les grands théâtres.

Il faut que nous y soyons avant le lever du rideau. Je veux que tu la voies au premier acte, quand elle rencontre Roméo.

— Six heures et demie ! On n'a pas idée ! Ce sera comme si nous goûtions ou que nous lisions un roman anglais. Sept heures. Un homme bien élevé ne dîne pas avant sept heures. Comptes-tu voir Basil dans l'entre-temps ? Ou veux-tu que je lui écrive ?

— Ce cher Basil, je ne l'ai pas vu depuis une semaine ! C'est assez méchant de ma part, car il m'a envoyé mon portrait dans un cadre magnifique, spécialement conçu par lui, et, bien que je sois un peu jaloux du tableau qui a un mois de moins que moi, je reconnais que je l'adore. Tu ferais mieux de lui écrire. Je ne veux pas le voir seul. Il me dit des choses qui m'ennuient. Il me donne de bons conseils.

Lord Henry sourit.

— Les gens se plaisent beaucoup à donner ce dont ils auraient bien besoin eux-mêmes. C'est ce que j'appelle les abîmes de la générosité.

— Oh ! Basil est un garçon charmant, mais c'est tout de même un tout petit peu un Béotien. C'est depuis que je te connais, Harry, que je l'ai découvert.

— Basil, mon cher vieux, met tout son charme dans son travail. La conséquence, c'est qu'il ne lui reste plus pour vivre que ses préjugés, ses principes et son sens commun. Les seuls artistes que j'aie jamais connus et qui soient agréables à fréquenter sont de mauvais artistes. Les bons n'existent que par ce qu'ils font et, par conséquent, sont parfaitement inintéressants par ce qu'ils sont. Un grand poète, un vrai grand poète est la créature la moins poétique qui soit. Mais les poètes secondaires sont absolument fascinants. Plus mauvaises sont leurs rimes, plus ils ont l'air pittoresque. Le seul fait d'avoir publié un recueil de sonnets de deuxième catégorie rend un homme parfaitement irrésistible. Il vit la poésie qu'il ne sait pas écrire. Les autres écrivent la poésie qu'ils n'osent pas mettre en pratique.

— Je me demande si c'est vraiment ainsi, Harry, dit Dorian Gray en prenant une grande bouteille à bouchon d'or qui se trouvait sur la table pour verser du parfum sur son mouchoir. Sans doute, puisque tu l'affirmes. Et maintenant, je me sauve. Imogène m'attend. N'oublie pas : demain. Au revoir.

Quand il eut quitté la pièce, les lourdes paupières de Lord Henry retombèrent et il se mit à penser. Peu de personnes, sûrement, l'intéressaient autant que Dorian Gray, et pourtant la folle adoration que ce gamin éprouvait pour quelqu'un d'autre ne lui causait pas le moindre mouvement d'agacement ou de jalousie. Elle l'enchantait. Elle rendait Dorian plus intéressant à étudier. Lord Henry avait toujours été passionné par les méthodes des sciences naturelles, mais leur objet ordinaire lui paraissait anodin et sans importance. C'est pourquoi il s'était mis à pratiquer la vivisection sur lui-même, et avait fini par la pratiquer sur autrui. La vie humaine, voilà le seul sujet qui lui semblait digne d'enquête. Par comparaison, rien d'autre n'avait de valeur. Il est vrai qu'on ne peut pas observer la vie dans son curieux creuset de douleur et de plaisir en portant sur le visage un masque de verre ou en empêchant les fumées sulfureuses de troubler l'esprit et d'embrouiller l'imagination par des fantasmes monstrueux et des rêves avortés. Il y a des poisons si subtils que connaître leurs propriétés suffit à rendre malade. Il y a des maux si étranges qu'il faut les subir si on cherche à comprendre leur nature. Mais quelle récompense on en reçoit ! Comme on trouve le monde merveilleux ! Noter la bizarre, l'implacable logique de la passion et la vie émotionnelle, bigarrée, de l'intellect, observer leurs rencontres et leurs séparations, leurs lieux d'unisson et de dissonance, c'est un pur délice ! Qu'en importe le prix ? Aucune sensation ne sera jamais payée trop cher.

Lord Henry était conscient — et l'idée en amenait un éclat de plaisir dans ses yeux d'agate brune — que c'étaient des mots à lui, des mots musicaux prononcés musicalement, qui avaient fait que l'âme de Dorian Gray s'était tournée vers cette blanche jeune fille et s'était inclinée révérencieusement devant elle. Pour une large part, c'était lui qui avait façonné le jouvenceau. Il en avait précipité l'éclosion. Ce n'était pas si mal que ça. Les gens ordinaires attendent que la vie leur révèle ses secrets, mais aux rares, aux élus, les mystères de la vie se révèlent avant que le voile n'en soit tiré. Quelquefois c'est là l'effet de l'art et surtout de l'art littéraire qui traite directement les passions et l'intellect. Mais il arrive qu'une personnalité complexe prenne la place et exerce la fonction de l'art, qu'elle devienne par elle-même, à sa façon, une œuvre d'art, puisque la Vie produit ses chefs-d'œuvre de raffinement au même titre que la poésie, la sculpture ou la peinture.

Oui, le gamin était en avance. Il moissonnait sa moisson en plein printemps. Le pouls et la passion de la jeunesse étaient en lui, mais il commençait à en prendre conscience. C'était délicieux de l'observer. Avec son beau visage et sa belle âme, on ne pouvait que s'en émerveiller. Peu importe comment tout cela finirait ou était destiné à finir. Il ressemblait à l'une de ces figures gracieuses dans une reconstitution historique ou dans une pièce, dont les joies vous échappent, mais dont les chagrins éveillent votre sens de la beauté et dont les blessures sont semblables à des roses rouges.

L'âme et le corps, le corps et l'âme, comme c'est mystérieux ! Il y a des traits animaux dans l'âme, et le corps possède ses moments de spiritualité. Les sens peuvent affiner et l'intellect peut dégrader. Qui dira où cessent les impulsions charnelles, où commencent les psychiques ? Comme les définitions arbitraires des psychologues ordinaires manquent de profondeur ! Et pourtant qu'il est difficile de choisir parmi les doctrines des diverses écoles ! L'âme est-elle une ombre installée dans le nid du péché ? Ou est-ce le corps qui est dans l'âme, comme le pensait Giordano Bruno [1] ? La séparation de l'esprit et de la matière est un mystère, et l'union de l'esprit et de la matière en est un aussi.

Lord Henry commença à se demander s'il serait jamais possible de faire de la psychologie une science si parfaite que chaque petit ressort de la vie nous soit révélé. Pour

---

**1.** Giordano Bruno (1548-1600) : philosophe italien panthéiste qui concevait l'univers comme infini et complexe, avec Dieu comme force unifiante. Accusé d'hérésie, il fut brûlé vif à Rome, sur le Campo dei Fiori. Le discours de Lord Henry reprend les idées de Pater dans « Giordano Bruno », article publié dans la *Fortnightly Review* d'août 1889.

le moment, nous nous méprenons toujours sur nous-mêmes et nous comprenons rarement les autres. L'expérience n'a pas de valeur morale. C'est simplement le nom que les hommes donnent à leurs erreurs. Les moralistes y voient généralement un mode d'avertissement, lui trouvent une certaine efficacité dans la formation du caractère, en font l'éloge comme d'une chose qui nous enseigne ce qu'il faut poursuivre et nous montre ce qu'il faut éviter. Mais l'expérience n'a pas de force motrice. Elle n'est pas plus une cause active que la conscience elle-même. Tout ce qu'elle démontre véritablement, c'est que notre avenir ressemblera à notre passé et que, le péché que nous avons commis une fois avec répugnance, nous le commettrons encore bien des fois, et dans la joie.

Il était clair pour lui que la méthode expérimentale est la seule par laquelle on puisse arriver si peu que ce soit à une analyse scientifique des passions, et Dorian Gray était un sujet manifestement fait à sa main et apparemment prometteur de résultats riches et abondants. Son amour soudain et fou pour Sibyl Vane était un phénomène psychologique d'un intérêt considérable. Sans aucun doute, la curiosité y était-elle pour beaucoup, la curiosité et l'envie d'expériences nouvelles, mais ce n'était pas, loin de là, une passion simple. En elle, les instincts purement sensuels du jeune âge avaient été modifiés par le travail de l'imagination, transformés en une chose qui, aux yeux du jeune homme lui-même, paraissait étrangère à la raison et en était d'autant plus dangereuse. Ce sont les passions sur l'origine desquelles nous nous sommes trompés qui nous tyrannisent le plus. Nos mobiles les moins puissants sont ceux dont nous avons compris la nature. Il arrive souvent que nous pensions faire des expériences sur autrui alors que nous les faisons sur nous-mêmes.

Pendant que Lord Henry songeait à tout cela, on frappa à la porte. Son valet de chambre entra et lui rappela qu'il était temps de s'habiller pour le dîner. Il se leva et jeta un coup d'œil dans la rue. Le coucher du soleil avait frappé d'un or cramoisi les plus hautes fenêtres des maisons d'en face. Les carreaux rougeoyaient comme des plaques de métal brûlant. Au-dessus, le ciel était comme une rose fanée. Il pensa à la vie couleur de flamme de son ami et se demanda comment tout cela finirait.

Quand il rentra à la maison, vers minuit et demi, il vit un télégramme sur la table du hall. Il l'ouvrit. C'était de Dorian Gray.

Qui lui annonçait ses fiançailles avec Sibyl Vane.

5

— Maman, maman, je suis si heureuse ! chuchotait la jeune fille en cachant son visage dans le giron de la femme flétrie, à l'air fatigué, qui, tournant le dos à la lumière perçante et indiscrète, était assise dans l'unique fauteuil que contenait leur salon défraîchi. Je suis heureuse ! répétait-elle. Il faut que tu sois heureuse aussi.

Mme Vane tressaillit et posa ses mains maigres, blanchies par le bismuth, sur la tête de sa fille.

— Heureuse ! fit-elle comme un écho. Je ne suis heureuse, Sibyl, que quand je te vois jouer. Tu ne dois penser à rien d'autre qu'à ton métier. M. Isaacs a été très bon pour nous et nous lui devons de l'argent.

La jeune fille releva la tête avec une moue.

— De l'argent, maman ? s'écria-t-elle. Quelle importance l'argent a-t-il ? L'amour vaut plus que l'argent.

— M. Isaacs nous a avancé cinquante livres pour payer nos dettes et pour équiper James correctement. Il ne faut pas que tu oublies cela, Sibyl. Cinquante livres est une très grosse somme. M. Isaacs a été plein d'attentions.

— Ce n'est pas un homme bien élevé, maman, et je déteste la façon dont il me parle, dit la jeune fille en se levant et en allant à la fenêtre.

— Je ne sais pas comment nous ferions sans lui, répondit la plus âgée d'un ton dolent.

Sibyl Vane rejeta la tête en arrière en riant.

— Nous n'avons plus besoin de lui, maman. C'est le Prince Charmant qui règne sur notre vie maintenant.

Elle fit une pause. Une rose trembla dans son sang et

ombra ses joues. Une respiration accélérée écarta les pétales de ses lèvres. Elles tremblèrent. Le vent austral de la passion s'empara d'elle et fit frissonner les plis délicats de sa robe.

— Je l'aime, dit-elle simplement.

— Stupide enfant ! Stupide enfant !

Telle fut la réponse, jetée d'une voix de perroquet. Des doigts crochus, couverts de fausses pierres, donnèrent, en s'agitant, un ton grotesque à ces paroles.

La jeune fille rit de nouveau. Sa voix était pleine de la joie d'un oiseau en cage. Ses yeux en perçurent la mélodie et la reflétèrent par leur éclat. Puis ils se fermèrent, comme pour cacher leur secret. Quand ils se rouvrirent, la brume d'un rêve y était passée.

Du fauteuil usé, la sagesse aux lèvres décharnées se fit entendre : elle suggérait la prudence, elle tirait des citations du livre de la lâcheté que son auteur affuble trompeusement du nom de bon sens. Sibyl n'écoutait pas. Elle était libre dans la prison de sa passion. Son prince, le Prince Charmant était avec elle. Elle avait invoqué Mémoire pour le recréer. Elle avait envoyé son âme à sa recherche et elle le lui avait ramené. Son baiser lui brûlait de nouveau la bouche. Ses paupières étaient réchauffées par son souffle.

Puis la sagesse changea de méthode et parla d'espionnage et d'éclaircissements. Le jeune homme pouvait être riche. Dans ce cas, il fallait penser au mariage. Les vagues de l'astuce commune se brisaient sur les oreilles-coquillages. Les flèches de la ruse manquaient leur but. Sibyl voyait les lèvres décharnées remuer et elle souriait.

Soudain elle sentit le besoin de parler. Son silence bavard l'oppressait.

— Maman, maman, s'écria-t-elle, pourquoi m'aime-t-il tant ? Je sais pourquoi je l'aime. Je l'aime parce qu'il ressemble à ce que l'Amour lui-même devrait être. Mais que me trouve-t-il ? Je ne suis pas digne de lui. Et pourtant, je ne sais pas pourquoi, bien que je me sente si inférieure à lui, cela ne m'humilie pas. Je me sens fière, terriblement fière. Maman, aimais-tu mon père comme j'aime le Prince Charmant ?

La plus âgée des deux blêmit sous la poudre grossière qui barbouillait ses joues et ses lèvres desséchées se tordirent dans un spasme de douleur. Sibyl courut à elle, lui jeta les bras autour du cou et l'embrassa.

— Pardonne-moi, maman. Je sais que cela te fait mal de parler de mon père. Mais cela ne te fait du mal que parce que tu l'as tant aimé. Ne prends pas un air si triste ! Je suis aussi heureuse aujourd'hui que tu l'étais il y a vingt ans. Ah ! si je pouvais être heureuse toujours !

— Mon enfant, tu es bien trop jeune pour penser à l'amour. D'ailleurs que savons-nous de ce jeune homme ? Tu ne connais même pas son nom. Tout cela tombe très mal, et vraiment, quand James part pour l'Australie et que j'ai tant de choses à rouler dans ma tête, je dois dire que tu aurais pu avoir plus d'égards. Pourtant, comme je l'ai déjà dit, s'il est riche...

— Ah ! maman, maman, laisse-moi être heureuse !

Mme Vane la regarda, et, dans un de ces gestes faux et théâtraux qui, pour les acteurs, deviennent si souvent une seconde nature, elle la serra dans ses bras.

À ce moment, la porte s'ouvrit, et un jeune garçon aux grossiers cheveux châtains entra dans la pièce. Il était trapu, avec de grandes mains et de grands pieds et avait une allure un peu gauche. Il n'avait pas la finesse de constitution de sa sœur. On aurait eu du mal à deviner la proximité de leur parenté. Mme Vane fixa son regard sur lui et accentua son sourire. Elle avait mentalement transformé son fils en public. Elle était sûre de l'intérêt du tableau.

— Je trouve que tu pourrais garder quelques-uns de tes baisers pour moi, Sibyl, grommela gentiment le garçon.

— Mais tu n'aimes pas qu'on t'embrasse, Jim, s'écria-t-elle. Tu es un horrible vieil ours.

Elle traversa la pièce en courant et lui donna l'accolade.

James Vane regarda avec tendresse le visage de sa sœur.

— Viens faire une promenade avec moi, Sibyl. Je pense que je ne reverrai jamais cet affreux Londres. En tout cas, je n'y tiens pas.

— Mon fils, ne dis pas des choses si atroces, murmura Mme Vane en prenant une robe de théâtre criarde pour la rapiécer.

Elle se sentait un peu déçue qu'il ne se fût pas mêlé au groupe, ce qui eût accru le pittoresque théâtral de la situation.

— Pourquoi pas, mère ? Je pense ce que je dis.

— Tu me fais de la peine, mon fils. Je crois que tu reviendras d'Australie, dans une situation florissante. Je ne crois pas qu'il y ait de société aux colonies, rien de ce que j'appelle la société. Donc, il faut que, fortune faite, tu reviennes te faire admirer à Londres.

— La société ! marmonna le garçon. Ça ne m'intéresse pas du tout. Moi, je voudrais gagner de l'argent pour vous faire quitter le théâtre, toi et Sibyl. Je le déteste.

— Ah ! Jim ! fit Sibyl en riant. Comme tu es méchant ! Mais tu veux vraiment faire une promenade avec moi ? Ce sera charmant ! Je pensais plutôt que tu allais dire au revoir à tes amis : Tom Hardy, qui t'a donné ton affreuse pipe, ou Ned Langton, qui se moque de toi parce que tu la fumes. C'est très gentil de ta part de me faire cadeau de ton dernier après-midi. Où irons-nous ? Allons au Parc.

— Je fais trop miteux, répondit-il, le sourcil froncé. Il n'y a que les gens élégants qui vont au Parc.

— Tu dis des bêtises, Jim, chuchota-t-elle, en caressant la manche de sa veste.

Il hésita un instant.

— Bon, d'accord, fit-il enfin. Mais ne mets pas trop de temps à t'habiller.

Elle sortit d'un pas dansant. En montant, elle courait et on l'entendait chanter. Ses petits pieds trottinèrent là-haut.

James fit deux ou trois fois le tour de la pièce. Puis il se tourna vers la forme immobile dans le fauteuil.

— Mère, mes bagages sont-ils prêts ? demanda-t-il.

— Tout à fait prêts, James, répondit-elle sans quitter son travail des yeux.

Depuis quelques mois, elle se sentait mal à l'aise quand elle se trouvait seule avec son fils, rude et sévère. Sa nature intime à elle, qui n'avait aucune profondeur, se troublait quand leurs yeux se rencontraient. Elle se demandait s'il soupçonnait quoi que ce fût. Son silence, car il ne faisait aucune autre observation, lui devint insupportable. Elle commença à se plaindre. Les femmes se défendent en attaquant, de même qu'elles attaquent par leurs redditions soudaines et imprévisibles.

— J'espère que tu seras satisfait de ta vie de marin, James, dit-elle. Rappelle-toi que c'est toi qui as choisi. Tu aurais pu entrer chez un notaire. Les notaires forment une classe très respectable et, à la campagne, ils sont souvent invités à dîner dans les meilleures familles.

— Je déteste les bureaux et les hommes de bureau, répondit-il. Mais tu as parfaitement raison. J'ai choisi ma propre vie. Tout ce que je te demande, c'est de veiller sur Sibyl. Qu'il ne lui arrive rien de mal ! Mère, tu dois veiller sur elle.

— James, tu dis vraiment des choses très bizarres. Bien sûr que je veille sur Sibyl.

— J'entends dire qu'il y a un monsieur qui vient au théâtre tous les soirs et qu'il va dans les coulisses lui parler. Est-ce que c'est vrai ? Qu'est-ce que ça veut dire ?

— Tu parles de choses que tu ne comprends pas, James. Dans ce métier, nous avons l'habitude de recevoir beaucoup d'hommages très flatteurs. Moi-même, je recevais plusieurs bouquets en une soirée. C'était l'époque où on traitait les acteurs comme ils le méritent. Quant à Sibyl, je ne sais pas, pour le moment, si son engouement est sérieux ou non. Mais il ne fait aucun doute que le jeune homme en question est un homme parfaitement bien élevé. Il est toujours très poli avec moi. En outre, il paraît riche, et les fleurs qu'il envoie sont ravissantes.

— Et pourtant tu ne connais pas son nom, répliqua brutalement le garçon.

— Non, répondit sa mère, son visage demeurant placide. Il n'a pas encore révélé son vrai nom. Je trouve cela très romanesque de sa part. Il appartient probablement à la haute aristocratie.

James Vane se mordit la lèvre.

— Veille sur Sibyl, mère ! s'écria-t-il. Veille sur elle.

— Mon fils, tu m'affliges beaucoup. Sibyl fait toujours l'objet de mes soins particuliers. Bien sûr, si ce

monsieur est fortuné, il n'y a pas de raison pour qu'elle
ne s'allie pas à lui. Je suis sûre que c'est un grand seigneur. Il m'en a tout l'air, je dois dire. Cela pourrait être
un parti superbe pour Sibyl. Ils feraient un couple charmant. Il est vraiment très beau : tout le monde en fait la
remarque.

Le garçon marmonna pour lui-même et tambourina sur
le carreau avec ses doigts grossiers. Il venait de se retourner pour dire quelque chose quand la porte s'ouvrit et
Sibyl entra en courant.

— Vous avez l'air bien grave tous les deux ! s'écria-
t-elle. Que se passe-t-il ?

— Rien, répondit-il. Je suppose qu'il faut bien être
grave de temps en temps. Au revoir, mère. Je dînerai à
cinq heures. Tout est emballé sauf mes chemises, ne te
soucie de rien.

— Au revoir, mon fils, répondit-elle avec une inclinai-
son majestueuse mais crispée.

Elle était très ennuyée par le ton qu'il prenait avec elle
et il y avait quelque chose dans son regard qui lui faisait
peur.

— Embrasse-moi, maman, dit la jeune fille.

Ses lèvres semblables à des fleurs touchèrent la joue
flétrie et en réchauffèrent le givre.

— Mon enfant ! mon enfant ! glapit Mme Vane, les
yeux au plafond, à la recherche d'un public imaginaire.

— Viens, Sibyl, dit le frère avec impatience.

Il ne supportait pas les affectations de sa mère.

Dehors, la lumière du soleil tremblotait dans le vent.
Ils descendirent la lugubre rue Euston[1]. Les passants
jetaient des regards perplexes au jeune homme sombre et
lourd qui, avec des habits grossiers lesquels n'étaient pas
à ses mesures, accompagnait une jeune fille si gracieuse,
à l'air si raffiné. On aurait dit un rustre de jardinier se
promenant avec une rose.

Jim fronçait le sourcil de temps en temps, quand il
rencontrait le regard curieux d'un étranger. Il détestait
qu'on le regardât, comme les génies dans la vieillesse et
les gens du commun toute leur vie. Sibyl, en revanche,

---

1. Quartier populaire du nord de Londres.

n'était aucunement consciente de l'effet qu'elle produisait. Son amour faisait trembler ses lèvres de rire. Elle pensait au Prince Charmant, et, pour penser à lui encore plus, elle n'en parlait pas, évoquant dans son bavardage le bateau sur lequel Jim allait s'embarquer, l'or qu'il ne manquerait pas de découvrir et la merveilleuse héritière dont il sauverait la vie menacée par de méchants coureurs des bois en chemise rouge. Car il n'allait pas rester marin ou subrécargue[1] ou quoi que ce fût de ce genre. Ah ! non alors ! Rien de plus affreux que la vie d'un marin. Imaginez qu'on soit enfermé sur un horrible bateau, avec des vagues rauques et bossues qui veulent entrer et un vent tout noir qui renverse les mâts et déchire les voiles en longues écharpes hurlantes ! Il quitterait le vaisseau à Melbourne, prendrait poliment congé du capitaine et partirait immédiatement pour les gisements d'or[2]. Avant une semaine, il trouverait une pépite d'or pur, la plus grosse pépite qui eût jamais été trouvée, et il la rapporterait jusqu'au rivage dans un chariot gardé par six policiers à cheval. Les coureurs des bois les attaqueraient trois fois et seraient vaincus et abondamment massacrés. Ou alors non. James n'irait pas du tout dans les gisements, qui sont des endroits horribles, où on s'enivre, où on se tire dessus dans les bars et où on parle grossièrement. Il deviendrait un gentil éleveur de moutons et, un soir, en rentrant à la maison, il verrait la belle héritière enlevée par un bandit sur un cheval noir et il le poursuivrait et il la libérerait. Bien sûr, elle tomberait amoureuse de lui, et lui d'elle, et ils se marieraient, et ils rentreraient pour habiter un immense hôtel à Londres. Oui, un avenir délicieux lui était réservé. Mais il devait se conduire très bien, ne pas se mettre en colère, ne pas dépenser sottement son argent. Elle n'avait qu'un an de plus que lui, mais elle connaissait la vie tellement mieux. Et surtout qu'il lui écrivît des lettres par chaque courrier et qu'il fît sa prière tous les soirs avant de s'endormir ! Dieu est si bon, il veillerait sur

---

1. Dans la marine, personne qui a autorité sur la cargaison du navire qu'elle surveille au nom du propriétaire.   2. En 1851, de l'or fut découvert en Australie (Nouvelles Galles du Sud), d'où un afflux d'immigrants. L'expatriation en Australie pour y faire fortune ou expier un péché est déjà présente chez Dickens, dans *David Copperfield*.

lui. Elle prierait pour lui aussi, et, dans quelques années, il reviendrait très riche et heureux.

Le garçon l'écoutait d'un air maussade et ne répondait rien. C'était un crève-cœur pour lui de quitter son chez-soi.

Cependant, ce n'était pas cela seulement qui le rendait sombre et morose. Si peu d'expérience qu'il eût, il sentait fortement à quel point la situation de Sibyl était dange-reuse. Ce jeune dandy qui lui faisait la cour ne pouvait pas avoir de bonnes intentions. C'était un monsieur, et James le haïssait pour cela, le haïssait de par un bizarre instinct de race qu'il ne s'expliquait pas et qui l'en domi-nait d'autant plus. Il était conscient aussi du vide et de la vanité de la nature de sa mère, et il y voyait d'infinis périls pour Sibyl et son bonheur. Les enfants commencent par aimer leurs parents ; en grandissant, ils les jugent ; parfois ils leur pardonnent.

Sa mère ! Il gardait à l'esprit une question qu'il voulait lui poser, une question qu'il avait remâchée pendant bien des mois de silence. Une expression fortuite qu'il avait entendue au théâtre, un sarcasme chuchoté que son oreille avait surpris pendant qu'il attendait près de l'entrée des artistes, avaient déclenché en lui toute une suite d'hor-ribles méditations. Il s'en souvenait comme d'un coup de cravache au visage. Ses sourcils se rejoignirent en un sil-lon en forme de coin et, avec une contraction de douleur, il mordit sa lèvre inférieure.

— Tu n'écoutes pas un mot de ce que je dis, Jim, s'écria Sibyl, et moi qui fais de si merveilleux projets pour ton avenir ! Dis quelque chose.

— Que veux-tu que je dise ?

— Que tu te conduiras bien et que tu ne nous oublieras pas, répondit-elle en lui souriant.

Il haussa les épaules.

— Tu m'auras oublié avant que je ne t'aie oubliée, Sibyl.

Elle rougit.

— Que veux-tu dire, Jim ? demanda-t-elle.

— Tu as un nouvel ami, il paraît. Qui est-ce ? Pour-quoi ne m'as-tu pas parlé de lui ? Il ne te veut pas de bien.

— Arrête, Jim ! s'exclama-t-elle. Ne dis rien contre lui. Je l'aime.

— Et tu ne sais même pas son nom ! répliqua le garçon. Qui est-il ? J'ai le droit de savoir.

— Il s'appelle le Prince Charmant. Son nom ne te plaît pas ? Oh ! que tu es sot ! Tu ne devrais jamais l'oublier. Si seulement tu le voyais, tu penserais que c'est l'être le plus merveilleux de la terre. Un jour, tu feras sa connaissance : quand tu rentreras d'Australie. Il te plaira tant ! Il plaît à tout le monde, et moi... je l'aime. Je voudrais que tu puisses venir au théâtre ce soir. Il sera là et je jouerai Juliette. Oh ! comme je la jouerai bien ! Imagine, Jim : être amoureuse et jouer Juliette ! Savoir qu'il est là ! Jouer pour son plaisir ! Je vais peut-être effrayer les comédiens, les effrayer ou les ensorceler. Être amoureux, c'est se surpasser. En parlant aux badauds de son bar, cet horrible pauvre M. Isaacs va crier au génie. Il m'a prêchée comme un dogme ; ce soir, il va m'annoncer comme une révélation. Je le sens. Et tout cela lui appartient, à lui seulement, au Prince Charmant, mon merveilleux amoureux, mon dieu de grâce. Mais je suis pauvre comparée à lui. Pauvre ? Quelle importance ? Quand la pauvreté entre en rampant par la porte, l'amour entre en volant par les fenêtres. Il faut récrire nos proverbes. Ils ont été composés en hiver, et maintenant c'est l'été. Et pour moi, je crois bien que c'est le printemps, un ballet de fleurs dans le ciel bleu.

— C'est un monsieur, dit le garçon d'un air renfrogné.

— Un prince, rétorqua-t-elle sur un ton mélodieux.

— Il veut faire de toi son esclave.

— L'idée d'être libre me fait frémir de peur.

— Je veux que tu te méfies de lui.

— Le voir, c'est le révérer ; le connaître, c'est lui faire confiance.

— Sibyl, tu es folle de lui.

Elle rit en lui prenant le bras.

— Mon cher vieux Jim, tu parles comme si tu avais cent ans. Un jour, toi aussi tu seras amoureux. Alors tu sauras ce que c'est. Ne boude pas. Tu devrais pourtant être content de savoir que, bien que tu t'en ailles, tu me laisses plus heureuse que je ne l'ai jamais été. La vie a été dure pour nous, terriblement dure et difficile. Mais les choses vont changer maintenant. Tu pars pour un monde nouveau, et moi, j'en ai trouvé un. Tiens, voilà deux chaises : asseyons-nous et regardons passer le beau monde.

Ils s'assirent parmi une foule de curieux. Les parterres de tulipes de l'autre côté de l'allée flamboyaient en cercles de feu palpitant. Un nuage frissonnant de poussière blanche, on eût dit de la racine d'iris, demeurait suspendu dans l'air haletant. Les ombrelles aux couleurs vives dansaient et plongeaient comme d'énormes papillons.

Sibyl fit parler son frère de lui-même, de ses espoirs, de ses projets. Il parlait lentement et avec effort. Ils échangeaient des paroles comme des joueurs se passent des jetons. Sibyl se sentait oppressée. Elle ne pouvait communiquer sa joie. Un léger sourire incurvant cette bouche maussade, c'était là toute la réponse qu'elle obtenait. Après quelque temps, elle sombra dans le silence. Soudain elle aperçut des cheveux d'or et une bouche rieuse : dans une calèche découverte venait de passer Dorian Gray en compagnie de deux dames.

Elle bondit :

— Le voilà ! s'écria-t-elle.

— Qui ? fit Jim Vane.

— Le Prince Charmant, répondit-elle en suivant la victoria des yeux.

Il se dressa et la saisit rudement par le bras.

— Indique-le-moi. Lequel est-ce ? Montre-le. Il faut que je le voie ! criait-il.

Mais, à ce moment, l'attelage à grandes guides du duc de Berwick passa entre eux, et, lorsque l'espace redevint libre, la calèche avait quitté le Parc.

— Il est parti, murmura tristement Sibyl. J'aurais voulu que tu puisses le voir.

— Je l'aurais voulu aussi, parce que, aussi sûr qu'il y a un Dieu au ciel, si jamais il te fait aucun mal, je le tuerai.

Elle regarda Jim, horrifiée. Il répéta ce qu'il avait dit. Ces mots tranchaient l'air comme une dague. Les gens autour d'eux commençaient à ouvrir de grands yeux. Une dame qui se tenait tout près étouffa un petit rire.

— Viens, Jim, allons-nous-en, murmura Sibyl.

Il la suivit, l'air têtu, à travers la foule. Il était content de ce qu'il avait dit.

Quand ils furent arrivés à la statue d'Achille[1], elle se retourna. Il y avait, dans ses yeux, une pitié qui devenait du rire sur ses lèvres. Elle secoua la tête en le regardant.

— Tu es sot, Jim, tu es complètement idiot. Un petit garçon mal luné, rien de plus. Comment peux-tu dire des choses aussi horribles ? Tu ne sais pas de quoi tu parles. Simplement tu es jaloux et méchant. Ah ! je voudrais que tu tombes amoureux ! L'amour rend les gens bons, et ce que tu as dit était mal.

— J'ai seize ans, répondit-il, et je sais où j'en suis. Mère ne peut pas t'aider. Elle ne sait pas s'occuper de toi. Je voudrais maintenant ne plus partir pour l'Australie. J'ai grande envie d'envoyer tout ça promener. Je le ferais, si je n'avais pas signé mon contrat.

— Oh ! ne sois pas si sérieux, Jim. Tu ressembles à l'un des héros de ces mélodrames stupides où ma mère adorait jouer. Je ne veux pas me disputer avec toi. Je l'ai vu, et rien que de le voir, c'est le bonheur parfait. Ne nous disputons pas. Je sais que tu ne ferais jamais aucun mal à quelqu'un que j'aimerais, n'est-ce pas ?

— Pas tant que tu l'aimerais, je suppose, fut la sombre réponse.

— Et moi je l'aimerai toujours, s'écria Sibyl.

— Et lui ?

— Toujours, lui aussi.

— C'est son intérêt.

Elle eut peur et se recula. Puis elle rit et lui posa la main sur le bras. Ce n'était qu'un enfant.

À Marble Arch[2], ils hélèrent un omnibus qui les laissa non loin de leur pauvre maison de la rue Euston. Il était cinq heures passées, et Sibyl devait se reposer une heure ou deux avant de jouer. Jim insista pour qu'elle le fît. Il

---

**1.** Cette statue, que Wilde qualifie d'« atroce » dans *Un mari idéal*, fut érigée en 1822 à partir de canons pris à la France lors des guerres napoléoniennes. Elle se trouve dans Hyde Park.     **2.** Monument situé dans Hyde Park. Son style imite celui de l'Arc de Constantin à Rome.

dit qu'il préférait prendre congé d'elle en l'absence de leur mère qui ferait sûrement une scène, alors que lui détestait tous les genres de scène.

Ils se dirent adieu dans la chambre de Sibyl. Le cœur du garçon était plein de jalousie et d'une haine farouche, sanglante, pour cet étranger qui, lui semblait-il, était venu les séparer. Cependant, quand elle lui jeta les bras autour du cou et que ses doigts lui caressèrent les cheveux, il s'adoucit et l'embrassa avec une véritable affection. Il y avait des larmes dans ses yeux quand il descendit l'escalier.

Sa mère l'attendait en bas. Quand il entra, elle grommela qu'il n'était pas ponctuel. Il ne répondit pas et s'attabla devant son frugal repas. Les mouches bourdonnaient autour de la table et rampaient sur la nappe maculée. Par-delà le grondement des omnibus et le fracas des fiacres, il entendait la voix monotone qui dévorait chacune des minutes qui lui restaient.

Au bout d'un moment, il repoussa brusquement son assiette et se prit la tête à deux mains. Il sentait qu'il avait le droit de savoir. On aurait dû le lui dire plus tôt, si ce qu'il soupçonnait était vrai. Lourde de peur, sa mère l'observait. Des mots tombaient machinalement de ses lèvres. Un mouchoir de dentelle tout déchiré se tordait dans ses doigts. Quand la pendule sonna six heures, il se leva et se dirigea vers la porte. Puis il se retourna et regarda sa mère. Leurs yeux se rencontrèrent. Dans ceux de Mme Vane, il lut un appel à la pitié qui le mit en rage.

— Mère, j'ai une question à te poser, fit-il.

Elle laissa ses regards vagabonder par la pièce et ne répondit rien.

— Dis-moi la vérité. J'ai le droit de savoir. Étais-tu mariée à mon père ?

Elle poussa un profond soupir. C'était un soupir de soulagement. Ce moment terrible, ce moment que, nuit et jour, pendant des semaines et des mois, elle avait appréhendé, était enfin venu, et pourtant elle n'était pas terrorisée. Dans une certaine mesure, elle était même déçue. La question était si vulgairement directe qu'il lui fallait une réponse directe. La situation n'avait pas été préparée graduellement. Elle était toute crue. À Mme Vane cela rappelait une mauvaise répétition.

— Non, répondit-elle, s'étonnant devant la rude simplicité de la vie.

— Mon père était donc un coquin ? s'écria le garçon
en serrant les poings.

Elle secoua la tête.

— Je savais qu'il n'était pas libre. Nous nous aimions
beaucoup. S'il avait vécu, il aurait pourvu à nos besoins.
Ne dis plus de mal de lui, mon fils. C'était ton père et un
monsieur. D'ailleurs, il était très bien apparenté.

Un juron s'échappa de ses lèvres.

— Moi, ça m'est égal, s'exclama-t-il, mais ne laisse
pas Sibyl... C'est aussi un monsieur, n'est-ce pas, celui
qui est amoureux d'elle, ou qui dit qu'il l'est ? Très bien
apparenté aussi, sans doute.

Un moment, Mme Vane se sentit horriblement humi-
liée. Elle baissa la tête. Elle s'essuya les yeux avec des
mains tremblantes.

— Sibyl a une mère, murmura-t-elle. Je n'en avais pas.

Le garçon fut touché. Il alla vers elle et se pencha pour
l'embrasser.

— Je regrette de t'avoir fait de la peine en te posant
des questions sur mon père, dit-il, mais je n'ai pas pu
m'en empêcher. Maintenant, il faut que je parte. Au
revoir. N'oublie pas que tu ne vas plus avoir à prendre
soin que d'un seul enfant, et crois-moi : si cet homme fait
du tort à ma sœur, je découvrirai qui il est, je le retrouverai et je le tuerai comme un chien. Je le jure.

La folie excessive de la menace, le geste passionné qui
l'accompagnait, les paroles insensées et mélodramatiques
firent que la vie devint plus vivante pour elle. Cette atmosphère lui était familière. Elle respira plus librement, et,
pour la première fois depuis bien des mois, elle admira son
fils pour de bon. Elle aurait aimé continuer la scène au
même niveau émotionnel, mais il la coupa. Il fallait descendre des cantines et chercher des cache-nez. L'homme
de peine de l'hôtel garni faisait tout un remue-ménage en
entrant et en sortant. Il fallut marchander avec le cocher.
Le moment fut submergé par des détails anodins. Ce fut de
nouveau avec un sentiment de déception qu'elle agita par
la fenêtre son mouchoir de dentelle déchirée, tandis que son
fils s'éloignait en voiture. Elle sentait qu'on avait laissé

échapper une occasion grandiose. Elle se consola en disant à Sibyl à quel point, pensait-elle, sa vie serait triste maintenant qu'elle n'aurait plus à prendre soin que d'un seul enfant. Elle s'était rappelé la formule, qui lui plaisait. Elle ne dit pas un mot de la menace qui avait été exprimée de manière si frappante et si dramatique. Elle pensait qu'un jour ils en riraient tous ensemble.

6

— Je suppose que tu connais la nouvelle, Basil ? fit Lord Henry ce soir-là, quand Hallward fut introduit dans le petit salon au Bristol où trois couverts avaient été mis.

— Non, Harry, répondit le peintre en donnant son chapeau et son pardessus au chasseur qui saluait. De quoi s'agit-il ? Pas de politique, j'espère ? Elle ne m'intéresse pas. Je ne sais pas s'il y a un seul membre des Communes qui mérite qu'on fasse son portrait ; encore qu'il y en ait plus d'un à qui un coup de badigeon ne ferait pas de mal.

— Dorian Gray va se marier, dit Lord Henry.

Et il l'observait tout en parlant.

Hallward sursauta, puis fronça le sourcil.

— Dorian fiancé ? s'écria-t-il. C'est impossible.

— C'est parfaitement exact.

— À qui ?

— À je ne sais quelle petite actrice.

— Je n'en crois rien. Dorian a bien trop de bon sens.

— Dorian est bien trop sage pour ne pas commettre de folies de temps en temps, mon cher Basil.

— Le mariage n'est pas une chose qu'on puisse commettre de temps en temps, Harry.

— Sauf en Amérique, répondit Lord Henry d'un ton languide. Mais je n'ai pas dit qu'il était marié. J'ai dit qu'il allait se marier. Il y a une grande différence. Je me rappelle distinctement que je me suis marié, mais je ne me rappelle pas du tout avoir été fiancé. J'ai tendance à penser que je ne l'ai jamais été.

— Mais pense à la naissance de Dorian, à sa position, à sa fortune. Ce serait absurde de faire une pareille mésalliance.

— C'est précisément ce qu'il faut lui dire si tu veux qu'il épouse cette fille, Basil. Il ne pourrait plus y manquer. Quand on fait quelque chose de complètement stupide, c'est toujours pour le motif le plus noble.

— J'espère que c'est une honnête fille, Harry. Je ne voudrais pas voir Dorian lié à une vile créature qui pourrait dégrader sa nature et son intellect.

— Oh ! elle est mieux qu'honnête, elle est belle, murmura Lord Henry en sirotant son vermouth à l'orange. Dorian dit qu'elle est belle, et il se trompe rarement dans ce genre de chose. Ton portrait a aiguisé en lui l'appréciation de l'apparence physique d'autrui. Il a eu cet excellent effet, entre autres. Nous la verrons ce soir, s'il n'oublie pas notre rendez-vous.

— Tu es sérieux ?

— Tout à fait, Basil. Cela me navrerait de penser que je pourrais jamais être plus sérieux que je ne le suis maintenant.

— Mais tu approuves ce projet, Harry ? demanda le peintre en marchant de long en large et en se mordant la lèvre. Tu ne peux sûrement pas l'approuver. Il doit s'agir de je ne sais quel stupide engouement.

— Je n'approuve ni ne désapprouve plus rien. Quelle attitude absurde devant la vie ! Nous n'avons pas été envoyés sur terre pour faire prendre l'air à nos préjugés moraux. Je ne prête jamais aucune attention à ce que disent les gens ordinaires et je ne me mêle jamais de ce que font les gens de qualité. Si une personnalité me fascine, quelque mode d'expression que cette personnalité se choisisse, il me ravit. Dorian Gray tombe amoureux d'une belle jeune fille qui joue Juliette et a l'intention de l'épouser. Pourquoi pas ? S'il prenait pour femme Messaline [1], il n'en serait pas moins intéressant. Tu sais que je ne suis pas partisan du mariage. Le véritable inconvénient

---

**1.** Femme de l'empereur Claude (dont elle eut Octavie et Britannicus) connue pour ses débauches. Elle fut mise à mort par Claude en 48 après J.-C. pour avoir épousé l'un de ses amants.

du mariage, c'est qu'il nous rend moins égoïste et que les gens sans égoïsme sont sans couleur. Ils manquent d'individualité. Cependant, il existe certains tempéraments que le mariage rend plus complexes. Ils conservent leur égotisme et multiplient leur moi. Ils sont amenés à avoir plusieurs vies. Ils s'organisent mieux ; or, être bien organisé m'apparaît comme le but de l'existence humaine. De plus, toute expérience est valable, et, quoi que l'on puisse dire du mariage, c'en est indéniablement une. J'espère que Dorian Gray épousera cette fille, l'adorera passionnément pendant six mois et puis se laissera soudain fasciner par quelqu'un d'autre. Ce serait fort intéressant à étudier.

— Tu n'en penses pas un mot, Harry, je le sais. Si la vie de Dorian Gray se trouvait gâchée, personne n'en serait plus désolé que toi. Tu es bien meilleur que tu ne feins de l'être.

Lord Henry se mit à rire.

— Si nous aimons penser du bien des autres, c'est parce que nous craignons pour nous-mêmes. Le fondement de l'optimisme n'est rien autre que la peur. Nous nous croyons généreux parce que nous prêtons à nos voisins les vertus qui ont des chances de nous profiter. Nous complimentons le banquier pour nous permettre un découvert sur notre compte et nous trouvons des qualités au brigand de grand chemin dans l'espoir qu'il épargnera nos poches. Je pense tout ce que j'ai dit. J'ai le plus grand mépris pour l'optimisme. Quant aux vies gâchées, aucune vie ne se gâche pourvu que sa croissance ne s'arrête pas. Pour abîmer une nature, il n'est rien de tel que de la réformer. Quant au mariage, bien sûr ce serait stupide, mais il existe d'autres liens entre un homme et une femme, et de plus intéressants. Je vais certainement les encourager. Ils ont le charme d'être à la mode. Mais voici Dorian lui-même. Il t'en dira plus que je ne saurais le faire.

— Mon cher Harry, mon cher Basil, félicitez-moi tous les deux ! fit le jeune homme en rejetant sa cape de soirée aux pans doublés de satin et en serrant les mains de ses amis. Je n'ai jamais été aussi heureux. Évidemment, c'est soudain : toutes les choses vraiment agréables le sont. Et

*« Quand elle est arrivée habillée en garçon,
elle était tout simplement merveilleuse. »*

pourtant il me semble que c'est ce que j'ai attendu toute ma vie.

Il avait rougi d'émotion et de plaisir, et sa beauté était extraordinaire.

— J'espère que tu seras toujours très heureux, Dorian, dit Hallward, mais je t'en veux un peu de ne pas m'avoir annoncé tes fiançailles. Tu les as annoncées à Harry.

— Et moi, je t'en veux d'être en retard pour dîner, interrompit Lord Henry en mettant la main sur l'épaule du jeune homme avec un sourire. Viens, prenons place, et voyons ce que vaut leur nouveau chef. Puis tu nous raconteras comment tout cela est arrivé.

— Il n'y a vraiment pas grand-chose à raconter, s'écria Dorian tandis qu'ils prenaient place autour de la petite table ronde. Ce qui est arrivé, c'est simplement ceci. Après t'avoir quitté hier soir, Harry, je me suis habillé, j'ai mangé un morceau dans le petit restaurant italien de la rue Rupert[1] que tu m'as fait connaître, et, à huit heures, je suis allé au théâtre. Sibyl jouait Rosalinde. Le décor, bien sûr, était horrible, et Orlando grotesque. Mais Sibyl ! Si vous l'aviez vue ! Quand elle est arrivée habillée en garçon, elle était tout simplement merveilleuse. Elle portait un justaucorps de velours, de couleur mousse, avec des manches cannelle, un collant brun à jarretières croisées, un mignon petit chapeau vert avec une plume de faucon maintenue par un bijou et une cape à capuchon doublée de vieux rouge. Jamais elle ne m'avait paru plus exquise. Elle avait toute la grâce délicate de cette figurine de Tanagra[2] que tu as dans ton atelier, Basil. Ses cheveux entouraient son visage comme des feuilles foncées entourent une rose. Quant à son jeu... eh bien, vous la verrez ce soir. C'est simplement une comédienne-née. J'étais là, dans cette loge sinistre, absolument ensorcelé. J'oubliais que j'étais à Londres et au XIXe siècle. Je me trouvais avec ma bien-aimée dans une forêt qu'aucun homme n'avait jamais vue. Après le spectacle, je suis allé dans les coulisses et je lui ai parlé. Comme nous étions assis

---

1. Rue de Soho, où se trouvaient des restaurants bon marché tenus par des Français.    2. Ces statuettes en terre cuite retrouvées en Béotie étaient très recherchées.

ensemble, il vint soudain dans ses yeux un regard que je n'y avais jamais vu. Mes lèvres se rapprochèrent des siennes. Nous nous embrassâmes. Je ne peux vous décrire ce que je sentais à cet instant. Il me semblait que toute ma vie s'était concentrée en un point de perfection empli d'une joie couleur de rose. Elle tremblait toute, vacillant comme un narcisse blanc. Puis elle se jeta à genoux et me baisa les mains. Je sens bien que je ne devrais pas vous dire cela, mais je ne peux pas m'en empêcher. Naturellement, nos fiançailles sont absolument secrètes. Elle n'a même pas averti sa propre mère. Je ne sais pas ce que diront mes tuteurs. Lord Radley sera sûrement furieux. Cela m'est égal. Je serai majeur dans moins d'un an, et alors je pourrai faire ce que je voudrai. J'ai eu raison, n'est-ce pas, Basil, de chercher l'amour dans la poésie et de trouver ma femme dans Shakespeare ? Des lèvres à qui Shakespeare a appris à parler ont chuchoté leur secret à mon oreille. Les bras de Rosalinde m'ont entouré et j'ai embrassé Juliette sur la bouche.

— Oui, Dorian, je pense que tu as eu raison, dit lentement Hallward.

— L'as-tu vue aujourd'hui ? demanda Lord Henry.

Dorian Gray secoua la tête.

— Je l'ai laissée dans la forêt d'Arden. Je la retrouverai dans le verger de Vérone.

Lord Henry sirotait son champagne d'un air méditatif.

— À quel moment précis as-tu prononcé le mot de mariage, Dorian ? Et que t'a-t-elle répondu ? Peut-être ne t'en souviens-tu plus.

— Mon cher Harry, je n'ai pas traité la chose comme une affaire commerciale et je n'ai pas fait de demande dans les formes. Je lui ai dit que je l'aimais et elle m'a dit qu'elle n'était pas digne d'être ma femme. Pas digne ! Quand le monde entier n'est rien pour moi comparé à elle !

— Les femmes sont merveilleusement pratiques, murmura Lord Henry. Bien plus pratiques que nous. Dans des situations de ce genre, nous oublions souvent de parler de mariage et elles nous le rappellent toujours.

Hallward lui posa sa main sur le bras.

— Ne fais pas cela, Harry. Tu as froissé Dorian. Il

n'est pas comme les autres hommes. Jamais il ne ferait le malheur de personne. Il est de trop bonne étoffe.

Lord Henry jeta un regard par-dessus la table.

— Dorian n'est jamais froissé par moi, répondit-il. J'ai posé ma question pour la meilleure raison possible, en fait pour la seule raison qui justifie n'importe quelle question : par simple curiosité. J'ai une théorie selon laquelle ce sont toujours les femmes qui nous demandent en mariage et non pas nous qui les demandons. Sauf, bien sûr, dans la bourgeoisie. Mais la bourgeoisie n'est pas moderne.

Dorian Gray éclata de rire en rejetant la tête en arrière.

— Tu es vraiment incorrigible, Harry, mais cela ne me gêne pas. On ne peut pas se fâcher contre toi. Quand tu verras Sibyl Vane, tu sentiras qu'un homme qui lui causerait du tort serait une brute, une brute sans cœur. Je ne comprends pas comment on peut vouloir déshonorer ce que l'on aime. J'aime Sibyl Vane. Je voudrais la mettre sur un piédestal en or et voir le monde vénérer cette femme qui est mienne. Qu'est-ce que le mariage ? Un vœu irrévocable. C'est pour cela que tu t'en moques. Ah ! ne t'en moque pas. C'est un vœu irrévocable que je souhaite prononcer. Sa confiance me rend fidèle, sa foi me rend bon. Quand je suis auprès d'elle, je regrette tout ce que tu m'as appris. Je ne suis plus tel que tu m'as connu. Je suis transformé, et le seul contact de la main de Sibyl Vane fait que je t'oublie, toi et toutes tes théories erronées, fascinantes, vénéneuses et exquises.

— Lesquelles ? demanda Lord Henry en prenant de la salade.

— Oh ! tes théories sur la vie, tes théories sur l'amour, tes théories sur le plaisir. En fait, toutes tes théories, Harry.

— Le plaisir est la seule chose qui vaille qu'on fasse des théories à son sujet, répondit-il de sa voix lente et mélodieuse, mais je crains que cette théorie ne soit pas la mienne. Elle appartient à la nature, pas à moi. Le plaisir est la pierre de touche de la nature, son signe d'approbation. Quand nous sommes heureux, nous sommes toujours bons, mais, quand nous sommes bons, nous ne sommes pas toujours heureux.

— Oui, mais qu'entends-tu par bons, Harry ? s'écria Basil Hallward.

— Être bon, c'est être en harmonie avec soi-même, répondit l'autre en effleurant le mince pied de sa coupe de ses doigts pâles et effilés. La dissonance, c'est de se voir contraint à être en harmonie avec autrui. Notre propre vie, c'est cela qui est important. Quant aux vies de nos voisins, si l'on veut être pédant ou puritain, on peut étaler ses opinions à leur sujet, mais elles ne nous regardent pas. D'ailleurs, l'individualisme a réellement des buts supérieurs. La moralité moderne consiste à accepter les normes de l'époque, et moi, je considère que, pour un homme cultivé, accepter les normes de son époque, c'est une immoralité des plus grossières.

— Et cependant, si l'on ne vit que pour soi, Harry, cela se paye un prix exorbitant, avança le peintre.

— Oui, on paye tout trop cher à notre époque. J'imagine que ce qui est vraiment tragique pour les pauvres, c'est de ne rien pouvoir s'offrir que de l'abnégation. Les beaux péchés comme les beaux objets sont le privilège des riches.

— Ce n'est pas en argent qu'on paye.

— En quoi donc, Basil ?

— Oh ! en remords, je pense, en souffrances, en... Avec la conscience qu'on a de se dégrader.

Lord Henry haussa les épaules.

— Mon cher vieux, l'art médiéval est charmant, mais les émotions médiévales sont passées de mode. On peut en tirer parti dans un roman, bien sûr. Mais c'est que les seules choses dont on puisse tirer parti dans un roman sont celles qui n'ont plus d'utilité dans la réalité. Crois-moi, aucun homme civilisé ne regrette jamais un plaisir, et aucun homme non civilisé ne sait ce que c'est.

— Moi, je sais ce qu'est le plaisir, s'écria Dorian Gray. C'est d'adorer.

— C'est sûrement mieux que d'être adoré, répondit Lord Henry en pignochant des fruits. Être adoré, quel ennui ! Les femmes nous traitent précisément comme l'humanité traite ses dieux. Elles nous adorent et elles nous tracassent tout le temps pour que nous fassions quelque chose pour elles.

— Je dirais plutôt que, tout ce qu'elles nous demandent, elles ont commencé par nous le donner, murmura
gravement le jeune homme. Elles créent l'amour en nous.
Elles ont le droit d'exiger que nous le leur rendions.

— C'est parfaitement vrai, Dorian, s'écria Hallward.

— Rien n'est jamais parfaitement vrai, dit Lord Henry.

— Sauf ce que je viens de dire, interrompit Dorian.
Tu dois reconnaître, Harry, que les femmes fournissent
aux hommes l'or fin de leurs vies.

— C'est possible, soupira Lord Henry, mais elles veulent toujours qu'on le leur rende en si petite monnaie !
C'est là l'ennui. Un Français qui était homme d'esprit a
remarqué que les femmes nous inspiraient des chefs-
d'œuvre et nous empêchaient de les réaliser.

— Harry, tu es horrible. Je ne sais pas pourquoi tu me
séduis à ce point.

— Tu seras toujours séduit par moi, Dorian, répondit-
il. Prendrez-vous du café, mes amis ? Maître d'hôtel, du
café, une fine champagne et des cigarettes. Non, pas de
cigarettes : j'en ai. Basil, je ne peux pas te permettre de
fumer des cigares. Prends une cigarette. La cigarette, c'est
le type parfait du plaisir parfait : c'est délicieux et cela
laisse insatisfait. Que pourrait-on désirer de plus ? Oui,
Dorian, tu auras toujours de l'attachement pour moi. Je
représente pour toi tous les péchés que tu n'as jamais
trouvé le courage de commettre.

— Quelles bêtises tu dis là, Harry ! s'écria le jouvenceau en prenant du feu au dragon d'argent que le maître
d'hôtel avait posé sur la table. Partons pour le théâtre.
Quand Sibyl paraîtra sur scène, tu auras un nouvel idéal.
Elle représentera pour toi quelque chose que tu n'as
jamais connu.

— J'ai tout connu, dit Lord Henry avec, dans les yeux,
un regard de lassitude, mais je suis toujours prêt à ressentir des émotions nouvelles. Je crains cependant que, pour
moi en tout cas, il n'y en ait plus. Mais ta petite merveille
peut me donner un frisson. J'aime le théâtre : c'est tellement plus réel que la vie. Allons-y. Dorian, viens avec
moi. Désolé, Basil, il n'y a que deux places dans mon
coupé. Tu seras obligé de suivre en fiacre.

Ils se levèrent et mirent leurs manteaux. Ils sirotèrent

leur café debout. Le peintre était silencieux et préoccupé. Il voyait les choses en noir. Ce mariage lui était insupportable et il lui semblait pourtant que c'était préférable à bien d'autres événements possibles. Après quelques minutes, tout le monde descendit. Hallward partit seul, comme prévu. Il regardait les feux que jetaient les lanternes du petit coupé devant lui. Un étrange sentiment de vide l'envahit. Il sentait que Dorian Gray ne serait plus jamais pour lui ce qu'il avait été naguère. La vie les avait séparés... Ses yeux s'assombrirent et les rues populeuses, illuminées, s'embrumèrent devant eux. Quand le fiacre s'arrêta devant le théâtre, il lui sembla qu'il avait vieilli de plusieurs années.

7

Pour on ne sait quelle raison, la salle était pleine ce soir-là, et le gros directeur juif qui les accueillit à la porte rayonnait d'un sourire huileux qui lui trépidait d'une oreille à l'autre. Il les accompagna jusqu'à leur loge avec une espèce de pompeuse humilité, agitant ses mains grasses couvertes de bijoux et parlant à tue-tête. Dorian Gray le trouva plus répugnant que jamais. Il avait l'impression d'être venu chercher Miranda[1] et de se voir accueilli par Caliban. En revanche, l'homme plut assez à Lord Henry. En tout cas, il l'affirma et voulut absolument lui serrer la main en lui disant qu'il était fier de rencontrer un homme qui avait découvert un vrai génie et fait faillite pour un poète. Hallward s'amusa à observer les visages du parterre. La chaleur était terriblement oppressante et l'énorme projecteur luisait comme un monstrueux dahlia aux pétales de feu jaune. Les jeunes gens du poulailler avaient enlevé leurs vestes et leurs gilets et les avaient pendus sur la rambarde. Ils se parlaient d'un bout à l'autre du théâtre et partageaient leurs oranges avec les filles vul-

---

**1.** Jeune fille tenue recluse sur l'île de *La Tempête*.

gaires qui les accompagnaient. Des femmes riaient au
parterre. Leurs voix étaient horriblement perçantes et dis-
cordantes. On entendait des bouchons sauter dans le bar.

— Quel endroit pour y trouver sa divinité ! fit Lord
Henry.

— Oui, répondit Dorian Gray. C'est ici que je l'ai
trouvée et elle est plus divine qu'âme qui vive. Quand
elle va jouer, vous oublierez tout. Ces gens ordinaires,
grossiers, avec leurs visages rustauds et leurs gestes brutaux, deviennent différents quand elle est en scène. Ils
sont là, à la regarder en silence. Ils pleurent et rient à son
gré. Elle en joue comme d'un violon. Elle les spiritualise
si bien qu'on se sent devenir de la même chair et du
même sang qu'eux.

— De la même chair et du même sang qu'eux ! Ah !
j'espère que non ! s'exclama Lord Henry qui dévisageait
les occupants du poulailler à travers ses jumelles.

— Ne fais pas attention à lui, Dorian, dit le peintre. Je
comprends ce que tu veux dire et je crois en cette jeune
fille. Quiconque est aimé de toi doit être merveilleux, et
toute jeune fille qui produit l'effet que tu décris doit être
noble et raffinée. Spiritualiser son époque, voilà quelque
chose qu'il vaut la peine de faire ! Si cette jeune fille peut
donner une âme à ceux qui ont vécu sans en avoir une, si
elle peut créer le sens de la beauté en des personnes dont
la vie a été sordide et hideuse, si elle peut les dépouiller
de leur égoïsme et leur prêter des larmes à verser sur des
chagrins qui ne sont pas les leurs, elle mérite ton adoration, elle mérite l'admiration du monde entier. Ce mariage
est excellent. Je ne l'ai pas pensé tout d'abord, mais je
l'admets maintenant. Les dieux ont fait Sibyl Vane pour
toi. Sans elle, tu n'aurais pas été complet.

— Merci, Basil, répondit Dorian Gray en lui pressant
la main. Je savais que tu me comprendrais. Harry est si
cynique qu'il me fait peur. Tiens, voilà l'orchestre. Il est
parfaitement épouvantable, mais cela ne dure que cinq
minutes environ. Puis le rideau se lèvera et vous verrez
celle à qui je consacrerai toute ma vie, celle à qui j'ai
déjà consacré tout ce qu'il y a de bon en moi.

Un quart d'heure plus tard, dans un extraordinaire
vacarme d'applaudissements, Sibyl Vane parut sur scène.

Oui, elle était indéniablement jolie à regarder, une des plus jolies créatures qu'il eût jamais vues, pensa Lord Henry. Sa grâce timide, ses yeux étonnés avaient quelque chose du faon. Une légère rougeur, comme l'ombre d'une rose dans un miroir d'argent, lui effleura les joues quand elle regarda la salle bondée et enthousiaste. Elle recula de quelques pas et ses lèvres semblèrent trembler. Basil Hallward bondit sur ses pieds et se mit à applaudir. Dorian Gray demeurait assis, immobile, comme dans un rêve, et la contemplait. Lord Henry regardait dans ses jumelles en murmurant : « Charmante, charmante ! »

La scène était pleine des gens de Capulet, et Roméo, déguisé en pèlerin, était entré avec Mercutio et ses autres amis. L'orchestre, pour ce qu'il valait, fit entendre quelques mesures de musique et le bal commença.

Dans la foule des acteurs maladroits, pauvrement habillés, Sibyl Vane passait comme une créature d'un monde plus raffiné. Les courbes de son cou étaient celles d'un lis blanc. Ses mains semblaient faites d'un frais ivoire.

Mais elle était étrangement indifférente. Elle ne montra aucun signe de joie lorsque ses regards se posèrent sur Roméo. Les quelques paroles qu'elle avait à prononcer :

*Bon pèlerin, ta main, pourquoi lui fais-tu tort ?*
*Elle a marqué, je vois, un savoir-vivre extrême.*
*Les mains des pèlerins touchent les mains des saints,*
*Et paume à paume, c'est leur baiser à eux*[1]...

et le bref dialogue qui suit, elle les proféra d'une manière parfaitement artificielle. La voix était délicieuse, mais le ton n'était absolument pas juste. La couleur en était fausse. Elle ôtait toute vie aux vers. Elle en rendait irréelle la passion.

Dorian Gray pâlit en la regardant. Il était perplexe et angoissé. Aucun de ses amis n'osa rien lui dire. L'actrice leur semblait complètement dénuée de talent. Ils étaient horriblement déçus.

Cependant, ils considéraient que la véritable pierre de

---

1. *Roméo et Juliette*, acte I, scène 5.

touche de toute Juliette est la scène du balcon au deuxième acte. Ils l'y attendaient. Si elle la manquait, elle ne valait rien.

Elle avait l'air charmant en paraissant au clair de lune, oui, mais son jeu était insupportablement théâtral, et cela de plus en plus. Ses gestes devenaient artificiels jusqu'à l'absurde. Elle soulignait exagérément tout ce qu'elle avait à dire. Le beau passage :

> *Tu vois, la nuit me masque le visage,*
> *Sinon la honte aurait rougi mes joues,*
> *De t'avoir dit ce que je t'ai dit là*[1]...

elle le déclama avec la pénible précision d'une écolière à qui quelque professeur de diction de deuxième ordre a appris à réciter. Quand elle se pencha sur le balcon et en arriva aux vers merveilleux :

> *Bien que je trouve en toi ma joie,*
> *Nos serments, eux, ne m'ébaudissent point.*
> *Ils sont trop prompts, trop imprudents, trop brusques,*
> *Ils sont comme l'éclair qui disparaît*
> *Avant qu'on en ait vu l'éclat. Adieu !*
> *Le souffle de l'été aura peut-être*
> *Mûri en fleur notre bouton d'amour*
> *Quand nous nous reverrons*[2]...

elle prononça ces mots comme s'ils ne signifiaient rien pour elle. Ce n'était pas de la nervosité. Loin d'être nerveuse, elle se tenait sur son quant-à-soi. Elle était complètement inconsistante.

Même le public vulgaire, illettré, du parterre et du poulailler perdit tout intérêt. On s'agita, on se mit à parler fort et à siffler. Le directeur juif, qui se tenait à l'arrière de la corbeille, trépignait et jurait de rage. La seule personne à ne pas se troubler était l'actrice elle-même.

Quand le deuxième acte s'acheva, il y eut une tempête de sifflements, Lord Henry se leva et remit son manteau.

---

1. *Ibid.*, acte II, scène 2.     2. *Ibid.*

— Elle est très belle, Dorian, dit-il, mais elle ne sait pas jouer la comédie. Partons.

— Moi, je verrai la pièce jusqu'au bout, répondit le jeune homme d'une voix dure et amère. Je suis désolé de vous avoir fait manquer une soirée. Je vous fais mes excuses à tous les deux.

— Mon cher Dorian, je pense que Mlle Vane est malade, interrompit Hallward. Nous reviendrons un autre soir.

— J'aurais aimé qu'elle fût malade, répliqua l'autre. Elle m'a semblé simplement insensible et froide. Elle n'était pas du tout la même. Hier soir, c'était une grande artiste. Aujourd'hui, c'était une actrice ordinaire, médiocre.

— Ne parle pas ainsi d'une personne que tu aimes, Dorian. L'amour compte plus que l'art.

— L'un et l'autre ne sont que des modes d'imitation, remarqua Lord Henry. Mais allons-nous-en. Dorian, il ne faut pas que tu restes ici plus longtemps. C'est mauvais pour les mœurs de voir du mauvais théâtre. D'ailleurs, je n'imagine pas que tu veuilles que ta femme reste comédienne. Dans ces conditions, quelle importance si elle joue Juliette comme une poupée de bois ? Elle est ravissante, et, si elle connaît la vie aussi peu que l'art du comédien, elle te procurera des satisfactions infinies. Il n'y a que deux espèces de personnes vraiment fascinantes : celles qui savent absolument tout et celles qui ne savent absolument rien. Mon Dieu, mon cher, ne prends pas un air si tragique ! Pour demeurer jeune, il y a un secret : ne jamais éprouver d'émotions peu seyantes. Viens au club avec Basil et moi. Nous fumerons des cigarettes et nous boirons à la beauté de Sibyl Vane. Elle est belle. Que te faut-il de plus ?

— Va-t'en, Harry, cria le jouvenceau. Je veux être seul. Basil, va-t'en. Ah ! Ne voyez-vous pas que mon cœur est en train de se briser ?

Des larmes brûlantes lui vinrent aux yeux. Ses lèvres tremblaient. Se précipitant au fond de la loge, il cacha son visage dans ses mains.

— Allons-y, Basil, dit Lord Henry avec un ton de voix

étrangement tendre, et les deux jeunes hommes sortirent ensemble.

Quelques instants plus tard, la rampe s'alluma et le rideau se leva sur le troisième acte. Dorian Gray alla se rasseoir. Il avait l'air pâle, fier, indifférent. La pièce continuait à se traîner, interminable. La moitié du public quitta la salle dans un bruit de bottes et d'éclats de rire. C'était un fiasco complet. Le dernier acte se joua devant des bancs presque vides. Le rideau retomba parmi les ricanements et les gémissements.

Dès que ce fut fini, Dorian Gray se rua dans la coulisse, au foyer des acteurs. La jeune fille s'y tenait debout, toute seule, un air de triomphe sur le visage. Ses yeux brillaient d'un feu exquis. Elle rayonnait. Ses lèvres entrouvertes souriaient d'un secret qu'elle était seule à connaître.

Quand il entra, elle le regarda, et une expression de joie infinie la transfigura.

— Comme j'ai mal joué ce soir, Dorian ! s'écria-t-elle.

— Horriblement, répondit-il en la regardant, stupéfait. Horriblement ! C'était affreux. Êtes-vous malade ? Vous n'avez pas idée de ce que c'était. Vous n'avez pas idée de ce que j'ai souffert.

La jeune fille sourit.

— Dorian, fit-elle en prenant du temps pour baigner ce prénom de la musique de sa voix, comme si les pétales de sa bouche le trouvaient plus doux que le miel. Dorian, vous auriez dû comprendre. Mais vous comprenez maintenant, n'est-ce pas ?

— Je comprends quoi ? demanda-t-il avec colère.

— Pourquoi j'ai été si mauvaise ce soir. Pourquoi je serai toujours mauvaise. Pourquoi je ne jouerai plus jamais bien.

Il haussa les épaules.

— Vous êtes malade, je suppose. Vous ne devriez pas jouer quand vous êtes malade. Vous vous ridiculisez. Mes amis se sont ennuyés. Je me suis ennuyé moi-même.

Elle ne semblait pas l'écouter. Elle était transportée de joie. L'extase du bonheur s'était emparée d'elle.

— Dorian, Dorian, s'écria-t-elle, quand je ne vous connaissais pas, rien n'était réel dans ma vie, sauf jouer. Je ne vivais que sur la scène. Je croyais que tout y était

pour de vrai. J'étais Rosalinde un soir et Portia le lendemain. La joie de Béatrice était ma joie, et les chagrins de
Cordelia[1] étaient à moi aussi. Je croyais à tout. Les braves
gens qui jouaient avec moi me semblaient des dieux. Les
décors formaient mon univers. Je ne connaissais que des
ombres et je les croyais réelles. Vous êtes arrivé, ô mon
bel amour, et vous avez affranchi mon âme de sa prison.
Vous m'avez appris ce qu'est la vraie réalité. Ce soir,
pour la première fois de ma vie, j'ai découvert le vide, la
fausseté, la bêtise de l'insipide spectacle où j'avais toujours joué. Ce soir, pour la première fois, j'ai pris
conscience que Roméo était hideux, et vieux, et fardé,
que le clair de lune dans le verger était faux, que les
décors étaient vulgaires, que les paroles que j'avais à prononcer n'avaient pas de réalité, ne m'appartenaient pas,
n'étaient pas ce que je voulais dire. Vous m'avez apporté
quelque chose de plus noble, quelque chose dont tout art
n'est qu'un reflet. Vous m'avez fait comprendre ce qu'est
l'amour réel. Mon amour ! Mon amour ! Prince Charmant ! Prince de ma vie ! Les ombres m'ennuient. Vous
êtes pour moi plus que l'art ne pourra jamais être. Qu'ai-
je à faire des marionnettes du théâtre ? Quand je suis
entrée en scène aujourd'hui, je ne comprenais pas
comment il se faisait que j'avais tout perdu. J'avais cru
que ce serait merveilleux. Je découvrais que j'étais incapable de faire quoi que ce fût. Soudain, mon âme a saisi
ce que cela signifiait. Cette révélation a été une merveille
pour moi. Je les entendais siffler et je souriais. Que peu-
vent-ils savoir d'un amour comme le nôtre ? Emmenez-
moi, Dorian, emmenez-moi pour que nous puissions être
vraiment seuls. Je hais la scène. Je peux singer une passion que je ne ressens pas, mais je ne peux en imiter une
qui me brûle comme du feu. Oh ! Dorian, Dorian, vous
comprenez maintenant ce que cela signifie ? Même si je
pouvais le faire, ce serait une profanation de jouer à être
amoureuse. Vous m'avez fait comprendre cela.

Il se laissa tomber sur le sofa et détourna le visage.

— Vous avez tué mon amour, balbutia-t-il.

---

**1.** Héroïnes shakespeariennes : Portia du *Marchand de Venise*,
Béatrice de *Beaucoup de bruit pour rien*, Cordelia du *Roi Lear*.

Elle le regarda, stupéfaite, et se mit à rire. Il ne répondit pas. Elle vint à lui et lui caressa les cheveux de ses petits doigts. Elle s'agenouilla et, lui prenant les mains, les pressa contre ses lèvres. Il les retira en frissonnant.

Puis il bondit et alla à la porte.

— Oui, s'écria-t-il, vous avez tué mon amour. Vous m'excitiez l'imagination. Maintenant vous n'excitez même plus ma curiosité. Vous ne me faites aucun effet du tout. Je vous aimais parce que vous étiez merveilleuse, parce que vous aviez le génie et l'intelligence, parce que vous réalisiez les rêves de grands poètes, que vous donniez forme et substance aux fantômes de l'art. Vous avez rejeté tout cela. Vous êtes creuse et sotte. Mon Dieu ! Comme j'étais fou de vous aimer ! Quel imbécile j'ai été ! Vous n'êtes rien pour moi maintenant. Je ne vous reverrai jamais. Je ne penserai jamais à vous. Je ne prononcerai jamais votre nom. Vous ne savez pas ce que vous avez été pour moi. Il fut un temps... Oh ! je ne supporte pas d'y penser ! Je voudrais ne vous avoir jamais vue ! Vous avez gâché le romanesque de ma vie. Vous ne connaissez rien à l'amour si vous dites qu'il abîme votre art ! Sans votre art, vous n'êtes rien. Je vous aurais rendue illustre, magnifique, sublime. Le monde vous aurait voué un culte, et vous auriez porté mon nom. Qu'est-ce que vous êtes maintenant ? Une actrice de troisième ordre avec un joli minois.

La jeune fille avait blêmi. Elle tremblait. Elle serrait ses mains l'une contre l'autre et sa voix sortait mal de sa gorge :

— Vous n'êtes pas sérieux, Dorian ? murmura-t-elle. Vous jouez la comédie.

— Jouer la comédie ! Je vous laisse cette occupation. Vous le faites si bien, répondit-il avec amertume.

Elle se releva et, une pitoyable expression de douleur se peignant sur son visage, elle traversa la pièce pour le rejoindre. Elle lui posa la main sur le bras et le regarda dans les yeux. Il la repoussa.

— Ne me touchez pas ! cria-t-il.

Un sourd gémissement échappa à Sibyl. Elle se laissa tomber à ses pieds et resta là, comme une fleur foulée aux pieds.

— Dorian, Dorian, ne me quittez pas ! chuchotait-elle. Je regrette d'avoir mal joué. Je pensais à vous tout le temps. Mais je vais faire des efforts, je vous assure que je vais faire des efforts. Cela m'est venu si brusquement, mon amour pour vous. Je pense que je ne l'aurais jamais connu si vous ne m'aviez pas embrassée, si nous ne nous étions pas embrassés. Embrassez-moi encore, mon amour. Ne me quittez pas. Je ne le supporterais pas. Oh ! ne me quittez pas ! Mon frère... Non, peu importe. Il ne pensait pas ce qu'il disait. Il plaisantait... Mais vous, oh ! ne pouvez-vous vraiment me pardonner pour ce soir ? Je travaillerai si dur, j'essayerai de me perfectionner. Ne soyez pas cruel avec moi pour me punir de vous aimer plus que tout au monde. Après tout, je ne vous ai déplu qu'une seule fois. Mais vous avez tout à fait raison, Dorian. J'aurais dû être plus artiste. J'ai été sotte, mais je n'ai pas pu m'en empêcher. Oh ! ne me quittez pas, ne me quittez pas !

Une crise de sanglots passionnés l'étouffa. Elle gisait à terre comme une bête blessée, et Dorian Gray, de ses yeux admirables, la regardait de haut tandis que ses lèvres ciselées se tordaient pour exprimer la quintessence du mépris. Il y a toujours quelque chose de ridicule dans les émotions de ceux que nous avons cessé d'aimer. Sibyl Vane lui semblait mélodramatique jusqu'à l'absurde. Ses larmes et ses sanglots l'agaçaient.

— Je m'en vais, dit-il enfin d'une voix calme et claire. Je ne veux pas être désagréable, mais je ne peux pas vous revoir. Vous m'avez déçu.

Elle pleurait en silence, ne répondait pas, et se rapprochait en rampant. Ses petites mains tâtonnaient devant elle à l'aveuglette et semblaient le chercher. Il pivota sur les talons et sortit de la pièce. Quelques instants plus tard, il avait quitté le théâtre.

Il savait à peine où il allait. Il se rappela plus tard qu'il avait erré par des rues mal éclairées, parmi des arcades lugubres projetant des ombres noires et parmi des maisons à l'air sinistre. Des femmes aux voix rauques et aux rires criards l'avaient appelé. Des ivrognes étaient passés près de lui en titubant et en sacrant, soliloquant comme des singes monstrueux. Il avait vu des enfants disgraciés

entassés sur des seuils de portes et entendu des hurle-
ments et des jurons provenant de cours obscures.

Comme l'aube paraissait à peine, il se trouva près de
Covent Garden[1]. Les ténèbres s'envolaient et, scintillant
de feux légers, le ciel se creusait en une perle sublime.
D'énormes chariots pleins de lis dodelinants descendaient
lentement et à grand bruit les rues vides et luisantes. L'air
était lourd du parfum des fleurs et leur beauté sembla
apporter un calmant à sa douleur. Il poursuivit son chemin
à l'intérieur du marché et observa les hommes qui déchar-
geaient leurs charrettes. Un roulier en blouse blanche lui
offrit des cerises. Il le remercia et, se demandant pourquoi
l'homme avait refusé tout paiement, se mit à les manger
distraitement. Elles avaient été cueillies à minuit et le
froid de la lune avait pénétré en elles. Un long défilé de
garçons portant des caisses à claire-voie pleines de tulipes
rayées et de roses jaunes et rouges passa devant lui, zigza-
guant entre les entassements de légumes vert jade. Sous
le portique aux piliers gris blanchis par le soleil, s'étaient
attroupées des filles crottées, en cheveux, qui attendaient
la fin de la vente aux enchères. D'autres se groupaient
autour des portes battantes du café du Plazza. Les lourds
chevaux de trait glissaient sur les pavés grossiers qu'ils
foulaient en secouant leurs clochettes et leurs harnache-
ments. Certains des cochers dormaient sur des empile-
ments de sacs. Des pigeons à la gorge d'iris, aux pattes
rosées, couraient partout à la recherche de graines.

Après un temps, il héla un fiacre et rentra chez lui.
Pendant quelques instants, il traîna sur le seuil, jetant un
regard circulaire sur le square silencieux avec ses fenêtres
aveuglées par leurs volets étroitement fermés et leurs persiennes au regard fixe. Le ciel était d'opale maintenant,
et les toits des maisons se détachaient dessus en brillant
comme de l'argent. D'une cheminée d'en face montait un
mince tire-bouchon de fumée, qui s'enroulait comme un
ruban violet dans l'air couleur de nacre.

Dans l'énorme lanterne vénitienne, dépouille dorée

---

1. On trouve un passage similaire à la fin de la seconde section
du *Crime de Lord Arthur Savile*. Covent Garden était connu pour sa
place à arcades conçue par Inigo Jones (1631), son marché, ses cafés,
et sa vie nocturne.

d'une barge de doge, qui pendait au plafond du vaste hall d'entrée lambrissé de chêne, trois becs de gaz vacillants brûlaient encore : on eût dit trois pétales de flamme bleue, cerclés de feu blanc. Il les éteignit et, ayant jeté son chapeau et sa cape sur la table, traversa la bibliothèque en se dirigeant vers la porte de sa chambre, grande pièce octogonale du rez-de-chaussée que, dans sa passion nouveau-née pour le luxe, il venait de redécorer lui-même en l'ornant de curieuses tapisseries Renaissance qu'on avait découvertes entreposées dans un grenier abandonné de Selby Royal. Comme il tournait la poignée de la porte, son regard tomba sur le portrait que Basil Hallward avait peint de lui. Il eut, comme étonné, un mouvement de recul. Puis il entra dans sa chambre, semblant toujours perplexe. Ayant retiré la fleur de sa boutonnière, il sembla hésiter. Enfin il retourna examiner le tableau. Dans la lumière terne, atténuée, qui arrivait à filtrer à travers les persiennes de soie de couleur crème, le visage lui parut un peu modifié. L'expression paraissait différente. On eût cru qu'il y avait une ombre de cruauté dans la bouche. Eh oui, c'était bizarre.

Il fit volte-face, alla à la fenêtre et ouvrit la persienne. L'aube claire envahit la pièce, balaya les ombres fantastiques, les repoussant dans les coins ombreux où elles s'entassèrent en tremblant. Mais l'expression étrange qu'il avait remarquée sur le visage du portrait y demeura et sembla même s'intensifier. Le soleil qui palpitait et ardait lui montra les rides de cruauté qui entouraient la bouche aussi clairement que s'il s'était regardé dans un miroir après avoir fait quelque chose d'affreux.

Il tressaillit, et prenant sur la table une glace ovale encadrée de cupidons [1] d'ivoire, un des nombreux cadeaux que Lord Henry lui avait faits, il en scruta à la hâte les profondeurs polies. Aucune ride de ce genre ne déformait ses lèvres rouges. Qu'est-ce que cela signifiait ?

Il se frotta les yeux, vint tout près du tableau et l'examina de nouveau. On ne voyait aucun changement dans

---

**1.** La présence des cupidons, ou amours (Cupidon était le dieu de l'Amour) est une preuve supplémentaire des relations entre Dorian et Lord Henry.

la peinture elle-même, et pourtant l'expression en avait été indubitablement altérée. Ce n'était pas lui qui imaginait des choses. C'était terrible à voir.

Il se jeta dans un fauteuil et médita. Soudain, ce qu'il avait dit dans l'atelier de Basil Hallward le jour où le tableau avait été achevé lui revint à l'esprit. Oui, il s'en souvenait parfaitement. Il avait exprimé un souhait insensé : que lui-même restât jeune tandis que le portrait vieillirait ; que sa propre beauté demeurât sans tache, tandis que le visage sur la toile payerait le prix de ses passions et de ses péchés ; que l'image peinte fût marquée au fer de la souffrance et de la pensée, tandis que lui garderait la délicate efflorescence et la joliesse de la juvénilité dont il venait de prendre conscience. Ce n'était tout de même pas son souhait qui avait été réalisé ? De telles choses n'arrivent pas. Ne fût-ce qu'y penser semblait monstrueux. Et pourtant le tableau était là, devant lui, avec cette touche cruelle dans la bouche.

Cruelle ! Avait-il été cruel ? C'était la faute de la jeune fille, pas la sienne. Il avait rêvé d'elle comme d'une grande artiste, il lui avait donné son amour parce qu'il pensait qu'elle l'était. Puis elle l'avait déçu. Elle s'était montrée superficielle et indigne. Et pourtant, un sentiment d'infini regret lui vint quand il pensa à elle gisant à ses pieds et sanglotant comme un petit enfant. Il se rappela avec quelle dureté il l'avait regardée. Pourquoi avait-il été créé ainsi ? Pourquoi lui avait-on donné une âme comme la sienne ? Mais il avait souffert, lui aussi. Pendant les trois terribles heures qu'avait duré la pièce, il avait vécu des centaines d'années de douleur, des siècles et des siècles de torture. Sa vie à lui valait bien la sienne. Elle lui en avait tout de même abîmé un instant, si lui l'avait blessée pour plus longtemps. D'ailleurs les femmes supportent mieux la douleur que les hommes. Elles vivent d'émotions. Elles ne pensent qu'à leurs émotions. Quand elles prennent des amants, c'est uniquement pour avoir quelqu'un à qui faire des scènes. Lord Henry le lui avait dit, et Lord Henry connaissait les femmes. Pourquoi s'inquiéter de Sibyl Vane ? Elle n'était plus rien pour lui maintenant.

Mais le tableau ? Que devait-il en penser ? Il contenait

le secret de sa vie et en racontait l'histoire. Il lui avait appris à aimer sa beauté. Lui apprendrait-il à détester son âme ? Le regarderait-il encore jamais ?

Non, ce n'était qu'une illusion pratiquée sur ses sens troublés. L'horrible nuit qu'il avait vécue n'était pas partie sans laisser de fantômes. Soudain, cette petite marque rouge qui rend les hommes fous lui avait foudroyé l'esprit. Le tableau n'avait pas changé. C'était folie que de se l'imaginer.

Et pourtant le tableau l'observait, avec son beau visage abîmé et son sourire cruel. Ses cheveux clairs brillaient dans le soleil levant. Ses yeux bleus rencontrèrent les siens. Un sentiment de pitié infinie, non pour lui-même, mais pour son image peinte, l'envahit. Elle avait changé, et elle changerait encore. Ses ors se faneraient en grisaille. Ses roses rouges et blanches mourraient. Pour chaque péché qu'il commettrait, une tache en marquerait, en maculerait la beauté. Eh bien, il ne pécherait plus. Le tableau, changé ou non, serait l'emblème visible de sa conscience. Il résisterait aux tentations. Il ne verrait plus Lord Henry, ou, du moins, il n'écouterait plus ses théories subtiles et vénéneuses qui, dans le jardin de Basil Hallward, lui avaient, pour la première fois, donné l'envie de choses impossibles. Il reviendrait à Sibyl Vane, il réparerait, il l'épouserait, il essayerait de l'aimer de nouveau. Oui, c'était son devoir. Elle avait souffert plus que lui. Pauvre enfant ! Il s'était montré égoïste et cruel envers elle. La fascination qu'elle exerçait sur lui reviendrait. Ils seraient heureux ensemble. Sa vie avec elle serait belle et pure.

Il se leva de son fauteuil et plaça un grand paravent devant le portrait. Il y jeta un regard et fut pris d'un frisson. « C'est horrible ! » murmura-t-il pour lui-même. Il alla à la porte-fenêtre et l'ouvrit. En mettant le pied sur l'herbe, il aspira profondément. La fraîcheur du matin sembla chasser toutes ses passions obscures. Il ne pensait plus qu'à Sibyl. Un faible écho de son amour lui revint. Il répéta son nom encore et encore. Les oiseaux qui chantaient dans le jardin trempé de rosée semblaient parler d'elle aux fleurs.

8

Midi était passé depuis longtemps quand il s'éveilla. Son valet de chambre français était venu plusieurs fois sur la pointe des pieds jusqu'à sa chambre pour voir s'il bougeait et avait fini par se demander pourquoi son jeune maître dormait si tard. Enfin, ayant été sonné, Victor entra sans bruit en apportant une tasse de thé et une pile de lettres sur un petit plateau de porcelaine de Sèvres. Il tira les rideaux de satin olive doublés de moire bleue qui cachaient les trois hautes fenêtres.

— Monsieur a bien dormi ce matin, dit-il en souriant.

— Quelle heure est-il, Victor ? demanda Dorian Gray, encore ensommeillé.

— Une heure et quart, monsieur.

Comme il était tard ! Il se mit sur son séant, but une gorgée de thé et regarda les lettres. L'une était de Lord Henry et elle avait été apportée par un coursier le matin même. Il hésita un instant et la mit de côté. Il ouvrit les autres d'un air distrait. C'était la collection ordinaire de cartes, invitations à dîner, billets pour des spectacles privés, programmes de concerts de charité, et tout ce genre de courrier que les jeunes gens à la mode reçoivent en quantité tous les matins pendant la saison. Il y avait une facture assez salée pour une garniture de toilette ciselée Louis XV, qu'il n'avait pas encore eu le courage d'envoyer à ses tuteurs, hommes fort démodés qui ne comprenaient pas que nous vivons à une époque où les objets inutiles sont les seuls qui soient de première nécessité ; et il y avait plusieurs messages libellés de façon très courtoise, émanant de prêteurs de Jermyn Street[1] qui proposaient d'avancer n'importe quelle somme d'argent à n'importe quel moment, à des taux d'intérêt des plus raisonnables.

Au bout d'une dizaine de minutes, il se leva et, revêtant une robe de chambre raffinée en laine de cachemire bordée de soie, passa dans la salle de bains pavée d'onyx. L'eau fraîche lui fit du bien après son long sommeil. Il

---

1. Rue connue pour ses usuriers.

semblait avoir oublié tout ce qu'il avait subi. Le vague sentiment d'avoir participé à quelque étrange tragédie lui revint une ou deux fois, mais entaché de toute l'irréalité du rêve.

Aussitôt habillé, il se rendit dans la bibliothèque et s'attabla devant un léger déjeuner à la française qu'on lui avait servi sur une petite table ronde près de la fenêtre ouverte. La journée était exquise. L'air tiède semblait chargé d'épices. Une abeille entra et se mit à bourdonner autour du vase à dragons bleus plein de roses jaune soufre posé devant lui. Il se sentait parfaitement heureux.

Soudain son regard tomba sur le paravent qu'il avait installé devant le portrait et il tressaillit.

— Fait-il trop froid pour Monsieur ? demanda son valet de chambre en mettant une omelette sur la table. Dois-je fermer la fenêtre ?

Dorian secoua la tête.

— Je n'ai pas froid, murmura-t-il.

Était-ce bien vrai ? Le portrait avait-il réellement changé ? Ou était-ce simplement son imagination qui lui avait fait voir un air de méchanceté où il n'y avait qu'un air de joie ? Enfin, une toile peinte ne changeait pas ! C'était absurde. Une histoire à raconter à Basil un jour. Cela le ferait sourire.

Et pourtant, avec quelle vivacité il se rappelait le tout ! D'abord dans la lumière crépusculaire et puis en plein lever du jour il avait vu cette touche de cruauté sur les lèvres gauchies. Il avait presque peur que son domestique ne quittât la pièce. Il savait que, une fois seul, il lui faudrait examiner le portrait. Il avait peur d'être sûr. Quand, le café et les cigarettes apportés, l'homme s'apprêta à partir, il ressentit le furieux désir de lui dire de rester. Comme la porte se refermait sur lui, il le rappela. L'autre se tenait là, attendant ses ordres. Dorian le regarda un moment.

— Je n'y suis pour personne, Victor, dit-il avec un soupir.

L'homme salua et se retira.

Alors Dorian se leva de table, alluma une cigarette et alla se jeter sur le canapé aux somptueux coussins qui faisait face au paravent. Le paravent était ancien, en cuir

espagnol doré, frappé et ouvragé d'un motif Louis XIV
assez fleuri. Il l'examina curieusement, se demandant s'il
lui était déjà arrivé de cacher le secret d'une vie
d'homme.

Fallait-il donc, après tout, l'enlever ? Mais pourquoi ne
pas le laisser là ? À quoi bon savoir ? Si la chose était
vraie, c'était terrible. Si elle ne l'était pas, pourquoi s'en
préoccuper ? Mais si, par quelque fait du destin ou, pis,
du hasard, d'autres yeux que les siens se glissaient derrière et voyaient l'horrible changement ? Que faire si
Basil Hallward venait demander à voir son propre
tableau ? Basil le ferait sûrement. Non, il fallait examiner
l'objet. Immédiatement. Tout vaudrait mieux que cet horrible état de doute.

Il se leva et ferma les deux portes à clef. Au moins
serait-il seul quand il regarderait le masque de sa honte.
Puis il déplaça le paravent et se vit lui-même, face à face.
C'était parfaitement vrai. Le portrait s'était modifié.

Comme il se le rappela souvent plus tard, et toujours
avec un grand étonnement, il commença par examiner le
portrait avec un intérêt presque scientifique. Qu'un tel
changement eût pu avoir lieu, il ne pouvait y croire. Et
pourtant c'était un fait. Y avait-il quelque subtile affinité
entre les atomes chimiques qui s'organisaient en formes
et en couleurs sur la toile, et l'âme qui était en lui ? Se
pouvait-il que, ce que cette âme pensait, ils le réalisas-
sent ? Ce que cette âme rêvait, qu'ils le fissent arriver ?
Ou y avait-il quelque autre raison, plus terrible ? Il frissonna et, apeuré, retourna au canapé, y demeura prostré,
regardant le tableau avec la nausée de l'horreur.

Cependant, il lui était redevable d'une chose. Grâce à
lui, il avait pris conscience de son injustice, de sa cruauté
à l'égard de Sibyl Vane. Là, il n'était pas trop tard pour
réparer. Il pouvait toujours l'épouser. Son amour irréel et
égoïste céderait la place à une influence plus haute, se
transformerait en une passion plus noble, et le portrait
que Basil Hallward avait peint de lui le guiderait toute sa
vie, serait pour lui ce que la sainteté est pour les uns, la
conscience pour d'autres, et la crainte de Dieu pour nous
tous. Il y a des opiats pour le remords, des drogues pour
bercer le sens moral et l'endormir. Mais voici un symbole

visible de la dégradation du péché. Voici un signe toujours présent de la destruction de l'âme par l'homme.

Trois heures sonnèrent, puis quatre, et la demi-heure fit entendre son double carillon, mais Dorian Gray ne bougeait toujours pas. Il essayait de rassembler les fils écarlates de sa vie et d'en tisser un motif, de trouver son chemin dans le labyrinthe excitant de la passion où il errait. Il ne savait que faire ni que penser. Finalement il alla à la table et écrivit une lettre passionnée à la jeune fille qu'il avait aimée, implorant son pardon et s'accusant de folie. Il couvrit page après page de cris sauvages de chagrin et de cris plus sauvages encore de douleur. Il y a une volupté à se faire des reproches à soi-même. Quand nous nous condamnons, nous sentons que personne n'a plus le droit de nous condamner. C'est la confession et non le prêtre qui nous donne l'absolution. Quand Dorian eut terminé sa lettre, il sentit qu'il avait été pardonné.

Soudain on frappa à la porte et il entendit la voix de Lord Henry au-dehors :

— Mon cher, il faut que je te voie. Laisse-moi entrer tout de suite. Je ne peux pas supporter que tu t'enfermes ainsi.

D'abord, il ne répondit pas, mais demeura sans bouger. On continua de frapper, de plus en plus fort. Oui, il valait mieux laisser Lord Henry entrer et lui expliquer la nouvelle vie qu'on allait mener, se disputer avec lui si la dispute devenait nécessaire et rompre avec lui si cela devenait inévitable. Il bondit, remit en hâte le paravent devant le tableau et déverrouilla la porte.

— Je regrette toute cette affaire, Dorian, dit Lord Henry en entrant, mais il ne faut pas que tu y penses trop.

— Tu veux dire l'histoire de Sibyl Vane ? demanda le jeune homme.

— Oui, bien sûr, répondit Lord Henry en s'enfonçant dans un fauteuil et en ôtant lentement ses gants jaunes. C'est affreux, d'un certain point de vue, mais ce n'est pas ta faute. Dis-moi, es-tu allé la voir dans la coulisse après la fin de la pièce ?

— Oui.

— J'en étais sûr. Lui as-tu fait une scène ?

— Je me suis conduit comme une brute, Harry, une vraie brute. Mais tout va bien maintenant. Je ne regrette rien de ce qui est arrivé. Cela m'a appris à me connaître mieux.

— Ah ! Dorian, je suis si content que tu le prennes comme cela. Je craignais de te trouver plongé dans les remords et en train de t'arracher tes jolies boucles.

— Je l'ai déjà fait, dit Dorian, secouant la tête et souriant. Je suis parfaitement heureux maintenant. D'abord, je sais ce qu'est la conscience. Ce n'est pas ce que tu m'avais dit. C'est la chose la plus divine en nous. Ne t'en moque plus, Harry, du moins pas devant moi. Je veux être quelqu'un de bien. Je ne peux supporter l'idée que mon âme soit laide.

— Voilà une base artistique et charmante pour la morale, Dorian. Je te félicite. Et comment vas-tu commencer ?

— En épousant Sibyl Vane.

— En épousant Sibyl Vane ! s'écria Lord Henry qui se leva et le regarda avec stupéfaction. Mais, mon cher Dorian...

— Oui, Harry, je sais ce que tu vas dire. Quelque chose d'horrible sur le mariage. Ne le dis pas. Ne me dis plus jamais ce genre de choses. Il y a deux jours, j'ai demandé à Sibyl de m'épouser. Je ne lui manquerai pas de parole. Elle sera ma femme !

— Ta femme ! Dorian !... N'as-tu pas reçu ma lettre ? Je t'ai écrit ce matin et je t'ai fait porter mon mot par mon propre domestique.

— Ta lettre ? Ah ! oui, je me rappelle. Je ne l'ai pas encore lue, Harry. Je craignais qu'il n'y eût dedans quelque chose que je n'aurais pas aimé. Tu déchires la vie en morceaux avec tes épigrammes.

— Alors tu ne sais rien ?

— Que veux-tu dire ?

Lord Henry traversa la pièce et, s'asseyant près de Dorian Gray, lui prit les deux mains dans les siennes et les tint étroitement serrées.

— Dorian, lui dit-il, ma lettre — n'aie pas peur — était pour te dire que Sibyl Vane est morte.

Un cri de douleur s'échappa des lèvres du jeune homme et il bondit, arrachant ses mains à l'étreinte de Lord Henry.

— Morte ! Sibyl ! Morte ! Ce n'est pas vrai ! C'est un mensonge horrible ! Comment oses-tu dire cela ?

— C'est la pure vérité, dit gravement Lord Henry. C'est dans tous les journaux du matin. Je t'avais écrit pour te demander de ne voir personne avant moi. Il y aura une enquête, bien sûr, et il ne faut pas que tu y sois mêlé. À Paris, ce genre d'histoire fait de toi un homme à la mode. Mais, à Londres, les gens ont tant de préjugés... Ici, pas moyen de faire ses débuts par un scandale. Il faut garder cela en réserve pour donner de l'intérêt à sa vieillesse. Je suppose qu'on ne connaît pas ton nom au théâtre. Si c'est le cas, tant mieux. Quelqu'un t'a-t-il vu aller chez elle ? C'est un point important.

Pendant quelques instants, Dorian ne répondit pas. Il était assommé d'horreur. Enfin il balbutia d'une voix étranglée :

— Harry, tu as bien dit une enquête ? Que voulais-tu dire par là ? Est-ce que Sibyl... Oh ! Harry, c'est intolérable. Mais vite ! Dis-moi tout maintenant.

— Je suis certain que ce n'était pas un accident, Dorian, encore qu'il faille présenter la chose de cette manière au public. Apparemment, elle était en train de quitter le théâtre avec sa mère, vers minuit et demi, quand elle a dit qu'elle avait oublié quelque chose en haut. On l'a attendue un peu. Mais elle n'est pas redescendue. On l'a trouvée morte sur le plancher de sa loge. Elle avait avalé quelque chose par erreur, une de ces horribles choses qu'on utilise au théâtre. Je ne sais pas ce que c'était, mais cela contenait soit de l'acide prussique soit du blanc de céruse. J'imagine que c'était de l'acide prussique parce qu'elle semble être morte sur le coup.

— Harry, Harry, c'est terrible ! s'écria le jeune homme.

— Oui, c'est très tragique, bien sûr, mais il ne faut pas que tu y sois mêlé. J'ai vu dans le *Standard* qu'elle avait dix-sept ans. Je l'aurais crue plus jeune. Elle avait l'air d'une enfant et semblait savoir si peu ce que c'est que de jouer la comédie. Dorian, ne laisse pas cette histoire t'éner-

ver. Viens dîner avec moi, et ensuite nous ferons un saut à
l'Opéra. La Patti[1] chante ce soir et tout le monde y sera.
Viens dans la loge de ma sœur. Ce sera plein de femmes
élégantes.

— Donc, j'ai assassiné Sibyl Vane, dit Dorian Gray, à
moitié pour lui-même, je l'ai assassinée aussi sûrement
que si j'avais coupé sa gorge frêle avec un couteau. Mais
les roses ne sont pas moins jolies pour autant. Les oiseaux
sont aussi heureux de chanter dans mon jardin. Et, ce soir,
je dois dîner avec toi, et puis aller à l'Opéra, et après
souper quelque part, je suppose. Quelle chose extraordinairement dramatique que la vie ! Si j'avais lu tout cela
dans un livre, Harry, je pense que cela m'aurait fait pleurer. Mais maintenant que c'est arrivé pour de vrai, et à
moi, cela me paraît beaucoup trop fantastique, d'une certaine manière, pour qu'on en pleure. Voici la première
lettre d'amour passionné que j'aie jamais écrite. C'est
bizarre : ma première lettre d'amour passionné était destinée à une morte. Sentent-ils quelque chose, je me le
demande, ces êtres blancs et silencieux que nous appelons
les morts ? Sibyl ! Sent-elle, sait-elle, écoute-t-elle ? Oh !
Harry comme je l'ai aimée jadis ! Il me semble maintenant qu'il y a des années de cela. Elle était tout pour moi.
Puis il y a eu cette horrible soirée — était-ce vraiment
hier ? — où elle a joué si mal et où mon cœur a failli
se rompre. Elle m'a tout expliqué. C'était terriblement
émouvant. Mais moi, je n'ai pas du tout été ému. Je l'ai
trouvée superficielle. Soudain, une chose est arrivée, qui
m'a terrorisé. Je ne peux pas te dire ce que c'était, mais
c'était terrible. J'ai décidé de renouer avec elle. Je sentais
que je m'étais mal conduit. Et maintenant elle est morte.
Mon Dieu ! Mon Dieu ! Harry, que vais-je faire ? Tu ne
sais pas les dangers que je cours, et je n'ai plus rien pour
me garder dans le droit chemin. Elle l'aurait fait pour
moi. Elle n'avait pas le droit de se tuer. Quel égoïsme !

— Mon cher Dorian, répondit Lord Henry en tirant une
cigarette de son porte-cigarette et en produisant une boîte
d'allumettes en or laminé, la seule manière dont une femme

---

1. Adelina Patti (1843-1919), cantatrice née à Madrid qui se produisit à Londres pour la première fois en 1861.

puisse jamais réformer un homme, c'est en le plongeant dans un tel ennui que la vie perd tout intérêt pour lui. Si tu avais épousé cette jeune fille, tu aurais été malheureux. Bien sûr, tu l'aurais traitée avec bonté. On peut toujours être bon avec ceux dont on ne se soucie pas. Mais elle aurait bientôt découvert que tu n'avais pour elle qu'indifférence. Et, quand une femme découvre une chose pareille à propos de son mari, ou bien elle se néglige horriblement, ou bien elle se met à porter des chapeaux très chic payés par le mari d'une autre. Je ne te parle pas de la mésalliance, qui aurait été honteuse et que, bien sûr, je n'aurais pas permise, mais je t'assure que, de toute manière, toute l'affaire aurait été un abominable échec.

— Je suppose que oui, marmonna le jeune homme, horriblement pâle, en marchant de long en large par la pièce. Mais je pensais que c'était mon devoir. Ce n'est pas ma faute si cette terrible tragédie m'a empêché de faire ce qui était juste. Tu as dit un jour, je m'en souviens, qu'une fatalité pèse sur les bonnes résolutions : on les prend toujours trop tard. C'est indéniablement ce que j'ai fait.

— Les bonnes résolutions sont des tentatives inutiles pour entraver les lois de la science. Leur origine n'est que vanité. Leur résultat, le néant absolu. De temps en temps, elles nous assurent le luxe d'émotions stériles auxquelles les faibles trouvent un certain charme. C'est leur seul avantage. Ce sont des chèques qu'on tire sur une banque où l'on n'a pas de compte.

— Harry, s'écria Dorian Gray en allant s'asseoir près de lui, pourquoi ne puis-je souffrir de cette tragédie autant que je le voudrais ? Je ne pense pas n'avoir pas de cœur. Ton avis ?

— Tu as commis trop de folies pendant les quinze derniers jours pour avoir de pareils soupçons sur toi-même, Dorian, répondit Lord Henry avec son sourire doux et mélancolique.

Le jeune homme fronça le sourcil.

— Je n'aime pas cette explication, Harry, répliqua-t-il, mais je me réjouis que tu ne penses pas que je manque de cœur. Je n'en manque pas du tout. Je sais que je n'en manque pas. Et pourtant je dois reconnaître que cette chose qui est arrivée ne m'affecte pas autant qu'elle le devrait. Il me semble simplement que c'est l'admirable dénouement d'une admirable pièce. On y trouve la beauté terrible d'une tragédie grecque, une tragédie où j'ai joué un rôle important, mais qui ne m'a pas blessé.

— Question intéressante, dit Lord Henry, qui trouvait un plaisir exquis à se jouer du culte inconscient que le jouvenceau avait pour son moi. Question extrêmement intéressante. J'imagine que la vraie explication est celle-ci. Il arrive souvent que les vraies tragédies de la vie se déroulent d'une façon si peu artistique qu'elles nous font mal par leur violence grossière, leur incohérence absolue, leur manque absurde de signification, leur carence totale de style. Elles nous révoltent comme nous révolte la vulgarité. Elles nous donnent une impression de pure force brute, et nous nous rebellons contre cela. Quelquefois, cependant une tragédie possédant des éléments artistiques de beauté traverse notre vie. Si ces éléments de beauté sont réels, l'ensemble séduit simplement notre sens de l'effet dramatique. Soudain, nous découvrons que nous ne sommes plus les acteurs mais les spectateurs de la pièce. Ou plutôt que nous sommes l'un et l'autre. Nous nous regardons nous-mêmes, et le pur émerveillement du spectacle nous transporte. Dans le cas présent, que s'est-il effectivement passé ? Quelqu'un s'est tué pour l'amour de toi. J'aurais bien aimé avoir eu une expérience pareille. Cela m'aurait rendu amoureux de l'amour pour le restant de ma vie. Les personnes qui m'ont adoré — il n'y en a pas eu beaucoup, mais il y en a eu quelques-unes — se sont toujours obstinées à continuer de vivre alors que je ne les aimais plus depuis longtemps, et qu'elles ne m'aimaient plus elles-mêmes. Elles sont devenues grosses et ennuyeuses, et, quand je les rencontre, elles y vont tout de suite de leurs réminiscences. Horrible mémoire des femmes ! La redoutable chose ! Et quelle stagnation intellectuelle elle révèle ! Il faut absorber la couleur de la vie mais ne jamais s'en rappeler les détails. Les détails sont toujours vulgaires.

— Je vais semer des pavots [1] dans mon jardin, soupira Dorian.

---

1. Le pavot et l'opium sont associés à l'oubli.

— Inutile, répliqua son compagnon. La vie a toujours les mains pleines de pavots. Bien sûr, de temps en temps, les choses s'attardent. Pendant une saison, je n'ai porté que des violettes en signe de deuil artistique pour un amour qui ne voulait pas mourir. Il a fini par mourir tout de même. Je ne sais plus ce qui l'a tué. Je crois que c'est quand elle a proposé de renoncer pour moi au monde entier. Ça, c'est toujours un moment pénible. Cela vous remplit de la terreur de l'éternité. Eh bien — le croiras-tu ? — la semaine dernière, chez Lady Hampshire, je me suis trouvé dînant à côté de la dame en question, et elle a tenu à revivre toute l'histoire, à creuser dans le passé, à râtisser dans l'avenir. J'avais enterré mon amour dans un parterre d'asphodèles[1]. Elle l'a déterré et m'a assuré qu'il lui avait gâché la vie. Je dois reconnaître qu'elle a mangé très copieusement, si bien que je n'ai ressenti aucune angoisse. Mais quel manque de goût ! Le seul charme du passé, c'est qu'il est passé. Hélas, les femmes ne savent jamais quand le rideau est retombé. Elles veulent toujours un sixième acte et, dès que l'intérêt de la pièce s'épuise, elles se proposent de la poursuivre. Si on les laissait faire, toutes les comédies auraient une fin tragique et les tragédies s'achèveraient en farces. Les femmes sont délicieusement artificielles, mais elles n'ont pas le sens de l'art. Tu as plus de chance que moi. Je t'assure, Dorian, qu'aucune des femmes que j'ai connues n'aurait fait pour moi ce que Sibyl Vane a fait pour toi. Les femmes ordinaires se consolent toujours. Certaines en portant des couleurs sentimentales. N'aie jamais confiance en une femme qui porte du mauve[2], quel que soit son âge, ni en une femme de plus de trente-cinq ans qui affectionne les rubans roses. Cela veut toujours dire qu'elles ont un passé. D'autres trouvent une grande consolation à découvrir soudain les mérites de leurs maris. Elles t'étalent leur félicité conjugale sous le nez, comme si c'était le plus fascinant des péchés. La religion en console quelques-unes. L'une d'elles m'a dit un jour que ses mystères avaient tout le charme du flirt, et j'en

---

**1.** Fleur des morts chez les Grecs.     **2.** Allusion probable à Lady Wilde, mère de l'écrivain, qui aimait à se draper d'étoffes cramoisies.

suis d'accord. En outre, rien ne nous rend si vains que de nous entendre dire que nous sommes pécheurs. La conscience nous rend tous égotistes[1]. Oui, les consolations que les femmes trouvent dans la vie moderne sont vraiment sans fin. Je n'ai pas mentionné la plus importante.

— Laquelle, Harry ? demanda le jeune homme distraitement.

— Oh ! celle qui est évidente. S'approprier l'admirateur d'une autre quand on a perdu le sien. Dans la bonne société, cela vous blanchit une femme. Mais écoute, Dorian, Sibyl Vane doit avoir été vraiment très différente de toutes celles qu'on rencontre ! Pour moi, il y a quelque chose de très beau dans sa mort. Je suis heureux de vivre à une époque où des merveilles pareilles arrivent. Cela donne confiance dans la réalité des jouets avec lesquels nous jouons : le romanesque, la passion, l'amour.

— J'ai été horriblement cruel avec elle. Tu oublies cela.

— Je crois bien que les femmes apprécient la cruauté, la cruauté pure et simple, plus que toute autre chose. Elles ont des instincts merveilleusement primitifs. Nous les avons émancipées, mais elles restent tout de même des esclaves cherchant des maîtres. Elles adorent être dominées. Je suis sûr que tu as été sublime. Je ne t'ai jamais vu en colère pour de vrai, pour de bon, mais j'imagine que tu devais être à croquer. Et, après tout, avant-hier, tu m'as dit quelque chose qui ne m'avait semblé que fantaisiste, mais je vois maintenant que c'était absolument vrai et que c'est la clef de tout.

— Quoi donc, Harry ?

— Tu m'as dit que Sibyl Vane représentait pour toi toutes les héroïnes romanesques, qu'elle était Desdémone un soir, Ophélie le suivant, et que, si elle mourait avec Juliette, elle ressuscitait avec Imogène.

— Elle ne ressuscitera plus jamais, balbutia le jeune homme en cachant son visage dans ses mains.

— Non, elle ne ressuscitera jamais. Elle a joué son

---

1. Écho du célèbre monologue d'Hamlet : « Et c'est ainsi que la conscience fait de chacun de nous un couard » (acte III, scène 1).

dernier rôle. Mais il faut que tu penses à cette mort solitaire dans cette loge prétentieuse comme à un fragment,
étrange et lugubre, d'une tragédie jacobite, à une scène
merveilleuse de Webster, de Ford ou de Cyril Tourneur [1].
Cette jeune fille n'a jamais réellement vécu et, par conséquent, elle n'est pas réellement morte. Pour toi, en tout
cas, elle n'a jamais été qu'un rêve, un fantôme qui traversait les pièces de Shakespeare et les laissait embellies par
son passage, un roseau qui rendait la musique de Shakespeare plus riche et plus joyeuse. Dès qu'elle a effleuré la
vie réelle, elle l'a défigurée, elle a été défigurée par elle,
et elle en est morte. Porte le deuil d'Ophélie, si tu veux.
Couvre ta tête de cendres parce que Cordelia a été étranglée. Blasphème le ciel parce que la fille de Brabantio [2]
ne vit plus. Mais ne gaspille pas tes larmes à pleurer Sibyl
Vane, qui avait moins de réalité qu'elles.

Il y eut un silence. Le crépuscule obscurcissait la pièce.
Sans bruit, les ombres du jardin rentraient furtivement sur
leurs pieds d'argent. Les couleurs épuisées abandonnaient
les objets qui se fanaient.

Après quelque temps, Dorian Gray releva la tête.

— Tu m'as expliqué à moi-même, Harry, murmura-
t-il avec un léger soupir de soulagement. Je sentais tout
ce que tu as dit, mais j'en avais peur, en quelque sorte,
et je ne pouvais me l'exprimer. Comme tu me connais
bien ! Mais nous ne parlerons plus de ce qui est arrivé.
L'expérience a été merveilleuse. C'est tout. Je me
demande si la vie tient encore en réserve pour moi des
choses aussi belles.

— La vie tient tout en réserve pour toi, Dorian. Avec
ta beauté, il n'y a rien que tu ne puisses faire.

— Mais suppose, Harry, que je devienne hagard,
vieux, ridé ? Alors ?

— Eh bien, dit Lord Henry en se levant pour partir,
alors tu devras te battre pour remporter tes victoires. Pour
le moment, on t'en fait cadeau. Non, non, il faut que tu

---

**1.** John Webster (1580-1624), John Ford (1586-1640) et Cyril
Tourneur (1575-1626) sont connus pour leurs tragédies souvent san-
glantes, comme respectivement *La Duchesse de Malfi*, *Dommage
qu'elle soit une putain*, ou *La Tragédie du vengeur*.   **2.** Desdémone
dans *Othello*.

restes beau. Nous vivons à une époque où on lit trop pour être sage et où l'on pense trop pour être beau. Nous ne pouvons pas nous passer de toi. Et maintenant habille-toi et viens au club. Nous ne sommes pas en avance.

— Je pense que je vais te rejoindre à l'Opéra, Harry. Je me sens trop fatigué pour rien manger. Quel est le numéro de la loge de ta sœur ?

— Vingt-sept, je crois. C'est une première loge. Tu verras son nom sur la porte. Mais je regrette que tu ne viennes pas dîner.

— Je ne m'en sens pas capable, fit Dorian avec inertie. Mais je te suis infiniment obligé de tout ce que tu m'as dit. Tu es indéniablement mon meilleur ami. Personne ne m'a jamais compris aussi bien que toi.

— Nous n'en sommes qu'au début de notre amitié, Dorian, répondit Lord Henry en lui serrant la main. Au revoir. J'espère te voir avant neuf heures et demie. Rappelle-toi, c'est la Patti qui chante.

Lorsqu'il eut refermé la porte, Dorian Gray sonna et, quelques minutes après, Victor se présenta avec les lampes et tira les persiennes.

Dorian Gray attendit impatiemment qu'il repartît. Le domestique semblait prendre un temps infini pour s'acquitter de la moindre besogne.

Aussitôt qu'il fut sorti, Dorian Gray courut au paravent et le retira. Non, il n'y avait pas de nouveau changement au tableau. Il avait reçu la nouvelle de la mort de Sibyl Vane avant son modèle. Il prenait conscience des événements de la vie au fur et à mesure. La méchanceté, la cruauté qui abîmait les belles lignes de la bouche avait dû apparaître au moment précis où la jeune fille avait bu le poison, quel qu'il fût. Ou bien les résultats lui étaient-ils indifférents ? Ne se préoccupait-il que de ce qui se passait à l'intérieur de l'âme ? Dorian Gray se le demandait, tout en espérant qu'un jour il verrait le changement avoir lieu sous ses propres yeux et en tremblant à cette idée.

Pauvre Sibyl ! Quel roman que toute cette histoire ! Elle avait souvent joué la mort sur la scène. Puis la Mort elle-même était venue s'emparer d'elle. Comment avait-elle joué cette horrible dernière scène ? L'avait-elle maudit en mourant ? Non, elle était morte d'amour pour lui et dorénavant serait toujours sacrée pour lui. Elle avait tout racheté par le sacrifice qu'elle avait fait de sa vie. Il ne voulait plus penser à ce qu'elle lui avait fait subir au cours de cette affreuse soirée au théâtre. Quand il penserait à elle, il verrait un personnage admirablement tragique envoyé sur la scène du monde pour y figurer la réalité suprême de l'amour. Un personnage admirablement tragique ? Des larmes lui vinrent aux yeux comme il se rappelait ses airs enfantins, ses manières originales et charmantes, sa grâce timide et trémulante.

Il les essuya rapidement et regarda de nouveau le tableau.

Il sentait que le temps était vraiment venu de faire son choix. Ou bien l'avait-il déjà fait ? Oui, la vie avait décidé pour lui, la vie et la curiosité infinie qu'il ressentait pour elle. Jeunesse éternelle, passions sans fin, plaisirs subtils et secrets, joies insensées, péchés plus insensés encore : tout cela serait à lui. C'était le portrait qui porterait le fardeau de la honte, voilà tout.

Une douleur se glissa en lui quand il pensa à la profanation qui attendait le beau visage de la toile. Une fois, parodiant puérilement Narcisse, il avait embrassé, ou feint d'embrasser, les lèvres peintes qui, maintenant, lui souriaient d'un air si cruel. Tous les matins, il s'était assis devant le portrait, admirant sa beauté, presque amoureux de lui, croyait-il parfois. Le portrait changerait-il maintenant à chaque humeur à laquelle le modèle se laisserait aller ? Deviendrait-il un objet monstrueux et répugnant qu'il faudrait cacher dans une pièce fermée à clef, loin du soleil qui, si souvent, avait fait briller d'un or plus pur le miracle bouclé de sa chevelure ? Quel dommage ! Quel dommage[1] !

Un instant, il songea à prier pour que l'horrible sympathie qui existait entre lui et le tableau cessât. Le changement était survenu à la suite d'une prière ; peut-être n'y en aurait-il plus à la suite d'une autre. D'un autre côté, qui, connaissant quoi que ce fût de la vie, renoncerait à

---

1. Nouvelle allusion à *Othello* : « Oh ! Iago ! quel malheur, Iago ! » (acte IV, scène 1).

la chance de rester toujours jeune, si fantastique que fût cette chance, et quelques conséquences fatales qu'elle comportât ? D'ailleurs, la chose dépendait-elle vraiment de lui ? Était-ce vraiment une prière qui avait produit cette substitution ? Ne pouvait-il y avoir quelque bizarre raison scientifique à tout cela ? Si la pensée peut exercer une influence sur un organisme vivant, pourquoi n'en exercerait-elle pas sur des choses inertes et inorganiques ? Bien plus, sans faire intervenir la pensée ou un désir conscient, les choses qui nous sont extérieures ne peuvent-elles pas vibrer à l'unisson de nos humeurs et de nos passions, les atomes répondant aux atomes dans les amours secrètes d'une étrange affinité ? Mais peu importe la raison. Jamais il ne recommencerait à tenter par la prière quelque pouvoir terrible que ce fût. Si le tableau devait changer, il changerait, voilà tout. Pourquoi aller au fond des choses ?

Car il y aurait un vrai plaisir à observer la suite. Dorian Gray pourrait suivre son propre esprit dans ses replis secrets. Ce portrait serait pour lui le plus magique des miroirs. Comme il lui avait révélé son corps, il lui révélerait son âme. Et quand l'hiver s'en emparerait, lui se tiendrait encore là où le printemps frémit à l'entrée de l'été. Le sang quitterait le visage du portrait, ne laissant qu'un blafard masque de craie aux yeux plombés, mais lui garderait tout l'éclat de la juvénilité. Aucune fleur de sa vénusté ne fanerait jamais. Le pouls de sa vie ne faiblirait point. Comme les dieux des Grecs, il serait fort, leste et joyeux. Ce qui pouvait arriver à cette image de couleur sur cette toile n'avait aucune importance. Lui serait protégé. Tout était là.

En souriant, il replaça le paravent devant le tableau et passa dans sa chambre où son domestique l'attendait déjà. Une heure plus tard, il était à l'Opéra, et Lord Henry se penchait sur son fauteuil.

9

Comme il prenait son petit déjeuner le lendemain matin, on introduisit Basil Hallward.

— Je suis si content de t'avoir trouvé, Dorian, dit-il gravement. J'étais passé hier soir et on m'a dit que tu étais à l'Opéra. Bien sûr, je savais que c'était impossible. Mais tu aurais dû laisser un mot pour dire où tu étais vraiment allé. J'ai passé une soirée affreuse, à craindre un peu qu'une seconde tragédie n'ait suivi la première. Je trouve que tu aurais pu m'envoyer un télégramme quand tu as appris la nouvelle. Moi, je l'ai lue tout à fait par hasard dans une édition tardive du *Globe* que j'avais trouvée au club. Je suis accouru ici immédiatement et j'ai été malheureux de ne pas te trouver. Je ne peux te dire à quel point tout cela m'a brisé le cœur. Je sais ce que tu dois endurer. Mais où étais-tu ? Es-tu allé voir la mère de la jeune fille ? Un instant, j'ai cru te suivre jusque là-bas. L'adresse était dans le journal. Rue Euston, n'est-ce pas ? Mais j'ai eu peur de me mêler indiscrètement d'un chagrin que je n'aurais pas pu soulager. Pauvre femme ! Dans quel état elle doit être ! Et une fille unique, en plus ! Comment a-t-elle réagi ?

— Mon cher Basil, comment le saurais-je ? murmura Dorian Gray en sirotant un vin jaune pâle dans une coupe en verre de Venise ornée d'or et en respirant l'ennui. J'étais à l'Opéra. Tu aurais dû venir. J'ai fait la connaissance de Lady Gwendolen, la sœur de Harry. Nous étions dans sa loge. Elle est tout à fait charmante, et la Patti a chanté divinement. Ne parle pas de sujets déplaisants. Si on ne parle pas d'une chose, elle n'est pas arrivée. Ce n'est que l'expression des choses, dit Harry, qui leur donne leur réalité. À propos, elle n'était pas fille unique. Il y a aussi un fils, un garçon charmant, il paraît. Mais il n'est pas comédien. Il est plus ou moins marin. Et maintenant parle-moi de toi et de ta peinture.

— Tu es allé à l'Opéra ? dit Hallward, parlant très lentement et d'une voix douloureuse. Tu es allé à l'Opéra pendant que Sibyl Vane gisait morte dans je ne sais quel logement sordide ? Tu me parles d'autres femmes, qui sont charmantes, et de la Patti, qui chante divinement, alors que la jeune fille que tu aimais n'a pas encore trouvé le calme d'une tombe pour y dormir ? Et tu ne songes pas aux horreurs qui se préparent pour son petit corps blanc ?

— Arrête, Basil ! Je ne veux pas en entendre parler ! cria Dorian en bondissant sur ses pieds. Ne me raconte rien. Ce qui est fait est fait. Ce qui est passé est passé.

— Tu appelles hier le passé ?

— Qu'importe la quantité de temps écoulé ? Il n'y a que les gens superficiels qui aient besoin de plusieurs années pour se débarrasser d'une émotion. Si on est maître de soi-même, on se débarrasse d'un chagrin aussi facilement qu'on invente un plaisir. Je ne veux pas être à la merci de mes émotions. Je veux les utiliser, en profiter, les dominer.

— Dorian, c'est horrible ! Quelque chose t'a complètement transformé. Tu as l'air du même délicieux garçon qui venait poser jour après jour dans mon atelier. Mais alors tu étais simple, naturel et affectueux. Tu étais la créature la plus intacte du monde. Maintenant, je ne sais pas ce qui t'est arrivé, mais tu parles comme si tu n'avais pas de cœur, pas de pitié. Tout cela, c'est l'influence de Harry, je le vois bien.

Le jouvenceau rougit et, allant à la fenêtre, regarda quelques instants le jardin verdoyant, fouetté par la lumière vibratile du soleil.

— Je dois beaucoup à Harry, dit-il enfin. Plus qu'à toi, Basil. Tu ne m'as appris que la fatuité.

— Eh bien, j'en suis puni, Dorian, ou je le serai un jour.

— Je ne sais pas ce que tu entends par là, Basil, s'écria-t-il en se retournant. Je ne sais pas ce que tu veux. Que veux-tu ?

— Je veux le Dorian Gray que j'ai peint, répondit tristement l'artiste.

— Basil, dit le jeune homme en venant lui poser la main sur l'épaule, tu arrives trop tard. Hier, quand j'ai appris que Sibyl Vane s'était tuée...

— Elle s'est tuée ! Juste ciel ! N'y a-t-il aucun doute ? s'écria Hallward en le regardant avec une expression d'horreur.

— Mon cher Basil ! Tu ne crois tout de même pas que c'était un vulgaire accident ! Bien sûr qu'elle s'est tuée.

L'aîné cacha son visage dans ses mains.

— C'est terrible, marmonna-t-il, tandis qu'un frisson le traversait.

— Non, dit Dorian Gray, cela n'a rien de terrible. C'est une des grandes tragédies romanesques du siècle. Généralement, les comédiens mènent la vie la plus ordinaire. Ce sont de bons maris, ou des femmes fidèles, ou autre chose d'ennuyeux. Tu sais ce que je veux dire : les vertus bourgeoises, ce genre-là. Sibyl n'était pas ainsi. Sa plus belle tragédie, elle l'a vécue. Elle avait toujours été une héroïne. Le soir où elle a joué et où tu l'as vue, elle a mal joué parce qu'elle venait de découvrir les réalités de l'amour. Quand elle en a appris l'irréalité, elle est morte comme serait morte Juliette. Elle est retournée dans la sphère de l'art. Elle a quelque chose d'une martyre. Sa mort présente toute l'inutilité pathétique, tout le gaspillage de beauté, du martyre. Mais, comme je le disais, ne va pas croire que je n'aie pas souffert. Si tu étais venu hier à un certain moment — vers cinq heures et demie, peut-être, ou vers six heures moins le quart —, tu m'aurais trouvé en larmes. Même Harry, qui était là, qui m'avait pourtant appris la nouvelle, n'a pas eu idée de ce que c'était pour moi. Je souffrais affreusement. Puis c'est passé. Je ne peux pas bisser une émotion. Personne ne le peut, sauf les sentimentaux. Et toi, tu es horriblement injuste, Basil. Tu viens ici me consoler. C'est charmant de ta part. Tu me trouves consolé et tu te fâches. Quelle compassion ! Tu me rappelles une histoire que m'a racontée Harry à propos d'un philanthrope qui avait passé vingt ans de sa vie à faire redresser un tort ou changer une loi injuste, je ne sais plus exactement ce que c'était. Finalement, il a réussi, et rien n'égalait sa déception. Il n'avait absolument plus rien à faire, il a failli mourir d'ennui avant de devenir un misanthrope confirmé. Et en outre, mon cher Basil, si tu veux vraiment me consoler, apprends-moi plutôt à oublier ce qui est arrivé ou à le voir comme il faut, d'un point de vue artistique. N'est-ce pas Gautier qui parlait de « la

consolation des arts[1] » ? Je me rappelle être tombé un
jour sur un petit livre couvert de vélin dans ton atelier et
y avoir trouvé cette délicieuse formule. Eh bien, je ne
suis pas comme ce jeune homme dont tu m'as parlé quand
nous étions à Marlow ensemble, le jeune homme qui
disait que le satin jaune consolait de toutes les misères
de la vie. J'aime les beaux objets qu'on peut toucher et
manipuler. Les vieux brocarts, les bronzes verts, les
laques, les ivoires gravés, les décors exquis, le luxe, le
faste, on en tire beaucoup de satisfactions. Mais le tempérament artistique qu'ils créent, ou du moins qu'ils révèlent, m'est encore plus cher. Devenir le spectateur de sa
propre vie, comme dit Harry, c'est échapper aux souffrances de la vie. Je sais que tu t'étonnes de m'entendre
parler ainsi. Tu n'as pas compris à quel point j'avais pro-
gressé. J'étais un écolier quand tu as fait ma connaissance. Je suis un homme maintenant. J'ai des passions
nouvelles, des pensées nouvelles, des idées nouvelles. Je
suis différent, mais il ne faut pas m'en aimer moins. J'ai
changé, mais il faut toujours être mon ami. Oui, je raffole
de Harry, mais je sais que tu es meilleur que lui. Tu n'es
pas plus fort — tu as trop peur de la vie — mais tu es
meilleur. Et comme nous avons été heureux ensemble ! Il
ne faut pas m'abandonner, Basil, ni te disputer avec moi.
Je suis ce que je suis. Il n'y a pas autre chose à dire.

Le peintre était profondément ému. Il lui était infiniment cher, ce garçon dont la personnalité avait occa-
sionné le grand tournant de son art. Il ne pouvait
supporter de lui faire davantage de reproches. Après tout,
son indifférence n'était sans doute qu'une humeur qui
passerait. Il y avait tant de qualités en lui, tant de
noblesse.

— Eh bien, Dorian, dit-il enfin avec un sourire triste,
après aujourd'hui je ne te parlerai plus de cette terrible
histoire. J'espère seulement que ton nom ne sera pas mentionné à ce propos. L'enquête aura lieu cet après-midi.
As-tu été convoqué ?

Dorian secoua la tête et, au mot « enquête », une

---

1. Cette expression est citée par Pater dans *La Renaissance*.

expression d'agacement passa sur son visage. Toutes ces choses-là étaient si crues, si vulgaires !

— On ne connaît pas mon nom, répondit-il.

— Elle devait le connaître, elle.

— Rien que mon prénom, et je suis parfaitement certain qu'elle ne l'a dit à personne. Un jour, elle m'a raconté qu'ils étaient tous assez curieux de savoir qui j'étais, et qu'elle répondait que je m'appelais Prince Charmant. C'était joli de sa part. Tu devrais me faire un dessin de Sibyl, Basil. Je voudrais garder d'elle autre chose que le souvenir de quelques baisers et de quelques paroles hachées et pathétiques.

— Je vais tâcher, Dorian, pour te faire plaisir. Mais il faut que tu reviennes poser pour moi. Je ne peux pas travailler sans toi.

— Je ne poserai plus jamais pour toi, Basil. C'est impossible ! s'écria Dorian Gray avec un recul.

Le peintre le regarda, stupéfait.

— Mon cher enfant, quelles sottises ! s'écria-t-il. Veux-tu dire que ce que j'ai fait de toi ne te plaît pas ? Où est le tableau ? Pourquoi as-tu mis ce paravent devant ? Laisse-moi le regarder. C'est ce que j'ai fait de mieux. Enlève ce paravent, Dorian. Ton domestique se moque du monde de cacher mon œuvre de cette manière. J'ai senti en entrant que la pièce n'était plus la même.

— Mon domestique n'y est pour rien, Basil. Tu ne t'imagines pas que je lui confie l'aménagement de mes meubles ? Quelquefois il arrange mes fleurs, c'est tout. Non, j'ai fait cela moi-même. Il y avait trop de lumière sur le portrait.

— Trop de lumière ? Sûrement pas, mon cher. L'endroit est juste ce qu'il faut. Laisse-moi voir.

Et Hallward se dirigea vers le coin de la pièce.

Un cri de terreur s'échappa des lèvres de Dorian Gray et il courut se placer entre le peintre et le paravent.

— Basil, fit-il, très pâle, ne regarde pas. Je ne veux pas que tu regardes.

— Que je ne regarde pas mon propre ouvrage ! Tu n'es pas sérieux. Pourquoi ne le regarderais-je pas ? s'exclama Hallward en riant.

— Si tu essayes de le regarder, Basil, je te donne ma

parole d'honneur de ne plus jamais te parler de ma vie.
Je suis parfaitement sérieux. Je ne te donne pas d'explication et tu ne dois pas m'en demander. Mais rappelle-toi :
si tu touches à ce paravent, tout est fini entre nous.

Hallward était pétrifié. Il regardait Dorian Gray avec
la plus grande stupéfaction. Il ne l'avait jamais vu dans
cet état. Le jouvenceau était réellement blême de rage. Il
avait les poings serrés et les pupilles de ses yeux étaient
comme des disques d'un feu bleu. Il tremblait de la tête
aux pieds.

— Dorian !

— Tais-toi.

— Mais de quoi s'agit-il ? Bien sûr, je ne le regarderai
pas si cela te dérange, fit le peintre avec froideur en pivotant sur les talons et en allant à la fenêtre. Mais réellement, c'est assez absurde de ne pas voir mon propre
ouvrage, alors que je vais l'exposer à Paris cet automne.
Il faudra probablement que je lui repasse du vernis avant
cela. Il faudra donc que je le voie un jour : pourquoi pas
aujourd'hui ?

— L'exposer ! Tu veux l'exposer ? s'écria Dorian
Gray, un étrange sentiment de terreur s'emparant de lui.

Allait-on révéler son secret au monde ? Les gens reste-
raient-ils bouche bée devant le mystère de sa vie ? Impossible. Il fallait faire quelque chose tout de suite, mais il
ne savait pas quoi.

— Oui. Je suppose que tu n'auras pas d'objection.
Georges Petit va rassembler tous mes meilleurs tableaux
pour une exposition spéciale rue de Sèze[1], qui va
commencer la première semaine d'octobre. Le portrait ne
sera absent qu'un mois. Je pense que tu pourras facilement t'en passer pour ce temps-là. D'autant plus que tu
ne seras sûrement pas en ville. Et si tu le gardes toujours
derrière un paravent, tu ne dois pas y être très attaché.

Dorian Gray se passa la main sur le front. La transpira-
tion y perlait. Il se sentait au bord d'un péril horrible.

— Tu m'as dit il y a un mois que tu ne l'exposerais
jamais, s'écria-t-il. Pourquoi as-tu changé d'avis ? Vous,

---

1. Galerie située entre la Madeleine et le boulevard des Capu-
cines. Créée en 1882, elle exposa les Impressionnistes.

qui prétendez avoir de l'esprit de suite, vous êtes aussi changeants que les autres. La seule différence, c'est que vos humeurs ne signifient pas grand-chose. Tu ne peux avoir oublié que tu m'as assuré solennellement que rien au monde ne te le ferait exposer. Tu as dit exactement la même chose à Harry.

Soudain il s'arrêta et une lumière passa dans ses yeux. Il s'était rappelé qu'un jour Lord Henry lui avait dit, moitié sérieux, moitié pour rire : « Si tu veux passer un curieux quart d'heure, demande à Basil pourquoi il ne veut pas exposer ton portrait. Il m'a donné la raison, et ç'a été une révélation pour moi. » Oui, peut-être Basil aussi avait-il son secret. Il lui poserait la question : on verrait bien.

— Basil, fit-il en venant tout près de lui pour le regarder dans les yeux, chacun de nous a un secret. Apprends-moi le tien et je te dirai le mien. Pour quelle raison refusais-tu d'exposer mon portrait ?

Le peintre frissonna malgré lui.

— Dorian, si je te le disais, tu pourrais avoir moins d'amitié pour moi, et tu te moquerais certainement de moi. Je ne supporterais ni l'un ni l'autre. Si tu désires que je ne voie plus jamais ton portrait, je m'incline. Je peux toujours te regarder, toi. Si tu désires que le plus bel ouvrage que j'aie jamais fait reste caché aux yeux du monde, je me soumets. Ton amitié m'est plus chère que n'importe quelle gloire ou réputation.

— Non, dis-moi, Basil, insista Dorian Gray. Je crois avoir le droit de savoir.

Sa peur était passée et la curiosité l'avait remplacée. Il était résolu à percer le mystère de Basil Hallward.

— Asseyons-nous, Dorian, dit le peintre, qui paraissait troublé. Asseyons-nous. Ne réponds qu'à une seule question. As-tu remarqué quelque chose d'étrange dans le tableau, une chose qui ne t'avait sans doute pas frappé tout d'abord mais qui s'est soudain révélée à toi ?

— Basil ! cria le jouvenceau, en empoignant de ses mains tremblantes les bras de son fauteuil et en le regardant avec des yeux fous, ébahis.

— Je vois que c'est le cas. Ne parle pas. Attends ce que j'ai à te dire. Dorian, dès l'instant où je t'ai rencontré,

ta personnalité a eu sur moi l'influence la plus extraordinaire. Mon âme, mon cerveau, mon énergie étaient
dominés par toi. Tu étais devenu l'incarnation visible de
l'idéal jamais vu dont le souvenir nous hante, nous autres
artistes, comme un songe exquis. Je t'ai voué un culte.
J'étais jaloux de tous ceux à qui tu parlais. Je te voulais
tout entier à moi tout seul. Je n'étais heureux que lorsque
j'étais avec toi. En ton absence, tu étais toujours présent
dans ma peinture... Bien sûr, je ne pouvais rien te dire
de tout cela. Ç'aurait été impossible. Tu ne l'aurais pas
compris. Je le comprenais à peine moi-même. Je savais
seulement que j'avais vu la perfection de mes yeux et
que le monde était devenu merveilleux pour moi, trop
merveilleux peut-être, parce que des cultes aussi insensés
présentent un danger : celui de les perdre, qui n'est pas
moindre que celui de les garder.

« Les semaines passaient et j'étais de plus en plus
obsédé par toi. Puis il y eut du nouveau. Je t'avais peint
comme Pâris[1], avec une charmante armure, et comme
Adonis, avec la cape et l'épieu poli[2] du chasseur. Couronné de lourdes fleurs de lotus, tu t'étais assis sur la
proue de la barge d'Hadrien[3], considérant les eaux
glauques du Nil bourbeux. Tu t'étais penché sur un étang
tranquille[4] dans je ne sais quelle forêt de Grèce et tu avais
découvert dans l'argent silencieux de l'eau le miracle de
ton propre visage. Tout cela, conforme à ce que l'art doit
être : inconscient, idéal et distant. Un jour — je me dis
quelquefois que ce fut un jour fatal —, j'ai décidé de
peindre de toi un merveilleux portrait, de toi tel que tu es
réellement, non pas dans le costume des siècles morts,
mais avec tes propres vêtements et à ta propre époque.
Était-ce le réalisme de la méthode ou l'émerveillement
pur et simple où me mettait ta personnalité qui se présen-
taient à moi aussi directement, sans brume ni voile, je

---

1. Pressé de désigner la plus belle des trois déesses (Aphrodite,
Athéna, Héra), Pâris offrit la pomme de Discorde à la première, qui lui
avait promis la plus belle des femmes. Pâris enleva Hélène, femme du
roi de Sparte Ménélas, et provoqua la guerre de Troie.     2. On notera
la connotation phallique de ce détail, qui confirme la nature de l'intérêt de Basil pour Dorian.     3. Allusion à Antinoüs.     4. Allusion
à Narcisse.

l'ignore. Mais je sais que, en y travaillant, chaque flocon, chaque pellicule de couleur, me semblait révéler mon secret. Je commençai à craindre que d'autres n'apprissent mon idolâtrie. Je sentais, Dorian, que j'en avais trop dit, que j'y avais mis trop de moi-même. Ce fut alors que je décidai de ne jamais permettre que le tableau fût exposé. Tu en fus un peu agacé, mais c'était parce que tu ne te rendais pas compte de tout ce qu'il signifiait pour moi. Harry, à qui j'en parlai, ne fit que rire de moi. Cela ne me dérangeait pas. Quand le tableau fut fini et que je m'assis seul devant lui, je sentis que j'avais raison...

« Bien. Quelques jours après, l'objet quitta mon atelier, et, aussitôt que j'eus été débarrassé de l'intolérable fascination de sa présence, il me sembla que j'avais été sot d'imaginer y voir autre chose que l'excellence de ton physique et la qualité de ma peinture. Encore maintenant, je ne peux m'empêcher de trouver qu'on a tort de s'imaginer que la passion qu'on éprouve quand on crée apparaisse jamais réellement dans l'œuvre qu'on a créée. L'art est toujours plus abstrait que nous ne l'imaginons. La forme et la couleur nous parlent de forme et de couleur, c'est tout. Je remarque souvent que l'art cache l'artiste, bien plus qu'il ne le révèle jamais. Et c'est pourquoi, lorsque j'ai reçu cette proposition de Paris, j'ai décidé de faire de ton portrait la pièce principale de mon exposition. L'idée ne m'était pas venue que tu pusses refuser. Je vois maintenant que c'est toi qui avais raison. Ce tableau ne doit pas être montré. Il ne faut pas m'en vouloir, Dorian, de ce que je t'ai dit. Comme je l'ai dit une fois à Harry, tu es fait pour qu'on te voue un culte.

Dorian Gray aspira longuement. Ses joues avaient retrouvé de la couleur et un sourire se jouait sur ses lèvres. Le danger était passé. Pour le moment, il ne craignait plus rien. Cependant, il ne pouvait s'empêcher de ressentir une pitié infinie pour le peintre qui venait de lui faire cette étrange confession, et il se demandait si jamais il serait dominé de la sorte par la personnalité d'un ami. Lord Henry avait le charme d'être très dangereux. Mais c'était tout. Il était trop ingénieux et cynique pour l'aimer vraiment. Y aurait-il jamais quelqu'un pour inspirer à

Dorian Gray une aussi étrange idolâtrie ? Était-ce là une de ces choses que la vie lui préparait ?

— Je m'étonne, Dorian, dit Hallward, que tu aies vu cela dans le portrait. L'as-tu réellement vu ?

— J'y ai vu quelque chose, répondit-il, quelque chose qui m'a paru très curieux.

— Eh bien, cela ne t'ennuie plus que je le regarde ?

Dorian secoua la tête.

— Ne me demande pas cela, Basil. Je ne peux pas permettre que tu te mettes devant ce tableau.

— Sûrement, tu me le laisseras faire un jour.

— Jamais.

— Eh bien, tu as peut-être raison. Et maintenant au revoir, Dorian. Tu auras été le seul être que j'aie connu à avoir vraiment influencé mon art. Quoi que j'aie fait de bien, je te le dois. Ah ! tu ne sais pas ce qu'il m'en a coûté de te dire tout ce que je t'ai dit.

— Mon cher Basil, fit Dorian, qu'est-ce donc que tu m'as dit ? Simplement que tu pensais m'admirer trop. Cela n'est même pas un compliment.

— Je ne l'entendais pas comme un compliment, mais comme une confession. Maintenant que je l'ai faite, il me semble que j'y ai perdu quelque chose. Peut-être ne devrait-on jamais exprimer un culte avec des mots.

— C'était une confession très décevante.

— À quoi t'attendais-tu donc, Dorian ? Tu n'as rien vu d'autre dans le tableau, n'est-ce pas ? Il n'y avait rien d'autre à voir ?

— Non, il n'y avait rien à voir. Pourquoi le demandes-tu ? Mais ne parle pas de culte. C'est stupide. Nous sommes amis, toi et moi, Basil, et nous devons toujours le rester.

— Tu as Harry, dit tristement le peintre.

— Oh ! Harry ! s'écria le jeune homme dans un éclat de rire. Harry passe ses journées à dire des choses incroyables et ses soirées à faire des choses indicibles. Exactement le genre de vie que j'aimerais mener. Mais, si j'avais des ennuis, je pense que ce n'est pas Harry que j'irais voir. Je préférerais aller te voir toi, Basil.

— Tu voudras bien poser encore pour moi ?

— Impossible !

— Tu détruiras ma vie en tant qu'artiste si tu refuses, Dorian. On ne rencontre pas deux fois un idéal. Une fois, c'est déjà rare.

— Je ne peux pas te l'expliquer, Basil, mais je ne dois plus jamais poser pour toi. Il y a quelque chose de fatal dans un portrait. Il a sa propre vie. Je viendrai prendre le thé chez toi. Ce sera tout aussi agréable.

— Et même davantage pour toi, j'ai l'impression, murmura Hallward avec regret. Maintenant, au revoir. Je suis triste que tu ne me laisses pas regarder le tableau une dernière fois. Mais on n'y peut rien. Je comprends fort bien tes sentiments à son égard.

Comme il quittait la pièce, Dorian Gray eut un sourire intérieur. Pauvre Basil, qui connaissait si peu la vraie raison ! Et comme il était étrange que, loin d'être forcé à révéler son propre secret, Dorian eût réussi, presque par hasard, à arracher le sien à son ami ! Les absurdes crises de jalousie du peintre, son adoration insensée, ses panégyriques extravagants, ses réticences bizarres, il comprenait tout cela, maintenant, et il en éprouvait de la pitié. Il devait y avoir quelque chose de tragique dans une amitié se présentant sous des couleurs aussi romanesques.

Il sourit et sonna. Il fallait cacher le portrait à tout prix. Pas question de risquer de nouveau d'être découvert. Quelle folie d'avoir laissé l'objet, ne fût-ce qu'une heure, dans une pièce où entraient tous ses amis !

10

Quand son domestique entra, il le regarda avec fermeté en se demandant s'il avait eu l'idée de regarder derrière le paravent. Le serviteur demeurait impassible en attendant ses ordres. Dorian alluma une cigarette et alla au miroir pour s'y regarder. Il y voyait parfaitement le reflet du visage de Victor : un masque placide de servilité. Rien à craindre de ce côté. Cependant, il valait mieux se tenir sur ses gardes.

Parlant très lentement, il lui commanda de dire à la gouvernante qu'il désirait la voir, puis d'aller chez l'encadreur et de lui demander d'envoyer immédiatement deux de ses hommes. Il lui sembla que, en sortant, les regards du domestique s'égarèrent du côté du paravent, mais peut-être avait-il imaginé la chose.

Quelques moments plus tard, portant sa robe de soie noire et des mitaines de fil, à l'ancienne mode, sur ses mains ridées, Mme Leaf entra dans la bibliothèque d'un air affairé. Il lui demanda la clef de la salle d'étude.

— La vieille salle d'étude, monsieur Dorian ? s'exclama-t-elle. Elle est pleine de poussière. Il faut que je la fasse nettoyer et remettre en ordre avant que vous n'y entriez. Elle n'est pas en état d'être vue par Monsieur. Certes non.

— Je ne veux pas qu'on la remette en ordre, ma bonne madame Leaf. Je veux seulement la clef.

— Mais Monsieur sera couvert de toiles d'araignée, s'il y va. Elle n'a pas été ouverte depuis près de cinq ans. Pas depuis la mort de Milord.

Il tressaillit en entendant mentionner son grand-père. Il en gardait des souvenirs odieux.

— Cela n'a pas d'importance, répondit-il. Simplement je veux voir la pièce, c'est tout. Donnez-moi la clef.

— Eh bien, la voilà, la clef, dit la vieille dame en fouillant dans le trousseau de ses mains mal assurées et tremblantes. La voilà, la clef. Je vais tout de suite la détacher. Mais Monsieur n'a pas l'intention d'aller vivre làhaut, lui qui est si bien installé ici ?

— Non, non, s'écria-t-il avec pétulance. Merci, ma bonne madame Leaf. Ce sera tout.

Elle traîna encore quelques instants, s'étendant sur quelque détail ménager. Il soupira et lui demanda de tout gouverner de son mieux. Elle quitta la pièce, toute souriante.

Quand la porte se fut refermée, Dorian mit la clef dans sa poche et jeta un regard circulaire à la pièce. Son regard tomba sur une grande tenture de satin pourpre lourdement brodée d'or, magnifique objet d'art vénitien de la fin du XVIIe siècle, que son grand-père avait trouvée dans un couvent près de Bologne. Oui, voilà pour envelopper l'horrible chose. Peut-être s'en était-on déjà servi comme d'un poêle pour des morts. Maintenant il cacherait une autre corruption, pire que la corruption de la mort elle-même, engendrant des horreurs et pourtant ne mourant jamais. Ce que le ver est au cadavre, ses péchés le seraient à l'image peinte sur la toile. Ils en abîmeraient la beauté, en dévoreraient la grâce. Ils la souilleraient, la déshonore-raient. Et pourtant elle continuerait de vivre, elle serait toujours vivante.

Il frissonna et regretta un moment de n'avoir pas donné à Basil la vraie raison pour laquelle il voulait cacher le tableau. Basil l'aurait aidé à résister à l'influence de Harry et à celles, encore plus pernicieuses, qui venaient de son propre tempérament. L'amour qu'il lui portait — car c'était réellement de l'amour — ne contenait rien qui ne fût noble et intellectuel. Ce n'était pas la simple admiration physique de la beauté qui naît des sens et meurt quand les sens se lassent. C'était l'amour qu'avaient connu Michel-Ange, et Montaigne, et Winc-kelmann, et Shakespeare[1] lui-même. Oui, Basil aurait pu le sauver. Mais il était trop tard maintenant. Le passé pouvait toujours être annihilé par le regret, la négation ou l'oubli. Mais l'avenir était inévitable. Il y avait en lui des passions qui se trouveraient une terrible issue, des rêves qui rendraient réelle l'ombre de leurs maléfices.

Il prit sur le sofa le grand tissu pourpre et doré qui le couvrait, et, le tenant dans ses mains, passa derrière le paravent. Le visage sur la toile s'était-il encore avili ? Il ne sembla noter aucun changement, mais le haït d'une haine plus intense. Les cheveux d'or, les yeux bleus, les lèvres rouges comme la rose, tout était là. C'était simple-ment l'expression qui avait changé. Elle était horrible dans sa cruauté. Comparés à ce qu'il y trouvait de blâme et de réprobation, qu'ils avaient donc été superficiels, les reproches de Basil à propos de Sibyl Vane, superficiels et anodins ! C'était sa propre âme sur la toile qui le dévi-sageait et l'accusait. Une expression de souffrance lui vint et il jeta la riche tenture sur le tableau. Comme il le fai-

---

**1.** Allusions aux amitiés masculines et à l'homosexualité. Le cas de Shakespeare est longuement évoqué dans *Le Portrait de Mr. W.H.*

sait, on frappa. Il contourna le paravent à l'instant où son domestique entrait.

— Les hommes sont là, monsieur.

Il comprit qu'il lui fallait immédiatement se débarrasser du domestique, qui ne devait pas savoir où on emporterait le tableau. Il y avait quelque chose de sournois en lui, il avait des yeux pensifs et perfides. S'asseyant à son bureau, Dorian Gray écrivit un mot à Lord Henry pour le prier de lui envoyer quelque chose à lire et lui rappeler leur rendez-vous de huit heures et quart ce soir-là.

— Attendez la réponse, dit-il en la lui tendant, et faites entrer les hommes.

Deux ou trois minutes plus tard, on frappa de nouveau, et M. Hubbard lui-même, l'illustre encadreur de la rue South Audley entra, accompagné d'un jeune aide d'apparence quelque peu rustique. M. Hubbard était un petit homme rougeaud à favoris roux, dont l'amour de la peinture était considérablement tempéré par l'impécuniosité invétérée de la plupart des peintres à qui il avait affaire. Mais il traitait Dorian Gray différemment. Il y avait quelque chose en Dorian qui charmait tout le monde. Rien que de le voir était un plaisir.

— Que puis-je faire pour vous, monsieur ? demanda-t-il en se frottant ses grosses mains couvertes de taches de rousseur. J'ai décidé de me faire l'honneur de venir vous voir en personne. Je viens d'acquérir un cadre de toute beauté, monsieur. Je l'ai eu à une vente aux enchères. Du florentin ancien. Vient de Fonthill [1], je crois. Conviendrait parfaitement à un sujet religieux, monsieur.

— Je suis désolé que vous vous soyez donné le mal de venir, monsieur Hubbard. Je passerai certainement pour voir votre cadre, encore que l'art religieux ne m'intéresse pas beaucoup en ce moment, mais aujourd'hui je voudrais seulement faire porter un tableau en haut de la maison. Il est assez lourd, et je me suis dit que je vous demanderais de me prêter deux de vos hommes.

— Rien de plus facile, monsieur. Je suis ravi de vous rendre ce petit service. Quel est l'objet d'art, monsieur ?

---

1. Fonthill était la demeure de William Beckford (1760-1844), l'auteur de *Vathek*. Elle était construite en style néo-gothique.

— Le voici, répondit Dorian en repoussant le paravent. Pouvez-vous l'emporter tel quel, avec la couverture ? Je ne voudrais pas qu'il pût être éraflé en montant.

— Ne vous faites pas de souci, monsieur, dit le sympathique encadreur en commençant, avec l'aide de son assistant, à décrocher le tableau des lourdes chaînes de cuivre auxquelles il était suspendu. Et maintenant, où faut-il le porter, monsieur ?

— Je vous montrerai le chemin, monsieur Hubbard, si vous avez la gentillesse de me suivre. À moins que vous ne fassiez mieux de passer devant. Malheureusement, c'est tout en haut de la maison. Prenons l'escalier principal : il est plus large.

Il leur ouvrit la porte. Ils passèrent dans le hall et commencèrent la montée. Le caractère ouvragé du cadre rendait le tableau extrêmement encombrant, et, de temps en temps, malgré les obséquieuses protestations de M. Hubbard, qui, comme un vrai commerçant, avait une sainte horreur de voir un gentilhomme faire quoi que ce fût d'utile, Dorian leur donnait un coup de main.

— Ça n'était pas léger à porter, haleta le petit homme quand ils eurent atteint le palier supérieur.

Et il essuya son front luisant.

— Un peu lourd, en effet, murmura Dorian en déverrouillant la porte qui devait garder l'étrange secret de sa vie et cacher son âme aux yeux des hommes.

Il n'était pas entré depuis plus de quatre ans dans cette pièce qui lui avait servi, enfant, de salle de jeux, et de salle d'étude quand il avait un peu grandi. C'était une grande pièce, bien proportionnée, que le dernier Lord Kelso avait spécialement fait construire pour son jeune petit-fils qu'il avait toujours détesté parce qu'il ressemblait à sa mère et aussi pour d'autres raisons et qu'il souhaitait maintenir à distance. Dorian ne constata pas de grands changements. L'énorme *cassone*[1] italien était toujours là, avec ses panneaux décorés de peintures fantastiques et ses moulures d'or terni : il s'y était si souvent caché, petit garçon ! Puis il y avait la bibliothèque de citronnier, pleine de ses livres de classe tout écornés. Der-

---

1. Coffre ou bahut, en italien dans le texte.

rière, la tapisserie flamande en loques pendait au mur :
un roi et une reine fanés y jouaient aux échecs dans un
jardin ; tandis qu'une compagnie de fauconniers passait à
cheval, portant des oiseaux encapuchonnés sur leurs
poings gantés. Il se rappelait tout cela parfaitement. Tous
les instants de son enfance solitaire lui revinrent tandis
qu'il regardait autour de lui. Il se remémora la pureté
immaculée de sa vie d'enfant, il trouva horrible que ce
fût ici que le fatal portrait dût être caché. En ces jours
disparus, il avait si peu imaginé ce qui l'attendait !

Mais il n'y avait pas dans la maison d'autre endroit aussi
interdit aux yeux indiscrets. C'était lui qui détenait la clef :
personne d'autre ne pourrait entrer. Sous son voile de
pourpre, le visage peint sur la toile pourrait bien devenir
bestial, abruti, immonde. Quelle importance ? Personne ne
le verrait. Lui-même ne le verrait point. Pourquoi observer
la hideuse corruption de son âme ? Il gardait sa jeunesse,
cela suffisait. D'ailleurs, sa nature ne se raffinerait-elle pas,
après tout ? Il n'y avait pas de raison pour que son avenir
s'emplît de honte à ce point. Un amour pourrait croiser sa
vie, et le purifier, et le protéger contre les péchés qui semblaient déjà s'émouvoir dans son esprit et dans sa chair, ces
étranges péchés sans visage dont le mystère même leur
conférait leur charme et leur subtilité. Peut-être, un jour,
l'expression de cruauté aurait-elle disparu de la bouche
écarlate et sensible, et pourrait-il montrer au monde le chef-
d'œuvre de Basil Hallward.

Non, c'était impossible. D'heure en heure, de semaine
en semaine, cette chose peinte prendrait de l'âge. Elle pourrait échapper à la hideur du péché, mais celle de la vieillesse était inévitable. Les joues deviendraient creuses ou
flasques. Des pattes-d'oie jaunâtres se poseraient près des
yeux pâlissants et les rendraient horribles. Les cheveux
perdraient leur éclat, la bouche resterait ouverte ou avachie,
stupide ou obscène, comme l'est la bouche des vieillards.
Viendraient le cou fripé, les mains froides, veinées de bleu,
le corps déjeté qu'avait eu, il s'en souvenait, le grand-père
qui avait été si dur pour lui dans son enfance. Il fallait
cacher le tableau. Pas moyen de faire autrement.

— Mettez-le là-dedans, monsieur Hubbard, je vous
prie, dit-il avec lassitude en se retournant. Je suis désolé

de vous avoir fait attendre si longtemps. Je pensais à autre chose.

— On est toujours content de se reposer un peu, monsieur, répondit l'encadreur, qui essayait encore de retrouver sa respiration. Où faut-il le mettre, monsieur ?

— Oh ! n'importe où. Ici, ce sera très bien. Je ne veux pas l'accrocher. Appuyez-le simplement au mur. Merci.

— On pourrait y jeter un coup d'œil, monsieur ?

Dorian sursauta.

— Cela ne vous intéresserait pas, monsieur Hubbard, dit-il en regardant l'homme fixement.

Il était prêt à lui sauter dessus et à le jeter à terre s'il osait soulever la luxueuse tenture qui dissimulait le secret de sa vie.

— J'ai fini de vous déranger pour le moment. Je vous suis très reconnaissant d'avoir eu la gentillesse de passer.

— Je vous en prie, monsieur, je vous en prie. Toujours prêt à vous rendre n'importe quel service, monsieur.

Et M. Hubbard descendit pesamment l'escalier, suivi de son aide qui se retourna vers Dorian avec une expression de timidité et d'étonnement sur son visage grossier et laid. Il n'avait encore jamais vu personne d'aussi sublime.

Quand le bruit de leurs pas se fut tu, Dorian ferma la porte à clef et mit la clef dans sa poche. Il se sentait en sécurité maintenant. Personne ne regarderait plus jamais l'horrible chose. Nuls yeux que les siens ne verraient jamais sa honte.

En regagnant la bibliothèque, il constata qu'il était à peine cinq heures passées et qu'on avait déjà apporté le thé. Sur une table de bois foncé et odorant, lourdement incrustée de nacre, cadeau de Lady Radley, la femme de son tuteur, ravissante infirme de profession qui avait passé l'hiver précédent au Caire, se trouvait un billet de Lord Henry, et, à côté, un livre à la couverture de papier jaune légèrement déchirée et aux bords salis. Un exemplaire de la troisième édition de la *St. James's Gazette* [1] avait été posé sur le plateau du thé. Manifestement, Victor était revenu. Dorian Gray se demanda s'il avait rencontré

---

1. Quotidien londonien. Wilde polémiqua avec lui lors de la parution du *Portrait*.

les hommes dans le hall au moment où ils quittaient la maison et s'il leur avait fait dire à quoi ils avaient été occupés. Il remarquerait sûrement l'absence du tableau ; sans doute l'avait-il déjà remarquée en servant le thé. Le paravent n'avait pas été remis en place et on voyait un espace vide au mur. Peut-être un soir surprendrait-il son valet montant furtivement là-haut et tentant de forcer la porte de la pièce. C'était horrible d'avoir un espion chez soi. Il avait entendu parler d'hommes riches qu'avait fait chanter toute leur vie quelque domestique qui avait lu une lettre, ou surpris une conversation, ou ramassé une carte avec une adresse, ou trouvé, sous un oreiller, une fleur fanée ou un bout de dentelle froissée.

Il soupira et, s'étant versé du thé, ouvrit le billet de Lord Henry, qui lui disait seulement qu'il lui envoyait le journal du soir ainsi qu'un livre qui l'intéresserait peut-être, et qu'il serait au club à huit heures et quart. Il ouvrit languissamment la *Gazette* et la feuilleta. À la cinquième page, un trait au crayon rouge lui sauta aux yeux. Il était destiné à attirer l'attention sur le paragraphe suivant :

ENQUÊTE SUR UNE ACTRICE — Une enquête a été menée ce matin à la taverne de la Cloche, rue Hoxton, par M. Danby, le coroner du district, à propos du corps de Sibyl Vane, jeune actrice récemment engagée par le Théâtre Royal, à Holborn. Un verdict de mort accidentelle a été rendu. Des condoléances bien senties ont été présentées à la mère de la défunte, qui s'est montrée fort émue au moment de son propre témoignage et de celui du docteur Birrell qui avait pratiqué l'autopsie sur la défunte.

Il fronça le sourcil, et déchirant le journal en deux, traversa la pièce pour aller en jeter les morceaux. Comme tout cela était laid ! Et comme la vraie laideur rendait tout horrible ! Il fut un peu fâché contre Lord Henry, qui lui avait envoyé le compte rendu. Et quelle sottise, de l'avoir souligné au crayon rouge ! Victor aurait pu le lire. Son anglais était largement assez bon pour cela.

Peut-être l'avait-il lu et avait-il commencé à soupçonner quelque chose. Au reste, quelle importance ? Quelle relation entre Dorian Gray et la mort de Sibyl Vane ?

Il n'y avait rien à craindre. Dorian Gray ne l'avait pas assassinée.

Son regard tomba sur le livre jaune que Lord Henry lui avait envoyé. Il se demanda ce que c'était. Il s'approcha du guéridon octogonal, couleur de perle, qui lui avait toujours semblé être la ruche d'insolites abeilles égyptiennes travaillant sur de l'argent. Prenant le volume, il se jeta dans un fauteuil et se mit à tourner les pages. Au bout de quelques minutes, il fut absorbé. C'était le livre le plus étrange qu'il eût jamais lu. Il lui sembla que, somptueusement parés, les péchés du monde défilaient silencieusement devant lui au son des flûtes. Des choses auxquelles il avait songé confusément lui étaient soudain présentées comme réelles. D'autres, auxquelles il n'avait pas songé du tout, se révélaient à lui peu à peu.

C'était un roman sans intrigue, avec un seul personnage. Ce n'était en vérité que l'étude psychologique d'un jeune Parisien qui passait sa vie à essayer de mettre en œuvre, en plein XIXe siècle, les passions et les modes de pensée qui avaient marqué d'autres époques et de récapituler en lui-même, pour ainsi dire, les diverses humeurs qu'avait vécues l'esprit du monde, aimant, pour leur artifice même, les renonciations que les hommes ont eu la folie d'appeler vertu, autant que les révoltes naturelles que les sages appellent encore péché. Le style d'écriture était ce style curieux et coruscant, à la fois éclatant et obscur, bourré d'argot et d'archaïsmes, d'expressions techniques et de paraphrases sophistiquées qui caractérise les œuvres des meilleurs artistes de l'école symboliste française. Il y avait là des métaphores aussi monstrueuses que des orchidées et aussi subtiles de couleur. La vie des sens était décrite en termes de philosophie mystique. On savait à peine, par moments, si l'on lisait les extases mystiques de quelque saint médiéval ou les confessions morbides d'un pécheur moderne. C'était un livre empoisonné. La lourde odeur de l'encens semblait s'attacher à ses pages pour troubler l'esprit. La simple cadence des phrases, la monotonie subtile de leur musique, pleine, comme elle l'était, de refrains complexes et de mouvements répétés avec raffinement, produisaient dans l'esprit du jeune lecteur passant de chapitre en chapitre une forme

de rêverie, une songerie maladive qui le rendait inconscient du jour qui baissait et des ombres qui rampaient.

Sans nuages, transpercé d'une étoile solitaire, un ciel
vert comme le cuivre brillait à travers les fenêtres. Lui
continua à lire à sa lumière pâlissante jusqu'au moment
où il ne put plus. Puis, après que son valet de chambre
lui eut rappelé plusieurs fois l'heure tardive, il se leva, et,
passant dans la pièce voisine, posa le livre sur la petite
table florentine qui était toujours à son chevet, et
commença à s'habiller pour dîner.

Il était près de neuf heures quand il gagna le club, où
il trouva Lord Henry installé dans le petit salon, l'air de
s'ennuyer fort.

— Je suis désolé, Harry, s'écria-t-il, mais c'est entièrement ta faute. Le livre que tu m'as envoyé m'a fasciné à
un tel point que j'en ai oublié le temps.

— Oui, je pensais qu'il te plairait, répondit l'hôte en
se levant de son fauteuil.

— Je n'ai pas dit qu'il me plaisait, Harry. J'ai dit qu'il
me fascinait. Il y a une grande différence.

— Ah ! tu as découvert cela ? murmmura Lord Henry.

Et ils passèrent dans la salle à manger.

11

Durant des années, Dorian Gray ne put se libérer de
l'influence de ce livre. Ou peut-être serait-il plus juste de
dire qu'il ne chercha jamais à s'en libérer. Il fit venir
de Paris neuf grands exemplaires brochés de la première
édition et les fit relier de différentes couleurs, de manière
qu'ils convinssent à ses diverses humeurs et aux fantaisies
changeantes d'une nature dont il semblait quelquefois
avoir perdu toute maîtrise. Le héros, ce merveilleux jeune
Parisien en qui se mêlaient si étrangement les tempéraments romanesque et scientifique, devint pour lui une
sorte de figure annonciatrice de lui-même. Et le livre tout

entier, en vérité, lui sembla contenir l'histoire de sa propre vie avant qu'il ne l'eût vécue.

Sur un point, il avait plus de chance que le fantastique héros de ce roman. Il n'avait jamais éprouvé, ni n'avait même jamais eu l'occasion d'éprouver, cette terreur presque grotesque devant les miroirs et les surfaces de métal poli qui s'était emparée du jeune Parisien au tout début de sa vie et qui avait été causée par la décadence soudaine d'une beauté qui semblait avoir été si remarquable. C'était avec une joie presque cruelle — et peut-être la cruauté a-t-elle sa place dans presque toutes les joies comme, assurément, dans tous les plaisirs — qu'il lisait la fin du livre, avec son récit réellement tragique, encore qu'un peu trop développé, du chagrin et du désespoir d'un homme qui avait perdu ce à quoi en d'autres hommes et dans le monde il avait attaché le plus de prix.

Car la merveilleuse beauté qui avait à un tel point fasciné Basil Hallward et tant d'autres ne semblait jamais l'abandonner. Même ceux qui avaient entendu dire de lui les pires choses — car, de temps en temps, d'étranges rumeurs circulaient dans Londres au sujet de son mode de vie, si bien qu'on en bavardait dans les clubs — ne pouvaient ajouter foi à son déshonneur quand ils le voyaient. Il avait toujours l'air de ne pas s'être laissé souiller par le monde. Les hommes qui parlaient grossièrement se taisaient quand Dorian Gray entrait. Il y avait quelque chose dans la pureté de son visage qui leur en imposait. Sa seule présence semblait leur rappeler le souvenir de l'innocence qu'eux avaient ternie. Ils se demandaient comment un être aussi charmant et gracieux qu'il l'était avait pu échapper aux macules d'un siècle à la fois sordide et sensuel.

Souvent, en rentrant chez lui d'une de ces absences mystérieuses et prolongées qui provoquaient de si étranges conjectures parmi ceux qui étaient, ou croyaient être, ses amis, il montait furtivement jusqu'à la pièce fermée à clef, en ouvrait la porte avec la clef qui ne le quittait plus jamais, et se tenait, miroir en main, devant le portrait que Basil Hallward avait peint de lui. Il regardait tantôt le visage sinistre et vieillissant de la toile, tantôt le

« ...il montait furtivement jusqu'à la pièce fermée à clef... »

visage jeune et beau qui lui souriait dans le verre poli. La vivacité même du contraste aiguisait son plaisir. Il s'énamourait de plus en plus de sa propre beauté, il s'intéressait de plus en plus à la corruption de sa propre âme. Il examinait, avec un soin infini, et, parfois, avec une volupté monstrueuse et terrible, les plis hideux qui sillonnaient son front ridé ou encadraient sa bouche lourde et sensuelle, se demandant parfois lesquels étaient les plus horribles : les signes du péché ou les signes de l'âge. Il mettait ses mains blanches auprès des grosses mains bouffies du tableau et il souriait. Il raillait le corps déformé et les membres décatis.

À vrai dire, il y avait des moments où, couché et ne dormant pas, soit dans sa propre chambre, délicatement parfumée, soit dans le sordide local du mauvais lieu que, déguisé et sous un faux nom, il fréquentait près des docks, il pensait, avec une pitié d'autant plus poignante que purement égoïste, au gâchis qu'il avait fait de son âme. Mais ces moments-là étaient rares. Cette curiosité de la vie que Lord Henry avait d'abord éveillée en lui, alors qu'ils étaient assis ensemble dans le jardin de leur ami, semblait croître au fur et à mesure qu'elle était satisfaite. Plus il en savait, plus il désirait en savoir. Il ressentait des faims insensées qui devenaient d'autant plus féroces qu'il les rassasiait.

Cependant il ne se montrait pas totalement imprudent, du moins à l'égard de la société. Une ou deux fois par mois pendant l'hiver, et, en saison, tous les mercredis, il ouvrait au monde son bel hôtel et invitait les plus illustres musiciens du temps à charmer ses invités par les merveilles de leur art. Ses petits dîners, que Lord Henry l'aidait toujours à arranger, étaient connus aussi bien pour le choix des invités et le soin avec lequel ils étaient placés que pour le goût exquis avec lequel la table était décorée, toute en arrangements subtils et harmonieux de fleurs exotiques, en nappes brodées, en vaisselle ancienne, d'argent et d'or. À la vérité, beaucoup de gens, surtout parmi les très jeunes, voyaient, ou croyaient voir, en Dorian Gray la réalisation achevée d'un type dont ils avaient souvent rêvé à Eton ou à Oxford, un type qui n'était pas étranger à la culture profonde de l'érudit tout en brillant par la grâce, la distinction et l'allure parfaite de l'homme du monde. Il leur semblait appartenir à ceux dont Dante dit qu'ils ont cherché « à se rendre parfaits par le culte de la beauté[1] ». Pour lui, comme pour Gautier, « le monde visible existait[2] ».

Et, assurément, la vie était pour lui le premier, le plus grand des arts, auquel tous les autres arts préparaient, sans plus. La mode, qui rend temporairement universel ce qui en réalité n'est qu'une fantaisie, et le dandysme qui est, à sa façon, une tentative pour affirmer l'absolue modernité du beau, le fascinaient, bien entendu. Sa façon de s'habiller et les divers styles qu'il affectait de temps en temps exerçaient une influence marquée sur les jeunes élégants des bals de Mayfair ou des fenêtres des clubs de Pall Mall, qui copiaient tout ce qu'il faisait et essayaient de reproduire le charme fortuit de gracieuses affectations que lui ne prenait au sérieux qu'à moitié.

Car, encore qu'il fût tout prêt à accepter la position qui lui fut presque immédiatement offerte à sa majorité et qu'il ne manquât pas de trouver un plaisir subtil à se dire qu'il pourrait véritablement devenir pour le Londres de son époque ce qu'avait été l'auteur du *Satyricon* pour la Rome impériale de Néron, au fond de son cœur il souhaitait être davantage qu'un simple *arbiter elegantiarum*[3], que l'on consultait sur la façon de porter un bijou, de nouer une cravate ou de tenir une canne. Il cherchait à créer une nouvelle façon de vivre, fondée sur une philosophie raisonnée et des principes ordonnés, et trouvant sa réalisation la plus haute dans la sublimation des sens.

Le culte des sens a souvent, et fort justement, été décrié, parce que les hommes éprouvent une peur naturelle et instinctive des passions et des sensations qui leur semblent plus fortes qu'eux et qu'ils ont conscience de

---

1. En réalité, ces mots ne sont pas de Dante, mais portent la trace du roman de Pater, *Marius l'Épicurien*.  2. Voir *Mademoiselle de Maupin*. Chap. VIII. L'expression « le monde visible » vient du *Journal* des Goncourt (1er mai 1857).  3. Pétrone (Caius Petronius Arbiter, mort en 65 après J.-C.) était l'auteur du *Satyricon*, roman qui raconte la vie d'un jeune débauché dans la Rome impériale. Sous Néron, il était surnommé *arbiter elegantiarum*, l'arbitre du bon goût. L'expression est donnée en latin dans le texte.

partager avec des formes de vie plus rudimentaires. Mais il apparaissait à Dorian Gray que la véritable nature des sens n'a jamais été comprise et qu'ils ne sont demeurés sauvages et bestiaux que parce que le monde s'est efforcé de les soumettre en les affamant ou de les écraser par la souffrance, au lieu de chercher à en faire les éléments d'une spiritualité nouvelle, dont la caractéristique dominante serait le discernement avisé du beau. En regardant l'homme se mouvoir à travers l'histoire, il était hanté par un sentiment de gaspillage. On avait renoncé à tant de choses ! Et pour de si mauvaises raisons ! Il y avait eu des rejets insensés et opiniâtres, des mortifications et des abstinences monstrueuses fondées sur la peur et résultant en une dégradation infiniment plus terrible que la dégradation imaginaire à laquelle, par ignorance, on avait voulu échapper. La nature, merveilleusement ironique, forçait l'anachorète[1] à chercher sa nourriture avec les animaux sauvages du désert et donnait à l'ermite les bêtes des champs pour compagnons.

Oui, comme Lord Henry l'avait prophétisé, un nouvel hédonisme recréerait la vie et la sauverait de ce puritanisme dur et laid qui revit curieusement de nos jours. L'intellect ne serait pas oublié, bien sûr, mais on n'accepterait jamais aucune théorie ni aucun système impliquant le sacrifice de quelque mode d'expérience des passions que ce fût. Ce serait même l'expérience qui en serait le but, et non les fruits de l'expérience, qu'ils fussent doux ou amers. Foin de l'ascèse qui émousse les sens comme de la débauche vulgaire qui les abrutit. L'homme apprendrait à se concentrer sur les moments de la vie qui n'est elle-même qu'un moment.

Peu d'entre nous n'ont pas eu l'occasion de s'éveiller avant l'aube, après l'une de ces nuits sans rêves qui rendraient presque amoureux de la mort ou, au contraire, l'une de ces nuits d'horreur et de joie désordonnée où les dortoirs de l'esprit sont parcourus par des fantômes plus terribles que la réalité elle-même, imprégnés de cette vie intense qui couve dans les grotesques et donne à l'art gothique sa pérenne vitalité, cet art appartenant surtout,

---

1. Religieux contemplatif qui se retire dans la solitude.

imagine-t-on, à ceux dont l'esprit est atteint par la maladie du rêve. Peu à peu, des doigts blancs se glissent dans
les rideaux, qui semblent frissonner. Des ombres muettes,
aux formes noires et fantastiques, rampent dans les
recoins de la chambre et s'y accroupissent. Dehors, on
entend les oiseaux remuer dans les feuilles, ou des
hommes se rendre à leur travail, ou encore soupirer et
sangloter le vent qui descend des collines et erre par la
maison silencieuse, comme s'il craignait de réveiller les
dormeurs et devait cependant arracher le sommeil à sa
caverne de pourpre. Voile après voile de gaze mince et
crépusculaire s'envole, tandis que, graduellement, les
formes et les couleurs des choses leur sont rendues et
que nous observons l'aube qui redessine le monde selon
l'ancien motif. Les pâles miroirs retrouvent leur vie
mimétique. Les flambeaux sans flamme demeurent où
nous les avons laissés et près d'eux gît le livre à moitié
coupé sur lequel nous nous étions penchés, ou la fleur
montée sur fil de fer que nous avons portée au bal, ou la
lettre que nous avons craint de lire ou que nous avons
relue trop souvent. Rien ne nous semble avoir changé.
Quittant les ombres irréelles de la nuit revient la vie
réelle, que nous connûmes. Nous devons la reprendre où
nous l'avions laissée, et nous nous imprégnons de la
nécessité terrible de trouver de l'énergie pour poursuivre
la même fastidieuse ronde d'habitudes stéréotypées, ou
peut-être du désir insensé de voir nos paupières s'ouvrir
un matin sur un monde qui aurait été refaçonné nuitam-
ment pour notre plaisir, un monde où les choses auraient
des formes et des couleurs nouvelles et seraient transfor-
mées ou auraient d'autres secrets, un monde où le passé
n'aurait pas de place, ou si peu, et ne survivrait, en tout
cas, sous aucune forme consciente d'obligation ou de
regret, puisque même les souvenirs de la joie ont leur
amertume et les remémorations du plaisir leur aiguillon.

C'était la création de mondes de ce genre qui semblait
à Dorian Gray être le véritable objectif, ou l'un des véri-
tables objectifs, de la vie ; et, dans sa recherche de sensations qui seraient à la fois nouvelles et délicieuses et
posséderaient cet élément d'étrangeté sans lequel il n'y a
point de romanesque, il adoptait souvent des modes de

pensée qui, il le savait, n'étaient pas dans sa nature, il s'abandonnait à leurs subtiles influences et puis, ayant, pour ainsi dire, saisi leur couleur et satisfait sa curiosité intellectuelle, il les abandonnait en montrant cette curieuse indifférence qui n'est pas incompatible avec un tempérament véritablement ardent et qui même, selon certains psychologues modernes, en est souvent une condition.

Il y avait eu dans le temps une rumeur à son sujet : il allait se convertir au catholicisme romain. Il est vrai que les rites romains l'attiraient beaucoup. Le sacrifice quotidien, bien plus terrible en vérité que les sacrifices de l'Antiquité, l'émouvait autant par son superbe rejet de l'évidence des sens que par la simplicité primitive de ses éléments et par le pathétique éternel de la tragédie humaine qu'il cherchait à symboliser. Il aimait s'agenouiller sur un sol de marbre froid et observer le prêtre qui, dans sa chasuble raide et fleurie, ôtait lentement, de ses mains blanches, le voile du tabernacle ou bien élevait l'ostensoir en forme de lanterne couverte de bijoux contenant la blême eucharistie dans laquelle, par moments, l'on voudrait vraiment voir le *panis cœlestis* [1], le pain des anges, ou bien, portant la tunique de la Passion du Christ, brisait l'hostie pour en jeter les morceaux dans le calice et se frappait la poitrine pour confesser ses péchés. Les encensoirs fumants que de jeunes garçons à l'air grave, vêtus de dentelle et d'écarlate, balançaient dans l'air comme de grandes fleurs dorées exerçaient sur lui une subtile fascination. En sortant, il regardait avec étonnement les noirs confessionaux et aurait aimé s'asseoir dans l'ombre épaisse de l'un d'eux pour y écouter les hommes et les femmes qui, à travers le grillage usé, chuchotaient l'histoire véritable de leur vie.

Mais il ne tomba jamais dans l'erreur de bloquer son développement intellectuel en acceptant formellement quelque croyance ou quelque système que ce fût, ni dans celle de prendre pour résidence une auberge qui n'est bonne qu'à y passer une nuit, ou même les seules heures de nuit auxquelles il n'y a point d'étoiles et où la lune est

---

1. En latin dans le texte.

en gésine. Le mysticisme, avec sa merveilleuse capacité de nous rendre étrangères les choses ordinaires et avec le subtil antinomianisme [1] qui semble toujours l'accompagner, l'émut le temps d'une saison ; le temps d'une autre, il pencha pour les doctrines matérialistes du mouvement darwinien [2] en Allemagne, et trouva un bizarre plaisir à faire remonter les pensées et les passions des hommes à quelque cellule nacrée du cerveau ou à quelque nerf blanc du corps, ravi de concevoir la dépendance absolue dans laquelle se trouve l'esprit par rapport à telles conditions physiques, saines ou malsaines, normales ou morbides. Cependant, comme on l'a déjà dit de lui, aucune théorie de la vie ne lui paraissait importante comparée à la vie elle-même. Il était vivement conscient de la stérilité de toute spéculation intellectuelle dès qu'on la sépare de l'action et de l'expérience. Il savait que les sens, non moins que l'âme, ont des mystères spirituels à révéler.

C'est ainsi qu'à une époque il s'adonna à l'étude des parfums [3] et des secrets de leur fabrication, distillant des huiles aux lourds effluves et brûlant des gommes odoriférantes d'Orient. Il constata qu'il n'y a pas d'humeur de l'esprit qui n'ait son pendant dans la vie sensuelle et entreprit d'étudier leur relation véritable cherchant à savoir s'il y a quelque chose dans l'encens qui nous dispose au mysticisme, et dans l'ambre gris qui émeuve nos passions, et dans les violettes, qui évoque des réminiscences d'amours défuntes, et dans le musc qui trouble l'esprit, et dans le magnolia des Indes, qui souille l'imagination. Souvent il s'efforça de concevoir une psychologie scientifique des parfums, en déterminant les diverses influences des racines à l'odeur suave, des fleurs chargées d'un pollen capiteux, des baumes aromatiques, des bois foncés pleins de fragrances, du spicanard qui donne la

---

**1.** Doctrine prônant un rejet avoué de l'obéissance morale. On trouve ici l'écho de la Conclusion de *La Renaissance* de Pater. **2.** Allusion à la doctrine évolutionniste de Charles Darwin (*De l'origine des espèces au moyen de la sélection naturelle*, 1859), qui influença Ernst Erich Haeckel en Allemagne à partir de 1862. Le mot « darwinisme » est donné en allemand par Wilde *(Darwinismus)* dans le texte original.    **3.** Dorian copie ici des Esseintes dans *À Rebours* (chap. X).

nausée, de la hovénie qui rend fou et de l'aloès qui passe pour guérir de la mélancolie.

À une autre période, il se consacra entièrement à la musique et, dans une longue salle treillissée, avec un plafond de vermillon et d'or et des murs de laque vert olive, il donna d'étranges concerts où des Bohémiens déchaînés tiraient des musiques sauvages de leurs petites cithares, ou bien de solennels Tunisiens à châles jaunes pinçaient les cordes tendues d'énormes luths, tandis que des Noirs souriants heurtaient avec monotonie des tambours de cuivre, et que, accroupis sur des tapis écarlates, de minces Indiens[1] enturbannés soufflaient dans de longs tuyaux de roseau ou de laiton et charmaient, ou feignaient de charmer, de gros serpents à capuchons ou d'horribles vipères cornues. Les intervalles brutaux et les dissonances perçantes de ces musiques barbares l'émouvaient parfois, quand la grâce de Schubert, les sanglots charmants de Chopin et les puissantes harmonies de Beethoven lui-même n'inspiraient plus rien à son oreille. Il fit collection des plus étranges instruments provenant de toutes les parties du monde, trouvés soit dans les tombeaux de nations disparues, soit parmi les rares tribus sauvages qui ont survécu à leur contact avec la civilisation occidentale, et il aimait les toucher et les essayer. Il possédait les mystérieux *furuparis* des Indiens du río Negro que les femmes n'ont pas le droit de regarder et que même les jeunes gens ne peuvent voir qu'après le jeûne et la bastonnade, et les vases de terre des Péruviens qui produisent des cris perçants d'oiseaux, et des flûtes faites d'os humains comme celles qu'Alfonso de Ovalle[2] a entendues au Chili, et les sonores jaspes verts qu'on trouve près de Cuzco et qui émettent une note d'une extrême douceur. Il possédait des calebasses pleines de cailloux qu'on faisait bruire en les secouant ; le long *clarín* des Mexicains, dans lequel l'exécutant ne souffle pas mais par lequel il aspire de l'air ; le rude *turé* des tribus amazoniennes dont sonnent les sentinelles qui passent la journée en haut d'un arbre et qu'on

---

**1.** Wilde reprend ici, parfois mot pour mot, le chapitre « The American Indians » du livre de Carl Engel, *Musical Instruments*.
**2.** Jésuite chilien (1601-1651). Il est l'auteur d'une *Histoire du royaume du Chili et des missions qu'y a fondées la Société de Jésus*.

« *À un certain moment, il s'adonna à l'étude des bijoux et parut à un bal costumé déguisé en Anne de Joyeuse...* »

entend, dit-on, à trois lieues ; le *teponazili* muni de deux
languettes de bois qui vibrent et que l'on frappe avec des
bâtons oints d'une gomme élastique tirée du jus laiteux
de certaines plantes ; les clochettes *yotl* des Aztèques qui
pendent par grappes, comme du raisin ; et un énorme tam-
bour cylindrique couvert de la peau de grands serpents,
semblable à celui que vit Bernal Díaz [1] quand il entra dans
le temple mexicain avec Cortés et dont il a décrit, avec
tant de vivacité, les sons lugubres. Le caractère fantastique de ces instruments fascinait Dorian Gray et il trouvait d'étranges délices à penser que l'art, comme la
nature, possède ses monstres, des objets à la forme bes-
tiale et à la voix hideuse. Pourtant, après quelque temps,
il s'en lassa pour s'installer dans sa loge à l'Opéra où,
seul avec Lord Henry, il écoutait *Tannhäuser* [2], ensorcelé
de plaisir, et trouvant représentée, dans le prélude de cette
grande œuvre d'art, la tragédie de sa propre âme.

À un certain moment, il s'adonna à l'étude des bijoux
et parut à un bal costumé déguisé en Anne de Joyeuse [3],
amiral de France, avec des vêtements couverts de cinq
cent soixante perles. Ce goût le charma pendant des
années, et on peut même dire qu'il ne le quitta jamais. Il
passait souvent une journée entière à disposer et à changer de place dans leurs vitrines les diverses pierres [4] qu'il
avait rassemblées, tels le chrysobéryl olivâtre qui devient
rouge à la lumière d'une lampe, la cymophane traversée
d'un fil argenté, le péridot de couleur pistache, les
topazes, roses comme la fleur et jaunes comme le vin,
l'escarboucle rouge feu avec ses trémulantes étoiles à
quatre rayons, les grenats flamboyants comme de la cannelle, les spinelles orange et violettes et les améthystes
avec leurs couches alternées de rubis et de saphir. Il
aimait l'or rouge de l'aventurine et la blancheur nacrée

---

**1.** Bernal Díaz del Castillo (1500-1581) : conquistador qui participa
à la conquête du Mexique avec Cortés. Il laissa une *Histoire véridique
de la conquête de la Nouvelle-Espagne* qui fut traduite en français par
le poète José-Maria de Heredia.     **2.** Opéra de Wagner (1845), dont
Wilde appréciait tout particulièrement l'ouverture.     **3.** Anne de
Joyeuse (1561-1587) était le favori d'Henri III.     **4.** On retrouve les
mêmes pierres associées aux mêmes adjectifs dans le livre de A.H.
Church, *Les Pierres précieuses* (1882), que Wilde pille ici.

de la pierre de lune et l'arc-en-ciel rompu de l'opale lai-
teuse. Il fit venir d'Amsterdam trois émeraudes d'une
grosseur et d'une richesse de couleur extraordinaires, et
il eut une turquoise de la vieille roche[1] qui fit l'envie de
tous les connaisseurs.

Il découvrit aussi des histoires merveilleuses à propos
de bijoux[2]. La *Clericalis Disciplina* d'Alfonso mentionne
un serpent avec des yeux en vraie hyacinthe, et, dans la
romanesque histoire d'Alexandre, le conquérant de l'Ema-
thie passe pour avoir trouvé dans la vallée du Jourdain
des serpents avec « des colliers de vraies émeraudes leur
poussant sur le dos ». Philostrate nous raconte qu'il y a
une pierre précieuse dans le cerveau du dragon et que,
« en lui montrant des lettres d'or et une robe écarlate »,
on peut plonger le monstre dans un sommeil magique
et le tuer. Selon le grand alchimiste Pierre de Boniface,
le diamant rend l'homme invisible, et l'agate des Indes le
rend éloquent. La cornaline apaise la colère et l'hyacinthe
provoque le sommeil et l'améthyste chasse les vapeurs du
vin. Le grenat expulse les démons et l'hydropite prive
la lune de sa couleur. La sélénite grandit et diminue avec
la lune, et la mélanite, qui découvre les voleurs, n'est
sensible qu'au sang des chevreaux. Leonardus Camillus
a vu une pierre blanche prélevée sur un crapaud récemment tué, et c'était un contre-poison certain. Le bézoard,
qu'on trouve dans le cœur du daim d'Arabie, est un
charme contre la peste. Dans les nids d'oiseaux d'Arabie,
on découvre les aspilates qui, selon Démocrite, protègent
celui qui en porte contre le feu.

Le jour de son couronnement, le roi de Ceylan traversait sa capitale à cheval, avec un grand rubis à la main.
Les portes du palais de Jean le Prêtre étaient « faites de
rubis, auquel on avait mêlé de la corne de vipère à cornes,
pour que personne ne pût y introduire de poison ». Au-
dessus du gable, se trouvaient « deux pommes d'or contenant deux escarboucles », de manière que l'or brillât le
jour et les escarboucles la nuit. Dans l'étrange roman de

--------

1. Signifie ici « ancien et réputé ».     2. Dans les trois paragraphes suivants, tous les détails, les personnages et les informations
sont tirés du livre de William Jones, *Histoire et Mystère des pierres
précieuses* (1880).

Lodge, *Une perle d'Amérique*, il est dit que, dans l'appartement de la reine, on pouvait voir « toutes les dames chastes du monde enchâssées d'argent et regardant à travers de beaux miroirs de chrysolite, d'escarboucles, de saphirs et d'émeraude verte ». Marco Polo a vu les habitants de Cipango mettre des perles roses dans la bouche des morts. Un monstre marin a été amoureux de la perle que le plongeur avait apportée au roi Pérôz : il avait tué le voleur et en avait porté le deuil pendant sept lunes. Quand les Huns attirèrent le roi dans le grand trou, il la jeta au loin — c'est Procope qui raconte — et on ne la retrouva jamais, bien que l'empereur Anastase en eût offert cinq quintaux de pièces d'or. Le roi de Malabar a montré à un Vénitien un rosaire de trois cent quatre perles, une pour chaque dieu à qui il rendait un culte.

Quand le duc de Valentinois, fils d'Alexandre VI, rendit visite à Louis XII de France, son cheval, selon Brantôme, était couvert de feuilles d'or et son chapeau s'ornait de doubles rangées de rubis, qui rayonnaient fort. Charles d'Angleterre a utilisé des étriers auxquels pendaient quatre cent vingt et un diamants. Richard II avait un manteau, évalué à trente mille marks, couvert de rubis balais. Hall a décrit Henry VIII se rendant à la Tour avant son couronnement et portant une veste d'or en relief, le placard brodé de diamants et d'autres pierres précieuses avec un grand baudrier de grands rubis balais au cou. Les favoris de Jacques Ier portaient des boucles d'oreilles en émeraudes enchâssées dans des filigranes d'or. Edouard II donna à Piers Gaoueston une armure d'or rouge cloutée d'hyacinthes, un collier de roses d'or orné de turquoises et une calotte semée de perles. Henry II portait des gants couverts de joyaux jusqu'au coude et il avait un gant de fauconnier brodé de douze rubis et de cinquante-deux perles d'un bel orient. Le chapeau ducal de Charles le Téméraire, dernier duc de Bourgogne de sa lignée, était orné de perles pendantes en forme de poires et clouté de saphirs.

Comme la vie avait été exquise jadis ! Quelle pompe, quels décors fastueux ! Ne fût-ce que lire des récits du luxe où avaient vécu les morts, c'était déjà merveilleux.

Puis Dorian Gray reporta son attention sur les broderies et sur les tapisseries[1] qui servaient de fresques dans les salles frisquettes des nations du Nord de l'Europe. Comme il étudiait le sujet — et il avait toujours cette faculté extraordinaire de s'absorber pour un temps dans ce qu'il entreprenait — il s'attrista presque de la destruction que le temps inflige à des choses belles et sublimes.

Lui, au moins, y avait échappé.

Les étés succédaient aux étés, les jonquilles jaunes fleurissaient pour mourir tant et tant, et les nuits d'horreur ressassaient le récit de leur déshonneur, mais lui ne changeait pas. Aucun hiver n'avait endommagé son visage ou maculé son effloraison. Il en allait bien différemment des choses matérielles ! Où étaient-elles maintenant ? Où était la grande robe couleur de crocus que les dieux avaient disputée aux géants et que des filles brunes avaient fabriquée pour les plaisirs d'Athéna ? Où l'immense velarium que Néron avait tendu sur le Colisée de Rome, cette titanesque voile de pourpre représentant le ciel étoilé et Apollon conduisant un char tiré par des coursiers aux guides d'or ? Il aurait tant aimé voir les curieuses serviettes de table tissées pour le Prêtre du Soleil, sur lesquelles étaient représentés toutes les friandises et tous les aliments dont on pourrait vouloir se délecter à un banquet ; le linceul du roi Chilpéric avec ses trois cents abeilles d'or ; les tuniques fantastiques qui soulevaient l'indignation de l'évêque du Pont et où l'on voyait « des lions, des panthères, des ours, des forêts, des rochers, des chasseurs, bref tout ce qu'un peintre peut copier sur la nature » ; et le manteau que porta jadis Charles d'Orléans et sur les manches duquel étaient brodés les vers d'une chanson commençant par « Madame, je suis tout joyeux », la musique étant notée en fil d'or, et chaque note — elles étaient carrées à l'époque — formée de quatre perles. Il lut que la salle qui avait été préparée au palais de Reims pour l'usage de la reine Jeanne de Bourgogne était décorée de « treize cent vingt et un perro-

---

**1.** De nouveau, Wilde plagie, dans les deux paragraphes qui suivent, un livre spécialisé : cette fois *Broderies et Dentelles* (1887) d'Ernest Lefébure.

quets brodés et blasonnés aux armes du roi et de cinq cent soixante et un papillons, dont les ailes étaient de même ornées des armes de la reine, le tout ouvragé en or ». Catherine de Médicis s'était fait faire un lit de deuil de velours noir semé de croissants et de soleils. Les rideaux en étaient de damas, avec des couronnes et des guirlandes feuillues sur champ d'or et d'argent, bordés de franges brodées de perles, et il avait été érigé dans une salle où, par rangées entières, les emblèmes de la reine se détachaient en velours noir sur une étoffe d'argent. Louis XIV avait des cariatides brodées de quinze pieds de haut dans son appartement. Le lit d'apparat de Sobieski, roi de Pologne, était fait de brocart d'or de Smyrne brodé de turquoises, avec des versets du Coran. Ses colonnes étaient d'argent doré, superbement ciselées et abondamment ornées de médaillons d'émail couverts de joyaux. Il avait été enlevé au camp des Turcs devant Vienne, et l'étendard de Mahomet avait figuré sous les dorures frémissantes de son ciel de lit.

Ainsi, pendant toute une année, Dorian Gray chercha à rassembler les spécimens de tissus et de broderies les plus raffinés qu'il put trouver, se procurant les mousselines délicates de Delhi, ouvragées de palmes de fils d'or et rebrodées d'ailes iridescentes de scarabées ; les gazes de Dacca, qu'à cause de leur transparence on appelle en Orient « air tissé », « eau fuyante » ou encore, « rosée du soir » ; d'étranges étoffes de Java, à personnages ; d'exquises draperies jaunes de Chine ; des livres reliés de satins fauves ou de claires soies bleues et décorés de fleurs de lis, d'oiseaux, d'images ; des voiles de lacis au point de Hongrie ; des brocarts de Sicile et des velours raides d'Espagne ; du travail géorgien avec ses monnaies dorées et des *foukousas*[1] japonais avec leurs ors verdoyants et leurs oiseaux au plumage mirifique.

Il avait aussi une passion particulière pour les ornements sacerdotaux, comme d'ailleurs pour tout ce qui toucha au service de l'Église. Dans les longs bahuts de cèdre qui bordaient la galerie ouest de son château, il avait

---

1. Étoffes de soie brodées.

rangé bien des spécimens rares et magnifiques de la vraie
vêture de l'Epouse du Christ, qui doit porter pourpre et
joyaux et linge fin pour cacher son corps livide et morti-
fié, usé par les souffrances qu'elle recherche et blessé
par les douleurs qu'elle s'inflige. Il possédait une superbe
chape de soie cramoisie et de damas cousu de fil d'or,
qu'ornait un motif répété de grenades d'or enchâssées
dans des fleurs cérémonieuses à six pétales, flanqué d'un
ananas réalisé en semence de perle. Les orfrois étaient
divisés en panneaux représentant la vie de la Vierge, et
son couronnement était figuré en soies de couleurs sur le
capuchon. C'était un travail italien du xv° siècle. Une
autre chape était en velours vert, brodé de cœurs en
feuilles d'acanthe, d'où issaient des fleurs blanches à
longue tige, dont les détails étaient rehaussés de fil d'argent et de cristaux de couleur. Le fermail portait une tête
de séraphin brodé de fil d'or en relief. Les orfrois étaient
tissés en un damas de soie rouge et dorée et s'étoilaient
de médaillons de nombreux saints et martyrs, parmi lesquels saint Sébastien[1].

   Dorian Gray avait aussi des chasubles de soie ambrée,
et de soie bleue, et de brocart d'or, et de soie damassée
jaune, et de drap d'or, illustrées de représentations de la
Passion et de la Crucifixion du Christ et brodées de lions
et de paons et d'autres emblèmes ; des dalmatiques de
satin blanc et de damas de soie rose, décorées de tulipes
et de dauphins et de fleurs de lis ; des nappes d'autel de
velours cramoisi et de lin bleu, et bien des corporaux, des
voiles de calice et des *sudaria*. Dans les offices mystiques
à quoi ces objets étaient employés, il y avait quelque
chose qui surexcitait son imagination.

   Car ces trésors, ainsi que toutes les collections de sa
belle maison, étaient pour lui des moyens d'oublier, des
façons d'échapper, pour un temps, à une peur qui quelquefois lui paraissait intolérable. Au mur de la salle solitaire et verrouillée où il avait passé une si grande partie
de son enfance, il avait suspendu de ses propres mains le
terrible portrait dont les traits changeants lui montraient

---

   1. L'un des tableaux favoris de Wilde était le *Saint Sébastien* du
peintre italien Guido Reni, dit Le Guide (xvii° siècle).

la véritable dégradation de sa vie et, devant, il avait drapé le voile de pourpre et d'or. Pendant des semaines, il n'y allait pas, il oubliait l'horrible peinture, il retrouvait sa légèreté de cœur, sa merveilleuse joie de vivre, sa façon de s'absorber passionnément dans l'existence. Et puis, soudain, une nuit, il sortait furtivement de la maison, rejoignait des endroits hideux dans le quartier de Blue Gate Fields[1] et y restait jour après jour, jusqu'au moment où il en était chassé. En revenant, il allait s'asseoir devant le tableau, le haïssant parfois et se haïssant lui-même, mais s'emplissant, à d'autres moments, de cet orgueil personnel qui entre pour moitié dans la fascination du péché, et souriant avec un secret plaisir à la vue de l'ombre difforme astreinte à porter le fardeau qui eût dû être le sien.

Au bout de quelques années, il ne supporta plus de quitter l'Angleterre pour longtemps et renonça à la villa qu'il avait partagée à Trouville avec Lord Henry, aussi bien qu'à la petite maison blanche d'Alger[2], entourée de murs, où ils avaient plus d'une fois passé l'hiver. Il détestait se trouver séparé du tableau qui formait une telle partie de sa vie, et il craignait aussi que, pendant son absence, quelqu'un ne pénétrât dans la salle, malgré le système de barres qu'il avait fait placer sur la porte.

Il était pleinement conscient que cela n'apprendrait rien à personne. Sans doute le portrait conservait-il encore, sous toute l'ignominie et la laideur du visage, une ressemblance marquée avec lui-même, mais que pourrait-on en déduire ? Il rirait au nez de quiconque essayerait de le taquiner. Ce n'était pas lui le peintre. Que lui importait la vilenie et la vergogne qu'on y lisait ? Et même s'il disait la vérité, le croirait-on ?

Pourtant, il avait peur. Parfois, lorsqu'il se trouvait dans son château du Nottinghamshire, recevant les jeunes gens élégants de son rang qui formaient sa compagnie habituelle et surprenant le comté par le luxe débridé et la splendeur fastueuse de sa propre vie, il délaissait soudain

---

1. Quartier mal famé dans l'East End.     2. Trouville était à la mode dans la haute société, de l'été à l'automne. Alger l'était l'hiver, notamment parmi les riches homosexuels anglais et américains. Wilde et Douglas s'y rendirent en janvier 1895. Ils y rencontrèrent Gide.

ses invités et se précipitait à Londres pour constater qu'on
n'avait pas touché à la porte et que le tableau était toujours là. Et si on le volait ? L'idée seule le glaçait d'horreur. Alors le monde ne manquerait pas d'apprendre son
secret. Peut-être le monde le soupçonnait-il déjà.

Car, s'il fascinait beaucoup de personnes, plus d'une
n'avait pas confiance en lui. Il faillit se faire blackbouler
dans un club du West End que lui ouvraient de plein droit
sa naissance et sa position sociale, et on racontait qu'une
fois, quand un ami l'avait amené au fumoir du Churchill,
le duc de Berwick et un autre monsieur s'étaient levés
ostensiblement et étaient sortis. Quand il eut dépassé
vingt-cinq ans, on commença à raconter bien des choses
bizarres sur lui. D'après des rumeurs, on l'aurait vu parti-
ciper à une bagarre avec des marins étrangers dans un
bouge sordide au fin fond de Whitechapel, il fréquentait
des voleurs et des faux-monnayeurs, il connaissait les
secrets de leur métier. Ses extraordinaires absences faisaient jaser et, lorsqu'il reparaissait dans le monde, les
hommes commençaient à chuchoter dans les coins, ou
passaient devant lui avec une grimace moqueuse, ou le
dévisageaient d'un œil froid et inquisiteur, comme s'ils
avaient résolu de percer son secret.

Ces insolences, ces tentatives d'insultes, il n'en tenait,
naturellement, aucun compte, et, dans l'opinion de la plupart des gens, ses manières franches et courtoises, son
sourire juvénile et charmant et la grâce infinie de cette
merveilleuse jeunesse qui semblait ne le quitter jamais
suffisaient à répondre aux calomnies — c'était le mot
employé — qui circulaient à son sujet. On remarquait
cependant que certains de ceux qui avaient été les plus
intimes avec lui semblaient, après un temps, l'éviter. On
voyait des femmes qui l'avaient follement adoré, bravé,
pour l'amour de lui, la censure mondaine et défié les
conventions, pâlir de honte ou d'horreur s'il entrait dans
un salon.

Cependant, ces scandales et ces murmures ne faisaient
qu'augmenter, aux yeux de beaucoup, son charme étrange
et dangereux. Sa grande fortune lui assurait une certaine
sécurité. La société, du moins la société civilisée, répugne
à croire ce qui pourrait porter préjudice à quiconque est

riche et fascinant. Elle sent d'instinct que les manières ont plus d'importance que les mœurs, et, selon elle, il vaut beaucoup mieux disposer d'un bon cuisinier que d'une morale à toute épreuve. Après tout, quelle consolation y a-t-il à apprendre qu'un homme qui vous a fait mal dîner et mal boire est irréprochable dans sa vie privée ? Même les vertus cardinales n'excusent pas des plats à moitié froids, comme l'avait fait remarquer Lord Henry, un jour qu'il discutait ce sujet, et il est fort possible qu'il n'ait point eu tort. Car les canons de la bonne société sont — ou devraient être — semblables aux canons de l'art. La forme y est absolument essentielle. Elle doit être aussi digne — et aussi irréelle — qu'une cérémonie, et combiner le caractère insincère d'un théâtre romanesque avec l'esprit et la beauté qui nous le font aimer. Est-ce si terrible, après tout, l'insincérité ? Je ne le crois pas. C'est simplement une méthode de multiplication de nos personnalités.

Telle, en tout cas, était l'opinion de Dorian Gray. Il s'étonnait de la psychologie superficielle de ceux qui conçoivent le moi de l'homme comme simple, permanent, certain et composé d'une seule essence. Pour lui, l'homme était un être doté de myriades de vies et de myriades de sensations, une créature complexe et multiforme portant en elle d'étranges héritages de pensée et de passion et, dans sa chair même, la souillure des monstrueuses maladies des morts.

Il aimait se promener dans la sinistre galerie de tableaux de son château et considérer les divers portraits de ceux dont le sang coulait dans ses veines. Voici Philip Herbert, dont Francis Osborne, dans ses *Mémoires des règnes de la reine Élisabeth et du roi Jacques*, disait qu'il avait été « caressé par la cour pour la beauté de son visage qui devait bientôt lui fausser compagnie[1] ». Dorian Gray menait-il la même vie que le jeune Herbert ? Quelque germe, étrange et vénéneux, avait-il rampé de corps en corps jusqu'au moment où il avait atteint le sien ? Était-ce le sentiment confus de cette grâce détruite qui, si sou-

---

1. Philip Herbert, comte de Montgomery (1584-1650) était le favori de Jacques Iᵉʳ. Les *Mémoires* d'Osborne datent de 1658.

dainement et presque sans raison, l'avait fait proférer,
dans l'atelier de Basil Hallward, la prière insensée qui
avait transformé sa vie à un tel point ? Voilà Sir Anthony
Sherard, avec son pourpoint rouge brodé d'or, son surcot
couvert de bijoux, sa fraise et ses manchettes bordées
d'or, debout avec son armure noire et argent à ses pieds.
Qu'avait-il transmis à son descendant ? L'amant de Gio-
vanna de Naples lui avait-il légué quelque héritage de
honte et de péché ? Les propres actions de Dorian Gray
n'étaient-elles que les rêves que le défunt n'avait pas osé
réaliser ? Voilà, sur la toile qui va se fanant, le sourire de
Lady Élisabeth Devereux, avec son capuchon de gaze,
son corset en perles et ses manches roses à crevés, une
fleur à la main droite, et la gauche refermée sur un collier
d'émail fait de roses blanches et damassées. Sur une table
auprès d'elle, une mandoline et une pomme. De grandes
rosettes vertes sur ses petits souliers pointus. Il connaissait sa vie et les histoires étranges qu'on racontait sur ses
amants. Avait-il gardé quelque chose de son tempérament ? Ces yeux ovales aux paupières lourdes semblaient
lui adresser un regard curieux. Et George Willoughby,
avec ses cheveux poudrés et ses mouches insolites ?
Comme il avait l'air malfaisant ! Son visage était sombre
et basané, ses lèvres sensuelles semblaient se tordre de
dédain. Des ruches de dentelle tombaient sur ses mains
maigres et jaunes, surchargées de bagues. Il avait été un
petit-maître du XVIIIe siècle et l'ami, dans sa jeunesse, de
Lord Ferrars. Et le deuxième Lord Beckenham, compagnon du Prince Régent dans sa période la plus folle, et
l'un des témoins de son mariage clandestin avec
Mme Fitzherbert ! Quel orgueil, quel grand air, avec ses
boucles châtaines et sa pose insolente ! Quelles passions
avaient constitué le legs qu'il laissait ? Le monde l'avait
tenu pour déshonoré. Il avait dirigé les orgies de Carlton
House. La plaque de la Jarretière [1] scintillait sur sa poitrine. Près de lui pendait le portrait de sa femme, blême,
les lèvres minces, vêtue de noir. Son sang à elle aussi
bouillait en Dorian Gray. Comme c'était curieux, tout

**1.** Le prestigieux ordre de la Jarretière fut fondé en 1346 par
Édouard III.

cela ! Et sa mère, avec son visage à la Lady Hamilton[1]
et ses lèvres humides, éclaboussées de vin — il savait ce
qu'il lui devait, à elle. Il lui devait sa beauté et sa passion
pour la beauté des autres. Elle semblait rire de lui, dans
sa robe flottante de bacchante. Elle portait des feuilles de
vigne dans les cheveux. La pourpre s'épandait de la coupe
qu'elle tenait. La carnation du tableau était flétrie, mais
les yeux toujours merveilleux, grâce à la profondeur et à
l'éclat de leur couleur. Ils semblaient le suivre où qu'il
allât.

Cependant on a des ancêtres en littérature comme on
en a dans sa race, beaucoup d'entre eux plus proches
peut-être par le type et le tempérament, et exerçant une
influence dont on est davantage conscient. Par moments,
il semblait à Dorian Gray que l'histoire tout entière était
une chronique de sa propre vie, non telle qu'il l'avait
vécue dans les actes et dans les circonstances, mais telle
que son imagination l'avait créée pour lui, telle qu'elle
avait figuré dans son esprit et dans ses passions. Il sentait
qu'il les avait tous connus, ces personnages terribles qui
avaient traversé la scène du monde et rendu le péché si
merveilleux et le mal si subtil. Il lui semblait que, de
quelque mystérieuse façon, leurs vies avaient été la
sienne.

Le héros de l'étonnant roman qui avait tant influencé
sa vie avait lui aussi connu cette curieuse fantaisie. Dans
le septième chapitre, il raconte comment, couronné de
laurier contre la foudre et transformé en Tibère, il s'était
prélassé dans un jardin de Capri en lisant les livres honteux d'Elephantis, tandis que des nains et des paons para-
daient autour de lui et que le joueur de flûte raillait le
préposé à l'encensoir ; transformé en Caligula, il avait
festoyé avec les jockeys à chemise verte dans les écuries
et soupé dans une mangeoire d'ivoire en compagnie d'un
cheval au front couvert de bijoux ; transformé en Domi-
tien, il avait erré dans un corridor bordé de miroirs de
marbre, cherchant d'un œil hagard le reflet de la dague
qui devait mettre fin à ses jours, malade de cet ennui, de

---

1. Lady Hamilton (1765-1815) était la maîtresse de Lord Nelson.

ce *tædium vitæ*[1] qui vient à ceux à qui la vie ne refuse rien ; à travers une émeraude transparente, il avait observé les rouges carnages du cirque, et puis, dans une litière de perles et de pourpre tirée par des mules ferrées d'argent, il s'était fait porter par la rue des Grenades jusqu'à la Maison Dorée, entendant des hommes crier « Néron César » sur son passage ; transformé en Héliogabale, il s'était peint le visage avec des couleurs, avait manié la quenouille parmi les femmes, et avait rapporté la lune de Carthage pour l'unir au soleil en des noces mystiques[2].

Sans cesse, Dorian relisait ce chapitre fantastique et les deux chapitres qui venaient juste après et dans lesquels, comme sur d'étranges tapisseries ou sur des émaux savamment ouvragés, étaient dépeintes les formes atroces et belles de ceux que le vice et le sang et l'épuisement ont rendus monstrueux ou déments[3] : Filippo, duc de Milan, qui tua sa femme et lui enduisit les lèvres d'un poison écarlate afin que son amant suçât la mort en baisant cette chair défunte ; Pietro Barbi, le Vénitien, appelé Paul II, qui, dans sa vanité, chercha à porter le titre de *Formosus*[4] et dont la tiare, estimée à deux cent mille florins, avait été achetée au prix d'un péché terrible ; Gian Maria Visconti, qui chassait des hommes vivants à courre et dont le corps assassiné fut recouvert de fleurs par une catin qui l'avait aimé ; Borgia, sur son cheval blanc, accompagné par Fratricide et le manteau souillé du sang de Perotto ; Pietro Riario, le jeune cardinal archevêque de Florence, fils et mignon de Sixte IV, dont la débauche égalait seule la beauté et qui reçut Leonora d'Aragon dans un pavillon de soie blanche et cramoisie, plein de nymphes et de centaures, et fit dorer un jeune garçon pour qu'il servît au banquet en qualité de Ganymède ou d'Hy-

---

**1.** Littéralement, « dégoût de la vie ». L'expression, en latin dans le texte, est également le titre d'un poème de Wilde.  **2.** Pour cette évocation des empereurs romains, Wilde s'est largement inspiré des *Vies des douze Césars* de Suétone, des *Annales* de Tacite, et de Huysmans.  **3.** Pour l'évocation qui suit, Wilde s'est inspiré de *La Renaissance en Italie* de John Addington Symonds (1875-1886, 7 vol.)  **4.** Littéralement, « le beau » ou « le bel ». Le mot est donné en latin dans le texte.

las[1] ; Ezzelin, dont la mélancolie ne connaissait d'autre remède que le spectacle de la mort et qui avait une passion pour le sang rouge comme d'autres pour le vin rouge, fils du Démon, disait-on, et qui, en trichant, avait gagné aux dés contre son père à qui il jouait son âme ; Giambattista Cibo qui, par raillerie, prit le nom d'Innocent, et dans les veines torpides duquel un médecin juif instilla le sang de trois jouvenceaux ; Sigismondo Malatesta, l'amant d'Isotta et le seigneur de Rimini, dont l'effigie fut brûlée à Rome en tant qu'ennemi de Dieu et des hommes, qui étrangla Polyssena avec une serviette et empoisonna Ginevra d'Este dans une coupe d'émeraude, et, en l'honneur d'une passion honteuse, bâtit un temple païen destiné au culte chrétien ; Charles VI, qui aimait si follement la femme de son frère qu'un lépreux lui promit un avenir de démence, et qui, lorsque son esprit se fut dérangé, ne pouvait être apaisé que par des cartes sarrazines présentant les images de l'amour, de la mort et de la folie ; Grifonetto Baglioni, avec son justaucorps coquet et son chapeau orné de joyaux et ses boucles en acanthes, qui assassina Astorre et sa jeune femme ; Simonetto et son page, lui, dont la beauté était telle que, lorsqu'on le vit gésir, mourant, sur la piazza flavescente de Pérouse, ceux qui l'avaient haï ne purent s'empêcher de pleurer et qu'Atalanta le bénit après l'avoir maudit.

Une horrible fascination se dégageait d'eux tous. Il les voyait la nuit et, le jour, ils troublaient son imagination. La Renaissance connaissait d'étranges manières d'empoisonnements : au moyen d'un casque, d'une torche enflammée, d'un gant brodé, d'un éventail orné de joyaux, d'un brûle-parfum doré et d'une chaîne d'ambre. Dorian Gray avait été empoisonné par un livre. Il y avait des moments où il ne voyait dans le mal qu'une façon de réaliser sa conception du beau.

---

1. Figures mythologiques de jeunes hommes enlevés par les dieux pour leur beauté, le premier par Zeus, le second par Héraklès.

12

C'était le neuf novembre, la veille de son trente-huitième[1] anniversaire. Il se le rappela souvent plus tard.

Il était environ onze heures du soir et il rentrait de chez Lord Henry, où il avait dîné. Il était enveloppé de lourdes fourrures, car la nuit était froide et brumeuse. Au coin de Grosvenor Square et de la rue South Audley, un homme le dépassa dans le brouillard, marchant très vite, et le col de son ulster[2] gris remonté. Il avait un sac à la main. Dorian le reconnut. C'était Basil Hallward. Un sentiment de frayeur étrange, inexplicable, s'empara de lui. Il ne fit aucun signe de reconnaissance et poursuivit son chemin en hâte, en direction de son chez-soi.

Mais Hallward l'avait vu. Dorian l'entendit s'arrêter sur la chaussée, puis se précipiter à sa suite. Quelques instants plus tard, il lui avait posé la main sur le bras.

— Dorian ! Quelle chance extraordinaire ! Je t'attends dans la bibliothèque depuis neuf heures. Finalement, j'ai eu pitié de ton domestique et je lui ai dit d'aller se coucher, si bien qu'il a refermé la porte après moi. Je pars pour Paris par le train de minuit, et je voulais vraiment te voir avant de partir. Je pensais bien que c'était toi, ou plutôt ton manteau de fourrure, quand tu m'as dépassé. Mais je n'en étais pas tout à fait sûr. Tu ne m'as pas reconnu ?

— Dans le brouillard, mon cher Basil ? Je ne reconnais même pas Grosvenor Square. Je crois que ma maison est quelque part par ici, mais je n'en suis nullement certain. Je suis désolé que tu partes : je ne t'ai pas vu depuis des siècles. Mais je suppose que tu reviens bientôt ?

— Non, je quitte l'Angleterre pour six mois. J'ai l'intention de louer un atelier à Paris et de m'enfermer jusqu'au moment où j'aurai terminé un grand tableau que j'ai en tête. Cependant, ce n'est pas de moi que je voulais

---

**1.** « Trente-deuxième » dans la première version du *Portrait* : Wilde corrigea ce détail, qui faisait trop nettement allusion à l'âge où il avait eu ses premières relations homosexuelles.   **2.** Long manteau taillé dans une étoffe grossière.

te parler. Nous sommes à ta porte. Laisse-moi entrer un instant. J'ai quelque chose à te dire.

— J'en serai ravi, mais ne vas-tu pas manquer ton train ? fit Dorian Gray languissamment en gravissant le perron et en ouvrant la porte avec sa clef.

Un réverbère voisin luisait à travers le brouillard. Hallward regarda sa montre.

— J'ai tout le temps qu'il faut, répondit-il. Le train part à minuit quinze et il n'est qu'onze heures. À vrai dire, j'allais te chercher au club, quand je t'ai rencontré. Tu comprends, je n'aurai aucun souci de bagage, parce que j'ai déjà expédié ce que j'avais de lourd. Tout ce que j'emporte est dans ce sac et je serai facilement à Victoria[1] en vingt minutes.

Dorian le regarda en souriant.

— Quelle drôle de façon de voyager pour un peintre à la mode ! Un sac gladstone[2] et un ulster ! Entre donc, sinon c'est le brouillard qui va entrer. Et prends garde d'éviter les sujets sérieux. Rien n'est sérieux de nos jours. Du moins, rien ne devrait l'être.

Hallward secoua la tête en entrant et suivit Dorian dans la bibliothèque. Un grand feu de bois flambait joyeusement dans l'âtre largement ouvert. Les lampes étaient allumées et, sur une petite table de marqueterie, un cabinet à liqueurs hollandais en argent offrait des siphons de soda et de grands verres de cristal taillé.

— Tu vois que ton domestique m'a bien reçu, Dorian. Il m'a offert tout ce que je voulais, y compris tes meilleures cigarettes à bout doré. C'est un garçon très hospitalier. Je le préfère de beaucoup au Français que tu avais avant. À propos, que lui est-il arrivé, à ce Français ?

Dorian haussa les épaules.

— Je crois qu'il a épousé la femme de chambre de Lady Radley et qu'il l'a installée à Paris, comme couturière anglaise. L'anglomanie est fort à la mode là-bas, paraît-il, en ce moment. Les Français sont bien sots, n'est-ce pas ? Mais sais-tu que, comme domestique, il n'était

---

**1.** La gare Victoria, à Londres. Le fait que l'épouse de Lord Henry porte le même nom que la reine d'Angleterre et que la gare du même nom est bien sûr un clin d'œil de la part de Wilde.     **2.** Sac de voyage.

pas mal du tout ? Je n'ai jamais eu de sympathie pour lui, mais je n'avais à me plaindre de rien. On imagine souvent des choses complètement absurdes. Il m'était vraiment dévoué et paraissait désolé de partir. Veux-tu un autre brandy-soda ? Ou un vin du Rhin avec de l'eau de Seltz ? Moi, je prends toujours du vin du Rhin avec de l'eau de Seltz. Il y en a sûrement à côté.

— Merci, rien de plus, dit le peintre, en enlevant sa casquette et son manteau et en les jetant sur le sac qu'il avait mis dans un coin. Et maintenant, je voudrais te parler très sérieusement. Ne fronce pas le sourcil ainsi. Tu me rends les choses bien plus difficiles.

— De quoi s'agit-il ? s'écria Dorian, avec la pétulance qui lui était familière, en se jetant sur le sofa. J'espère que ce n'est pas de moi. Je suis fatigué de moi ce soir. J'aimerais qu'il s'agît de quelqu'un d'autre.

— Il s'agit de toi, répondit Hallward de sa voix grave et profonde, et il faut que je te parle. Je ne te retiendrai qu'une demi-heure.

Dorian soupira et alluma une cigarette.

— Une demi-heure ! murmura-t-il.

— Je ne t'en demande pas plus, Dorian, et je ne te parle que pour ton bien. Je pense qu'il faut que tu saches qu'on raconte les pires choses sur toi à Londres.

— Je ne veux pas les connaître. J'adore les scandales qui concernent les autres, mais les miens ne m'intéressent pas. Ils n'ont pas le charme de la nouveauté.

— Ils doivent t'intéresser, Dorian. Un gentilhomme est soucieux de sa réputation. Il ne faut pas que les gens parlent de toi comme d'un être vil et dégradé. Oui, tu as ta position, ta fortune et tout cela. Mais la position et la fortune ne sont pas tout. Remarque que, ces rumeurs, je n'y crois pas. Ou du moins, je n'y crois pas quand je te vois. Le péché s'inscrit sur le visage de l'homme. On ne peut pas le dissimuler. Les gens parlent quelquefois de vices cachés. Cela n'existe pas. Si un malheureux a un vice, il se montre dans les plis de sa bouche, la chute de ses paupières, même la forme de ses mains. Quelqu'un — je ne te dirai pas son nom, mais tu le connais — est venu me voir l'an passé pour faire faire son portrait. Je ne l'avais jamais vu auparavant ni n'avais entendu parler de lui à cette époque, encore que cela ait beaucoup changé depuis lors. Il m'a offert un prix exorbitant. J'ai refusé. Il y avait quelque chose dans la forme de ses doigts qui me répugnait. Je sais maintenant que je ne me trompais pas en m'imaginant des choses à son sujet. Il mène une vie affreuse. Mais toi, Dorian, avec ton visage pur, clair, innocent, ta merveilleuse et sereine jeunesse, je ne peux rien croire qui te porte ombrage. Et pourtant je te vois très rarement, et tu ne viens plus jamais me rendre visite à l'atelier, et, quand je suis loin de toi et que j'entends toutes ces choses horribles que les gens chuchotent à ton sujet, je ne sais que dire. Comment se fait-il, Dorian, qu'un homme comme le duc de Berwick quitte la pièce quand tu entres dans un club ? Pourquoi tant de gentils-hommes à Londres ne viennent-ils pas chez toi et ne t'in-vitent-ils pas chez eux ? Tu étais lié avec Lord Staveley. Je l'ai rencontré à dîner la semaine passée. On a parlé de toi à propos des miniatures que tu as prêtées pour l'expo-sition au Dudley[1]. Staveley a fait la moue et a dit qu'il devrait être interdit à toute pure jeune fille de te connaître et qu'aucune femme chaste ne devrait se trouver dans le même salon que toi. Je lui ai rappelé que j'étais de tes amis et je lui ai demandé ce qu'il entendait par là. Il me l'a dit. Il me l'a dit ouvertement devant tout le monde. C'était horrible ! Pourquoi ton amitié est-elle si fatale pour les jeunes gens ? Ce malheureux jeune officier aux Gardes, qui s'est suicidé ? Tu étais son grand ami. Sir Henry Ashton, qui a dû quitter l'Angleterre, perdu de réputation ? Vous étiez inséparables. Et Adrian Singleton et sa fin horrible ? Et le fils unique de Lord Kent et sa carrière ? J'ai rencontré son père hier, rue St.-James. Il semblait brisé de honte et de chagrin. Et le jeune duc de Perth ? Comment va-t-il vivre maintenant ? Quel homme bien né irait le fréquenter ?

— Cesse, Basil. Tu parles de choses dont tu ne sais rien, fit Dorian Gray, se mordant la lèvre et laissant une note de mépris infini percer dans sa voix. Tu me demandes pourquoi Berwick quitte la pièce quand j'y

---

1. Galerie de peinture de Piccadilly créée par Lord Dudley en 1850. Whistler exposait ses toiles.

entre. C'est parce que je sais tout de sa vie et non qu'il sache rien de la mienne. Avec le sang qui coule dans ses veines, comment pourrait-il bien se conduire ? Tu me parles de Henry Ashton et du jeune Perth. Est-ce moi qui ai enseigné ses vices à l'un et sa débauche à l'autre ? Si cet imbécile de fils de Kent épouse une fille qu'il a ramassée dans la rue, qu'est-ce que cela me fait ? Si Adrian Singleton écrit le nom d'un ami sur une facture, suis-je chargé de le surveiller ? Je sais comment naissent les commérages en Angleterre. Les bourgeois pérorent de préjugés moraux dans leurs dîners de goujats et murmurent contre ce qu'ils appellent les dérèglements de leurs supérieurs pour feindre d'appartenir au beau monde et d'être les intimes de ceux dont ils médisent. Chez nous, il suffit à un homme d'avoir de la distinction et de l'esprit pour que toutes les langues du commun se mettent en branle contre lui. Et quelle sorte de vie mènent-ils eux-mêmes, ces gens qui affectent la moralité ? Mon cher vieux, tu oublies que nous habitons le pays natal de l'hypocrisie.

— Dorian, cria Hallward, la question n'est pas là. L'Angleterre a ses défauts, je le sais, et la société anglaise est toute de travers. C'est pourquoi je veux que tu sois pur. Tu ne t'es pas montré pur. On a le droit de juger un homme sur l'effet qu'il a sur ses amis. Les tiens semblent perdre tout sens de l'honneur, de la bonté, de l'innocence. Tu leur as donné la rage du plaisir. Ils ont sombré dans les bas-fonds. C'est toi qui les y as conduits. Oui, c'est toi, et pourtant tu peux sourire comme tu souris en ce moment. Et il y a pis. Je sais que toi et Harry, vous êtes inséparables. Au moins pour cette raison sinon pour d'autres, tu n'aurais pas dû faire un objet de risée du nom de sa sœur.

— Prends garde, Basil. Tu vas trop loin.

— Je dois te parler et tu dois m'écouter. Tu m'écouteras. Quand tu as fait la connaissance de Lady Gwendolen, aucun soupçon de scandale ne l'avait jamais effleurée. Y a-t-il maintenant une seule femme convenable à Londres qui l'accompagnerait en calèche au Parc ? Enfin, même ses enfants n'ont plus le droit de vivre avec elle ! Et puis il y a d'autres histoires, selon lesquelles on t'aurait vu, à l'aube, sortir furtivement de mauvais lieux, et te glisser, déguisé, dans les bouges les plus répugnants de Londres. Est-ce vrai ? Est-ce que cela peut être vrai ? Quand je l'ai entendu pour la première fois, j'ai ri. Je l'entends maintenant, et je frissonne. Et ton château et la vie qu'on y mène ? Dorian, tu ne sais pas ce qu'on dit de toi. Je ne te dirai pas : « Je ne veux pas te prêcher. » Je me rappelle que Harry a remarqué un jour que tout prêcheur amateur et épisodique commence toujours par affirmer cela et s'empresse aussitôt de trahir sa promesse. Si, je veux te prêcher. Je veux que tu mènes une vie qui te fasse respecter. Je veux que tu aies un nom propre et une réputation nette. Je veux que tu te débarrasses des types horribles qui t'entourent. Ne hausse pas les épaules comme cela. Ne sois pas indifférent. Tu exerces une grande influence sur les gens. Que ce soit pour le bien et non pour le mal. On dit que tu corromps tous ceux dont tu deviens l'intime et qu'il suffit que tu entres dans une maison pour que le déshonneur t'y suive. Je ne sais pas si c'est vrai ou non. Comment le saurais-je ? Mais on le dit de toi. On me dit des choses dont il semble impossible de douter. Lord Gloucester était un de mes meilleurs amis à Oxford. Il m'a montré une lettre que sa femme lui a écrite en mourant seule dans sa villa de Menton. Ton nom était mêlé à la plus horrible confession que j'aie jamais lue. Je lui ai dit que c'était absurde, que je te connaissais à fond, que tu étais incapable de quoi que ce soit de semblable. Te connaître ? Je me demande si je te connais. Avant de répondre à cette question, il faudrait que je voie ton âme.

— Voir mon âme ! balbutia Dorian Gray en se levant soudain du sofa et en devenant presque blanc de peur.

— Oui, répondit Hallward gravement, d'une voix empreinte d'une peine profonde, voir ton âme. Mais cela, Dieu seul le peut.

Un rire amer et moqueur s'échappa des lèvres du cadet.

— Tu la verras toi-même ce soir ! s'écria-t-il en saisissant une lampe sur la table. Viens : c'est ton ouvrage. Pourquoi ne le regarderais-tu pas ? Ensuite, tu pourras tout raconter au monde, si tu veux. Personne ne te croira. Si on te croyait, on m'en aimerait encore davantage. Je connais ce siècle mieux que toi, bien que tu déblatères de façon si ennuyeuse à son sujet. Viens, te dis-je. Tu as assez jacassé sur la corruption. Maintenant, tu vas la voir face à face.

Chaque mot qu'il prononçait était plein d'un orgueil dément. Il frappa le sol du pied de sa manière insolente et juvénile. Il sentait une joie terrible à l'idée que quelqu'un partagerait son secret et que l'auteur du portrait qui était à l'origine de sa honte traînerait pendant le reste de sa vie l'horrible souvenir de ce qu'il avait fait.

— Oui, poursuivit-il en s'approchant de lui et en regardant avec fermeté ses yeux sévères. Je vais te la montrer, mon âme. Tu verras cette chose que d'après toi Dieu seul peut voir.

Hallward recula brusquement.

— Tu blasphèmes, Dorian ! s'écria-t-il. Ne tiens pas ce genre de propos. Ils sont horribles et ne signifient rien.

— Tu crois cela ?

Dorian Gray rit encore.

— Je le sais. Quant à ce que je t'ai dit ce soir, c'était pour ton propre bien. Tu sais que j'ai toujours été un ami sûr pour toi.

— Ne me touche pas. Achève ce que tu as à dire.

Un élancement de douleur tordit le visage du peintre. Il hésita un instant et un immense mouvement de pitié s'empara de lui. Après tout, quel droit avait-il de se mêler de la vie de Dorian Gray ? S'il avait fait le dixième de ce qu'on murmurait de lui, comme il devait avoir souffert ! Hallward se redressa et alla à la cheminée. Il se tint là, regardant les bûches qui brûlaient, leurs cendres semblables à de la gelée blanche et leurs cœurs enflammés et palpitants.

— J'attends, Basil, dit le jeune homme, d'une voix dure et claire.

L'autre se retourna.

— Voici ce que j'ai à dire, s'écria-t-il. Tu dois me donner une réponse au sujet de ces horribles accusations qu'on porte contre toi. Si tu me dis qu'elles sont absolument fausses du début à la fin, je te croirai. Nie-les, Dorian, nie-les ! Ne vois-tu pas ce que j'endure. Mon Dieu ! Ne me dis pas que tu es mauvais, corrompu, infâme.

Dorian Gray sourit. Sa lèvre s'incurvait de mépris.

— Montons, Basil, dit-il tout bas. Je tiens quotidienne-ment un journal de ma vie, qui ne quitte jamais la pièce où il s'écrit. Je te le montrerai, si tu viens avec moi.

— Je viendrai avec toi, Dorian, si tu le souhaites. Je vois que j'ai manqué mon train. Peu importe. Je peux partir demain. Mais ne me demande pas de lire quoi que ce soit ce soir. Tout ce que je veux, c'est une simple réponse à ma question.

— Elle te sera donnée là-haut. Ici, je ne pourrais pas. Tu n'auras pas à lire longtemps.

13

Il quitta la pièce et commença à monter. Basil Hallward le suivait de près. Ils marchaient sans bruit, comme on le fait instinctivement la nuit. La lampe projetait des ombres fantastiques sur le mur et l'escalier. Le vent qui s'élevait faisait bruire certaines fenêtres.

Quand ils eurent atteint le palier supérieur, Dorian posa la lampe sur le sol et, tirant la clef, la tourna dans la serrure.

— Tu veux vraiment savoir, Basil ? demanda-t-il tout bas.

— Oui.

— J'en suis ravi, sourit Dorian Gray.

Puis il ajouta, non sans dureté :

— Tu es le seul homme au monde qui ait qualité pour tout savoir de moi. Tu as été mêlé à ma vie de plus près que tu ne le penses.

Et, reprenant la lampe, il ouvrit la porte et entra. Un courant d'air froid les accueillit si bien que la lampe émit soudain une flamme orange foncé.

Dorian frissonna.

— Ferme la porte, chuchota-t-il en posant la lampe sur la table.

Hallward jeta un regard circulaire, l'air perplexe. Il ne

semblait pas que quiconque eût vécu dans cette pièce depuis des années. Une tapisserie flamande fanée, un tableau voilé d'un rideau, un vieux *cassone* italien, une bibliothèque presque vide, voilà tout ce qu'elle semblait contenir outre une chaise et une table. Comme Dorian Gray allumait une bougie à moitié consumée posée sur le manteau de la cheminée, Hallward vit que tout était couvert de poussière et que le tapis était troué. Une souris trottina derrière le lambris. Il y avait une odeur humide de moisissure.

— Alors tu crois qu'il n'y a que Dieu qui voie les âmes, Basil ? Tire ce rideau et tu verras la mienne.

La voix qui parlait était dure et cruelle.

— Tu es fou, Dorian, ou bien tu joues un rôle, balbutia Hallward, le sourcil froncé.

— Tu ne veux pas ? Alors il faut que je le fasse moi-même, dit le jeune homme.

Il arracha le rideau de sa tringle et le jeta à terre.

Une exclamation d'horreur s'échappa des lèvres du peintre lorsqu'il vit dans la lumière confuse le visage hideux qui grimaçait sur la toile. Son expression l'emplit de dégoût et d'horreur. Juste ciel ! C'était le vrai visage de Dorian Gray qu'il regardait ! L'horreur, d'où qu'elle vînt, n'avait pas encore complètement abîmé cette merveilleuse beauté. Il restait un peu d'or dans les cheveux clairsemés, un peu d'écarlate sur la bouche sensuelle. Les yeux hébétés avaient gardé un peu de leur jolie couleur bleue, la noblesse des courbes n'avait pas encore complètement abandonné les narines ciselées et le cou sculptural. Oui, c'était Dorian en personne. Mais qui l'avait peint ? Il lui sembla reconnaître ses coups de pinceau et c'était lui qui avait dessiné le cadre. L'idée était invraisemblable et cependant il avait peur. Il saisit la bougie allumée et l'approcha du tableau. Dans l'angle de gauche son propre nom était tracé en longues lettres d'un vermillon pimpant.

C'était quelque répugnante parodie, quelque satire infâme, ignoble. Il n'avait jamais peint cela. Et pourtant c'était bien son tableau ! Il le savait, et il sentait que son sang en feu s'était soudain transformé en un lent écoulement de glace. Son propre tableau ! Qu'est-ce que cela signifiait ? Pourquoi avait-il changé ? Il se retourna et regarda Dorian Gray avec des yeux de malade. Sa bouche se tordait et sa langue desséchée semblait incapable d'articuler. Il se passa la main sur son front qu'il trouva trempé d'une sueur poisseuse.

Le jeune homme s'était appuyé à la cheminée et il le regardait avec cette étrange expression qu'on voit sur les visages des spectateurs absorbés par le jeu d'un grand comédien. Ce n'était ni de la vraie peine ni de la vraie joie. Ce n'était que la passion du spectateur, avec peut-être un clignotement de triomphe dans les yeux. Il avait enlevé la fleur de sa boutonnière et la respirait ou feignait de la respirer.

— Qu'est-ce que cela signifie ? cria enfin Hallward.

Sa propre voix lui parut perçante et bizarre à l'oreille.

— Il y a des années, quand j'étais un enfant, dit Dorian Gray en broyant la fleur dans sa main, tu m'as rencontré, flatté et appris à être vain de ma beauté. Un jour, tu m'as présenté à un de tes amis, qui m'a expliqué le miracle de la jeunesse, et tu as fini un portrait de moi, qui m'a révélé le miracle de la beauté. Dans un instant de folie — et je ne sais toujours pas si je le regrette ou non —, j'ai fait un vœu, peut-être appelleras-tu cela une prière...

— Je m'en souviens ! Oh ! je m'en souviens parfaitement. Non, c'est impossible. Cette pièce est humide. La moisissure a pénétré la toile. Les couleurs que j'ai utilisées contenaient je ne sais quel maudit poison minéral. Je te dis que c'est impossible.

— Ah ! qu'y a-t-il d'impossible ? murmura le jeune homme en allant à la fenêtre et en appuyant son front contre la vitre froide, barbouillée de brume.

— Tu m'as dit que tu l'avais détruit.

— C'était faux. C'est lui qui m'a détruit.

— Je ne crois pas que ce soit mon tableau.

— N'y vois-tu plus ton idéal ? demanda Dorian amèrement.

— Mon idéal, comme tu l'appelles...

— Comme tu l'appelais, toi.

— Il n'y avait rien de mauvais en lui, rien de honteux. Tu as été pour moi un idéal comme je n'en rencontrerai jamais plus. Ceci est le visage d'un satyre.

— C'est le visage de mon âme.

— Dieu ! À quel monstre ai-je donc voué mon culte !
Il a des yeux de démon.

— Chacun d'entre nous porte le ciel et l'enfer en lui,
Basil, s'écria Dorian avec un geste fou de désespoir.

Hallward se tourna de nouveau vers le portrait et le
regarda.

— Mon Dieu ! Si c'est vrai, s'exclama-t-il, et si c'est
là ce que tu as fait de ta vie, alors tu es encore pire que
ne l'imaginent ceux qui parlent mal de toi !

Il leva de nouveau la lumière pour examiner la toile.
La surface lui en sembla identique à elle-même, telle
qu'il l'avait laissée. C'était apparemment de l'intérieur
qu'étaient venues l'infamie et l'horreur. Par quelque
étrange création d'une vie intérieure, les lèpres du péché
dévoraient lentement la chose. Le pourrissement d'un
cadavre dans une tombe inondée n'aurait rien eu d'aussi
terrible.

Sa main trembla et la bougie tomba de sa bobèche sur
le plancher et demeura là, crachotante. Il posa le pied
dessus et l'éteignit. Puis il se jeta sur la chaise délabrée
près de la table et cacha son visage dans ses mains.

— Juste ciel, Dorian, quelle leçon ! Quelle horrible
leçon !

Il n'y eut pas de réponse, mais il entendit le jeune
homme sangloter près de la fenêtre.

— Prie, Dorian, prie, murmura-t-il. Que nous appre-
nait-on à dire quand nous étions enfants ? « Ne nous
induisez pas en tentation. Pardonnez-nous nos offenses.
Lavez nos iniquités. » Disons-le ensemble. La prière de
ton orgueil a été exaucée. La prière de ton repentir sera
exaucée aussi. Mon culte pour toi était excessif. Nous
sommes punis tous les deux.

Dorian Gray se retourna lentement et le regarda de ses
yeux embrumés par les larmes.

— Trop tard, Basil, balbutia-t-il.

— Il n'est jamais trop tard, Dorian. Mettons-nous à
genoux et essayons de nous rappeler une prière. N'y a-t-il
pas un verset quelque part qui dit : « Tes péchés seraient-
ils comme l'écarlate, je les rendrai blancs comme nei-
ge » ?

— Ces paroles ne signifient plus rien pour moi.

— Chut ! Ne parle pas ainsi. Tu as fait assez de mal dans ta vie. Mon Dieu ! Ne vois-tu pas comme cette chose maudite louche sur nous ?

Dorian Gray regarda le tableau et, soudain, un sentiment de haine incontrôlable pour Basil Hallward l'envahit, comme suggéré par l'image de la toile, comme susurré à son oreille par ces lèvres grimaçantes. Les passions sauvages d'un animal pourchassé s'émurent en lui et il exécra l'homme attablé plus que, de toute sa vie, il n'avait rien exécré. Il lança autour de lui des regards égarés. Un objet brillait sur le bahut peint qui lui faisait face et cet objet attira son œil. Il savait ce que c'était. C'était un couteau qu'il avait apporté là, quelques jours plus tôt, pour couper un bout de corde, et qu'il avait oublié de remporter. Il s'en approcha lentement, dépassant Hallward. Dès qu'il se trouva derrière lui, il saisit l'objet et pivota. Hallward bougea sur sa chaise comme s'il allait se lever. Dorian Gray se précipita sur lui et lui plongea le couteau dans la grande veine qui se trouve derrière l'oreille, lui écrasant la tête sur la table, frappant et frappant encore.

Il y eut un gémissement étouffé et l'horrible bruit d'un homme s'étouffant avec son sang. Trois fois, les bras écartés se relevèrent convulsivement, agitant en l'air des mains grotesques, aux doigts rigides. Il le poignarda encore deux fois, mais l'homme ne bougeait plus. Des gouttes se mirent à tomber sur le plancher. Il attendit un moment, pesant toujours sur la tête. Puis il jeta le couteau et tendit l'oreille.

Il n'entendait que les gouttes tombant une à une sur le tapis râpé. Il ouvrit la porte et passa sur le palier. Un silence absolu régnait dans la maison. Il n'y avait personne. Pendant quelques instants, il demeura penché sur la balustrade, les yeux fixés sur ce puits noir où bouillonnaient les ténèbres. Puis il reprit la clef et retourna dans la salle où il s'enferma.

La chose était toujours assise sur la chaise, s'étalant sur la table avec sa tête baissée et son dos bossu et ses longs bras funambulesques. S'il n'y avait pas eu, au cou, une déchirure rouge, en dents de scie, et si une mare noire n'eût pas été en train de se cailler en s'élargissant sous la

table, on aurait cru que l'homme dormait, tout simplement.

Avec quelle rapidité c'était arrivé ! Dorian Gray se sentait étrangement calme. Allant à la porte, il l'ouvrit et
passa sur le balcon. Le vent avait emporté le brouillard et
le ciel était comme une monstrueuse queue de paon, étoi-
lée de myriades d'yeux dorés. Il regarda vers le bas et vit
l'agent de police qui faisait sa ronde en projetant le long
pinceau de sa lanterne sur les portes des maisons silen-
cieuses. La tache cramoisie d'un fiacre en maraude brilla
au coin, puis disparut. Une femme, portant un châle qui
battait au vent, longeait lentement les grilles. Elle titubait.
De temps en temps, elle s'arrêtait pour jeter un regard
derrière elle. Une fois, elle se mit à chanter d'une voix
enrouée. L'agent de police traversa la rue et lui dit
quelques mots. Elle s'en alla, trébuchant et riant. Un vio-
lent coup de vent parcourut la place. Les becs de gaz
vacillèrent et bleuirent, tandis que les arbres effeuillés
secouaient leurs branches noires de-ci de-là. Dorian frissonna et rentra, refermant la fenêtre sur lui.

Ayant atteint la porte, il tourna la clef et ouvrit. Il ne
regarda même pas l'homme assassiné. Il sentait que le
secret de la situation était de n'en pas prendre conscience.
L'ami qui avait peint le portrait auquel il devait tous ses
malheurs était sorti de sa vie, et voilà tout.

Puis il se rappela la lampe. C'était un objet assez
curieux, de facture mauresque, fait d'un argent mat
incrusté d'arabesques d'acier bruni et clouté de turquoises
brutes. Son domestique pourrait en constater l'absence et
poser des questions. Il hésita un instant, puis fit demi-tour
et prit la lampe sur la table. Il ne put s'empêcher de voir
le mort. Comme il était immobile ! Comme ses longues
mains étaient effrayantes et blanches ! On eût dit une horrible statue de cire.

Ayant fermé la porte à clef derrière lui, il descendit
furtivement. Les bois craquaient, comme s'ils poussaient
des cris de douleur. Il s'arrêta plusieurs fois. Non, tout
était tranquille. Ce n'était que le bruit de ses propres pas.

Quand il fut dans la bibliothèque, il vit le sac et le
manteau dans le coin. Il fallait les cacher quelque part. Il
déverrouilla un placard dissimulé dans le lambris : il y

gardait ses étranges déguisements et il y plaça les objets. Il serait facile de les brûler plus tard. Alors il tira sa montre. Il était deux heures moins vingt.

Il s'assit et se mit à réfléchir. Chaque année, presque chaque mois, on pendait des hommes en Angleterre pour ce qu'il avait fait. Il y avait une folie meurtrière dans l'air. Quelque étoile rouge s'était trop rapprochée de la Terre... Mais quelles preuves y avait-il contre lui ? Basil Hallward était parti de chez Dorian à onze heures. Personne ne l'avait vu rentrer. La plupart des domestiques étaient à Selby Royal. Son valet de chambre était allé se coucher... Paris ! Oui ! Basil était parti pour Paris par le train de minuit, comme il en avait eu l'intention. Avec ses habitudes curieusement réservées, il n'y aurait pas de soupçons avant des mois. Des mois ! Tout pouvait être détruit bien avant.

Une pensée soudaine le frappa. Il mit sa pelisse et son chapeau et passa dans le hall. Là, il s'arrêta, entendant à l'extérieur les pas lourds et lents de l'agent de police sur le pavé et voyant l'éclat de sa lanterne se refléter dans la fenêtre. Il attendit, le souffle suspendu.

Au bout de quelques instants, il ôta le loquet et se glissa dehors, refermant la porte très doucement. Puis il se mit à sonner. Il fallut quelque cinq minutes à son valet pour apparaître, à moitié vêtu et l'air fort ensommeillé.

— Je suis désolé d'avoir dû vous réveiller, Francis, dit-il en entrant, mais j'avais oublié ma clef. Quelle heure est-il ?

— Deux heures dix, monsieur, dit le domestique en regardant la pendule et en clignant des yeux.

— Deux heures dix ! Mais c'est horriblement tard ! Vous me réveillerez à neuf heures demain matin. J'ai du travail à faire.

— Bien, monsieur.

— Quelqu'un est-il venu ce soir ?

— M. Hallward, monsieur. Il est resté jusqu'à onze heures, et puis il est parti pour aller prendre son train.

— Oh ! je regrette de ne pas l'avoir vu. A-t-il laissé un message pour moi ?

— Non, monsieur, sauf pour dire qu'il écrirait de Paris s'il ne trouvait pas Monsieur au club.

— Merci, Francis. N'oubliez pas de me réveiller à neuf heures demain.

— Je n'oublierai pas, monsieur.

L'homme s'éloigna dans le corridor en traînant ses pantoufles.

Dorian Gray jeta son chapeau et son manteau sur la table et entra dans la bibliothèque. Pendant un quart d'heure, il fit les cent pas, se mordant la lèvre et réfléchissant. Puis il prit sur une étagère le registre des correspondances diplomatiques et en tourna les pages.

— Alan Campbell, 152 rue Hertford, Mayfair.

Oui, voilà l'homme qu'il lui fallait.


14


À neuf heures le lendemain matin, son domestique entra, apportant une tasse de chocolat sur un plateau, et il ouvrit les volets. Dorian dormait fort paisiblement, couché sur le flanc droit, une main sous la joue. Il avait l'air d'un jeune garçon, épuisé par le jeu ou l'étude.

Le domestique dut lui effleurer l'épaule deux fois avant qu'il ne s'éveillât et, quand il ouvrit les yeux, un léger sourire lui passa sur les lèvres, comme s'il avait été perdu dans quelque rêve délicieux. Pourtant, il n'avait pas rêvé du tout. Sa nuit n'avait été troublée par aucune image, ni de plaisir ni de douleur. Mais c'est que la jeunesse sourit sans raison. C'est un de ses principaux charmes.

Il se tourna et, s'accoudant, se mit à siroter son chocolat. Le soleil velouté de novembre envahissait la pièce. Le ciel était clair, une chaleur débonnaire régnait dans l'air. On eût presque cru un matin de mai.

Peu à peu, les événements de la nuit passée, arrivant sur leurs pieds tachés de sang, commencèrent à se glisser dans son esprit, et s'y reconstruisirent avec une clarté terrible. Il tressaillit en se rappelant tout ce qu'il avait enduré, et, un instant, l'étrange sentiment d'exécration pour Basil Hallward qui lui avait fait le tuer sur sa chaise lui revint et la passion le glaça. Le mort était toujours assis là-haut, et, maintenant, en plein soleil. Quelle horreur ! De telles hideurs étaient faites pour l'obscurité et non pour le jour.

Il sentit que, s'il ruminait ce qu'il avait souffert, il tomberait malade ou deviendrait fou. Il y a des péchés dont la fascination réside plus dans le souvenir que dans l'acte, d'étranges triomphes qui flattent l'orgueil plus que les passions, et fournissent à l'intellect des jouissances avivées, plus grandes que toute jouissance qu'ils donnent ou puissent jamais donner aux sens. Mais ce n'était pas là le cas. C'était là une histoire à chasser de son esprit, à droguer avec des pavots, à étrangler pour n'en être pas étranglé soi-même.

Quand la demie sonna, il se passa la main sur le front, puis se leva précipitamment et s'habilla avec plus de soin encore que d'habitude, consacrant beaucoup d'attention au choix de sa cravate et de son épingle à écharpe, et changeant plus d'une fois de bagues. Il prit son temps aussi pour le petit déjeuner, goûtant les divers plats, parlant à son valet de chambre de nouvelles livrées qu'il pensait faire faire pour ses domestiques de Selby et ouvrant son courrier. Certaines lettres le firent sourire. Trois l'ennuyèrent. Il y en eut une qu'il relut plusieurs fois et finit par déchirer avec une légère expression d'agacement sur le visage. « Quelle chose horrible qu'une mémoire de femme ! », comme Lord Henry l'avait dit un jour.

Ayant pris sa tasse de café noir, il s'essuya lentement les lèvres avec sa serviette, fit signe d'attendre à son domestique et, allant au bureau, s'assit et écrivit deux lettres. Il mit l'une dans sa poche et tendit l'autre au valet :

— Portez ceci 152 rue Hertford, Francis, et, si M. Campbell n'est pas en ville, demandez son adresse.

Aussitôt seul, il alluma une cigarette et se mit à gribouiller sur une feuille de papier, dessinant d'abord des fleurs et des bouts d'architecture, puis des visages. Soudain, il remarqua que tous les visages qu'il dessinait ressemblaient étrangement à Basil Hallward. Il fronça le sourcil et, se levant, alla à la bibliothèque et y prit un volume au hasard. Il avait résolu de ne pas penser à ce qui s'était passé tant qu'il ne serait pas absolument nécessaire de le faire.

S'étant étendu sur le sofa, il regarda la page de titre du livre. C'était l'édition Charpentier d'*Émaux et Camées* de Gautier, sur papier japon, avec la gravure de Jacquemart[1], relié en cuir vert citron, treillissé d'or et semé de grenades. Un cadeau d'Adrian Singleton. Comme il tournait les pages, il avisa le poème sur la main de Lacenaire, la main froide et jaune, *du supplice encor mal lavée* avec son duvet rouquin et ses *doigts de faune*[2]. Il regarda ses propres doigts, blancs et fuselés, frissonna légèrement malgré lui, et feuilleta plus loin, jusqu'au moment où il en arriva à ces charmantes strophes sur Venise :

> *Sur une gamme chromatique*
> *Le sein de perles ruisselant,*
> *La Vénus de l'Adriatique*
> *Sort de l'eau son corps rose et blanc.*

> *Les dômes, sur l'azur des ondes,*
> *Suivant la phrase au pur contour,*
> *S'enflent comme des gorges rondes*
> *Que soulève un soupir d'amour.*

> *L'esquif aborde et me dépose,*
> *Jetant son amarre au pilier,*
> *Devant une façade rose,*
> *Sur le marbre d'un escalier.*

Qu'elles étaient donc exquises ! En les lisant, on croyait voguer le long des canaux verts de la ville rose et nacrée, au fond d'une gondole noire à la proue d'argent laissant traîner ses rideaux. Les vers eux-mêmes ressemblaient pour lui à ces lignes droites, bleu turquoise, qui

---

**1.** L'édition d'*Émaux et Camées* (1852) que fit paraître l'éditeur Charpentier en 1881 contenait une gravure de Jacquemart de Hesdin, artiste du XIVe siècle.    **2.** Il s'agit, dans *Émaux et Camées*, du deuxième poème d'« Études de mains », consacré à la main de l'assassin Lacenaire (1800-1836) auquel Dorian s'identifie lui-même.

vous suivent quand vous gagnez le Lido[1]. Les soudaines notations de couleur lui rappelaient la luisance des oiseaux à la gorge d'opale et d'iris qui volètent autour de la haute ruche du Campanile[2] ou défilent, avec une grâce si majestueuse, dans la pénombre des arcades poussiéreuses. Renversé, les yeux mi-clos, il se répétait sans cesse :

> *Devant une façade rose,*
> *Sur le marbre d'un escalier.*

Tout Venise était dans ces deux vers[3]. Il se rappela l'automne qu'il y avait passé et le merveilleux amour qui l'avait amené à commettre des folies insensées et délicieuses. Il y a du romanesque partout, mais Venise, comme Oxford, a conservé un décor de roman, et, pour un homme vraiment romanesque, le décor, c'est tout, ou presque tout. Basil l'avait accompagné une partie du temps, entrant en transe à cause du Tintoret. Pauvre Basil ! Quelle horrible façon de mourir !

Il soupira et reprit le volume en essayant d'oublier. Il lut les hirondelles qui fréquentent en volant le petit café de Smyrne où les Jadjis passent le temps à compter leurs perles d'ambre et où les marchands enturbannés fument leurs longues pipes à glands en devisant gravement entre eux[4] ; il lut l'obélisque de la place de la Concorde qui pleure des larmes de granit dans son exil solitaire loin du soleil, rêvant de retourner auprès du Nil torride et couvert de lotus, au pays des sphinx, des ibis rouges comme la rose, des vautours blancs aux serres dorées et des crocodiles aux petits yeux de béryl, rampant dans les vapeurs qui montent d'une vase verdâtre[5]. Il médita les vers qui, tirant leur musique d'un marbre marqué de baisers, par-

---

1. L'une des îles de la lagune vénitienne. Les vers de Gautier qui précèdent et qui suivent sont cités en français dans le texte de Wilde. 2. Clocher qui domine la place Saint-Marc. 3. Allusion au dernier vers de la strophe 7 des « Variations sur le carnaval de Venise » (« Sur les lagunes ») : « Tout Venise vit dans cet air. » 4. Cette phrase fait allusion au poème « Ce que disent les hirondelles : chanson d'automne. » 5. Voir « L'Obélisque de Paris » dans « Nostalgies d'Obélisques », toujours dans *Émaux et Camées*.

lent de l'étrange statue que Gautier compare à une voix
de contralte, ce monstre charmant[1] tapi dans la salle de
porphyre du Louvre. Mais, après un temps, le livre glissa
de sa main. Il se sentit nerveux et une terrible crise de
frayeur s'empara de lui. Et si Alan Campbell était à
l'étranger ? Il se passerait des jours avant qu'il ne pût
revenir. Peut-être refuserait-il. Que faire alors ? Chaque
instant était d'une importance vitale. Ils avaient été de
grands amis jadis, cinq ans plus tôt, à vrai dire presque
inséparables. Puis leur intimité avait tout à coup cessé.
Maintenant, quand ils se rencontraient dans le monde,
c'était le seul Dorian Gray qui souriait. Alan Campbell
ne souriait plus jamais.

C'était un jeune homme d'une grande intelligence,
encore qu'il ne sût pas réellement apprécier les arts
visuels, et le peu de sens de la poésie qu'il possédait, il
le devait entièrement à Dorian. Sa passion intellectuelle
prédominante allait à la science. À Cambridge, il avait
passé beaucoup de temps à travailler au laboratoire et
avait bien réussi en sciences naturelles en préparant son
examen cette année-là. D'ailleurs il s'adonnait toujours à
l'étude de la chimie et avait un laboratoire personnel où
il s'enfermait pour toute la journée, au grand déplaisir de
sa mère qui s'était mis en tête d'en faire un député au
Parlement et qui, en tout chimiste, ne voyait guère qu'un
apothicaire. Néanmoins, c'était aussi un excellent musicien et il jouait du violon et du piano mieux que la plupart
des amateurs. En fait, c'était la musique qui l'avait
d'abord rapproché de Dorian Gray, la musique, et cette
attraction indéfinissable que Dorian semblait pouvoir
exercer à volonté, mais exerçait aussi souvent sans en être
conscient. Ils avaient fait connaissance chez Lady Berks-
hire le soir où Rubinstein[2] y jouait, et, après cela, on les
vit toujours ensemble à l'Opéra et partout où il y avait de
la bonne musique à entendre. Leur intimité dura dix-huit
mois. Campbell passait son temps à Selby Royal ou à
Grosvenor Square. Pour lui, comme pour beaucoup

---

**1.** L'expression est tirée du poème « Contralto », qui décrit la statue de l'Hermaphrodite exposée au Louvre.    **2.** Anton Grigoro-
witch Rubinstein (1830-1894), compositeur et pianiste russe célèbre
au XIXᵉ siècle.

d'autres, Dorian Gray était le type même de tout ce qui est merveilleux et fascinant dans la vie. S'étaient-ils querellés ? Personne n'en savait rien. Mais soudain on remarqua qu'ils se parlaient à peine quand ils se rencontraient, et que Campbell semblait toujours quitter de bonne heure les soirées auxquelles assistait Dorian Gray. D'ailleurs il avait changé : il avait des moments bizarres de mélancolie, semblait avoir perdu son goût de la musique, ne jouait jamais, s'excusant, lorsqu'on le lui demandait, sur les occupations scientifiques qui ne lui laissaient pas le temps de pratiquer. Cela était certainement vrai. Tous les jours, il semblait s'intéresser de plus en plus à la biologie, et son nom parut une ou deux fois dans les revues scientifiques au sujet de certaines expériences curieuses.

Tel était l'homme qu'attendait Dorian Gray. À chaque seconde, il regardait la pendule. Comme les minutes passaient, il devenait horriblement agité. Enfin il se leva et se mit à marcher de long en large comme un bel animal mis en cage. Il faisait de longs pas furtifs. Ses mains étaient étrangement froides.

L'angoisse devenait intolérable. Le temps lui semblait se traîner sur des pieds de plomb, tandis que lui, des vents monstrueux l'emportaient vers le bord en dents de scie de la noire crevasse de quelque précipice. Il savait ce qui l'y attendait, il le voyait même, et, frissonnant, il écrasait ses paupières brûlantes de ses mains moites et froides, comme s'il avait voulu priver son cerveau de la vue en repoussant les bulbes de ses yeux dans leur caverne. Inutile. Son cerveau s'engraissait de sa propre nourriture, et son imagination, que la terreur rendait grotesque, tordue et distordue par la douleur comme un être vivant, dansait telle quelque infâme marionnette sur ses tréteaux, en grimaçant à travers des masques changeants. Puis, soudain, le temps s'arrêta pour lui. Oui, cette chose aveugle, au souffle lent, cessa de ramper, et d'horribles pensées, le temps étant défunt, se précipitèrent avec agilité au premier plan, arrachèrent un avenir hideux à son tombeau pour le lui montrer. Il le regarda fixement. L'horreur même l'en pétrifia.

Enfin la porte s'ouvrit et le domestique entra. Il porta sur lui des yeux vitreux.

— M. Campbell, monsieur, dit le valet.

Un soupir de soulagement s'échappa des lèvres parcheminées de Dorian Gray et la couleur revint à ses joues.

— Priez-le d'entrer immédiatement, Francis.

Il se sentait redevenu lui-même. Son humeur couarde s'était dissipée.

Le domestique s'inclina et sortit. Quelques instants plus tard, Alan Campbell entra, l'air très sévère, ses cheveux noirs comme le charbon et ses sourcils foncés rendant sa pâleur plus intense.

— Alan ! Quelle bonté de ta part ! Je te remercie d'être venu.

— J'avais l'intention de ne plus jamais franchir votre seuil, Gray. Mais vous avez spécifié que c'était une question de vie ou de mort.

La voix était dure et froide. Campbell parlait avec lenteur et de manière concertée. Le regard fixe et inquisiteur qu'il rivait sur Dorian n'était pas sans mépris. Il gardait ses mains dans les poches de son manteau d'astrakan et il ne semblait pas avoir remarqué le geste qui avait été fait pour l'accueillir.

— Oui, une question de vie ou de mort, Alan, et pour plus d'une personne. Assieds-toi.

Campbell prit une chaise près de la table et Dorian s'assit en face de lui. Les regards des deux hommes se rencontrèrent. Ceux de Dorian étaient pleins d'une infinie pitié. Il savait que ce qu'il allait faire était atroce.

Après un moment de silence et de tension, il se pencha par-dessus la table et dit très doucement, mais en observant l'effet de chaque mot sur le visage de celui qu'il avait convoqué :

— Alan, dans une pièce fermée à clef, en haut de cette maison, une pièce où personne d'autre que moi n'a accès, un mort est assis à une table. Il est mort depuis dix heures. Ne bouge pas et ne me regarde pas ainsi. Qui est l'homme, pourquoi il est mort, comment il est mort, ce sont des sujets qui ne te concernent pas. Ce que tu dois faire est ceci...

— Arrêtez, Gray. Je ne veux pas en savoir plus. Ce que vous m'avez dit peut être vrai ou faux, cela ne me regarde pas. Je refuse entièrement de me mêler de votre vie. Gardez vos horribles secrets. Ils ne m'intéressent plus.

— Il faudra bien qu'ils t'intéressent, Alan. Je suis désolé pour toi, Alan, mais je ne peux pas faire autrement. Tu es le seul homme qui puisse me sauver. Je suis forcé de te mêler à l'affaire. Je n'ai pas le choix. Alan, tu es un savant. Tu connais la chimie et ce genre de choses. Tu as fait des expériences. Ce que tu as à faire, c'est de détruire ce qui est en haut, de le détruire de manière à n'en laisser aucun vestige. Personne n'a vu cet homme entrer. De fait, en ce moment, il est censé être à Paris. On ne remarquera pas son absence avant des mois. Quand on la remarquera, il ne faut pas qu'on retrouve une trace de lui ici. Toi, Alan, tu dois le transformer et tout ce qui lui appartient en une poignée de cendres que je puisse éparpiller dans les airs.

— Tu es fou, Dorian.

— Ah ! tu m'as appelé Dorian : je l'attendais.

— Tu es fou, je te dis, fou d'imaginer que je puisse lever le petit doigt pour t'aider, fou de me faire cette monstrueuse confession. Je ne m'en mêlerai pas, de quoi qu'il s'agisse. Crois-tu que j'aille mettre ma réputation en danger pour toi ? En quoi tes entreprises diaboliques me concernent-elles ?

— C'était un suicide, Alan.

— Tant mieux. Mais qui l'y a conduit ? Toi, j'imagine.

— Refuses-tu toujours de faire cela pour moi ?

— Évidemment je refuse. Je ne veux absolument rien avoir à faire dans tout cela. Je ne me soucie pas de savoir quelle honte peut retomber sur toi. Tu la mérites pleinement. Cela ne me ferait aucune peine de te voir déshonoré, publiquement déshonoré. Comment oses-tu me demander, à moi entre tous, de me mêler de cette horreur ? J'aurais cru que tu connaissais mieux le caractère des gens. Ton ami Lord Henry Wotton ne t'a pas beaucoup appris de psychologie, apparemment, quoi que ce soit qu'il t'ait appris d'autre. Rien ne me fera faire un pas pour t'aider. Tu t'es trompé de personne. Va voir tes amis. Ne viens pas me voir moi.

— Alan, c'est un assassinat. Je l'ai tué. Tu ne sais pas ce qu'il m'a fait endurer. Quelle que soit ma vie, bonne ou mauvaise, c'est lui qui en est responsable, plus que le pauvre Harry. Ce n'était peut-être pas dans ses intentions, mais le résultat est là.

— Un assassinat ! Dieu du ciel, Dorian, en es-tu là ? Je ne te dénoncerai pas. Cela ne me regarde pas. D'ailleurs, sans que je m'en occupe, tu seras sûrement arrêté. Personne ne commet jamais un crime sans y ajouter une sottise. Mais moi, je ne m'en occuperai d'aucune façon.

— Il faudra bien que tu t'en occupes. Attends, un instant, écoute-moi. Écoute seulement, Alan. Tout ce que je te demande de faire, c'est une expérience scientifique. Tu vas dans les hôpitaux et les morgues et les horreurs que tu y commets ne t'affectent pas. Si, dans quelque hideuse salle de dissection ou dans quelque fétide laboratoire tu avais trouvé cet homme gisant sur une table de plomb creusée de gouttières pour que le sang s'écoule, tu l'aurais considéré simplement comme un sujet intéressant. Tu n'aurais pas frissonné. Tu n'aurais pas pensé que tu faisais quoi que ce fût de mal. Au contraire, tu croirais probablement rendre service à la race humaine, ou accroître le capital de connaissance dans le monde, ou satisfaire une curiosité intellectuelle, ou quelque chose de ce genre. Tout ce que je te demande de faire, tu l'as déjà fait souvent. En fait, détruire un corps doit être bien moins horrible que tes occupations habituelles. Et, rappelle-toi, c'est la seule preuve contre moi. S'il est découvert, je suis perdu, et il sera sûrement découvert à moins que tu ne m'aides.

— Je n'ai aucun désir de t'aider. C'est ce que tu oublies. Toute l'histoire m'est simplement indifférente. Elle n'a rien à voir avec moi.

— Alan, je t'en supplie. Songe à la position où je suis. Un instant avant ton arrivée, j'ai failli m'évanouir de terreur. Tu connaîtras peut-être la terreur toi-même, un jour. Non, n'y pense pas. Regarde la chose d'un point de vue strictement scientifique. Tu ne demandes pas d'où viennent les choses mortes sur lesquelles tu fais tes expériences. Ne le demande pas maintenant. Je t'en ai déjà trop dit. Mais je te conjure de faire cela. Nous avons été amis jadis, Alan.

— Ne parle pas de ces jours-là, Dorian : ils sont morts.

— Les morts s'attardent quelquefois. Celui d'en haut ne veut pas s'en aller. Il est toujours assis à sa table, la tête basse et les bras écartés. Alan ! Alan ! Si tu ne viens pas à mon secours, je suis perdu. On me pendra, Alan ! Ne comprends-tu pas ? Ils me pendront pour ce que j'ai fait.

— Il ne sert à rien de prolonger cette scène. Je refuse absolument de faire quoi que ce soit dans cette affaire. Tu es fou de me le demander.

— Tu refuses ?

— Oui.

— Je t'en supplie, Alan.

— C'est inutile.

La même expression de pitié parut dans les yeux de Dorian Gray. Puis il étendit la main, prit une feuille de papier et écrivit quelque chose dessus. Il relut deux fois, plia soigneusement la feuille et la poussa de l'autre côté de la table. Ayant agi de la sorte, il se leva et alla à la fenêtre.

Campbell le regarda avec surprise, puis prit le papier et l'ouvrit. Comme il le lisait, son visage devint affreusement pâle et il retomba dans son fauteuil. Une horrible nausée s'empara de lui. Il avait le sentiment que son cœur battait à mourir dans il ne savait quel désert creux.

Après deux ou trois minutes d'un silence terrible, Dorian se retourna et revint se placer derrière lui, une main sur son épaule.

— Je suis désolé pour toi, Alan, murmura-t-il, mais tu ne me laisses pas le choix. J'ai une lettre déjà écrite. La voici. Tu vois l'adresse. Si tu ne m'aides pas, je suis obligé de l'envoyer. Si tu ne m'aides pas, je l'enverrai. Tu connais le résultat. Mais tu m'aideras. Tu ne peux plus refuser maintenant. J'ai essayé de t'épargner. Tu me rendras la justice de l'admettre. Tu as été sévère, dur, désagréable. Tu m'as traité comme jamais un homme n'a osé me traiter, ou du moins aucun homme encore en vie. J'ai tout supporté. Maintenant, c'est à moi de dicter les termes.

Campbell cacha son visage dans ses mains et un frisson le traversa.

— Oui, c'est mon tour de dicter les termes, Alan. Tu

les connais. La chose est toute simple. Allons, ne te mets pas dans cet état-là. Cette chose, il faut la faire. Regarde-la en face et fais-la.

Un gémissement échappa aux lèvres de Campbell et il fut secoué de la tête aux pieds. Le tic-tac de la pendule sur le manteau de la cheminée lui semblait partager le temps en atomes successifs d'agonie, aussi insupportables les uns que les autres. Il sentait qu'un anneau de fer se resserrait lentement sur son front, comme si le déshonneur dont il était menacé s'était déjà abattu sur lui. La main qui pesait sur son épaule ressemblait à une main de plomb. C'était intolérable. Elle semblait l'écraser.

— Allons, Alan, il faut te décider tout de suite.

— Je ne peux pas, fit-il machinalement, comme si les mots pouvaient changer les choses.

— Il le faut. Tu n'as pas le choix. Ne perds pas de temps.

Il hésita un instant.

— Y a-t-il du chauffage dans la pièce du haut ?

— Oui, un chauffage au gaz, avec de l'amiante.

— Il faut que j'aille chercher des fournitures dans mon laboratoire.

— Non, Allan, tu ne quitteras pas cette maison. Écris sur une feuille de papier celles dont tu as besoin : mon domestique prendra un fiacre et te les rapportera.

Campbell écrivit quelques lignes, y appliqua le buvard et mit l'adresse de son assistant. Dorian prit le billet et le lut soigneusement. Puis il sonna son domestique et le lui donna en lui commandant de rentrer le plus tôt possible avec les fournitures.

Quand la porte du hall se referma, Campbell sursauta nerveusement, et, s'étant levé de son fauteuil, alla à la cheminée. Il tremblait comme s'il avait la fièvre. Pendant près de vingt minutes, aucun des deux hommes ne prononça une parole. Une mouche bourdonnait bruyamment dans la pièce et le tic-tac de la pendule ressemblait au martèlement d'un maillet.

Lorsqu'une heure sonna, Campbell se retourna et, regardant Dorian Gray, vit que ses yeux étaient pleins de larmes. La pureté et le raffinement de ce visage mélancolique l'exaspérèrent.

— Tu es ignoble, absolument ignoble, marmonna-t-il.

— Chut, Alan : tu m'as sauvé la vie, dit Dorian.

— Ta vie ? Dieu du ciel ! Une vie pareille ! Tu allais de corruption en corruption et maintenant tu en es arrivé au crime. En faisant ce que je vais faire, ce que tu me forces à faire, ce n'est pas à ta vie que je pense.

— Voyons, Alan, murmura Dorian en soupirant. Pourquoi n'as-tu pas pour moi un millième de la pitié que j'ai pour toi ?

Il se détourna en parlant et resta là, debout, à regarder le jardin. Campbell ne répondit pas.

Quelque dix minutes plus tard, on frappa, et le domestique entra en apportant une caisse d'acajou contenant des produits chimiques, un long rouleau de fil d'acier et de platine et deux serre-joints d'une forme assez bizarre.

— Dois-je laisser cela ici, monsieur ? demanda-t-il à Campbell.

— Oui, dit Dorian. Et pardon de vous imposer encore une autre commission, Francis. Comment s'appelle ce fleuriste de Richmond[1] qui fournit les orchidées de Selby ?

— Harden, monsieur.

— Oui, Harden. Vous allez partir immédiatement pour Richmond, vous verrez Harden personnellement et vous lui direz d'envoyer deux fois plus d'orchidées que j'en ai commandé et d'en mettre aussi peu de blanches que possible. En fait, je n'en veux pas de blanches du tout. Il fait beau, Francis, et Richmond est une ville ravissante : sinon je ne vous ennuierais pas avec cela.

— Cela ne m'ennuie pas, monsieur. À quelle heure dois-je rentrer ?

Dorian regarda Campbell.

— Combien de temps ton expérience prendra-t-elle ? demanda-t-il d'une voix calme, indifférente.

La présence d'un tiers dans la pièce semblait lui avoir donné un courage extraordinaire.

Campbell fronça le sourcil et se mordit la lèvre.

— Elle prendra environ cinq heures, répondit-il.

— Eh bien, il suffira que vous soyez rentré à sept

---

1. Ville située au nord-ouest de Londres, au bord de la Tamise.

heures et demie, Francis. Ou bien attendez... Préparez-moi simplement mes vêtements du soir. Je vous donne votre soirée. Je ne dîne pas à la maison, si bien que je n'aurai pas besoin de vous.

— Merci, monsieur, dit le domestique en quittant la pièce.

— Maintenant, Alan, il n'y a pas un moment à perdre. Quel poids, cette caisse ! Je vais te la monter. Apporte le reste.

Il parlait rapidement, avec autorité. Campbell se sentait dominé par lui. Ils sortirent ensemble.

Quand ils eurent atteint le palier supérieur, Dorian tira la clef et la tourna dans la serrure. Puis il s'arrêta et ses yeux se troublèrent.

— Je ne crois pas être capable d'entrer, Alan, murmura-t-il.

— Cela m'est égal. Je n'ai pas besoin de toi, dit Campbell froidement.

Dorian ouvrit la porte à moitié. En le faisant, il vit le visage de son portrait grimaçant dans le soleil. Devant, à terre, gisait le rideau déchiré. Il se rappela que, la veille, pour la première fois de sa vie, il avait oublié de voiler la toile fatale, et il allait se précipiter en avant, mais, soudain, il recula avec un frisson.

Quelle immonde rosée rouge et humide brillait sur l'une des mains ? La toile avait-elle sué du sang ? Atroce ! Plus atroce encore, lui sembla-t-il pour le moment que la chose silencieuse qu'il savait affalée sur la table, la chose dont l'ombre grotesque et difforme sur le tapis maculé lui montrait qu'elle n'avait pas bougé, qu'elle était toujours là, comme il l'avait laissée.

Il respira profondément, ouvrit la porte un peu plus largement, et, les yeux mi-clos, la tête détournée, entra à pas pressés, décidé à ne pas regarder le mort une seule fois. Se penchant et ramassant la tenture d'or et de pourpre, il la jeta carrément sur le portrait.

Puis il s'arrêta, craignant de se retourner, et son regard se fixa sur le détail du motif compliqué qui lui faisait face. Il entendit Campbell apporter la lourde caisse et les fers et les autres objets dont il avait besoin pour son horrible travail. Il commença à se demander si Campbell et

Basil Hallward s'étaient jamais rencontrés et ce que, dans ce cas, ils avaient pensé l'un de l'autre.

— Laisse-moi maintenant, dit une voix sévère derrière lui.

Il fit volte-face et s'empressa de sortir, à peine conscient que le mort avait été repoussé sur sa chaise et que Campbell contemplait un visage jauni et luisant. En descendant, il entendit la clef tourner dans la serrure.

Il était sept heures largement passées quand Campbell entra de nouveau dans la bibliothèque. Il était pâle mais parfaitement calme.

— J'ai fait ce que tu m'as demandé de faire, proféra-t-il. Et maintenant, adieu. Ne nous voyons plus jamais.

— Tu m'as sauvé de la perdition, Alan. Je ne peux pas oublier cela, dit Dorian simplement.

Dès que Campbell fut parti, il monta. La pièce était pleine d'une horrible odeur d'acide nitrique. Mais la chose attablée avait disparu.

15

Ce soir-là, à huit heures et demie, vêtu avec recherche et portant à la boutonnière plusieurs violettes de Parme, Dorian Gray fut introduit dans le salon de Lady Narborough par des domestiques qui s'inclinaient devant lui. Ses nerfs affolés palpitaient à son front et il se sentait profondément agité, mais sa façon de s'incliner sur la main de la maîtresse de maison fut aussi pleine d'aisance et de grâce que d'habitude. Peut-être ne se sent-on jamais aussi à l'aise que lorsqu'on a un rôle à jouer. Il est certain qu'à regarder Dorian Gray ce soir-là personne n'aurait pu croire qu'il venait de vivre une des tragédies les plus horribles de notre temps. Non, ces doigts à la forme délicate n'auraient jamais pu saisir un couteau pour commettre un crime, ni ces lèvres souriantes blasphémer Dieu et le bien. Lui-même s'étonnait du calme de son attitude et, pendant un temps, ressentit vivement le plaisir terrible de mener une double vie.

C'était une soirée intime, organisée à la va-vite par Lady Narborough, femme très intelligente, à qui Lord Henry trouvait les restes d'une laideur sortant vraiment de l'ordinaire. Elle avait été la femme parfaite d'un des plus ennuyeux parmi les ambassadeurs de Grande-Bretagne et, ayant enterré son mari comme il convenait, dans un mausolée de marbre qu'elle avait dessiné elle-même, et marié ses filles à des hommes riches et plus très jeunes, elle s'adonnait maintenant aux plaisirs du roman français, de la cuisine française et de l'esprit français, quand elle réussissait à s'en procurer.

Dorian était l'un de ses grands favoris et elle lui disait toujours à quel point elle était ravie de n'avoir pas fait sa connaissance quand elle était jeune.

— Je sais, mon cher, que je serais tombée follement amoureuse de vous, expliquait-elle, et j'aurais jeté mon bonnet par-dessus les moulins pour l'amour de vous. C'est fort heureux qu'on ne se soit pas occupé de vous à l'époque. Il se trouve que nos bonnets étaient si peu seyants et les moulins si occupés à essayer de faire du vent, que je n'ai même jamais flirté avec personne. Remarquez que c'est la faute de Narborough. Il était horriblement myope et il n'y a pas de plaisir à tromper un mari qui ne voit jamais rien.

Ce soir-là, ses invités étaient plutôt des raseurs. En effet, comme elle l'expliqua à Dorian derrière un éventail fort usagé, l'une de ses filles mariées était soudain descendue chez elle, et, pour aggraver les choses, avait en outre amené son mari.

— Je trouve cela très désagréable de sa part, mon cher, chuchotait-elle. Il est vrai que je vais passer du temps chez eux tous les étés en revenant de Homburg[1], mais c'est qu'une vieille bonne femme comme moi a besoin d'air frais de temps en temps, et puis je les secoue comme il faut. Vous ne savez pas quelle existence ils traînent là-bas. C'est la vie de campagne toute pure et sans mélange.

---

1. Bad Homburg, située près de Francfort-sur-le-Main, était une station thermale à la mode.

Ils se lèvent tôt parce qu'ils ont tant à faire et se couchent tôt parce qu'ils ont si peu à penser. Il n'y a pas eu un scandale dans le voisinage depuis la reine Élisabeth et, par conséquent, ils s'endorment tous après dîner. Vous ne serez placé à côté ni de l'un ni de l'autre. Vous serez placé à côté de moi pour me distraire.

Dorian murmura un gracieux compliment et jeta un regard circulaire au salon. Oui, la soirée serait mortelle. Il y avait deux personnes qu'il n'avait jamais vues auparavant. Les autres étaient : Ernest Harrowden, une de ces médiocrités entre deux âges qu'on rencontre si souvent dans les clubs londoniens et qui n'ont pas d'ennemis mais que leurs amis détestent franchement ; Lady Ruxton, femme de quarante-sept ans, au nez crochu, ayant fait trop de toilette, qui essayait toujours de se faire compromettre mais était si extraordinairement laide que personne ne croirait jamais rien de mal à son sujet ; Mme Erlynne, une moins que rien arriviste, qui zozotait délicieusement sous des cheveux roux vénitien ; Lady Alice Chapman, la fille de la maîtresse de maison, jeune femme hébétée et mal fagotée, avec un de ces visages anglais si caractéristiques qu'on oublie aussitôt après les avoir vus ; et son mari, un être à joues rouges et à favoris blancs, qui, comme beaucoup d'hommes de son milieu, s'imaginait qu'une jovialité sortant de l'ordinaire peut faire excuser un manque absolu d'idées.

Dorian Gray regretta assez d'être venu, jusqu'au moment où Lady Narborough, jetant un regard à l'énorme pendule d'or moulu qui étalait ses courbes brillantes et de mauvais goût sur la cheminée drapée de mauve, s'exclama :

— Henry Wotton est insupportable d'arriver à ce point en retard ! Je l'ai invité ce matin, en tentant ma chance, et il m'a formellement promis de ne pas me décevoir.

L'idée que Harry serait là le consola un peu et, quand la porte s'ouvrit et qu'il entendit la voix lente et musicale prêter son charme à quelque excuse fallacieuse, il cessa de s'ennuyer.

Mais, à dîner, il ne put rien manger. Les plats passaient sans qu'il y goûtât. Lady Narborough ne cessait de le gronder, prétendant qu'il insultait le pauvre Adolphe

« qui a inventé le menu spécialement pour vous », et, par moments, Lord Henry le regardait par-dessus la table, s'interrogeant sur ses silences et la distraction de ses manières. De temps en temps, le maître d'hôtel lui versait du champagne, et il buvait avec avidité, sa soif ne faisant que croître.

— Dorian, dit enfin Lord Henry, comme l'on servait le chaud-froid [1], que t'arrive-t-il ce soir ? Tu n'as pas l'air dans ton assiette.

— Je crois qu'il doit être amoureux, s'écria Lady Narborough, et qu'il ne me l'avoue pas de crainte que je ne sois jalouse. Il a raison. Je ne manquerais pas de l'être.

— Chère Lady Narborough, murmura Dorian en souriant, je n'ai pas été amoureux de la semaine. Pour être précis, depuis le départ de Mme de Ferrol.

— Comment vous autres hommes pouvez-vous tomber amoureux de cette femme ? s'exclama la vieille dame. Vraiment, je ne comprends pas.

— C'est tout simplement parce qu'elle se souvient de vous quand vous étiez petite fille, Lady Narborough, dit Lord Henry. Elle est le seul maillon entre nous et vos robes courtes.

— Elle ne se rappelle rien de mes robes courtes, Lord Henry, mais moi, je me souviens très bien d'elle à Vienne il y a trente ans, et de la taille de ses décolletés.

— Elle est toujours décolletée, répondit-il en prenant une olive entre ses longs doigts, et, quand elle porte une robe très élégante, elle a l'air d'une édition de luxe d'un roman polisson français. Elle est vraiment étonnante, elle surprendra toujours. Son sens de la famille sort de l'ordinaire. Quand son troisième mari est mort, ses cheveux sont immédiatement devenus dorés de chagrin.

— Tu exagères, Harry ! s'écria Dorian.

— C'est une explication très romanesque, fit la maîtresse de maison en riant. Mais vous parlez de troisième mari, Lord Henry ? Vous ne voulez pas dire que Ferrol est le quatrième.

— Mais si, Lady Narborough.

---

1. Il s'agit d'une volaille en gelée.

— Je n'en crois rien.

— Demandez donc à M. Gray. Il est l'un de ses amis les plus intimes.

— Est-ce vrai, monsieur ?

— Elle me le dit, Lady Narborough, répondit Dorian. Je lui ai demandé si, comme Marguerite de Navarre, elle faisait embaumer leurs cœurs pour les porter à la ceinture. Elle m'a assuré que non, parce qu'ils n'avaient pas de cœur du tout.

— Quatre maris ! Parole d'honneur, c'est trop de zèle.

— Je lui affirme, moi, que c'est trop d'audace, fit Dorian.

— Oh ! elle a de l'audace à revendre, mon cher. Et Ferrol, à quoi ressemble-t-il ? Je ne le connais pas.

— Les maris des très jolies femmes sont à mettre au nombre des criminels de droit commun, dit Lord Henry en sirotant son vin.

Lady Narborough lui donna un coup d'éventail.

— Lord Henry, je ne m'étonne pas qu'on dise dans le monde que vous êtes extrêmement immoral.

— Quel est le monde qui dit cela ? demanda Lord Henry en haussant les sourcils. Il faut que ce soit l'autre monde, car ce monde-ci et moi, nous sommes dans les meilleurs termes.

— Tous les gens que je connais disent que vous êtes très immoral, s'écria la vieille dame en hochant la tête.

Lord Henry prit l'air sérieux pour quelques instants.

— C'est parfaitement scandaleux, prononça-t-il enfin, cette façon qu'ont les gens, de nos jours, de dire dans notre dos des horreurs absolument et rigoureusement vraies.

— Il est incorrigible ! s'écria Dorian en se penchant en avant sur sa chaise.

— Je l'espère bien, fit la maîtresse de maison en riant. Mais réellement, si vous admirez tous Mme de Ferrol de façon aussi insensée, je vais être obligée de me remarier pour être à la mode.

— Vous ne vous remarierez jamais, Lady Narborough, intervint Lord Henry. Vous avez été bien trop heureuse.

Quand une femme se remarie, c'est parce qu'elle a détesté son premier mari. Quand un homme se remarie, c'est parce qu'il a adoré sa première femme. Les femmes tentent leur chance ; les hommes risquent la leur.

— Narborough n'était pas parfait, s'écria la vieille dame.

— S'il l'avait été, vous ne l'auriez pas aimé, chère madame, fut la réplique. Les femmes nous aiment pour nos défauts. Si nous en avons suffisamment, elles nous pardonneront tout, même d'être intelligents. Ayant dit cela, je crains bien que vous ne m'invitiez plus jamais à dîner, Lady Narborough, mais c'est la pure vérité.

— Évidemment c'est la vérité, Lord Henry. Si nous autres femmes ne vous aimions pas pour vos défauts, où en seriez-vous ? Aucun d'entre vous ne se marierait jamais. Vous seriez une bande de pauvres célibataires. Ce qui, d'ailleurs, ne vous changerait pas beaucoup. De nos jours, les hommes mariés vivent comme des célibataires et les célibataires comme des hommes mariés.

— Fin de siècle, murmura Lord Henry.

— Fin du globe, répondit la maîtresse de maison.

— Je voudrais bien que ce fût la fin du globe, soupira Dorian. La vie est si décevante.

— Ah ! mon cher, s'écria Lady Narborough en mettant ses gants. Ne me dites pas que vous avez épuisé la vie. Quand un homme dit cela, on sait bien que c'est la vie qui l'a épuisé. Lord Henry est très immoral, et je regrette quelquefois de ne pas l'avoir été, mais vous, vous avez été conçu pour être bon : vous avez si bon air. Il faut que je vous trouve une femme charmante, Lord Henry, ne pensez-vous pas que M. Gray devrait se marier ?

— Je ne cesse de le lui dire, Lady Narborough, dit Lord Henry en s'inclinant.

— Alors il faut que nous lui cherchions une fiancée convenable. Ce soir, je vais examiner soigneusement le Debrett [1] et je ferai une liste de tous les bons partis.

---

1. *Debrett's Peerage* est l'annuaire ou l'almanach officiel de l'aristocratie anglaise et irlandaise.

— Avec les âges correspondants, Lady Narborough ? demanda Dorian.

— Bien sûr, avec les âges, quelque peu revus. Mais il ne faut rien faire précipitamment. Je veux que ce soit ce que *Le Courrier du matin* [1] appelle « une alliance bien assortie » et que vous soyez heureux tous les deux.

— Quelles sottises ne raconte-t-on pas sur les mariages heureux ! s'exclama Lord Henry. Un homme peut être heureux avec n'importe quelle femme pourvu qu'il ne l'aime pas.

— Ah ! que vous êtes cynique ! s'écria la vieille dame en repoussant sa chaise et en faisant un signe de tête à Lady Ruxton. Revenez dîner bientôt. Vous êtes vraiment un remontant admirable, bien meilleur que ceux que me prescrit Sir Andrew. Mais dites-moi avec qui vous souhaitez être invité. Je voudrais que ce soit une soirée délicieuse.

— J'aime les hommes qui ont un avenir et les femmes qui ont un passé, répondit Lord Henry. À moins que vous ne pensiez que cela fasse une soirée de cotillon ?

— Je le crains, fit-elle en riant comme elle se levait. Mille pardons, ma chère Lady Ruxton, ajouta-t-elle. Je n'avais pas vu que vous n'aviez pas fini votre cigarette.

— Aucune importance, Lady Narborough. Je fume beaucoup trop. À l'avenir, je me limiterai.

— N'en faites rien, Lady Ruxton, je vous en prie, dit Lord Henry. La modération est une catastrophe. « Assez » vaut un pique-nique. « Trop », un raout.

Lady Ruxton le regarda avec curiosité.

— Il faut venir m'expliquer cela un après-midi, Lord Henry. La théorie paraît fascinante, murmura-t-elle en quittant rapidement la pièce.

— Prenez garde à ne pas passer trop de temps sur votre politique et vos scandales, cria Lady Narborough qui sortait. Sinon, nous allons sûrement nous chamailler là-haut.

Les hommes se mirent à rire, et M. Chapman se leva

---

1. Quotidien conservateur de Londres.

solennellement du bas bout de la table pour venir au haut
bout. Dorian Gray changea de place pour aller s'asseoir
à côté de Lord Henry. M. Chapman commença à décrire
d'une voix forte la situation de la chambre des
Communes. Il s'esclaffait en parlant de ses adversaires.
Le mot « doctrinaire [1] », cet épouvantail des esprits
anglais, revenait de temps en temps entre ses éclats de
rire. Un préfixe allitératif servait d'ornement à son éloquence. Il hissait le drapeau national jusqu'aux cimes de
la pensée. La stupidité héréditaire de la race — ce qu'il
appelait jovialement le bon sens commun anglais — était
d'après lui le rempart dont la société avait besoin.

Un sourire incurva les lèvres de Lord Henry et il se
retourna pour regarder Dorian.

— Vas-tu mieux, mon cher vieux ? s'enquit-il. Tu
n'avais pas vraiment l'air dans ton assiette, à dîner.

— Je vais très bien, Harry. Je suis fatigué, c'est tout.

— Tu as été charmant hier. La petite duchesse t'adore.
Elle m'a dit qu'elle allait à Selby.

— Elle m'a promis de venir le vingt.

— Monmouth y sera aussi ?

— Mais oui, Harry.

— Il m'ennuie à mort, presque autant qu'il l'ennuie,
elle. Elle est très intelligente, trop intelligente pour une
femme. Il lui manque le charme indéfinissable de la fai-
blesse. Ce sont les pieds d'argile qui rendent précieux l'or
de la statue. Elle a de très jolis pieds, mais ce ne sont pas
des pieds d'argile. Ils ont franchi le feu et le feu durcit
ce qu'il ne détruit pas. Elle a fait des expériences.

— Depuis quand est-elle mariée ? demanda Dorian.

— Une éternité, d'après elle. Je crois que cela fait dix
ans d'après l'annuaire de la pairie, mais dix ans avec
Monmouth ont dû faire une éternité, et plus. Qui d'autre
sera là ?

— Oh ! les Willoughby, Lord Rugby et sa femme,
Lady Narborough, Geoffrey Clouston, les habitués. J'ai
invité Lord Grotrian.

---

**1.** Nom donné sous la Restauration aux hommes politiques dont
les idées mi-libérales et mi-conservatrices reposaient sur une doctrine
abstraite jugée comme telle dangereuse par les Anglais.

— Je l'aime bien, dit Lord Henry. Beaucoup de gens ne l'aiment pas, mais moi, je le trouve charmant. Il rachète ses excès occasionnels de toilette par son excès permanent d'érudition. C'est un type très moderne.

— Je ne sais s'il pourra venir, Harry. Il sera peut-être obligé d'aller à Monte-Carlo avec son père.

— Ah ! que les proches des proches sont encombrants ! Essaye de le faire venir. À propos, Dorian, Tu t'es sauvé bien tôt hier. Tu es parti avant onze heures. Qu'as-tu fait ensuite ? Es-tu rentré directement ?

Dorian lui jeta un regard hâtif et fronça le sourcil.

— Non, Harry, dit-il enfin. Je ne suis rentré qu'à près de trois heures.

— Tu es allé au club ?

— Oui, répondit-il.

Puis il se mordit la lèvre.

— Non, je veux dire que je ne suis pas allé au club. J'ai marché de-ci de-là... Je ne sais plus ce que j'ai fait. Comme tu es curieux, Harry ! Tu veux toujours savoir ce qu'on a fait. Moi, j'ai toujours envie d'oublier ce que j'ai fait. Je suis rentré à deux heures et demie, si tu veux savoir l'heure exacte. J'avais laissé ma clef et mon domestique a été obligé de m'ouvrir. Si tu veux corroborer mon témoignage sur ce point, tu peux l'interroger.

Lord Henry haussa les épaules.

— Mon cher vieux, comme si cela m'intéressait ! Montons au salon. Pas de sherry, merci, Chapman. Il t'est arrivé quelque chose, Dorian. Dis-moi ce que c'est. Tu ne te ressembles pas, ce soir.

— Ne fais pas attention à moi, Harry. Je suis irritable et agacé. J'irai te voir demain ou après-demain. Excuse-moi auprès de Lady Narborough. Je ne monterai pas. Je vais rentrer. Il faut que je rentre.

— D'accord, Dorian. J'espère te voir demain à l'heure du thé. J'aurai la duchesse.

— Je tâcherai d'y être, Harry, fit-il, en quittant la pièce.

Comme il rentrait chez lui en voiture, il était conscient du retour de cette terreur qu'il croyait avoir étouffée. Les questions innocentes de Lord Henry lui avaient fait perdre le contrôle de ses nerfs pour un moment : or, il avait

encore besoin de sang-froid. Il y avait des choses dangereuses à détruire. Il tressaillit. L'idée même de les toucher
lui faisait horreur.

Cependant, c'était indispensable. Il le comprenait.
Ayant fermé à clef la porte de sa bibliothèque, il ouvrit
le placard secret où il avait fourré le manteau et le sac de
Basil Hallward. Un grand feu était allumé. Il y ajouta une
bûche. L'odeur des vêtements qui roussissaient et du cuir
qui grillait était horrible. Il lui fallut trois quarts d'heure
pour tout consumer. À la fin, il se sentait défaillant et
nauséeux, et, ayant allumé quelques pastilles algériennes
dans un brasero de cuivre, il se rinça les mains et le front
avec un vinaigre frais sentant le musc.

Soudain il sursauta. Ses yeux brillèrent d'un éclat
étrange et il mâchonna nerveusement sa lèvre inférieure.
Entre les deux fenêtres se dressait un grand cabinet florentin en ivoire incrusté d'ivoire et de lapis-lazuli. Il le
regarda comme si c'était un objet susceptible de fasciner
et de terroriser, comme s'il contenait quelque chose qu'il
désirait et exécrait presque en même temps. Sa respiration
s'accéléra. Une folle appétence lui vint. Il alluma une
cigarette et puis la jeta. Ses paupières retombèrent, si bien
que la longue frange de ses cils lui toucha presque la joue.
Mais il regardait toujours le cabinet. Enfin il se leva du
sofa sur lequel il avait été étendu, alla vers le cabinet, et,
l'ayant ouvert avec une clef, effleura un ressort caché. Un
tiroir triangulaire s'avança lentement. Ses doigts bougè-
rent instinctivement dans cette direction, plongèrent
dedans, se refermèrent sur quelque chose. C'était une
petite boîte chinoise de laque et de poudre d'or, délicatement ouvragée, les flancs décorés d'ondes incurvées, des
cristaux arrondis pendant au bout de fils de soie à glands
tressés avec des fils de métal. Il l'ouvrit. À l'intérieur, il
y avait une pâte verte, lustrée comme de la cire, à l'odeur
bizarrement lourde et persistante.

Il hésita quelques instants, un sourire demeurant étrangement immobile sur son visage. Puis, tout frissonnant,
bien que l'atmosphère de la pièce fût irrespirable de chaleur, il se redressa et jeta un coup d'œil à la pendule. Il
était minuit moins vingt. Il remit la boîte en place,

referma, ce faisant, les portes du cabinet et passa dans sa chambre à coucher.

Comme minuit assenait des coups de bronze à l'air ténébreux, Dorian Gray, habillé de façon commune, un cache-col enroulé autour du cou, sortit furtivement de la maison. Dans la rue Bond, il trouva un fiacre avec un bon cheval. Il le héla et, à voix basse, donna l'adresse au cocher.

L'homme secoua la tête :

— C'est trop loin pour moi, marmonna-t-il.

— Voici un souverain pour vous, dit Dorian. Vous en aurez un autre si vous faites vite.

— Bien, monsieur, répondit l'homme. Vous y serez dans une heure.

Et, quand son client fut monté, il fit faire demi-tour à son cheval et partit rapidement en direction du fleuve.


16


Une pluie froide s'était mise à tomber et les réverbères brouillés prenaient des airs cauchemardesques dans la brume où ils étaient plongés. Les estaminets étaient en train de fermer et, à leurs portes, des hommes et des femmes formaient confusément des groupes éparpillés. Des rires atroces provenaient de certains bars. Dans d'autres, des ivrognes se battaient en hurlant.

Renversé dans son fiacre, le chapeau sur le front, Dorian Gray regardait avec des yeux distraits la honte sordide de la grande ville, et, de temps en temps, il se répétait les mots que Lord Henry lui avait dits la première fois qu'ils s'étaient rencontrés : « guérir l'âme au moyen des sens, les sens au moyen de l'âme ». Oui, c'était là le secret. Il l'avait souvent essayé et il l'essayerait encore maintenant. Il y avait des fumeries d'opium où l'on pouvait acheter l'oubli, des repaires horribles où le souvenir des péchés anciens se détruisait par la folie de péchés nouveaux.

La lune était pendue bas dans le ciel, comme un crâne jaune. De temps en temps, quelque gros nuage difforme étendait un long bras par-dessus et la cachait. Les becs de gaz devenaient plus rares, les rues plus étroites et plus sinistres. Une fois, l'homme se trompa et dut revenir d'un demi-mille. Une vapeur montait du cheval qui pataugeait dans les flaques. Les glaces du fiacre étaient couvertes d'un brouillard de flanelle grise.

« Guérir l'âme au moyen des sens, les sens au moyen de l'âme ! »

Comme ces mots sonnaient à son oreille ! Son âme, assurément, était malade à en mourir. Les sens pouvaient-ils vraiment la guérir ? Un sang innocent avait été répandu. Qu'est-ce qui pouvait rédimer cela ? Ah ! pour cela il n'y avait pas de rédemption ; mais, encore que le pardon fût impossible, l'oubli ne l'était pas, et Dorian Gray était résolu à oublier ce souvenir, à l'extirper, à l'écraser comme on écraserait une vipère qui vous aurait mordu. D'ailleurs quel droit Basil avait-il eu de lui parler comme il l'avait fait ? Qui l'avait fait juge d'autrui ? Il avait dit des choses terribles, atroces, intolérables.

Le fiacre brimbalait toujours, plus lentement à chaque pas, lui sembla-t-il. Il souleva la trappe et cria au cocher de conduire plus vite. La faim hideuse de l'opium commençait à le ronger. Sa gorge lui brûlait et ses mains délicates se tordaient nerveusement l'une dans l'autre. Il frappa furieusement le cheval avec sa canne. Le cocher rit et fouetta. Il rit aussi, et le cocher demeura silencieux.

La route semblait interminable et les rues étaient comme une toile noire étalée par quelque araignée. La monotonie devenait insupportable, et, comme le brouillard s'épaississait, il eut peur.

Puis ils longèrent des briqueteries solitaires. Le brouillard était plus léger ici et il put voir les fours bizarres, en forme de bouteilles, avec leurs langues de feu orange qui ressemblaient à des éventails. Un chien aboya comme ils passaient et, au loin, une mouette égarée poussa son cri. Le cheval trébucha dans une ornière, fit un écart et partit au galop.

Après quelque temps, on quitta la route d'argile et on bringuebala de nouveau sur des chaussées grossièrement pavées. La plupart des fenêtres étaient éteintes, mais, çà et là, des ombres fantastiques dressaient leurs silhouettes contre quelque jalousie éclairée. Il les observait avec curiosité. Elles bougeaient comme de monstrueuses marionnettes et faisaient des gestes, tels des êtres vivants. Il les haïssait. Une rage sourde couvait dans son cœur. Comme on tournait un angle, une femme qui se tenait dans une porte ouverte cria quelque chose et deux hommes coururent une centaine de mètres après le fiacre. Le cocher leur allongea des coups de fouet.

On dit que la passion fait tourner notre pensée en rond. Il est vrai que, hideusement répétitives, les lèvres mordillées de Dorian Gray formèrent et formèrent encore les mots subtils qui lui parlaient de l'âme et des sens, jusqu'au moment où il eut trouvé en eux l'expression plénière, pour ainsi dire, de son humeur, et eut justifié, par une approbation intellectuelle, des passions qui, de toute manière, n'en auraient pas moins hanté son tempérament. Une seule pensée rampait de cellule en cellule dans son cerveau, et le désir sauvage de la vie, un des appétits les plus terribles de l'homme, transformait en force vive tous ses nerfs, toutes ses fibres. La laideur, qu'il avait jadis détestée parce qu'elle prêtait de la réalité aux choses, lui devenait chère pour cette même raison. La laideur, c'était la seule réalité. La rixe grossière, le bouge répugnant, la violence issue d'une vie désordonnée, la vilenie même du voleur et du proscrit, produisent plus d'impression que les formes gracieuses de l'art, les ombres songeuses du poème. C'était ce dont il avait besoin pour oublier. Dans trois jours, il serait libre.

Soudain, avec une secousse, le cocher arrêta en haut d'une sombre allée. Au-dessus des toits surbaissés et des souches des cheminées en dents de scie qui surplombaient les maisons, se dressaient des mâts noirs de navires. Des couronnes de brume blanche pendaient aux vergues comme des voiles fantômes.

— Ça doit être dans le coin, monsieur, n'est-ce pas ? demanda l'homme d'une voix enrouée par la trappe.

Dorian sursauta et regarda autour de lui.

— Ça ira, répondit-il.

Descendant en hâte et donnant au cocher le supplément

qu'il lui avait promis, il marcha rapidement en direction du quai. Ici et là, une lanterne luisait à la poupe de quelque gros navire de commerce. La lumière vacillait et pétillait dans les flaques. Une nitescence rouge provenait d'un paquebot en partance, qui chargeait du charbon. La chaussée gluante ressemblait à un imperméable trempé.

Dorian Gray se hâta vers la gauche, jetant de temps en temps des regards en arrière pour voir s'il n'était pas suivi. En sept ou huit minutes, il eut gagné une pauvre petite bicoque enfoncée comme un coin entre deux usines lugubres. Il y avait une lampe à l'une des fenêtres de l'étage. Il s'arrêta et frappa d'une certaine façon.

Au bout d'un moment, il entendit des pas dans le couloir et la chaîne qu'on décrochait. La porte s'ouvrit sans bruit et il entra sans dire un mot au personnage difforme et courtaud qui s'aplatit dans l'ombre quand il passa. Au bout du hall pendaient les loques d'un rideau vert oscillant et tremblant dans la bouffée de vent venue de la rue. Il le tira de côté et entra dans une pièce oblongue, basse de plafond, qui semblait avoir été dans le temps un bastringue de troisième ordre. Des becs de gaz bruyants et flamboyants, atténués et déformés par les miroirs couverts d'œufs de mouches qui leur faisaient face, s'alignaient le long des murs. Des réflecteurs graisseux en fer-blanc ondulé les étayaient, créant des disques de lumière tremblotante. Le plancher était couvert de sciure ocre, qui, par endroits, avait été transformée en boue sous les pieds, et souillée par des ronds foncés d'alcool répandu. Des Malais se tenaient accroupis près d'un poêle à charbon ; ils jouaient avec des jetons en os et montraient leurs dents blanches en bavardant. Dans un coin, la tête cachée entre les bras, un marin s'était effondré sur une table, et, près du bar bariolé qui occupait de bout en bout un des côtés, deux femmes hagardes raillaient un vieil homme qui brossait les manches de sa veste avec une expression de dégoût.

— Il croit qu'il est couvert de fourmis rouges, rit l'une d'elles au moment où Dorian passa.

L'homme la regarda, apeuré, et se mit à pleurnicher.

À l'extrémité de la salle, un petit escalier conduisait à une pièce dépourvue de lumière. Comme Dorian gravissait les trois marches branlantes, l'odeur lourde de l'opium l'accueillit. Il aspira profondément et ses narines vibrèrent de plaisir. Quand il entra, un jeune homme aux cheveux jaunes lisses, penché sur une lampe pour allumer une pipe longue et mince, leva les yeux pour le regarder et lui fit un signe de tête hésitant.

— Toi ici, Adrian ? balbutia Dorian.

— Où pourrais-je être d'autre ? répondit-il, apathique. Personne ne me parle plus.

— Je croyais que tu avais quitté l'Angleterre.

— Darlington ne va rien faire. Mon frère a fini par payer la facture. George ne me parle pas non plus... Ça m'est égal, ajouta-t-il en soupirant. Tant qu'on a cette chose-ci, on n'a pas besoin d'amis. Je pense que j'ai trop d'amis.

Dorian tressaillit et regarda autour de lui les êtres grotesques qui gisaient dans des postures funambulesques sur les matelas haillonneux. Ces membres tordus, ces bouches béantes, ces yeux fixes et sans éclat le fascinaient. Il savait quels paradis étranges ils enduraient et quels enfers d'hébétude leur enseignaient le secret de quelque nouvelle jouissance. Ils avaient plus de chance que lui. Il était prisonnier de sa pensée. La mémoire, comme une maladie horrible, lui dévorait l'âme. De temps en temps, il revoyait les yeux de Basil Hallward qui le regardaient. Il sentit pourtant qu'il ne pouvait rester. La présence d'Adrian Singleton le dérangeait. Il voulait être quelque part où personne ne sût qui il était. Il voulait s'échapper à lui-même.

— Je vais à l'autre endroit, dit-il après un silence.

— Sur le quai ?

— Oui.

— La chatte sauvage y sera sûrement. On n'en veut plus ici.

Dorian haussa les épaules.

— Je n'aime plus les femmes qui m'aiment. Celles qui nous haïssent sont tellement plus intéressantes ! D'ailleurs, la fumerie, c'est mieux.

— Pas grande différence.

— Je préfère. Viens boire quelque chose. J'ai soif.

— Moi pas, murmura le jeune homme.

— Peu importe.

Adrian Singleton se leva avec lassitude et suivit Dorian jusqu'au bar. Un métis, au turban loqueteux et à l'ulster râpé, leur adressa un sourire hideux en guise de salut et poussa devant eux une bouteille de brandy et deux verres. Les femmes s'approchèrent discrètement et se mirent à bavarder. Dorian leur tourna le dos et dit quelque chose tout bas à Adrian Singleton.

Un sourire oblique comme un kriss[1] malais se tordit sur le visage de l'une des femmes.

— On est bien fier, ce soir, ironisa-t-elle.

— Pour l'amour du ciel, ne me parlez pas, cria Dorian en tapant du pied. Qu'est-ce que vous voulez ? De l'argent ? En voilà. Et ne me parlez jamais plus.

Deux étincelles rouges brillèrent un instant dans les yeux avinés de la femme puis s'éteignirent, les laissant ternes et vitreux. Elle rejeta sa tête en arrière et ses doigts avides ratissèrent les pièces jetées sur le comptoir. Sa compagne l'observait avec envie.

— Pas la peine, soupira Adrian Singleton. Je ne veux pas retourner là-bas. Quelle importance ? Je suis très bien ici.

— Tu m'écriras si tu as besoin de quelque chose, n'est-ce pas ? fit Dorian après un temps.

— Peut-être.

— Alors bonne nuit.

— Bonne nuit, répondit le jeune homme en montant les marches et en essuyant sa bouche parcheminée avec son mouchoir.

Dorian gagna la porte, la douleur peinte sur son visage. Comme il tirait le rideau, un rire hideux s'échappa des lèvres peintes de la femme à qui il avait donné de l'argent.

— Voilà l'aubaine du diable qui se débine ! hoqueta-t-elle de sa voix enrouée.

— Maudite ! répliqua-t-il. Ne me donne pas ce nom-là.

— Tu préfères qu'on t'appelle Prince Charmant, hein ? cria-t-elle après lui.

---

1. Poignard à lame sinueuse.

Le marin assoupi se leva d'un bond en l'entendant et jeta autour de lui un regard sauvage. Le bruit de la porte du hall qui se refermait atteignit son oreille. Il se jeta dehors, comme à la poursuite de quelqu'un.

Dorian Gray longea le quai à pas précipités, dans le crachin qui tombait. Sa rencontre avec Adrian Singleton l'avait étrangement remué, et il se demanda si la destruction de cette jeune vie était vraiment sa faute, comme Basil Hallward le lui avait dit en l'insultant de si infâme façon. Il se mordit la lèvre et, pour quelques secondes, ses yeux s'attristèrent. Pourtant, après tout, que lui importait ? L'existence était trop brève pour qu'on se chargeât du faix des erreurs d'un autre. À chacun sa vie et le prix à payer pour la vivre. Le seul ennui, c'est qu'on doit payer tant de fois pour une seule faute. Oui, on paye et on repaye. Dans ses affaires avec les hommes, le destin ne clôt jamais ses comptes.

Il y a des moments, nous disent les psychologues, où la passion du péché, ou de ce que le monde appelle le péché, domine la nature à un tel point que toutes les fibres du corps et toutes les cellules du cerveau s'infusent d'impulsions redoutables. À des moments pareils, hommes et femmes perdent leur libre arbitre. Ils vont vers leur fin terrible comme des automates. Le choix leur est retiré et leur conscience est détruite, ou, si elle survit si peu que ce soit, ce n'est que pour donner sa fascination à la révolte et son charme à la désobéissance. Car tous les péchés, comme les théologiens ne se lassent pas de nous le rappeler, sont des péchés de désobéissance. Quand l'Esprit Altier, cet astre matutinal du mal, tomba du ciel, ce fut en rebelle.

Endurci, concentré sur le mal, la mine flétrie, l'âme affamée de rébellion, Dorian Gray se hâtait toujours, précipitant le pas, mais, à l'instant où il tourna soudain sous une arcade obscure qui lui avait souvent servi de raccourci pour se rendre au mauvais lieu où il se dirigeait, il se sentit brusquement empoigné par-derrière, et, avant d'avoir eu le temps de se défendre, il fut projeté contre le mur, une main brutale se refermant sur sa gorge. Il défendit sauvagement sa vie et, d'un terrible effort, arracha les doigts qui se refermaient. Une seconde plus tard, il entendit le claquement d'un revolver et il vit l'éclat d'un canon poli pointé droit sur son crâne, tandis que la forme confuse d'un homme petit et trapu se dressait en face de lui.

— Que voulez-vous ? haleta-t-il.

— Silence, fit l'homme. Si tu bouges, je t'abats.

— Vous êtes fou. Que vous ai-je fait ?

— Tu as brisé la vie de Sibyl Vane, fut la réponse, et Sibyl Vane était ma sœur. Elle s'est tuée. Je le sais. Sa mort est ta faute. J'ai juré de me venger en te tuant. Je te cherche depuis des années. Je n'avais aucune indication, aucune trace. Les deux personnes qui auraient pu me donner ton signalement étaient mortes. Je ne savais rien de toi que le surnom de tendresse qu'elle te donnait. Je l'ai entendu ce soir par hasard. Réconcilie-toi avec Dieu, car, ce soir, tu meurs.

Dorian Gray eut peur jusqu'à la nausée.

— Je ne l'ai jamais connue, bégaya-t-il. Je n'ai jamais entendu parler d'elle. Vous êtes fou.

— Tu ferais mieux de confesser ton péché parce que, aussi sûr que je suis James Vane, tu vas mourir.

Il y eut un instant terrible. Dorian ne savait que dire ni que faire.

— À genoux ! gronda l'homme. Je te donne une minute pour ta réconciliation, rien de plus. Je m'embarque ce soir pour les Indes et je dois finir mon travail d'abord. Une minute. C'est tout.

Le bras de Dorian retomba contre son flanc. Paralysé de terreur, il ne savait que faire. Soudain un fol espoir lui traversa l'esprit.

— Arrêtez ! cria-t-il. Combien de temps y a-t-il que votre sœur est morte ? Vite, dites-moi cela.

— Dix-huit ans, dit l'homme. Pourquoi me demandes-tu ça ? Qu'est-ce que le temps y fait ?

— Dix-huit ans, fit Dorian Gray en riant, tandis qu'un ton de triomphe passait dans sa voix. Dix-huit ans ! Mettez-moi sous le reverbère et regardez mon visage.

James Vane hésita un instant, ne comprenant pas de quoi il s'agissait. Puis il saisit Dorian Gray et l'arracha à son arcade.

Si confuse et vacillante que fût la lumière agitée par le

vent, elle lui montra néanmoins l'atroce erreur qu'il crut
avoir commise, car le visage de l'homme qu'il avait voulu
tuer montrait toute la fraîcheur de l'adolescence, toute la
pureté immaculée de la jeunesse. Il ne semblait guère plus
âgé qu'un jouvenceau de vingt printemps, à peine plus
âgé, à supposer qu'il le fût, que la sœur que James avait
quittée tant d'années plus tôt. Manifestement, ce n'était
pas l'homme qui avait détruit sa vie.

Il relâcha son étreinte et recula en chancelant.

— Mon Dieu, mon Dieu ! s'écria-t-il. Et moi qui vous
aurais tué !

Dorian Gray aspira longuement.

— Vous avez été sur le point de commettre un crime
horrible, mon brave homme, dit-il en regardant l'autre
avec sévérité. Que cela vous serve d'avertissement : vous
n'avez pas à vous venger vous-même.

— Pardonnez-moi, monsieur, marmotta James Vane.
Je me suis trompé. Un mot que j'ai entendu par hasard
dans ce sale repaire m'a mis sur la mauvaise piste.

— Vous feriez mieux de rentrer et de ranger ce pisto-
let, ou vous allez vous attirer des ennuis, dit Dorian, en
pivotant sur les talons et en descendant lentement la rue.

James Vane, horrifié, se tenait debout sur la chaussée.
Il tremblait de la tête aux pieds. Au bout d'un moment,
une ombre noire qui avait cheminé le long du mur sur
lequel dégoulinait la pluie s'approcha de lui à pas furtifs.
Il sentit une main se poser sur son bras et se retourna en
sursautant. C'était l'une des femmes qui buvaient au bar.

— Pourquoi ne l'as-tu pas tué ? siffla-t-elle en fourrant
son visage hagard dans le sien. J'ai compris que tu le
suivais quand tu es sorti si vite de chez Daly. Imbécile !
Tu aurais dû le tuer. Il a tant et plus d'argent, et, pour
être un mauvais, c'en est un.

— Ce n'est pas l'homme que je cherche, répondit-il,
et je ne veux l'argent de personne. Je veux une vie
d'homme. L'homme dont je veux la vie doit approcher
de la quarantaine. Celui-ci est à peine plus vieux qu'un
enfant. Je remercie Dieu de n'avoir pas son sang sur mes
mains.

La femme poussa un éclat de rire amer.

— À peine plus vieux qu'un enfant ! ricana-t-elle.

Mais voyons, mon bonhomme, il y a près de dix-huit ans que le Prince Charmant m'a faite ce que je suis.

— Tu mens ! cria James Vane.

Elle leva la main vers le ciel.

— Dieu m'est témoin que je te dis la vérité, s'écria-t-elle.

— Dieu, ton témoin ?

— Que je devienne muette, si c'est faux. C'est le pire de ceux qui viennent ici. On dit qu'il s'est vendu au diable pour avoir une jolie frimousse. Il y a près de dix-huit ans que je l'ai rencontré. Il n'a pas beaucoup changé depuis ce temps-là. Moi si, ajouta-t-elle, avec un coup d'œil morbide.

— Tu le jures ?

— Je le jure, répondit, en un écho rauque, sa bouche sans joie. Mais ne me dénonce pas à lui, geignit-elle. J'ai peur de lui. Donne-moi un peu d'argent pour loger quelque part cette nuit.

Il s'arracha à elle avec un jurement et courut à l'angle de la rue, mais Dorian Gray avait disparu. Quand James Vane regarda derrière lui, la femme avait disparu aussi.


# 17


Une semaine plus tard, Dorian Gray était assis dans la serre de Selby Royal et il causait avec la jolie duchesse de Monmouth qui, avec son mari, un homme de soixante ans à l'air fatigué, était au nombre de ses invités. C'était l'heure du thé, et la douce lumière de la grande lampe posée sur la table sous son abat-jour de dentelle faisait briller la porcelaine raffinée et l'argent martelé du repas que la duchesse présidait. Ses petites mains circulaient avec délicatesse parmi les tasses et ses lèvres rouges et pleines souriaient d'un mot que Dorian lui avait glissé à l'oreille. Lord Henry, renversé dans un fauteuil d'osier drapé de soie, les observait. Sur un divan couleur de pêche était assise Lady Narborough, feignant d'écouter le duc qui lui décrivait le dernier scarabée brésilien qu'il avait ajouté à sa collection. Trois jeunes hommes en vestes d'intérieur recherchées offraient des brioches à certaines des dames. Douze invités séjournaient au château et on en attendait d'autres pour le lendemain.

— De quoi parlez-vous, vous deux ? fit Lord Henry en allant à la table pour y reposer sa tasse. J'espère que Dorian vous a parlé de mon projet de tout rebaptiser, Gladys. C'est une idée exquise.

— Mais je ne veux pas être rebaptisée, Harry, répliqua la duchesse en le regardant de ses yeux magnifiques. Je suis satisfaite de mon nom et assurément M. Gray devrait l'être du sien.

— Ma chère Gladys, pour rien au monde je ne voudrais changer aucun de ces deux noms. Ils sont parfaits l'un et l'autre. Je pensais surtout aux fleurs. Hier, j'ai cueilli une orchidée pour ma boutonnière. C'était une chose merveilleuse, toute ocellée, aussi efficace que les sept péchés capitaux. Dans un moment d'inattention, j'ai demandé à l'un des jardiniers comment elle s'appelait. Il m'a dit que c'était un beau spécimen de *Robinsoniana* ou quelque chose d'aussi horrible. C'est bien triste : nous avons perdu la faculté de donner de jolis noms aux choses. Les noms, c'est essentiel. Je ne critique jamais les actions. Il n'y a que les mots que je critique. Voilà pourquoi je hais la vulgarité du réalisme en littérature. Qui oserait appeler un chat un chat devrait en avoir un dans la gorge. Ce serait mérité.

— Alors comment devrions-nous vous appeler, Harry ? demanda-t-elle.

— Il s'appelle le prince Paradoxe, dit Dorian.

— Cela lui va comme un gant ! s'exclama la duchesse.

— Je refuse, fit Lord Henry en riant et en s'enfonçant dans un fauteuil. On ne réchappe pas d'une étiquette. Je ne veux pas de ce titre.

— Les princes n'ont pas le droit d'abdiquer, l'avertit-elle de sa jolie bouche.

— Alors vous voulez que je défende mon trône ?

— Oui.

— J'édicte les vérités de demain.

— Je préfère les erreurs d'aujourd'hui, répondit-elle.

— Vous me désarmez, Gladys, s'écria-t-il, saisissant où elle voulait en venir.

— De votre bouclier, Harry ; pas de votre lance.

— Je ne livre jamais de tournois à la beauté, dit-il avec un geste de la main.

— C'est là où vous commettez une erreur, Harry, croyez-moi. Vous attachez beaucoup trop de prix à la beauté.

— Comment pouvez-vous dire une chose pareille ? Je pense qu'il vaut mieux être beau que bon, je l'avoue. Mais, d'un autre côté, personne n'est aussi prêt que moi à reconnaître qu'il vaut mieux être bon que laid.

— La laideur serait donc un des sept péchés mortels ? s'écria la duchesse. Que devient alors votre comparaison avec l'orchidée ?

— La laideur est une des sept vertus mortelles, Gladys. Vous, qui êtes de droite, vous ne devriez pas les sous-estimer. La bière, la Bible et les sept vertus mortelles ont fait ce qu'elle est de notre Angleterre.

— Votre pays ne vous plaît donc pas ? demanda-t-elle.

— J'y habite.

— Pour mieux le critiquer.

— Préféreriez-vous que j'en pense ce qu'en dit l'Europe ? interrogea-t-il.

— Qu'en dit-elle ?

— Que Tartuffe y a émigré et y a ouvert boutique[1].

— Le mot est-il de vous, Harry ?

— Je vous en fais cadeau.

— Il est inutilisable parce que trop vrai.

— N'ayez pas peur. Nos compatriotes ne se reconnaissent jamais.

— Ils sont pratiques.

— Ils sont plus rusés que pratiques. Quand ils font leur bilan, ils compensent la bêtise par la fortune et le vice par l'hypocrisie.

— Nous avons tout de même fait de grandes choses.

— On nous a fait faire de grandes choses, Gladys.

— Nous en avons porté le faix.

---

1. Allusion à la pièce de Molière (1664) et à la formule de Napoléon, selon laquelle l'Angleterre est un pays de boutiquiers.

— Pas plus loin que la Bourse.

Elle secoua la tête.

— Je crois en notre race ! s'écria-t-elle.

— Elle consacre la survie du plus entreprenant.

— Elle a un avenir de progrès devant elle.

— La décadence me fascine plus.

— Que pensez-vous de l'art ? demanda-t-elle.

— C'est une maladie.

— L'amour ?

— Une illusion.

— La religion ?

— Un substitut élégant pour la foi.

— Vous êtes un sceptique.

— Nullement ! Le scepticisme est un début de croyance.

— Qu'êtes-vous donc ?

— Définir, c'est limiter.

— Donnez-moi un fil conducteur.

— Les fils cassent. Vous vous perdriez dans le labyrinthe.

— Vous me désorientez. Parlons de quelqu'un d'autre.

— Le maître de maison est un sujet de conversation exquis. Il y a des années, on l'avait surnommé Prince Charmant.

— Ah ! ne me rappelle pas cela ! s'écria Dorian Gray.

— Le maître de maison est plutôt désagréable ce soir, répondit la duchesse en rougissant. Je crois qu'il pense que Monmouth m'a épousée pour des raisons purement scientifiques, comme le meilleur spécimen qu'il pût trouver du papillon contemporain.

— Eh bien, j'espère qu'il ne vous plantera pas d'épingles dans le corps, madame la duchesse, fit Dorian en riant.

— Oh ! c'est ce que fait déjà ma femme de chambre, monsieur, quand elle est fâchée contre moi.

— Et pourquoi se fâche-t-elle contre vous, madame ?

— Pour les raisons les plus anodines, monsieur, je vous assure. Généralement parce que j'arrive à neuf heures moins dix et lui annonce qu'il faut que je sois habillée à huit heures et demie.

— Comme c'est illogique de sa part ! Vous devriez lui donner congé.

— Je n'oserais pas, monsieur. Voyez-vous, elle m'invente des chapeaux ! Vous rappelez-vous celui que je portais à la garden-party de Lady Hilstone ? Non, vous ne vous le rappelez pas, mais c'est gentil de faire semblant. Eh bien, elle l'a fait avec rien du tout. Tous les jolis chapeaux se font avec rien du tout.

— Comme les bonnes réputations, Gladys, interrompit Lord Henry. Toute réussite nous attire un ennemi. C'est la médiocrité qui entraîne la popularité.

— Pas chez les femmes, dit la duchesse en secouant la tête. Or, ce sont les femmes qui gouvernent le monde. Je peux vous assurer que nous ne supportons pas les médiocres. Quelqu'un l'a dit : nous, les femmes, nous aimons avec nos oreilles comme vous autres hommes vous aimez avec vos yeux, à supposer que vous aimiez jamais.

— Il me semble à moi que nous ne faisons jamais rien d'autre, murmura Dorian.

— Hélas ! Dans ce cas, vous n'aimez jamais pour de bon, monsieur, répondit la duchesse en feignant la tristesse.

— Ma chère Gladys ! s'écria Lord Henry. Comment pouvez-vous dire une chose pareille ? Le romanesque naît de la répétition et la répétition transforme l'appétit en art. D'ailleurs, chaque fois que l'on aime, c'est la seule fois. L'objet peut changer, la passion reste la même. Sauf qu'elle en devient plus intense. Dans la vie, on ne fait tout au plus qu'une seule grande expérience, et le secret de la vie, c'est de reproduire cette expérience aussi souvent que possible.

— Même quand elle vous a blessé, Harry ? demanda la duchesse après un temps.

— Surtout quand elle vous a blessé, répondit Lord Henry.

La duchesse se tourna pour regarder Dorian Gray avec une expression bizarre dans les yeux.

— Qu'en pensez-vous, monsieur ? demanda-t-elle.

Dorian hésita un instant. Puis il rejeta la tête en arrière et se mit à rire.

— Je suis toujours d'accord avec Harry, madame la duchesse.

— Même quand il se trompe ?

— Harry ne se trompe jamais.

— Et sa philosophie vous rend-elle heureux ?

— Je n'ai jamais recherché le bonheur. À quoi sert le bonheur ? C'est le plaisir que j'ai recherché.

— Et vous l'avez trouvé, monsieur ?

— Souvent. Trop souvent.

La duchesse soupira.

— Moi, je recherche la paix, dit-elle, et, si je ne vais pas m'habiller, je n'en aurai pas ce soir.

— Je vais vous donner quelques orchidées, madame la duchesse, s'écria Dorian en se levant et en s'éloignant dans la serre.

— Vous flirtez avec lui d'une manière éhontée, dit Lord Henry à sa cousine. Faites attention. Il est très fascinant.

— S'il ne l'était pas, il n'y aurait pas de duel.

— Grec contre Grec alors ?

— Je suis pour les Troyens. Ils se sont battus pour une femme.

— Ils se sont fait battre.

— Il y a des choses pires que d'être faite prisonnière.

— Vous galopez à bride abattue.

— C'est l'allure qui fait la vie, fut la riposte.

— Je noterai cela dans mon journal ce soir.

— Quoi donc ?

— Chat échaudé aime l'eau chaude.

— Échaudée, vraiment ? Mes pattes sont intactes.

— Vous pouvez vous en servir pour bien des choses, mais pas pour fuir.

— Le courage est devenu le fait des femmes et non plus des hommes. C'est une nouvelle expérience que nous faisons.

— Vous avez une rivale.

— Qui ?

Il rit.

— Lady Narborough, chuchota-t-il. Elle l'adore littéralement.

— Vous m'effrayez. L'appel à l'Antiquité est fatal pour nous autres romantiques.

— Romantique ? Vous, qui pratiquez toutes les méthodes scientifiques ?

— Les hommes nous ont instruites.

— Mais pas expliquées.

— Définissez-nous en tant que sexe, le défia-t-elle.

— Des sphinx sans énigme.

Elle le regarda en souriant.

— M. Gray se fait attendre ! dit-elle. Allons l'aider. Je ne lui ai pas encore dit la couleur de ma robe.

— Il faudra mettre votre robe en harmonie avec ses fleurs, Gladys.

— Ce serait une reddition prématurée.

— L'art romantique commence par le point culminant.

— Je dois me garder la possibilité de battre en retraite.

— À la manière des Parthes [1] ?

— Ils se réfugiaient dans le désert. Je ne le pourrais pas.

— Les femmes n'ont pas toujours le choix, répondit-il.

Mais il avait à peine achevé sa phrase que, de l'autre bout de la serre, provint un gémissement étouffé, suivi par le son mat d'une lourde chute. Tout le monde sursauta. La duchesse, pétrifiée d'horreur, demeura sur place. Et, la peur aux yeux, Lord Henry courut parmi les palmes oscillantes et trouva Dorian Gray, le visage contre terre, prostré sur le carrelage, évanoui, on eût dit mort.

On le porta aussitôt dans le salon bleu et on le déposa sur un des sofas. Après un bref moment, il revint à lui et regarda autour de lui, l'air hébété.

— Qu'est-il arrivé ? demanda-t-il. Oh ! je me rappelle. Suis-je en sécurité ici, Harry ?

Il se mit à trembler.

— Mon cher Dorian, répondit Lord Henry, tu as simplement perdu connaissance. Rien de plus. Tu as dû trop

---

1. Allusion aux cavaliers parthes de l'Antiquité qui faisaient semblant de fuir pour déconcerter leurs ennemis, puis se retournaient brusquement pour décocher leurs flèches.

te fatiguer. Tu ferais mieux de ne pas descendre pour dîner. Je te remplacerai.

— Non, je descendrai, dit-il en se levant péniblement. Je préfère descendre. Il ne faut pas que je reste seul.

Il rentra dans sa chambre pour s'habiller. À table, il fut d'une gaieté et d'une insouciance folles, mais, de temps en temps, un frisson de terreur le traversait quand il se rappelait que, pressé contre la vitre de la serre comme un mouchoir blanc, il avait vu le visage de James Vane qui l'observait.

18

Le lendemain, il ne sortit pas du château et demeura même la plupart du temps dans sa chambre, terrorisé jusqu'à la nausée à l'idée de mourir, et pourtant indifférent à la vie en tant que telle. Il se sentait pourchassé, piégé, traqué et débusqué, et cela l'obsédait. Il suffisait que la tapisserie oscillât dans un courant d'air pour qu'il tremblât. Les feuilles mortes précipitées contre les vitres plombées lui rappelaient ses propres résolutions gaspillées et ses regrets insensés. Quand il fermait les yeux, il voyait de nouveau le visage du marin coulant son regard à travers la vitre obscurcie par la brume, et l'horreur semblait une fois de plus lui poser la main sur le cœur.

Mais peut-être n'était-ce que son imagination qui, de la nuit, avait fait surgir la vengeance, et disposé devant lui les formes hideuses du châtiment. La vie réelle n'est que chaos, mais il y a, dans l'imagination, quelque chose de terriblement logique. C'est l'imagination qui met le remords aux trousses du péché. C'est l'imagination qui fait que les crimes produisent une engeance difforme. Dans le monde ordinaire des faits, les méchants ne sont pas punis, ni les bons récompensés. Le succès est donné aux forts, l'échec imposé aux faibles. Voilà tout. D'ailleurs, si un étranger avait rôdé autour du château, les domestiques ou les gardiens l'auraient vu. Les jardiniers, s'ils avaient trouvé des marques de pas dans les parterres, en auraient rendu compte. Oui, la chose était imaginaire. Le frère de Sibyl Vane n'était pas revenu pour le tuer. Il était parti sur son bateau pour aller sombrer dans quelque mer hivernale. De lui, en tout cas, ne pouvait provenir aucun danger. Le drôle ne savait même pas qui était Dorian, ne pouvait pas le savoir. Le masque de la jeunesse l'avait sauvé.

Et pourtant, s'il ne s'était agi que d'une illusion, comme il était effrayant de penser que la conscience pût susciter des fantômes aussi redoutables, leur donner une forme visible et les faire bouger devant soi ! Quelle vie serait la sienne si, de jour et de nuit, les ombres de son crime l'observaient dans des coins silencieux, le raillaient du fond de leurs cachettes, chuchotaient à son oreille quand il s'asseyait pour banqueter, l'éveillaient de leurs doigts glacés quand il dormait ! Comme l'idée en traversa son esprit en rampant, il pâlit de terreur, et l'air, soudain, lui sembla être devenu plus froid. Ah ! quelle avait été cette heure de folie où il avait tué son ami ! Quelle monstruosité que le seul souvenir de cette scène ! Il revoyait la chose une fois de plus. Tous les détails atroces lui en revenaient, encore plus horribles. Sortant de la caverne noire du temps, l'image de son crime se levait, terrible et drapée d'écarlate. Quand Lord Henry vint le voir à six heures, il le trouva en larmes, comme si son cœur allait se briser.

Ce ne fut que le troisième jour qu'il prit le risque de sortir. Il y avait, dans l'air serein de ce matin d'hiver sentant le pin, quelque chose qui sembla lui rendre sa joie et son ardeur à vivre. Mais ce n'étaient pas seulement les conditions physiques de son environnement qui avaient causé ce changement. Sa propre nature s'était révoltée contre l'excès d'angoisse qui avait cherché à endommager, à abîmer, la perfection de son calme. Avec des tempéraments subtils et raffinés, il en va toujours ainsi. Leurs passions les plus fortes ne peuvent que meurtrir ou disparaître : elles tuent l'homme ou meurent elles-mêmes. En eux, ce sont les chagrins et les amours superficiels qui s'éternisent. Leurs grands chagrins et leurs grandes amours sont détruits par leur propre plénitude. En outre,

il s'était persuadé avoir été la victime d'une imagination
apeurée et il se rappelait maintenant ses frayeurs avec
quelque pitié et davantage de mépris.

Après le petit déjeuner, il s'était promené une heure
dans le jardin avec la duchesse, puis il avait traversé le
parc en voiture pour rejoindre les chasseurs. La gelée
blanche et craquante couvrait l'herbe comme une couche
de sel. Le ciel était une coupe renversée de métal bleu.
Une mince pellicule de glace bordait le lac peu profond
où croissaient des roseaux.

À la corne du bois de pins, il aperçut Sir Geoffrey
Clouston, le frère de la duchesse, qui éjectait deux
douilles de son fusil. Il sauta à terre, et, ayant ordonné au
palefrenier de ramener la jument à l'écurie, il se dirigea
vers son hôte à travers les fougères fanées et les brous-
sailles hérissées.

— Vous vous amusez bien, Geoffrey ? demanda-t-il.

— Pas trop, Dorian. Je pense que tous les oiseaux sont
en plaine. Je suppose que cela ira mieux après déjeuner,
quand nous aurons changé de terrain.

Dorian l'accompagna en flânant. L'air acéré et odorant,
les lueurs brunes et rouges qui passaient dans le bois, les
cris rauques des rabatteurs se faisant entendre de temps en
temps et, aussitôt après, les craquements secs des fusils, le
fascinaient et l'emplissaient d'un délicieux sentiment de
liberté. Il se laissait dominer par l'insouciance du bonheur, par l'indifférence hautaine de la joie.

Soudain, à quelque vingt mètres d'eux, d'une grosse
touffe d'herbe flétrie, dressant des oreilles aux pointes
noires, et projeté en avant par ses longues pattes posté-
rieures, bondit un lièvre. Il fila vers une aunaie. Sir Geoffrey épaula, mais le mouvement de l'animal était si
gracieux que Dorian Gray en fut étrangement charmé et
il s'écria aussitôt :

— Ne tirez pas, Geoffrey. Laissez-le vivre.

— Quelles bêtises, Dorian ! fit son compagnon en
riant, et, à l'instant où le lièvre sautait dans l'aunaie, il
tira.

Deux cris retentirent, celui d'un lièvre qui souffre, ce
qui est horrible, et celui d'un homme qui meurt, ce qui
est plus horrible encore.

— Dieu du ciel ! J'ai touché un rabatteur ! s'exclama Sir Geoffrey. Quel imbécile d'aller se fourrer devant les fusils ! Halte au feu ! cria-t-il de toutes ses forces. Il y a un blessé.

Le garde-chasse arrivait en courant, un bâton à la main.

— Où, monsieur ? Où est-il ? criait-il, tandis que la fusillade cessait tout le long du front.

— Ici, répondit Sir Geoffrey irrité, en se hâtant vers l'aunaie. Pourquoi diable ne gardez-vous pas vos hommes en arrière ? Vous m'avez gâché ma chasse pour aujourd'hui.

Dorian les vit plonger dans l'aunaie en repoussant les branches flexibles qui se balançaient. Quelques instants plus tard, ils ressortaient, tirant un corps après eux, en plein soleil. Il se détourna, horrifié. Il lui sembla que le malheur le suivait où qu'il allât. Il entendit Sir Geoffrey demander si l'homme était mort et le gardien répondre affirmativement. Le bois s'était soudain empli de visages. Des myriades de pieds frappaient le sol, des voix étouffées bourdonnaient. Un grand faisan à la poitrine cuivrée s'échappa, battant des ailes, en surplomb des rameaux.

Après quelques moments, qui, pour lui, dans l'état d'agitation où il se trouvait, furent comme d'interminables heures de souffrance, Dorian sentit une main se poser sur son épaule. Il sursauta et se retourna.

— Dorian, dit Lord Henry, je devrais leur dire qu'on ne chassera plus aujourd'hui. Cela ferait mauvais effet de continuer.

— Je voudrais qu'on ne chassât plus jamais, Harry, répondit Dorian Gray amèrement. Tout cela est hideux et cruel. L'homme est-il... ?

Il ne put terminer sa phrase.

— Hélas, répondit Lord Henry. Il a pris la charge de plomb en pleine poitrine. Il a dû mourir presque sur le coup. Viens. Rentrons.

Côte à côte, ils firent près de cinquante mètres en direction de l'avenue sans prononcer un mot. Puis Dorian regarda Lord Henry et dit, avec un profond soupir :

— C'est un mauvais présage, Harry, un très mauvais présage.

— Quoi donc ? demanda Lord Henry. Oh ! cet accident, je suppose. Mon cher vieux, on n'y peut rien. C'était la faute de cet homme. Pourquoi s'est-il mis devant les fusils ? D'ailleurs, que nous importe ? C'est un peu gênant pour Geoffrey, il est vrai. Cela ne se fait pas de canarder les rabatteurs. Après, les gens disent qu'on tire n'importe comment. Ce qui n'est pas le cas de Geoffrey : il tire parfaitement droit. Mais cela ne sert à rien d'en parler.

Dorian secoua la tête.

— C'est un mauvais présage, Harry. J'ai l'impression que quelque chose d'horrible va arriver à certains d'entre nous. À moi, peut-être, ajouta-t-il en se passant la main sur les yeux, dans un geste de douleur.

Son aîné se mit à rire.

— Il n'y a rien d'horrible dans le monde, Dorian, que l'ennui. C'est le seul péché sans pardon. Mais nous ne courons pas grand risque d'y succomber, à moins que les chasseurs ne parlent de cette histoire à table. Il faut que je leur dise que le sujet est tabou. Quant aux présages, les présages n'existent pas. La destinée ne nous envoie pas de hérauts. Elle est trop sage ou trop cruelle pour cela. En outre, qu'est-ce donc qui pourrait t'arriver, Dorian ? Il n'est rien au monde qui soit désirable et que tu ne possèdes pas. N'importe qui serait ravi de changer de place avec toi.

— Il n'y a personne avec qui je n'accepterais pas de changer de place, Harry. Ne ris pas comme cela. Je te dis la vérité. Le misérable croquant qui vient de mourir est plus heureux que moi. Je n'ai pas peur de la mort. C'est la venue de la mort qui me terrifie. Je sens ses ailes monstrueuses tourner dans l'air plombé autour de moi. Grands dieux ! Ne vois-tu pas un homme se déplacer dans les arbres là-bas ? Il m'observe, il m'attend.

Lord Henry regarda dans la direction qu'indiquait la main gantée et tremblante.

— Oui, dit-il en souriant. Je vois le jardinier qui t'attend. Je suppose qu'il veut te demander quelles fleurs tu souhaites avoir sur la table ce soir. Tu es nerveux jusqu'à l'absurde, mon cher vieux ! Va voir mon médecin, quand nous serons rentrés en ville.

Dorian poussa un soupir de soulagement en voyant le

jardinier approcher. L'homme effleura son chapeau, regarda un instant Lord Henry d'un air hésitant, puis produisit une lettre qu'il tendit à son maître.

— Madame la duchesse m'a commandé d'attendre la réponse, murmura-t-il.

Dorian mit la lettre dans sa poche.

— Dites à madame la duchesse que je rentre, prononça-t-il froidement.

Le domestique fit volte-face et partit rapidement vers la maison.

— À quel point les femmes adorent faire des choses dangereuses ! dit Lord Henry en riant. C'est une de leurs qualités que j'admire le plus. Une femme est capable de flirter avec n'importe qui, pourvu qu'il y ait des témoins.

— À quel point tu adores dire des choses dangereuses, Harry ! Dans le cas présent, tu te trompes du tout au tout. J'aime beaucoup la duchesse, mais je ne l'*aime* pas.

— Et la duchesse t'*aime* mais elle ne t'aime pas beaucoup : vous êtes donc parfaitement assortis.

— Tu fais de la médisance, Harry, et il n'y a jamais de raison d'être médisant.

— La raison d'être médisant, c'est qu'on est immoralement sûr de ce qu'on avance, dit Lord Henry en allumant une cigarette.

— Tu sacrifierais n'importe qui, Harry, pour faire un mot.

— Le monde se sacrifie bien tout seul, fut la réponse.

— Je voudrais pouvoir aimer ! s'écria Dorian Gray, la voix profonde et pathétique. Mais il me semble avoir perdu la passion et oublié le désir. Je me concentre trop sur moi-même. Ma propre personnalité est devenue un fardeau pour moi. Je voudrais m'échapper, partir, oublier. C'était déjà sot de venir à la campagne. Je pense télégraphier à Harvey pour qu'il prépare le yacht. À bord, on ne craint rien.

— Que craindrais-tu, Dorian ? Tu as je ne sais quel souci. Dis-moi ce que c'est. Tu sais que je t'aiderai.

— Je ne peux pas te le dire, Harry, répondit-il tristement. Et ce sont peut-être de vaines imaginations. Ce malheureux accident m'a bouleversé. J'ai l'horrible pressentiment que quelque chose du même genre va m'arriver.

— Quelles sornettes !

— Je l'espère, mais je sens ce que je sens. Ah ! voilà la duchesse, qui a l'air d'Artémis en tailleur. Vous voyez que nous rentrons, madame la duchesse.

— J'ai tout appris, monsieur, répondit-elle. Le pauvre Geoffrey est aux cent coups. Et vous lui auriez demandé de ne pas tirer ce lièvre ? Comme c'est étrange !

— Oui, très étrange. Je ne sais pas ce qui m'a fait dire cela. Quelque caprice, je suppose. C'était le plus adorable des petits êtres vivants. Mais je regrette qu'on vous ait parlé de cet homme. C'est un détestable sujet de conversation.

— C'est un sujet agaçant, interrompit Lord Henry. Il n'a aucun intérêt psychologique. En revanche, si Geoffrey l'avait fait exprès, comme il en deviendrait intéressant ! J'aimerais bien connaître quelqu'un qui aurait commis un véritable assassinat.

— Vous êtes horrible, Harry ! s'écria la duchesse. N'est-ce pas, monsieur ? Harry, voilà monsieur Gray qui se sent mal de nouveau. Il va s'évanouir.

Dorian se redressa avec un effort et sourit.

— Ce n'est rien, madame, murmura-t-il. Mes nerfs sont terriblement dérangés. C'est tout. J'ai dû trop marcher ce matin. Je n'ai pas entendu ce qu'a dit Harry. Était-ce très impertinent ? Vous me conterez cela un autre jour. Je crois qu'il faut que j'aille m'étendre. Vous voulez bien m'excuser ?

Ils avaient atteint le grand escalier qui conduisait de la serre à la terrasse. Comme la porte de verre se refermait sur Dorian, Lord Henry se tourna vers la duchesse et la regarda de son œil somnolent.

— Êtes-vous très amoureuse de lui ? demanda-t-il.

Elle ne répondit pas pendant quelque temps, restant là, debout, à regarder le paysage.

— Je voudrais bien le savoir, dit-elle enfin.

Il secoua la tête.

— Le savoir serait fatal. C'est l'incertitude qui nous charme. La brume embellit.

— On risque de s'y perdre.

— Tous les chemins mènent au même point, Gladys.

— Lequel ?

— Le désillusionnement.

— C'est comme cela que ma vie a commencé, soupira-t-elle.

— Sous une couronne ducale.

— Je ne supporte plus les feuilles de fraisier[1].

— Elles vous vont si bien !

— En public seulement.

— Elles vous manqueraient, dit Lord Henry.

— Je ne voudrais pas en perdre un seul pétale.

— Monmouth a des oreilles.

— La vieillesse n'entend pas très bien.

— Il n'a jamais été jaloux ?

— J'aimerais qu'il l'eût été.

Il jeta un regard circulaire, comme s'il était en quête de quelque chose.

— Que cherchez-vous ? demanda-t-elle.

— Le bouton de votre fleuret, répondit-il. Vous l'avez laissé tomber.

Elle rit :

— J'ai toujours le masque.

— Il va bien à vos yeux, fut la réponse.

Elle rit de nouveau. Ses dents ressemblaient à des pépins blancs dans un fruit rouge.

En haut, dans sa chambre, Dorian Gray était étendu sur un sofa, chaque fibre de son corps vibrant de terreur. La vie était soudain devenue un fardeau trop hideux pour qu'il le portât. L'horrible mort de l'infortuné rabatteur, tué dans le fourré comme un animal sauvage, lui avait semblé préfigurer sa propre mort. Il avait failli s'évanouir en entendant ce que Lord Henry avait dit par hasard, étant d'humeur à plaisanter cyniquement.

À cinq heures, il sonna son domestique et lui ordonna de faire ses bagages pour l'express de nuit en direction de Londres et de commander le coupé pour huit heures trente. Il s'était décidé à ne pas passer une nuit de plus à Selby Royal. C'était un endroit de mauvais augure, la

---

1. En Angleterre, la couronne ducale est rehaussée de feuilles de fraisier.

mort y déambulait en plein jour. L'herbe de la forêt y avait été maculée de sang.

Puis il écrivit un billet à Lord Henry, pour lui dire qu'il allait à Londres consulter son médecin et lui demander de faire le maître de maison en son absence. Comme il le glissait dans une enveloppe, on frappa à sa porte et son valet de chambre lui annonça que le gardien en chef voulait le voir. Il fronça le sourcil en se mordant la lèvre.

— Faites-le entrer, murmura-t-il, après avoir hésité quelques instants.

Aussitôt que l'homme fut entré, Dorian tira son chéquier d'un tiroir et l'étala devant lui.

— Je suppose que vous êtes venu me parler du malheureux accident de ce matin, Thornton ? fit-il en prenant une plume.

— Oui, monsieur, répondit le garde-chasse.

— Le pauvre garçon était-il marié ? Y avait-il des gens qu'il faisait vivre ? demanda Dorian, avec l'air de s'ennuyer. Si c'est le cas, je ne voudrais pas les voir rester dans le besoin et je leur enverrai toute somme d'argent que vous jugerez nécessaire.

— Nous ne savons pas qui c'est, monsieur. C'est à ce sujet que j'ai pris la liberté de venir vous voir.

— Vous ne savez pas qui c'est ? fit Dorian distraitement. Que voulez-vous dire ? Ce n'était donc pas l'un de vos hommes ?

— Non, monsieur. Je ne l'avais jamais vu. On aurait dit un marin, monsieur.

La plume tomba de la main de Dorian Gray et il eut l'impression que son cœur s'était soudain arrêté de battre.

— Un marin ? s'écria-t-il. Vous avez dit un marin ?

— Oui, monsieur. Il a l'air d'avoir été une espèce de marin. Tatoué sur les deux bras, ce genre d'histoire.

— A-t-on trouvé quoi que ce soit dans ses poches ? fit Dorian, en se penchant pour regarder l'homme de ses yeux ébahis. Quoi que ce soit qui indique son nom ?

— De l'argent, monsieur. Pas beaucoup. Et un revolver. Aucun nom d'aucune sorte. Il avait l'air correct, monsieur, mais rude. Une espèce de marin, d'après nous.

Dorian se dressa. Un espoir terrible vola à sa portée. Follement, il s'y raccrocha.

— Où est le corps ? s'exclama-t-il. Vite ! Il faut que je le voie tout de suite.

— Il est dans une écurie vide de la ferme du château, monsieur. Les gens n'aiment pas avoir ces choses-là à la maison. Ils disent que les cadavres portent malheur.

— La ferme du château ! Allez-y immédiatement et attendez-moi. Dites à un des palefreniers de m'amener mon cheval. Non, ce n'est pas la peine. J'irai à l'écurie moi-même. Cela épargnera du temps.

Moins d'un quart d'heure plus tard, Dorian Gray descendait la longue avenue en galopant aussi vite que possible. Les arbres semblaient le dépasser en une procession spectrale et des ombres folles se précipitaient sur son chemin. Une fois, la jument fit un écart devant un montant de barrière blanc si bien qu'il faillit vider les étriers. Il lui cingla l'encolure de sa cravache. Elle fendit l'air crépusculaire comme une flèche. Les cailloux volaient sous ses sabots.

Enfin, il atteignit la ferme du château. Deux hommes flânaient dans la cour. Il sauta à terre et jeta les rênes à l'un d'eux. Dans l'écurie la plus éloignée, une lueur vacillait. Quelque chose lui dit que le corps était là-bas. Il courut à la porte et posa sa main sur le loquet.

Il s'arrêta un instant, sentant qu'il était sur le point de faire une découverte qui allait le sauver ou le perdre. Puis il ouvrit brusquement et entra.

Sur un tas de sacs, dans le coin le plus reculé, gisait le cadavre d'un homme vêtu d'une chemise grossière et d'un pantalon bleu. Un mouchoir taché avait été posé sur son visage. Une chandelle grossière, fichée dans une bouteille, crachotait à côté.

Dorian Gray frissonna. Il sentit qu'il ne pouvait enlever ce mouchoir de sa propre main et il appela l'un des valets de ferme.

— Ôtez cette chose de son visage. Je veux le voir, dit-il, se raccrochant au montant de la porte pour ne pas tomber.

Quand le valet l'eut fait, il s'avança. Un cri de joie échappa à ses lèvres. L'homme qui avait été tué dans le fourré était James Vane.

Dorian Gray se tint là quelques minutes, regardant le

corps. En rentrant, ses yeux étaient pleins de larmes, car
il se savait en sûreté.


19


— Il ne sert à rien de me dire que tu vas être sage [1],
s'écria Lord Henry en plongeant ses doigts blancs dans
un bol de cuivre rouge empli d'eau de rose. Tu es parfait
comme tu es. Je t'en conjure, ne change pas.

Dorian Gray secoua la tête.

— Non, Harry, j'ai commis trop d'horreurs dans ma
vie. Je n'en commettrai plus. J'ai commencé mes bonnes
actions hier.

— Où étais-tu hier ?

— À la campagne, Harry. J'étais tout seul dans une
petite auberge.

— Mon cher vieux, dit Lord Henry en souriant, n'importe qui peut être sage à la campagne, où il n'y a pas de
tentations. C'est pourquoi les gens qui ne vivent pas en
ville sont si peu civilisés. On n'atteint pas aisément à la
civilisation. Il n'y a que deux moyens pour y parvenir.
L'un, c'est la culture ; l'autre, la corruption. Les ruraux
n'ont l'occasion de s'adonner ni à l'une ni à l'autre : alors
ils stagnent.

— La culture et la corruption, répéta Dorian. Je les ai
un peu connues toutes les deux. Maintenant, il me semble
affreux de pouvoir jamais les trouver ensemble. Car j'ai
un nouvel idéal, Harry. Je vais changer. Je pense que j'ai
déjà changé.

— Tu ne m'as pas encore dit quelle est la bonne action
que tu as faite. Ou m'as-tu dit que tu en avais fait plus
d'une ? demanda son compagnon en renversant dans son
assiette une petite pyramide cramoisie de fraises granu-

---

**1.** Écho de la Préface de *Mademoiselle de Maupin* : « Mon Dieu !
Que c'est une sotte chose que cette prétendue perfectibilité du genre
humain dont on rebat les oreilles ! »

leuses et en faisant neiger dessus du sucre blanc à travers une cuiller à trous en forme de coquillage.

— Je peux te le dire, Harry. Ce n'est pas une histoire que je puisse raconter à qui que ce soit d'autre. Cela paraît fat, mais tu comprends ce que je veux dire. Elle était très belle et elle ressemblait extraordinairement à Sibyl Vane. Je pense que c'est cela qui m'a d'abord attiré. Tu te rappelles Sibyl, n'est-ce pas ? Il me semble que c'était il y a si longtemps ! Donc Hetty n'appartenait pas à notre milieu, c'est vrai. C'était une simple villageoise. Mais je l'aimais pour de bon. Je suis sûr de l'avoir aimée. Pendant tout ce merveilleux mois de mai, j'allais la voir à la campagne deux ou trois fois par semaine. Hier, nous avions rendez-vous dans un petit verger. Les fleurs de pommier ne cessaient de lui tomber dans les cheveux, et elle riait. Nous devions partir ensemble aujourd'hui à l'aube. Soudain, j'ai décidé de ne pas toucher à sa fleur.

— Je pense que la nouvelleté de la sensation a dû te donner un frisson de vrai plaisir, Dorian, interrompit Lord Henry. Mais je peux terminer ton idylle à sa place. Tu lui as donné de bons conseils et brisé le cœur. Voilà comment tu as commencé à te corriger.

— Harry, tu es insupportable ! Ne dis pas de choses pareilles. Le cœur de Hetty n'est pas brisé. Bien sûr, elle a pleuré, et tout le reste. Mais elle n'est pas déshonorée. Elle peut vivre, comme Perdita, dans son jardin de menthe et de souci.

— Et pleurer sur un Florizel [1] infidèle, dit Lord Henry en riant et en se renversant sur sa chaise. Mon cher Dorian, tu as des humeurs si bizarrement puériles ! Penses-tu que cette fille pourra jamais se satisfaire maintenant d'un homme de son milieu ? Je suppose qu'elle épousera un jour quelque grossier charretier ou quelque laboureur ricaneur. Eh bien, t'avoir rencontré et aimé lui apprendra à mépriser son mari et elle sera malheureuse. D'un point de vue moral, je ne peux pas avoir une bien haute opinion de ta grande renonciation. Même pour commencer, c'est piètre. D'ailleurs, comment sais-tu que

---

**1.** Allusion à Perdita et Florizel, le jeune couple du *Conte d'hiver* de Shakespeare.

Hetty n'est pas, en ce moment, en train de flotter dans quelque retenue de moulin illuminée d'étoiles, tout entourée de charmants nénuphars, comme Ophélie [1] ?

— Je ne souffrirai pas cela, Harry ! Tu te moques de tout et puis tu envisages les plus graves tragédies. Je regrette maintenant de t'avoir parlé. Peu importe ce que tu me dis, je sais que j'ai bien fait d'agir ainsi. Pauvre Hetty ! Comme je passais à cheval près de la ferme, ce matin, j'ai vu son visage blanc à la fenêtre, comme une branche de jasmin. N'en parlons plus, et n'essaye pas de me convaincre que la première bonne action que j'aie faite depuis des années, le premier petit bout de sacrifice que j'aie jamais fait, est en réalité une sorte de péché. Je veux devenir meilleur. Je vais devenir meilleur. Parle-moi de toi. Que se passe-t-il en ville ? Voilà des jours que je ne suis pas allé au club.

— On discute toujours la disparition du pauvre Basil.

— J'aurais cru qu'on s'en serait fatigué après tout ce temps, dit Dorian en se versant du vin et en fronçant légèrement le sourcil.

— Mon cher vieux, on n'en parle que depuis six semaines, et les Anglais ne sont vraiment pas capables de se fatiguer les méninges à changer de sujet plus d'une fois tous les trois mois. Cela dit, on a eu beaucoup de chance récemment. On a eu un divorce et le suicide d'Alan Campbell. Maintenant on a la mystérieuse disparition d'un peintre. Scotland Yard affirme toujours que l'homme à l'ulster gris qui est parti pour Paris par le train de minuit le neuf novembre était le pauvre Basil, et la police française déclare que Basil n'est jamais arrivé à Paris. Je suppose que dans quinze jours environ on nous annoncera qu'il a été vu à San Francisco. C'est curieux : tous les gens qui disparaissent sont vus à San Francisco. Ce doit être une ville délicieuse possédant tous les charmes de l'autre monde.

— Que crois-tu qu'il soit arrivé à Basil ? interrogea Dorian en présentant son verre de bourgogne à la lumière et en se demandant comment il faisait pour parler du sujet si calmement.

---

1. Allusion au suicide d'Ophélie dans *Hamlet*, qu'on retrouve flottant sur la rivière où elle s'est noyée.

— Je n'en ai pas la moindre idée. Si Basil a choisi de se cacher, cela ne me regarde pas. S'il est mort, je ne veux pas penser à lui. La mort est la seule chose qui me fasse peur. Je la hais.

— Pourquoi ? demanda le cadet avec lassitude.

— Parce que, dit Lord Henry en passant sous ses narines le treillage doré d'un flacon de sels ouvert, de nos jours, on peut survivre à tout sauf à cela. La mort et la vulgarité sont les deux phénomènes inexplicables du xixᵉ siècle. Allons prendre le café dans le salon de musique, Dorian. Joue-moi du Chopin. L'homme avec qui ma femme s'est enfuie jouait Chopin de façon exquise. Pauvre Victoria ! Je lui étais très attaché. La maison semble plutôt solitaire sans elle. Bien sûr, la vie conjugale n'est qu'une habitude, une mauvaise habitude. Mais, vois-tu, on regrette de perdre ses habitudes, même les plus mauvaises. Peut-être sont-elles celles qu'on regrette le plus. Elles forment une part si essentielle de notre personnalité.

Dorian ne dit rien, mais se leva de table, et, passant dans le salon voisin, s'assit au piano et laissa ses doigts s'égarer sur l'ivoire blanc et noir des touches. Quand on eut apporté le café, il s'arrêta, et, regardant Lord Henry qui se trouvait à l'autre bout de la pièce, prononça :

— Harry, t'est-il jamais venu à l'esprit que Basil aurait été assassiné ?

Lord Henry bâilla.

— Tout le monde aimait Basil et il avait toujours sur lui une montre Waterbury[1]. Pourquoi l'aurait-on assassiné ? Il n'était pas assez intelligent pour se faire des ennemis. Bien sûr, c'était un génie étonnant de la peinture. Mais on peut peindre comme Vélasquez et être aussi stupide que possible. Basil était vraiment plutôt stupide. Il ne m'a véritablement intéressé qu'une seule fois : c'est quand il m'a dit, il y a des années, qu'il avait une adoration insensée pour toi et que tu étais le motif principal de son art.

— J'aimais beaucoup Basil, dit Dorian, avec une touche de tristesse dans la voix. Mais ne dit-on pas qu'il a été assassiné ?

---

**1.** Montre de poche sans valeur, fabriquée aux États-Unis.

— Oh ! il y a des journaux qui le disent. Cela ne me semble pas du tout probable. Je sais qu'il y a de mauvais lieux à Paris, mais Basil n'était pas le genre d'homme à les fréquenter. Il n'avait aucune curiosité. C'était son plus grand défaut.

— Que dirais-tu, Harry, si je t'annonçais que j'avais assassiné Basil ? fit le cadet.

Il observa Lord Henry avec une attention intense après avoir parlé.

— Je dirais, mon cher vieux, que tu te donnes les airs d'un personnage qui ne te va pas. Tout crime est une vulgarité comme toute vulgarité est un crime. Cela n'est pas dans tes capacités, Dorian, de commettre un assassinat. Je suis désolé si je froisse ta vanité en disant cela, mais je t'assure que c'est vrai. Le crime appartient exclusivement aux membres des classes inférieures. Je ne leur en veux pas le moins du monde. J'imagine que le crime est pour eux ce que l'art est pour nous : simplement une méthode pour se procurer des sensations sortant de l'ordinaire.

— Une méthode pour se procurer des sensations ? Penses-tu, dans ce cas, qu'un homme, ayant assassiné une fois, pourrait commettre le même crime de nouveau ? Ne me dis pas cela.

— Oh ! n'importe quoi devient un plaisir à condition de le faire trop souvent, s'écria Lord Henry en riant. C'est là l'un des secrets les plus importants de la vie. J'imagine cependant que c'est toujours une erreur d'assassiner quelqu'un. On ne devrait jamais faire quoi que ce soit dont on ne puisse parler après dîner. Mais laissons le pauvre Basil. Je voudrais pouvoir croire qu'il a eu une fin aussi romanesque que tu le supposes, mais je ne le puis. Je le vois tombant d'un omnibus dans la Seine et le conducteur étouffant l'affaire. Oui, j'imagine qu'il a dû finir ainsi. Je le vois maintenant couché sur le dos sous ces masses d'eau verdâtre, avec de lourdes péniches flottant au-dessus de lui et de longues algues se prenant dans ses cheveux. Tu sais, je crois qu'il n'aurait plus peint grand-chose de bon. Ces dix dernières années, sa peinture a beaucoup baissé.

Dorian poussa un soupir, et Lord Henry traversa le

salon pour aller caresser la tête d'un curieux perroquet de Java, un grand oiseau au plumage gris avec la crête et la queue roses, qui se tenait en équilibre sur un perchoir de bambou. Comme ses doigts effilés le touchaient, l'oiseau referma les blanches pellicules de ses paupières ridées sur ses yeux noirs qui semblaient de verre et se mit à se balancer d'arrière en avant.

— Oui, poursuivit Lord Henry en se retournant et en tirant son mouchoir de sa poche, sa peinture avait bien baissé. J'avais l'impression qu'elle avait perdu quelque chose. Elle avait perdu son idéal. Quand vous avez cessé d'être de grands amis, il a cessé d'être un grand artiste. Qu'est-ce donc qui vous a séparés ? Je suppose que tu t'ennuyais avec lui. Si c'est le cas, il ne t'a jamais pardonné. C'est l'habitude des raseurs. À propos, qu'est devenu ce merveilleux portrait qu'il avait peint de toi ? Je ne crois pas l'avoir vu depuis qu'il l'avait fini. Oh ! je me rappelle que tu m'as dit, il y a des années, que tu l'avais fait envoyer à Selby et qu'il avait été perdu ou volé en chemin. Tu ne l'as jamais retrouvé ? Quel dommage ! C'était vraiment un chef-d'œuvre. Je me rappelle avoir voulu l'acheter. Je regrette de ne pas l'avoir fait. Il appartient à la meilleure période de Basil. Depuis lors, sa peinture a consisté en ce curieux mélange de mauvaise technique et de bonnes intentions qui autorise toujours un peintre à se faire traiter de représentant typique de l'art britannique. As-tu mis une petite annonce ? Tu devrais.

— Je ne sais plus, dit Dorian. Je suppose que je l'ai fait. Mais il ne m'a jamais vraiment plu. Je regrette d'avoir posé pour ce portrait. Le souvenir de cet objet me répugne. Pourquoi en parles-tu ? Il me rappelait ces vers étranges de je ne sais plus quelle pièce, *Hamlet*, je crois... Comment est-ce ?

> *Le portrait d'un chagrin,*
> *Un visage sans cœur*[1]...

Oui, il était comme cela.

---

**1.** *Hamlet*, acte IV, scène 7. Ces vers, qui associent la peinture et le visage, sont bien sûr prémonitoires.

Lord Henry se mit à rire.

— Si l'homme traite la vie en artiste, son cerveau lui sert de cœur, répondit-il en s'enfonçant dans un fauteuil.

Dorian Gray secoua la tête et prit quelques accords légers sur le piano.

— Le portrait d'un chagrin, un visage sans cœur, répéta-t-il.

L'aîné s'allongea et le regarda de ses yeux mi-clos.

— À propos, Dorian, fit-il après un temps, « que sert-il à l'homme de gagner le monde entier s'il y perd »... quelle est la citation ?... « son âme [1] » ?

Il y eut une dissonance, Dorian Gray sursauta et regarda son ami fixement.

— Pourquoi me demandes-tu cela, Harry ?

— Mon cher vieux, dit Lord Henry étonné en haussant les sourcils, je t'ai posé cette question parce que je pensais que tu pourrais y répondre. C'est tout. Je traversais le Parc dimanche dernier, et, près de Marble Arch [2], il y avait une petite foule de gens mal habillés qui écoutaient je ne sais quel banal prêcheur de rues. Comme je passais, je l'ai entendu hurler cette question à son auditoire. Je trouvai cela assez dramatique. Londres est très riche en effets curieux de ce genre. Un dimanche pluvieux, un chrétien mal léché fagoté dans son mackintosh, un rond de visages blafards et maladifs sous un toit rompu de parapluies dégouttants d'eau, et une expression magnifique jetée en l'air par des lèvres stridentes et hystériques — c'était vraiment très réussi dans son genre, très suggestif. J'ai pensé dire au prophète que l'art a une âme mais que l'homme n'en a pas. Je crains, cependant, qu'il ne m'eût pas compris.

— Assez, Harry. L'âme est terriblement réelle. On peut l'acheter et la vendre et la troquer. On peut l'empoisonner ou la rendre parfaite. Nous avons chacun une âme. Je le sais.

— Tu en es vraiment certain, Dorian ?

— Absolument certain.

---

**1.** Voir l'Évangile selon saint Marc : « Et que sert-il à un homme de gagner tout le monde, s'il perd son âme ? » (VIII, 36).
**2.** Au « Speaker's Corner » (« Coin des orateurs ») de Hyde Park, n'importe qui peut prendre la parole et haranguer la foule.

— Ah ! dans ce cas, ce doit être une illusion. Les choses dont on est parfaitement sûr ne sont jamais vraies. C'est la fatalité de la foi et la leçon de la fantaisie. Comme tu as l'air grave ! Ne sois pas si sérieux. Qu'avons-nous à faire, toi et moi, avec les superstitions de notre époque ? Oui, nous avons renoncé à croire à l'âme. Joue-moi quelque chose. Joue-moi un nocturne [1], Dorian, et, tout en jouant, dis-moi tout bas comment tu as fait pour conserver ta jeunesse. Tu dois avoir un secret. Je n'ai que dix ans de plus que toi, et je suis ridé, usé, jauni. Toi, tu es vraiment merveilleux, Dorian. Tu n'as jamais eu l'air plus charmant que ce soir. Tu me rappelles le jour où je t'ai vu pour la première fois. Tu étais plutôt impudent, très timide et complètement extraordinaire. Tu as changé, bien sûr, mais pas d'apparence. Tu devrais me donner ton secret. Pour retrouver ma jeunesse, je ferais n'importe quoi au monde, sauf prendre de l'exercice, me lever tôt ou mener une vie respectable. La jeunesse ! Il n'y a rien de tel. Il est absurde de parler de l'ignorance de la jeunesse. Les seules personnes dont j'écoute maintenant les opinions avec quelque respect sont bien plus jeunes que moi. Elles semblent me précéder. La vie leur a révélé son dernier miracle. Quant aux personnes âgées, je contredis toujours les personnes âgées. Je le fais par principe. Si tu leur demandes leur avis sur quelque chose qui est arrivé hier, elles te donnent solennellement les opinions courantes de 1820, quand les gens portaient des bas longs, croyaient en tout et ne savaient absolument rien. Comme c'est joli, ce que tu joues là ! Je me demande si Chopin l'a écrit à Majorque [2], avec la mer qui pleurait autour de la villa et l'écume salée qui se jetait contre les vitres. C'est merveilleusement romantique. Quelle bénédiction d'avoir encore un art qui ne soit pas imitatif ! Ne t'arrête pas. Il me faut de la musique ce soir. Il me semble que tu es le jeune Apollon et moi Marsyas qui t'écoute. J'ai mes chagrins à moi, Dorian, que, même toi, tu ne connais pas. La tragédie de la vieillesse, ce n'est

---

**1.** Les vingt *Nocturnes* de Chopin, souvent d'une tonalité tourmentée, sont contemporains du déclenchement de la maladie qui allait l'emporter.　　**2.** Allusion au séjour de George Sand et du compositeur aux îles Baléares (1838).

pas qu'on soit vieux, c'est qu'on soit jeune. Ma propre sincérité me stupéfie quelquefois. Ah ! Dorian, que tu es heureux ! Quelle vie délicieuse a été la tienne ! Tu t'es abreuvé de tout. Tu as écrasé le raisin contre ton palais. Rien ne t'a été caché. Et tout cela n'a été pour toi que de la musique. Tu n'en as pas été abîmé. Tu es toujours le même.

— Je ne suis plus le même, Harry.

— Si, tu es le même. Je me demande ce que sera le reste de ta vie. Ne la gâche pas par des renonciations. Aujourd'hui, tu représentes un type à la perfection. Ne te rends pas incomplet. En ce moment, il n'y a pas en toi le moindre défaut. Ne secoue pas la tête : tu sais que c'est vrai. En outre, Dorian, ne te mens pas à toi-même. La vie ne se gouverne pas par la volonté ou par l'intention. La vie est une question de nerfs et de fibres et de cellules qui se forment lentement, dans lesquelles la pensée se cache et la passion rêve. Tu peux t'imaginer que tu es en sécurité et croire que tu es fort. Mais le hasard d'une nuance de couleur dans une pièce, un ciel matinal, un certain parfum que tu as aimé jadis et qui t'apporte de subtils souvenirs, un vers d'un poème oublié que tu retrouves, une mesure tirée d'une musique que tu avais cessé de jouer... crois-moi, Dorian, c'est de ce genre de choses que nos vies dépendent. Browning en parle quelque part[1] ; mais nos propres sens les imaginent pour nous. Il y a des instants où l'odeur du lilas blanc me revient soudain, et je revis le mois le plus étrange de ma vie. J'aimerais pouvoir changer de place avec toi, Dorian. Le monde nous a critiqués tous les deux, mais il t'a toujours voué un culte. Il t'en vouera toujours un. Tu es le type même de ce que notre siècle cherche et craint d'avoir trouvé. Je suis si content que tu n'aies jamais rien fait, jamais sculpté une statue ou peint un tableau ou produit quelque chose qui ne serait pas toi. La vie a été ton art. Tu t'es mis toi-même en musique. Tes jours sont tes sonnets.

Dorian quitta le piano et se passa la main dans les cheveux.

---

**1.** Allusion au poème de Robert Browning, « Bishop's Blougram's Apology » (dans *Men and Women*, 1855).

270      *Le Portrait de Dorian Gray*

— Oui, la vie a été délicieuse, murmura-t-il, mais je n'aurai plus la même vie, Harry. Et tu ne dois plus me dire ces choses extravagantes. Tu ne sais pas tout de moi. Je crois que si tu le savais, tu te détournerais de moi. Tu ris ? Ne ris pas.

— Pourquoi as-tu cessé de jouer, Dorian ? Retourne au piano et rejoue-moi ce nocturne. Regarde cette grande lune couleur de miel suspendue dans l'air crépusculaire. Elle attend que tu la charmes, et, si tu joues, elle se rapprochera de la terre. Tu ne veux pas ? Alors allons au club. La soirée a été charmante et il faut la terminer de façon charmante. Il y a quelqu'un au White qui désire infiniment faire ta connaissance : le jeune Lord Poole, le fils aîné de Bournemouth. Il a déjà copié tes cravates et il m'a supplié de te le présenter. Il est très agréable et il te ressemble assez.

— J'espère que non, fit Dorian avec un regard triste. Mais je suis fatigué ce soir, Harry. Je n'irai pas au club. Il est presque onze heures et je veux me coucher tôt.

— Non, reste. Tu n'as jamais joué aussi bien qu'aujourd'hui. Il y avait quelque chose de merveilleux dans ton toucher. Je ne l'avais jamais entendu être aussi expressif.

— C'est parce que je vais être sage, répondit Dorian Gray en souriant. J'ai déjà un peu changé.

— Tu ne peux pas changer pour moi, Dorian, dit Lord Henry. Toi et moi, nous serons toujours amis.

— Sauf que, dans le temps, tu m'as empoisonné avec un livre. Je ne dois pas l'oublier. Harry, promets-moi de ne jamais prêter ce livre à personne. Il fait du mal.

— Mon cher, tu commences vraiment à devenir moralisateur. On te verra bientôt jouer les convertis et les missionnaires et prévenir les gens contre les péchés qui ne t'amusent plus. Tu es bien trop charmant pour faire cela. D'ailleurs, cela ne sert à rien. Toi et moi, nous sommes ce que nous sommes et nous serons ce que nous serons. Quant à se faire empoisonner par un livre, cela n'existe pas. L'art n'a aucune influence sur l'action. Il anéantit le désir d'agir. Il est superbement stérile. Les livres que le monde appelle immoraux sont les livres qui lui montrent sa propre honte. C'est tout. Mais ne discutons pas littérature. Viens me voir demain. Je monte à cheval à onze heures. Nous pourrions y aller ensemble et ensuite je t'emmènerai déjeuner avec Lady Branksome. C'est une femme charmante qui voudrait te consulter sur des tapisseries qu'elle se propose d'acheter. Il faut que tu viennes. Ou alors veux-tu déjeuner avec notre petite duchesse ? Elle dit qu'elle ne te voit plus. Peut-être es-tu fatigué de Gladys ? Je pensais que cela arriverait. L'intelligence de sa langue agace les nerfs. Bon, quoi qu'il en soit, sois ici à onze heures.

— Il faut vraiment que je vienne, Harry ?

— Bien sûr. Le Parc est tout à fait joli en ce moment. Je crois qu'il n'y a pas eu d'aussi beaux lilas depuis l'année où je t'ai rencontré.

— Très bien. Je serai ici à onze heures, dit Dorian. Bonne nuit, Harry.

Sur le seuil, il hésita un instant, comme s'il avait encore quelque chose à dire. Puis il soupira et sortit.


20


C'était une belle nuit, si douce qu'il jeta sa veste sur son bras et ne noua même pas son écharpe de soie autour de son cou. Comme il rentrait en flânant, fumant sa cigarette, deux jeunes hommes en habit de soirée le dépassèrent. Il entendit l'un d'eux chuchoter à l'autre : « C'est Dorian Gray. » Il se rappela le plaisir qu'il éprouvait jadis quand on se le montrait, quand on l'observait fixement, quand on parlait de lui. Maintenant, il était las d'entendre son propre nom. La moitié du charme du petit village où récemment il était allé si souvent, c'était que personne n'y savait qui il était. Il avait souvent dit qu'il était pauvre à la jeune fille qu'il avait leurrée pour qu'elle l'aimât, et elle l'avait cru. Il lui avait dit un jour qu'il était corrompu, et elle s'était moquée de lui et lui avait répliqué que les corrompus étaient tous vieux et très laids. Quel rire elle avait ! Comme le chant d'une grive ! Et qu'elle était donc

jolie, avec sa robe de coton et ses grands chapeaux ! Elle
ne savait rien, mais elle possédait tout ce que lui avait
perdu.

Quand il fut arrivé chez lui, il trouva son domestique
qui l'attendait. Il l'envoya se coucher, se jeta sur le sofa
dans la bibliothèque et se mit à réfléchir à certaines des
choses que Lord Henry lui avait dites.

Était-ce réellement vrai qu'on ne changeait jamais ? Il
ressentit un désir insensé de la pureté immaculée qui avait
été la sienne dans son enfance, son enfance blanche
comme la rose, ainsi que Lord Henry l'avait un jour appe-
lée. Il savait s'être souillé, avoir empli son esprit de corruption et livré à l'horreur son imagination ; avoir exercé
une influence mauvaise sur autrui et éprouvé une joie terrible à être tel qu'il était ; il savait que, des vies qui
avaient traversé la sienne, c'étaient les plus belles et les
plus riches en promesses qu'il avait précipitées dans la
honte. Mais tout cela était-il irréparable ? N'y avait-il plus
d'espoir pour lui ?

Hélas ! Qu'il avait été monstrueux, ce moment d'orgueil et de passion où il avait prié pour que le portrait
portât le fardeau de ses jours et que lui-même conservât
la splendeur impollue d'une éternelle jeunesse ! Tout son
échec venait de là. Il aurait mieux valu pour lui que
chaque péché de sa vie lui apportât son châtiment sûr et
rapide. La punition purifie. Ce n'est pas « Pardonnez-
nous nos offenses », mais « Châtiez-nous pour nos iniquités » qui devrait être la prière que l'homme adresse au
Dieu de justice.

Le miroir curieusement sculpté que Lord Henry lui
avait donné tant d'années plus tôt se dressait sur la table,
et les cupidons aux chairs blanches riaient tout autour,
comme dans le temps. Il le prit dans ses mains, comme
il l'avait fait par cette nuit d'horreur où il avait, pour la
première fois, remarqué le changement du fatal tableau,
et, de ses yeux effarés, obscurcis par les larmes, il en
contempla la surface polie. Une fois, une personne qui
l'avait aimé terriblement lui avait écrit une lettre insensée
qui se terminait par ces mots d'idolâtrie : « Le monde
n'est plus le même parce que tu es fait d'ivoire et d'or.
Les courbes de tes lèvres récrivent l'histoire. » Ces

expressions lui revinrent à la mémoire et il se les répéta encore et encore. Puis sa beauté lui répugna, et, jetant le miroir à terre, il le réduisit en écailles d'argent sous son talon. C'était sa beauté qui l'avait détruit, sa beauté et la jeunesse, objet de ses prières. Sans ces deux choses, sa vie n'aurait peut-être pas été maculée. Sa beauté n'avait été pour lui qu'un masque, sa jeunesse qu'une dérision. Dans le meilleur des cas, qu'est-ce que la jeunesse ? Un temps vert, sans maturité, un temps d'humeurs superficielles et de pensées maladives. Pourquoi en avait-il porté la livrée ? C'était sa jeunesse qui l'avait abîmé.

Mieux valait ne point évoquer le passé. Rien ne pouvait le changer. C'était à lui-même et à son avenir qu'il devait penser. James Vane était caché au fond d'une tombe anonyme du cimetière de Selby. Alan Campbell s'était tiré une balle un soir dans son laboratoire, mais il n'avait pas révélé le secret qui lui avait été imposé. L'agitation créée par la disparition de Basil Hallward, pour autant qu'il y en eût, passerait bientôt. Elle diminuait déjà. Il était parfaitement en sécurité de ce côté. D'ailleurs, ce n'était pas la mort de Basil Hallward qui angoissait surtout son esprit. C'était la mort vivante de sa propre âme qui le troublait. Basil avait peint le portrait qui lui avait gâché la vie. Il ne pouvait le lui pardonner. C'était le portrait qui avait tout fait. Basil lui avait dit des choses intolérables qu'il avait pourtant patiemment supportées. L'assassinat n'avait été qu'une folie momentanée. Quant à Alan Campbell, son suicide était sa propre responsabilité. Il avait choisi d'en agir ainsi. Peu importait à Dorian Gray.

Une vie nouvelle ! Voilà ce dont il avait besoin. Voilà ce qu'il attendait. À coup sûr, il l'avait déjà commencée. En tout cas, il avait épargné une innocente. Il ne s'en prendrait plus jamais à l'innocence. Il serait sage.

En pensant à Hetty Merton, il commença à se demander si le portrait dans la salle verrouillée avait changé. À coup sûr il n'était plus aussi horrible qu'il l'avait été. Peut-être, si sa vie devenait pure, réussirait-il à chasser du visage tout signe de passion mauvaise. Peut-être les signes du mal s'étaient-ils déjà effacés. Il irait voir.

Il prit la lampe sur la table et monta furtivement.

Comme il déverrouillait la porte, un sourire joyeux flotta
sur son visage étrangement juvénile et s'attarda un instant
sur ses lèvres. Oui, il serait sage, et l'objet hideux qu'il
gardait caché ne le terroriserait plus. Il avait le sentiment
que ce poids lui avait déjà été retiré.

Il entra sans bruit, ferma la porte à clef comme d'habitude et ôta la tenture pourpre du portrait. Un cri de douleur et d'indignation lui échappa. Pas de nouveau
changement, sauf un air de ruse dans les yeux, et, dans la
bouche, le pli courbe de l'hypocrisie. La chose était toujours odieuse, plus odieuse, s'il était possible, qu'auparavant, et la rosée écarlate qui tachait la main semblait plus
éclatante et ressemblait davantage à du sang venant d'être
versé. Alors il trembla. Était-ce donc la pure vanité qui
lui avait fait faire une seule bonne action ? Ou la
recherche d'une sensation nouvelle, comme l'avait insi-
nué Lord Henry avec son rire moqueur ? Ou cette passion
de jouer un rôle qui nous fait quelquefois faire des choses
qui sont meilleures que nous ? Ou tout cela ensemble
peut-être ? Et pourquoi la tache rouge était-elle plus
grande que naguère ? Elle semblait s'être étendue comme
une horrible maladie sur les doigts ridés. Il y avait du
sang sur les pieds du portrait, comme s'il avait dégoutté,
il y avait du sang même sur la main qui n'avait pas tenu
le couteau. Avouer ? Cela signifiait-il qu'il devait
avouer ? Se livrer, être mis à mort ? Il rit. Il sentait bien
que cette idée était monstrueuse. D'ailleurs, même s'il
avouait, qui le croirait ? Il n'y avait nulle trace de l'assassiné, nulle part. Tout ce qui lui appartenait avait été
détruit. Il avait lui-même brûlé ce qui se trouvait en bas.
Le monde dirait simplement qu'il était fou. S'il insistait,
on l'enfermerait... Pourtant, c'était son devoir d'avouer,
d'endurer la honte publique et de faire une réparation
publique. Il y a un Dieu qui veut que les hommes confes-
sent leurs péchés à la terre comme au ciel. Rien de ce
qu'il ferait ne le purifierait tant qu'il n'aurait pas confessé
son péché. Son péché ? Il haussa les épaules. La mort de
Basil Hallward ne lui semblait pas être grand-chose. Il
pensait à Hetty Murton. Car c'était un miroir injuste, le
miroir de son âme qu'il avait sous les yeux. Vanité ?
Curiosité ? Hypocrisie ? N'y avait-il pas eu autre chose

*« Gisait à terre un vieillard en tenue de soirée, un couteau dans le cœur. »*

dans sa renonciation ? Il y avait eu davantage. Du moins il le pensait. Mais comment savoir ?... Non, il n'y avait rien eu d'autre. C'est par vanité qu'il l'avait épargnée. Par hypocrisie qu'il avait porté le masque du bien. Par curiosité qu'il avait fait l'expérience de se refuser quelque chose. Il le reconnaissait maintenant.

Mais cet assassinat le poursuivrait-il toute sa vie ? Devrait-il toujours porter le poids de son passé ? Devait-il vraiment avouer ? Jamais. Il n'y avait contre lui qu'un seul élément de preuve : le tableau lui-même. Oui, c'était une preuve. Il le détruirait. Pourquoi l'avait-il gardé aussi longtemps ? Jadis, il avait trouvé du plaisir à le voir changer et vieillir. Récemment, ce plaisir, il ne l'avait plus éprouvé. La nuit, il n'en dormait plus. Absent, il était terrorisé à l'idée que d'autres regards que les siens ne tombassent dessus. Ses passions en avaient été assombries de mélancolie. Le souvenir en avait gâché bien des moments joyeux. Le portrait avait été comme sa conscience. Oui, il avait été sa conscience. Il le détruirait.

Il regarda autour de lui et vit le couteau qui avait poignardé Basil Hallward. Il l'avait nettoyé bien des fois, si bien qu'il n'y restait plus aucune tache. Il était clair, il luisait. Comme il avait tué le peintre, il tuerait l'ouvrage du peintre et tout ce qu'il signifiait. Il tuerait le passé, et, quand le passé serait mort, Dorian Gray serait libre. Le couteau tuerait cette monstrueuse vie de l'âme, et, sans ses hideux avertissements, Dorian Gray serait en paix. Il saisit l'objet et en poignarda le tableau.

Il y eut un cri et un bruit de chute. Ce cri de mort fut si horrible que les domestiques apeurés s'éveillèrent et quittèrent leurs chambres dans le noir. Deux messieurs, qui passaient sur la place en bas, s'arrêtèrent et levèrent les yeux sur la grande maison. Ils reprirent leur marche jusqu'au moment où ils rencontrèrent un agent de police qu'ils ramenèrent. Il sonna plusieurs fois, mais il n'y eut pas de réponse. Sauf une lumière dans l'une des fenêtres supérieures, la maison était entièrement obscure. Au bout d'un moment, il s'éloigna, se tint sous un portique voisin et regarda.

— À qui est cette maison, monsieur l'agent ? demanda le plus âgé des deux messieurs.

— À monsieur Dorian Gray, monsieur, répondit le policier.

Ils échangèrent un regard en s'éloignant avec des sourires moqueurs. L'un d'eux était l'oncle de Sir Henry Ashton.

À l'intérieur, dans les communs, les domestiques à moitié habillés se parlaient en chuchotant tout bas. La vieille Mme Leaf pleurait et se tordait les bras. Francis était pâle comme la mort.

Au bout d'un quart d'heure, il appela le cocher et l'un des valets et monta l'escalier. Ils frappèrent, mais il n'y eut pas de réponse. Ils crièrent. Tout restait silencieux. Enfin, après avoir essayé en vain de forcer la porte, ils grimpèrent sur le toit et sautèrent sur le balcon. Les fenêtres cédèrent facilement : les verrous étaient vieux.

En entrant, ils trouvèrent, pendu au mur, un magnifique portrait de leur maître, tel qu'ils l'avaient vu pour la dernière fois, dans toute la splendeur de son exquise jeunesse et de sa beauté. Gisait à terre un vieillard en tenue de soirée, un couteau dans le cœur. Il était flétri, ridé, son visage était répugnant. Ce ne fut qu'en examinant ses bagues qu'ils le reconnurent.

# BIBLIOGRAPHIE

*Biographies et témoignages*

DOUGLAS, Lord Alfred. *Oscar Wilde and Myself*, London, 1914 ; AMS Press, New York, 1977.

ELLMANN, Richard. *Oscar Wilde*, 1987 ; Paris, Gallimard, 1994.

GIDE, André. *Oscar Wilde*, Paris, Mercure de France, 1910 et 1989.

HOLLAND, Vyvyan, *Oscar Wilde*, London, Thames & Hudson, 1960 et 1988.

HYDE, H. Montgomery, *Oscar Wilde*, New York, Farrar, Strauss & Giroux, 1975.


*Éditions du* Portrait de Dorian Gray

*The Picture of Dorian Gray*, ed. by Isobel Murray, Oxford, Oxford University Press, 1974.

*The Picture of Dorian Gray*, ed. by Peter Ackroyd, Harmondsworth, Penguin Classics, 1985.

*The Picture of Dorian Gray*, Norton Critical Edition, London and New York, 1988.

*Le Portrait de Dorian Gray*, trad. d'Edmond Jaloux et de Félix Frapereau, Paris, Stock, 1924, reprise avec une préface de Dominique Fernandez, Paris, Le Livre de Poche-Stock, 1983.

*Le Portrait de Dorian Gray*, trad. de Jean Gattégno, Paris, Gallimard, 1991.

*Le Portrait de Dorian Gray*, trad. de Richard Crevier, éd. de Pascal Aquien, Paris, GF-Flammarion, 1995.

*Le Portrait de Dorian Gray*, trad. et notice de Jean Gatté-gno, in Oscar Wilde, *Œuvres*, Paris, Gallimard, Bibliothèque de La Pléiade, 1996.


## Correspondance

*The Letters of Oscar Wilde*, ed. by Rupert Hart-Davis, New York, Harcourt, Brace and World, 1962.

*Lettres d'Oscar Wilde*, Paris, Gallimard, 1966 (2 vol.) et 1994 (1 vol.), trad. d'Henriette de Boissard, choix et avant-propos de Rupert Hart-Davis, préface de Diane de Margerie. Contient dans son intégralité la lettre *De Profundis*.


## Essais et articles critiques de Wilde

*Aristote à l'heure du thé*. Trad. de Charles Dantzig, Paris, Les Belles Lettres-UGE, coll. 10/18, « bibliothèques », 1994.

*La poésie des socialistes : chroniques et polémiques*. Trad. Jacques de Langlade, Paris, Les Belles Lettres, 1999.


## Études sur Wilde, Le Portrait et la période

AQUIEN, Pascal. « Entre Dionysos et Apollon : pour une lecture nietzschéenne de Wilde. » *Études anglaises*, nᵒ 2, avril-juin 1996.

AQUIEN, Pascal. « La problématique du portrait chez Oscar Wilde. » *Le Portrait*, textes réunis par P. Arnaud. Paris, Presses de l'Université de Paris-Sorbonne, 1999.

BECKSON, Karl, ed. *Oscar Wilde, the Critical Heritage*. London, Routledge and Kegan Paul, 1970.

DELABROY, Jean. « Platon chez les dandies : sur *le Portrait de Dorian Gray*. » *Littérature*, nᵒ 25, 1977.

ELLMANN, Richard, ed. *The Artist as Critic : Critical Writings of Oscar Wilde*. New York, Random House, 1968 ; London, W. H. Allen, 1970.

ELLMANN, Richard, ed. *Oscar Wilde, a Collection of Critical Essays*. Englewood Cliffs, Prentice Hall, 1969.

GENDRE-DUSUZEAU, Sylvette. *Oscar Wilde : Père, j'ai mal à l'oreille.* Lyon, Césura Lyon Edition, 1995.

MERLE, Robert. *Oscar Wilde, appréciation d'une œuvre et d'une destinée.* Paris, Hachette, 1948 ; rééd. remaniée, Paris, Perrin, 1984, et Éd. de Fallois, 1995.

MONEYRON, Frédéric. *L'androgyne décadent : mythe, figure, fantasme.* Grenoble, Ellug, 1996.

OATES, Joyce Carol. « *The Picture of Dorian Gray* : Wilde's Parable of the Fall. » *Contraries, essays.* New York, 1981.

PATER, Walter. *La Renaissance.* Paris, Payot, 1917.

PRAZ, Mario. *La Chair, la mort et le Diable.* Paris, Gallimard, 1977.

RUSKIN, John. *Works.* London, G. Allen, 1903-1912.

## Réécriture du Portrait de Dorian Gray

TERENCE, Mathieu. *Journal d'un cœur sec.* Paris, Phébus, 1999.

## Filmographie

LEWIN, Albert. *The Picture of Dorian Gray.* États-Unis, 1944. À noter une performance remarquable de George Sanders en Lord Harry Wotton, et le fait que, dans ce film en noir et blanc, seule la dernière image, où le Portrait est enfin révélé, est en couleurs.

DALLAMANO, Massimo. *Das Bildnis des Dorian Gray.* Italie/RFA, 1970.

BOULTRON, Pierre. *Le Portrait de Dorian Gray.* France, 1977.

OTTINGER, Ulrike. *The Picture of Dorian Gray in the Yellow Newspaper.* RFA, 1984.

GILBERT, Brian. *Wilde.* Grande-Bretagne, 1997. Évocation biographique de la liaison entre Wilde et Lord Alfred Douglas, avec Stephen Fry dans le rôle de l'écrivain.

TANITCH, Robert. *Oscar Wilde on the stage and screen.* London : Methuen, 1999. Ouvrage de référence répertoriant et analysant les diverses adaptations des œuvres de Wilde au théâtre ou à l'écran.

# REPÈRES BIOGRAPHIQUES

**1854** — Naissance à Dublin (Irlande) d'Oscar Fingal O'Flahertie Wills Wilde, deuxième fils de William Wilde, médecin et chirurgien célèbre, spécialiste éminent de la vue et de l'ouïe, et de Jane Francesca Elgee, qui avait défendu la cause nationaliste du mouvement « Jeune Irlande » dans les années 1840 sous le pseudonyme de Speranza. Cette dernière avait pour ancêtre l'écrivain Charles Robert Maturin, l'auteur du roman gothique *Melmoth l'errant*. Les parents sont tous deux écrivains, la mère est poète et traductrice.

**1864-1871** — Élève à la Portora Royal School d'Enniskillen, où il se distingue par son aptitude à lire avec aisance, notamment les auteurs anciens. En 1864, son père, qui est le chirurgien oculiste de la reine Victoria, est anobli, et devient Sir William Wilde.

**1867** — Mort de sa sœur cadette Isola, à l'âge de dix ans, qui l'affecta profondément.

**1871-1874** — Études au Trinity College de Dublin. Lecture du poète anglais Swinburne, dont les *Poèmes et Ballades* sont d'un esthétisme souvent morbide.

**1873** — Publication de *La Renaissance*, de Walter Pater, dont les réflexions sur l'esthétique eurent une influence considérable sur la fin du XIXe siècle anglais, et notamment sur Wilde.

**1874-1878** — Études à Magdalen College, Oxford. Lecture de Swinburne, son écrivain favori, de Pater et de John Ruskin, l'auteur des *Peintres modernes* (1843) et des *Pierres de Venise* (1851-1853) qui suscita chez lui de l'intérêt pour la religion, et notamment le catholicisme, auquel il devait se convertir vers la fin de sa vie.

**1875** — Voyages en Italie : Rome (mars), Florence, Bologne, Padoue, Venise (l'été).

**1876** — Mort de Sir William Wilde.

**1877** — Voyage en Grèce : Argos, Nauplie, Athènes, Mycènes. Retour par Rome : il visite le cimetière protestant où repose le poète John Keats.

**1878** — Écrit « Ravenna », poème sur la ville de Ravenne dédié à George Fleming, le pseudonyme de Julia Constance Fletcher, jeune femme rencontrée en Italie un an plus tôt. Elle lui avait dédié son roman intitulé *Mirage*. Il obtient le prix Newdigate pour son poème, et achève très brillamment ses études à Oxford.

**1879** — S'installe à Londres, dans un studio du Strand. Il se distingue par sa tenue vestimentaire anticonformiste et recherchée — qui devient vite la cible des caricaturistes — et fréquente les cercles mondains. Il se lie au milieu du théâtre, où il rencontrera de grandes actrices comme Lillie Langtry, Ellen Terry ou Sarah Bernhardt.

**1881** — Publication de *Poèmes*, dont la réception est mitigée. Sa première pièce de théâtre, *Vera ou les Nihilistes*, d'abord publiée à compte d'auteur en 1880, et qui devait être jouée à l'Adelphi Theatre de Londres en décembre, est retirée de l'affiche la veille de la première, étant donné le contexte des assassinats anarchistes de l'époque.

**1882** — Entame une tournée de conférences aux États-Unis et au Canada sur les préraphaélites, l'esthétisme et « la Renaissance anglaise ». « Je suis ici pour diffuser la beauté », déclare-t-il à son arrivée. Et lors de son passage à la douane : « Je n'ai rien à déclarer excepté mon génie. » Le voyage est dans l'ensemble un succès. Wilde rencontre le grand poète américain Walt Whitman ainsi que l'écrivain Henry James.

**1883** — *Vera* est montée à New York, mais sans obtenir de succès. Écrit une autre pièce, *La Duchesse de Padoue*, connue plus tard sous le nom de *Guido Ferranti*. Elle sera représentée à New York en 1891.

**1884** — Se marie avec Constance Lloyd, qu'il avait rencontrée l'année précédente à Dublin. Le couple aura deux fils, Cyril et Vyvyan, nés en 1885 et 1886. Huysmans publie *À Rebours*.

**1885** — Collabore à la *Pall Mall Gazette*. Se brouille avec le peintre James McNeill Whistler.

**1887-1889** — Il est rédacteur en chef de *The Woman's*

*World*, tout en continuant sa collaboration à la *Pall Mall Gazette*, pour laquelle il écrit par exemple un compte rendu des *Poèmes et Ballades* de Swinburne.

**1888** — Publication du *Prince heureux et autres contes*.

**1890** — Publication en juin de la première version du roman *Le Portrait de Dorian Gray* dans le *Lippincott's Monthly Magazine* à l'initiative de son directeur, J.M. Stoddard, qu'il avait rencontré aux États-Unis. Ce sera son seul roman.

**1891** — *Dorian Gray* repris sous forme de livre, dans une version étoffée, précédée d'une préface. Rencontre Lord Alfred Douglas, fils du marquis de Queensberry — célèbre pour avoir codifié les règles de la boxe —, dont il tombe amoureux. Publication de *Intentions*, un recueil d'essais, du *Crime de Lord Arthur Savile et autres histoires*, et de *La Maison de grenades*. Pendant qu'il écrit la préface de *Dorian Gray*, Wilde est à Paris où il rencontre Mallarmé, dont il fréquente les fameux mardis. Paris l'accueille avec enthousiasme. Il y conçoit le projet de sa pièce *Salomé*.

**1892** — Le 22 février, première à Londres de sa pièce *L'Éventail de Lady Windermere*. La pièce est un succès. En revanche, *Salomé*, que Wilde projetait de monter avec Sarah Bernhardt dans le rôle-titre, est interdite par la censure. Wilde menace d'adopter la nationalité française.

**1893** — Publication de *L'Éventail de Lady Windermere*. Le 19 avril, première d'*Une femme sans importance*. Publication de *Salomé* en français : accueil chaleureux de Mallarmé, Pierre Loti, Maeterlinck. Ses relations avec Lord Alfred Douglas et d'autres jeunes garçons font scandale.

**1894** — Publication d'*Une femme sans importance*, du poème « Le Sphinx » (dédié à Marcel Schwob, l'un de ses admirateurs français) et de la version anglaise de *Salomé*, illustrée par Aubrey Beardsley et (mal) traduite par Lord Alfred Douglas.

**1895** — Première d'*Un mari idéal*. Le 14 février, première de *L'Importance d'être constant* au St James's Theatre de Londres. Au marquis de Queensberry, qui ne cessait de dénoncer la relation amoureuse entre son fils et Wilde, et avait ouvertement accusé ce dernier d'homosexualité, l'écrivain intente un procès, qu'il perd en se voyant condamné à deux ans de travaux forcés. Humilié et anéanti, il purgera la plus grande partie de sa peine à la prison de Reading, sous le matricule C.3.3.

**1896** — Le 11 février, première de *Salomé* à Paris au Théâtre de l'Œuvre (mise en scène de Lugné-Poë). Il faudra attendre 1905 pour que la pièce soit représentée pour la première fois en Angleterre. Mort de Lady Wilde. À Reading, Wilde est très marqué par l'exécution d'un prisonnier.

**1897** — Depuis sa prison, écrit une longue lettre à Lord Alfred Douglas qui sera publiée en 1905 sous le titre *De Profundis*. Le 18 mai, il quitte la prison de Reading et entame un exil qui le conduit en France, près de Dieppe, puis en Italie (Naples), où il rejoint Lord Alfred Douglas.

**1898** — Reste seul à Naples jusqu'en janvier. Publication de son long poème, *La Ballade de la geôle de Reading*, qui connaît un vif succès et se vend bien. Le poème est traduit en France par Henry Davray au *Mercure de France*. S'installe à Paris. Mort de Constance Wilde en avril.

**1899** — Publication d'*Un mari idéal* et de *L'Importance d'être constant*. Mort de Willie Wilde, le frère d'Oscar. Vie solitaire, désœuvrée et désargentée à Paris, sous le pseudonyme de Sébastien Melmoth, le nom du héros de Maturin.

**1900** — En avril, voyage à Palerme, Naples et Rome, où il reçoit à plusieurs reprises la bénédiction du pape Pie IX. À Paris, visite de l'Exposition universelle durant l'été. Sa santé se détériore à partir de septembre. Une infection de l'oreille dégénère en méningite. Il meurt le 30 novembre après avoir déclaré : « Je meurs au-dessus de mes moyens. »

# Table des illustrations

# Table

Composition réalisée par NORD COMPO

---

IMPRIMÉ EN ESPAGNE PAR LIBERDÚPLEX
Barcelone
Dépôt légal Éditeur : 49564 - 09/2004
Édition 39
LIBRAIRIE GÉNÉRALE FRANÇAISE - 31, rue de Fleurus - 75006 Paris.

ISBN : 2 - 253 - 00288 - 7                    ◈ 30/0569/1